Martin Wolter

HEIDEN ANGST

Roman

meadi taschenbuch verlag

Das Buch

Nur wenige Monate nach Mel Krankls Beerdigung tauchen mystische Runen und Ziffern an unterschiedlichen Tatorten in Schleswig-Holstein auf.

Frank Dell und seine Kollegen von der Kripo Neumünster beginnen zu ermitteln und entdecken sehr spät, dass sie längst in die makaberen Machenschaften verwickelt sind.

Wer steckt hinter den Verbrechen, die unter der Bevölkerung eine Heidenangst verbreiten?

Dies ist der zweite Band der Dell-Reihe, die in den nächsten Monaten fortgeführt wird.

Der Autor

Martin Wolter, geboren am 03.03.1961 in Lübeck, wuchs in Neumünster auf und verlebte seine Kindheit in der Böckler-Siedlung. Sein Vater war Polizeibeamter. Nach dem Abitur absolvierte er ein Fachhochschulstudium, das er mit dem Diplom zum Verwaltungswirt im Dienstgrad eines Polizeikommissars abschloss. Nach neun Jahren im Polizeidienst schied er 1989 auf eigenen Wunsch aus und verdiente seinen Lebensunterhalt als Privatdetektiv, Personenschützer, Türsteher auf der Hamburger Reeperbahn und Rettungsschwimmer. Nebenbei studierte er Rechtspflege, Philosophie und Psychologie.

Er ist Vater dreier Söhne im Alter von 12 bis 23 Jahren.

Dies ist sein zweiter Roman.

Ebenfalls in diesem Verlag ist unter der ISBN 978-3-00-021182-9

im Jahr 2007 erschienen: Der Heep Mörder

Martin Wolter

HEIDEN ANGST

Kriminalroman

Martin Wolter, Neumünster
1. Auflage Juli 2008

Umschlaggestaltung und Projektleitung : Michael Luthe, Neumünster
ML druck + medien Gmbh & Co. KG

Lektorat: Kathrin Frank und Edda Wolter

Druck: ML druck + medien GmbH & Co. KG
Köpenicker Str. 51
24111 Kiel

Printed in Germany

ISBN 978-3-00-024555-8

Für meinen Bruder Rainer mit Frau Inga
und Tochter Ronja,

sowie meinen lieben Kollegen
Peter „Peggy“ Bruhnke

Herbst 2006

1

Frank stand in schwarzem Anzug und langem, schwarzem Ledermantel am Eingang der Kapelle, die Haarpracht nach hinten gebunden, und nahm die Beileidsbekundungen der Freunde und Kollegen entgegen. Außer der schwer demenzkranken Großmutter hatte Mel keine Verwandtschaft mehr besessen.

Viele Beamte erschienen in den neuen dunkelblauen Uniformen um der Kollegin die letzte Ehre zu erweisen, auch der neue Dienststellenleiter war anwesend.

Am Dienstag zuvor hatte Frank Dell den Pastor aufgesucht und war angenehm überrascht worden. Ihm stand ein Mann im ungefähr selben Alter gegenüber, braungebrannt, durchtrainiert, langhaarig wie er, mit offenen Gesichtszügen und festem Händedruck.

Wie sich schnell herausstellte, verband sie auch der Musikgeschmack, denn Pastor Thomas Reimers ließ im Hintergrund seines kleinen Büros hinter der Bugenhagenkirche > It´s all over now, Baby Blue ... < von den Rolling Stones laufen.

>> You must leave now, take what you need, you think will last
But whatever you wish to keep, you better grab it fast,
Yonder stands your orphan with his gun
Crying like a fire in the sun
Look out, baby, the saints are comin´ through
And it´s all over now, Baby Blue

The highway is for gamblers, better use your sense
Take what you have gathered from coincedence,
The empty-handed painter from your streets
Is drawing crazy patterns on your sheets
The sky, too, is folding over you
And it´s all over now, Baby Blue

Leave your stepping stones behind,
There´s something, that calls for you
Forget the dead you´ve left, that will not follow you
Your lover who has just walked through the door
Has taken all his blankets from the floor
The carpet, too, is moving under you
And it´s all over now, Baby Blue
Well, strike another match, yeah, go start a new,
go start a new,
And it´s all over now, Baby Blue
Yeah it´s all over, it´s all over now,
Baby Blue <<

Das Stück, welches nicht ursprünglich von den Stones stammte, sondern dereinst Bob Dylan komponiert hatte, war in dieser Version eindeutig am geilsten. Es gab also doch christliche Würdenträger, die der Rockmusik wohlwollend gegenüber standen.

Pastor Reimers bot ihm einen Kaffee an und bat ihn, in dem wuchtigen, braunen Ledersessel Platz zu nehmen, er sei sofort zurück.

„ Trinken Sie ihn mit Zucker und Milch?“ ertönte die sonore Stimme aus einem der hinteren Räume die in Richtung Immanuel-Kant-Schule lagen.

„ Nein, danke, ganz schwarz,“ erwiderte Frank und ließ den geübten Blick durch das kleine, holzvertäfelte Zimmer schweifen, dessen Stirnseite komplett von einem robusten Kiefernholzregal eingenommen wurde, vollgestopft bis an die nikotingelbe Decke mit Büchern, Ordnern und Zeitschriften nicht ausschließlich kirchlicher Natur. Es befanden sich auch einige Bände Germanischer Mythologie darunter, die durch den goldbedruckten Ledereinband sofort ins Auge fielen, sowie Klassiker der deutschen Literatur von Goethe über Schiller bis Mann.

Auf dem kleinen, aufgeräumten Eichenschreibtisch links vor ihm lag aufgeschlagen ein dickes, gebundenes Buch, das in schwarzen, geschwungenen, offenbar gotischen Lettern die Aufschrift > Germanische Runen und ihre Bedeutung < trug.

Mit ernster Miene und zwei dampfende Bechern Kaffee betrat Thomas Reimers den Raum und reichte ihm den linken.

„ Vorsicht, heiß," bemerkte er überflüssigerweise und nahm hinter dem Schreibtisch auf einem ungemütlich wirkenden Holzstuhl ohne Sitzkissen und Armlehnen Platz.

„ Den Grund Ihres Kommens, Herr Dell, kennen wir beide, und wie so häufig in meinem Beruf ist es für die Angehörigen kein angenehmer Umstand, der sie hierher führt.

Ich darf sie meines aufrichtigen Beileids versichern. Haben sie sich denn bereits mit dem Umstand und der Tatsache des Todes von Frau Krankl auseinander gesetzt? Meine Erfahrung zeigt mir, dass viele Menschen den verständlichen Schmerz über den Verlust eines geliebten Menschen nicht zulassen und zwar aus dem Grund, weil sie den Tod aus dem Leben verdrängen. Sie wollen einfach nicht wahrhaben, dass der Tod einen Teil des Lebens darstellt, der unausweichlich ist."

Fragend und mit in sich ruhendem Blick sah er Frank direkt in die Augen.

„ Da mögen sie durchaus recht haben, Herr Pastor. Allerdings gehört für mich der Tod ähnlich wie bei ihnen sozusagen zum Alltag. Ich habe keine Angst vor ihm. Wenn jedoch wie in diesem Fall ein junger Mensch mitten aus dem Leben gerissen wird, dann ist das ein nicht zu erwartendes Ereignis, auf das auch ich mich schwer einstellen kann .." Frank hielt einen Augenblick inne.

„ Aber vielen Dank für die Nachfrage und keine Angst. Ich kann damit umgehen. Ich denke jeden Tag an Mel, gebe mich meiner Trauer hin und versuche, das Geschehene zu verarbeiten. Irgendwie muss das Leben ja weiter gehen. Es geht immer irgendwie weiter. Stimmt´s?"

„ Ja, Herr Dell, sie haben recht. Darf ich sie fragen, ob sie dem christlichen Glauben anhängen?"

Frank zögerte ein wenig mit der Antwort.

„ Ich möchte es mal so ausdrücken: Ich verhalte mich unbewusst schon so, wie es die Lehre der Christen vorsieht, heißt, die zehn Gebote halte ich zum Beispiel für richtig und angemessen. Allerdings bin ich nicht unbedingt motiviert, jeden Sonntag in die Kirche zu gehen. Mein Glaube tendiert eher in die Richtung der Urvölker Nordamerikas, welche die Natur und das Weltall an sich als das große Ganze, das allumfassend Göttliche ansehen. Ich hab ein Problem damit, den kirchlichen Gott als im Himmel auf den Wolken sitzenden alten Herrn anzusehen, der die Geschicke der Menschheit lenkt."

„ Das ist ein interessanter Ansatz, über den wir uns mal in Ruhe unterhalten sollten, Herr Dell. Gerne auch bei einem Bierchen. Ich heiße übrigens Thomas, und wenn sie möchten, können wir uns gerne duzen," stand Pastor Reimers unvermittelt auf und reichte Frank die Hand. Frank erhob sich ebenfalls und drückte fest zu.

„ Und ich heiße Frank."

Dann setzte er sich wieder.

„ Weshalb ich ja eigentlich hier bin, ist die Frage, ob ich den Ablauf des am Freitag stattfindenden Gottesdienst mitgestalten kann. Mir schweben da zum Beispiel einige Musikstücke vor und der Blumenschmuck. Mel mochte nämlich nur eine Art wirklich gerne, das waren Tulpen ..."

Nun stand er also hier am Eingang zur Ewigkeit, Pastor Thomas Reimers an seiner Seite und nahm wie in Trance die tröstenden Worte der Ankommenden entgegen.

Die aus grauem Zement und rotem Backstein erbaute, schlichte Kapelle war im vorderen Bereich über und über mit Buketts aus roten und gelben Tulpen geschmückt worden. Neben dem kleinen Stehpult für den Pastor in der rechten Hälfte der Stirnseite stand der schwarze, rustikale Eichensarg wie eine Gondel im Blumenmeer.

Auf Franks Bitte hin war auf eine Verabschiedung am offenen Sarg verzichtet worden. Er selbst und die Kollegen wollten sie so in Erinnerung behalten, wie sie Mel in den letzten Tagen auf der Dienststelle erlebt hatten.

Der sonst so kalte und unpersönliche Raum füllte sich langsam aber stetig bis auf den letzten Platz. Die Nachzügler mussten im Bereich der Eingangstür stehen bleiben.

Frank Dell nahm auf dem einzigen noch freien Sitzkissen in der ersten Reihe platz, und das Tuscheln und Raunen verstummte, als die ersten Töne erklangen.

>> Baby, I get so scared inside and I don´t really understand
is it love that´s on your mind or is it fantasy.

Heaven, is in the palm of my hand,
and it´s waiting here for you
What am I supposed to do with a childhood tragedy

If I close my eyes forever
Will it all remain unchanged
If I close my eyes forever
Will it all remain the same

Sometimes it´s hard to hold on
So hard to hold on to my dreams
It isn´t always what it seems
When you´re face to face with me

You´re like a dagger
And you stick me in the heart
And taste the blood from my blade
And we sleep would you shelter me
In your warm and darkened grave

If I close my eyes forever
Will it all remain unchanged
If I close my eyes forever
Will it all remain the same

Will you ever take me

No, I just can´t take the pain

But would you ever trust me

No, I´ll never feel the same   oohhh

I know, I´ve been so hard on you
I know I told you lies

If I could have just one more wish
I´d wipe the copwebs from my eyes

Close your eyes, close your eyes
You gotta close your eyes for me   <<

Lita Ford und Ozzy Osbourne ließen die düstere Ballade ertönen, und nicht nur ihm lief bei Litas Gesang eine Gänsehaut über den Rücken, erinnerte die Stimme doch stark an Mels.

Dann trat Pastor Reimers nach vorne und forderte die Gesellschaft zum Beten auf. Die Trauernden erhoben sich.

„ Vater unser, der Du bist im Himmel ..."

sprach der Pastor vor und die meisten Anwesenden taten es ihm gleich.

Frank hielt die Hände gefaltet und blickte nach unten, eigentlich jedoch in sich.

Dies war nicht sein Gott, zu dem gesprochen wurde, oder doch? Vor dem geistigen Auge liefen die gesprochen Worte ab wie ein Film, und sein Unterbewusstsein formte den Inhalt um in seinen

Glauben. Passten die Worte nicht auf jeden Gott, selbst auf die Natur, auf Manitu, auf Wakan Tanka, auf Buddha, auf welchen Gott auch immer? Plötzlich begannen seine Lippen sich zu bewegen, und er hörte aus weiter Ferne seine eigene Stimme.

„ ... Dein Wille geschehe, wie im Himmel, so auf Erden. Amen. "

Die Trauergemeinde setzte sich, nur er blieb noch einige Sekunden stehen, bis der Pastor mit seiner Rede begann.

„ Liebe Anwesende, liebe Freunde und Kollegen von Mel Krankl, lieber Frank.

Wir sind heute zusammen gekommen, um einer Frau zu gedenken, die ihr Leben in Ausübung ihres Berufes ließ, die sich opferte, nicht nur für ihre eigenen Interessen und Träume, sondern für uns alle, für unsere Sicherheit, dafür, dass der normale Bürger wie Du und ich, der noch an das Gute und Gerechte glaubt, in Ruhe schlafen und seiner Arbeit nachgehen kann.

Sicher, hier und heute befinden sich viele Polizeibeamte, sowohl von der uniformierten als auch der zivilen Abteilung, die ebenso jeden Tag ihr Leben aufs Spiel setzen. Für Euch ist das selbstverständlich, ihr lebt mit dieser Gefahr.

Aber ist das wirklich so? Seid ihr, die Hüter von Recht und Gesetz, die Beschützer der guten Menschen, seid ihr euch wirklich der Gefahr bewusst, in der ihr mehr zu schweben scheint als viele andere Mitbürger?

Rechnet ihr, rechnen eure Angehörigen, die ja mit Euch leben, die euer Leben teilen, rechnen die wirklich damit, dass jeden Augenblick ein Kollege vor der Tür steht und ihnen mitteilt, das ihr Partner, ihr Mann, seine Frau, Freundin oder Freund tot sind, gestorben im Straßenverkehr oder durch die Hand eines Mörders? Ich denke, nicht! Niemand denkt ständig an den Tod, denn das vernebelt die Sinne, erstickt die Freude am Leben, an den kleinen und großen Freuden des Alltags. Und gerade, wenn man mit der ständigen Gefahr um Leib und Leben umgehen muss, schleicht sich eine gütige Routine ein, die den nahen Tod in die hinterste Ecke des Bewusstseins drängt und so den Job vermutlich erst möglich macht. Aber, liebe Anwesende, das heißt nicht, dass wir den Tod gänzlich aus uns verbannen sollen und können. Er gehört zum Leben wie einst die Geburt. Wir müssen und können sich seiner nicht immer gewärtig sein.
Aber wir sollten, ja müssen ihm einen Platz in unserem Leben einräumen. Nur dann können wir, so schmerzlich er auch für alle Angehörigen ist, mit ihm umgehen. Euer Kollege Frank Dell, Mels Gefährte der letzten Wochen und Tage bat mich, nicht allzu sehr auf christliche Aspekte einzugehen, weil viele der Anwesenden ihrer eigenen Art von Glauben anhängen, der, und da schließt sich Frank nicht aus, zwar in ähnliche Richtungen drängt wie die christliche Kirche, sich aber vom Bild meines Gottes sehr unterscheidet.

Ich kann ihnen versichern, mein Gott ist derselbe wie ihrer, derselbe wie Mels, derselbe wie Franks. Es gibt nur einen Gott, und auf welche Art und Weise wir ihn verehren, sollte jedem selbst überlassen werden.
Zum Abschluss hören wir einen Song, den Frank sich für Mel ausgesucht hat, wie auch schon den eingangs gehörten von Ozzy Osbourne und Lita Ford.
Dieser Song wird gespielt von Deep Purple, übrigens auch eine meiner Lieblingsbands, und heißt Wasted sunsets, also verschwendete Sonnenuntergänge, und lässt sich beziehen auf das junge Leben Mel Krankls, die wie hoffentlich wir alle, noch viele Sonnenuntergänge vor sich hatte.
Wünschen wir uns und ihr, dass sie diese wunderbaren Naturschauspiele jetzt von einem noch schöneren Fleckchen aus genießen kann."

Als der Gesang Ian Gillans in der Kapelle erklang, ertranken viele Augen in Tränen.

Nachdem Ritchie Blackmore´s geniales Gitarrensolo und die letzten Orgeltöne von John Lord verklungen waren, blieben alle Anwesenden noch minutenlang still sitzen und ließen ihre Gedanken schweifen in eine hoffentlich bessere Welt nach dem irdischen Dasein.

>> The day is gone, when the angels come to stay
and all the silent whispers will be blown away
And lying in the corner a pair of high heel shoes
Hanging on the wall gold and silver for the blues

One too many wasted sunsets
One too many for the road
And after dark, the door is always open
Hoping someone else will show

Someone is waiting behind an unlocked door
Grey circles overhead, empties on the floor
The cracks in the walls have grown too long
Slow hand is dragging on, afraid to meet the dawn

One too many wasted sunsets
One too many for the road
And after dark, the door is always open
Hoping someone else will show <<

Frühjahr 2007

2

Stan stapfte durch den feuchten Sand und setzte sich in einen der vereinzelten Strandkörbe, die der Strandwärter am Morgen in Erwartung eines sonnigen Wochenendes voller Touris aufgestellt hatte. Nun war er also wieder hier, in seiner Heimat, auf seiner Insel. Das Ganze kam ihm vor wie ein niemals enden wollender Traum.

Vor Jahren hatten sie Föhr verlassen. Vier halbwüchsige Musiker machten sich auf in die große weite Welt und landeten in L.A. Und jetzt waren sie zurück mit einem Plattenvertrag in der Tasche, der ersten selbst produzierten CD, der ersten Single in den Charts und einem eigenen Tonstudio hier auf einer der nördlichsten Inseln der Republik.

Den Erfolg genießend lehnte sich Stan zurück und ließ den Blick über das sich zurück ziehende, finster wirkende Meer schweifen, hinüber zu den Halligen, die am Horizont versprenkelt lagen wie vergessene Legosteine. Jeden Abend kam er seit ihrer Rückkehr an den Strand, um sich die Beine zu vertreten, ein wenig frische Luft zu schnappen und die Kraft des Meeres zu tanken für die anstrengenden nächsten Wochen, in denen sie auf Tour gehen würden, eine erste eigene Tournee, die ganz in der Nähe enden würde, auf einem der genialsten und größten Heavy Metal Festivals der Welt, beim Wacken Open Air. Dort zu spielen, vor Tausenden von begeisterten Fans zwischen Gruppen wie Iron Maiden und Whitesnake, würde alle Wünsche der Kindheit in Erfüllung gehen lassen.

Er zog die Nike-Basketballschuhe und die Socken aus, krempelte die Jeans hoch und stand auf. Ein bisschen im klammen Sand entlang Richtung Ende der Promenade am Südstrand würde den Übermut kühlen. Sie durften nicht den Fehler begehen und abheben, jetzt, wo sie es beinahe geschafft hatten. Auf der Seglerbrücke stand ein Pärchen und flüsterte sich verliebte Banalitäten zu. Das Rauschen des Meeres war kaum zu hören. Noch etwa eine Stunde, dann würde das Wasser den tiefsten Punkt erreichen und unbarmherzig zurückkehren. Als er den Leuchtturm erreichte, kamen ihm nur noch vereinzelte Spaziergänger entgegen. Anfang April war es eben noch empfindlich frisch am Meer, wenn man nicht gerade hier aufgewachsen und durch zahlreiche Stürme abgehärtet war.

Die barmherzige Stille genießend entspannten sich die Sinne, und er kam zu der plötzlichen Erkenntnis, dass Zeit und Ruhe die höchsten Güter für den Menschen bedeuteten. Vom Wasser her piepte eine Schar Strandläufer, und über ihm zogen jaulend die Austernfischer.

In der Ferne sah er ein Licht aufblitzen.

Vielleicht ein Feuerzeug oder eine Taschenlampe. Fluchend trat er auf eine zerbrochene Muschelschale, schnappte sich einen abgerundeten Stein und warf ihn nach den Möwen im Watt, die schimpfend aufflogen.

Die blitzenden Funken flammten auf und verwandelten sich in ein loderndes Feuer. Es befanden sich also doch noch einige der Einheimischen zum Feiern am Strand. Je näher er kam, desto mehr schwoll der Lärmpegel des Gegröles an. Vermutlich kannte er einige der Jungs und war mit ihnen groß geworden, obwohl der Großteil die Insel inzwischen verlassen hatte. Möglicherweise konnte er ein Bier ergattern und damit den Rückweg antreten.

Das Lagerfeuer lag noch einige Hundert Meter vor ihm, als seltsame Laute an sein Ohr drangen. Was war das für ein jämmerliches Meckern und Blöken? Im Schutze der wenigen Strandkörbe näherte er sich der bizarren Szene bis auf etwa fünfzig Meter.

Im Schein des Feuers erkannte er neun zum Teil kahlrasierte junge Männer in seinem Alter. Der einzige Ältere, ein grauhaariger Mann von ungefähr 55 Jahren, zog ein wimmerndes Schaf an einem Strick hinter sich her und pflockte es in der Nähe des Feuers an. Die Glatzen aber auch einige Langhaarige kippten sich Bier aus Dosen in die Schädel und tanzten grölend um das verängstigte Tier, wobei sie Naziparolen schrien, bis der Grauhaarige mit fester Stimme und ausladender Geste Einhalt gebot.

„ Hört auf, Euch wie pubertierende Kinder zu benehmen!"

Augenblicklich verstummte das Gebrüll.

„ Wir haben uns heute hier versammelt, um unserem Gott zu huldigen, dem für euch Unaussprechlichen, und ihm ein Opfer darzubringen. Die Zeiten der stillen und heimlichen Verehrung sind

vorbei. Es ist der Tag gekommen, unserer Liebe und Anbetung neuen Glanz und Ausdruck zu verleihen. Auf dem Festland wie auch hier, im Lande unserer Urahnen, werden wir von nun an unsere Anhänger aufrütteln und unsere Feinde bekämpfen, wo wir nur können. Bisher wurden nur kleine Aktionen gestartet, die aber kaum die breite Öffentlichkeit erreicht haben. Das wird sich mit dem heutigen Tage ändern. Wer von Euch ist bereit, mir Hilfestellung zu leisten und unserem Gott das Opfer anzubieten?"
Niemand rührte sich.
„ Nun, so habe ich euch auch eingeschätzt, und dieses Mal werde ich noch Rücksicht walten lassen, denn wir kämpfen alle zusammen für ein gemeinsames Ziel. Aber in Zukunft erwarte ich von euch vollen Einsatz. Folgt mir nun."
Damit schnappte er sich einen mit Öllappen umwickelten Ast, hielt ihn ins Feuer, band das Schaf los und zog es hinter sich her, während sich die Gruppe wie ein Tross von Ratten im Fackelschein um ihn herum scharte. Das in Todesangst jammernde und zerrende Tier hinter sich her schleifend ging der Grauhaarige Richtung Wasser, das sich bis zur Fahrrinne zurück gezogen hatte. Der harte aufgeraute Boden und das eisige Wasser einiger kleinerer Priele, die sie durchwateten, schmerzten an den verweichlichten Füßen, doch die Herde folgte dem Leithammel unbeirrt.

Nach ungefähr fünfhundert Metern blieb der Anführer stehen, drückte den Pflock mit dem Seil in den Boden und forderte die Anhänger auf, sich um ihn und das Schaf zu stellen, das außer sich vor Angst nun wild um sich trat, während sich nur noch heisere

Laute seiner Kehle entrangen. Dann forderte er einen der drei Langhaarigen auf, ihm sein Messer zu reichen.
„ Odin, Du Gott der Krieger und Tapferen, nimm dieses, unser Opfer mit Wohlwollen an und lasse Gerechtigkeit walten gegenüber Deinen treuen Anhängern und gegenüber den Ungläubigen, indem du diese bestrafst durch unsere Hand, auf dass das Reich unserer Urväter wieder zu unserem Reich werde!"
Er packte das Schaf an der Mähne im Nacken und zog den beidseitig geschliffenen Krummdolch mit einem Zug von rechts nach links durch die Kehle, sodass das Blut in einem Strahl hervorschoss und die Füße der Nächststehenden besudelte, die angeekelt zur Seite sprangen und plötzlich nicht mehr so mutig wirkten. Nur einer der Langhaarigen, ein blonder Mann mit Vollbart, trat an das röchelnde und zusammensackende Tier heran und badete seine Hände in dem versiegenden Lebenssaft.
„ Hiermit übergeben wir dich dem Meer, auf das unser Gott dich annehme."
Stan war voller Furcht hinter dem Strandkorb hocken geblieben und konnte nur ahnen, was sich im Watt abspielte. Als er die Todesschreie des Schafes hörte und bemerkte, wie sich die Fackel wieder auf ihn zu bewegte, sprang er auf und rannte so schnell er konnte Richtung Mittelbrücke, nicht wissend, wie er mit dem Gesehenen umgehen würde.

Als er am nächsten Morgen erwachte, war er wie gerädert. Der Traum, der sich wie Realität angefühlt hatte, schwirrte immer noch durch seine Gedanken. Die Männer vom Strand hatten ihn entdeckt und gejagt. Während der Flucht am Strand entlang hallten die Todesschreie des Schafes in seinen Ohren wie das Weinen eines Babys. Verzweifelt versuchte er, bei einem seiner Freunde Unterschlupf zu finden, aber niemand öffnete die Tür, die Schatten seiner Verfolger und deren vor Hass stinkenden Atem ständig im Nacken.

Um die letzte Nacht zu verarbeiten, tat Konstantin, wie er eigentlich hieß, das, was er immer tat, wenn sein Kopf nicht weiter wusste. Er ging ins Tonstudio, setzte sich ans Klavier und begann, die wirren Gedanken in Noten umzusetzen. Dabei sprudelte der Text dazu wie von selbst aus dem Mund. Nach drei Stunden war der Song so gut wie fertig. Als die anderen drei eintrafen, hörten sie ihm erstaunt zu.

„ Setzt euch einfach hin und lasst die Musik auf euch einwirken. Wenn es noch was zu verbessern gibt, dann gehen wir den Song danach in Ruhe durch .>> Desperate << soll der Titel lauten, denn das ist die Empfindung, die ich hatte, als mir der Inhalt durch die Sinne geisterte."

Und er begann.

\>> You´re reaching out
And no one hears you cry
You´re freakin´out again
Cause all your fears remind you.

Another dream has come undone
You feel so small and lost
Like you´re the only one

You wanna scream
Cause you´re desperate

You want somebody, just anybody
To lay their hands on your soul tonight
You want a reason
You keep believin´
That someday you´re gonna see the light

It´s 3 a.m.
There´s no one left to call
And sleep´s your only friend
But even sleep can´t hide you

From all those fears and all the pain
And all those years you wasted
Pushing them away
You´re going down
It´s time you face it

You want somebody, just anybody
To lay their hands on your soul tonight
You want a reason
You keep believin´
That someday you´re gonna see the light

Cause you´re desperate, desperate

You´re desperate now

You think that things
Are gonna change
Then you´re back to be feeling strange
What´s it take to
Make you feel alive

You want somebody, just anybody .... <<

Das Lokalblatt berichtete zwei Tage später lediglich von einem makabren Streich vermutlich unausgelasteter Halbwüchsiger, dem ein unschuldiges Schaf zum Opfer gefallen sei.

Aufgrund fehlender Zeugen und vom Meer fortgewaschener Spuren sowie eines Inselpolizisten, der nicht beabsichtigte, sich drei Monate vor der Pensionierung durch intensive Nachforschungen unter den einheimischen Jugendlichen mit den alteingesessenen Insulanern anzulegen, landete der Vorgang als ungeklärte Sachbeschädigung und Verstoß gegen das Tierschutzgesetz auf dem Aktenfriedhof. Zwar schoss PHM Schlütt am Tatort und der Umgebung noch einige Fotos, um nicht der Untätigkeit bezichtigt werden zu können, aber die bekam außer ihm und dem Staatsanwalt, der den Fall einen Monat später einstellte, niemand zu sehen.

Stan hatte den Vorfall inzwischen zwar nicht vergessen, aber soweit aufgearbeitet, dass er nur noch in ihrem neu aufgenommenen Song existierte. Ob die Geschichte sich so oder ähnlich zugetragen, oder ein grässlicher Traum sich seines Schlafes bemächtigt hatte, dessen war er sich nicht mehr sicher. Und das Aufsprühen des roten Zeichens an dem Wall der Promenade hatte er aufgrund der rechtzeitigen Flucht nicht mehr mitbekommen.

Einigen Strandspaziergängern fielen dieser gefiederte Pfeil, das schräge F, oder wie auch immer man das Symbol nennen wollte, der offene Pfeil nach links und das Kreuz mit dem schiefen Querbalken zwar auf, doch niemand maß diesem zwischen den unzähligen weiteren Schmierereien eine Bedeutung zu. Die Ziffernfolge 2 5 3 4 8 9 7 1 1 ging unter zwischen den seit Jahren eingeritzten und aufgemalten Datumsangaben verliebter Urlauber.

3

Wie sehr er doch den Feierabend herbei sehnte. Schon die Vorfreude erregte ihn so, dass sein zu spitz geratenes Gesicht mit den hervor stehenden Schneidezähnen und den abstehenden Ohren die für Menschen unnatürliche Röte einer Tomate annahm. Gepaart mit kleinwüchsiger Gestalt erinnerte er die Mitmenschen an eine schlechte Karikatur des Joda aus der Starwars Reihe.

Und genau das ließen sie ihn unerbittlich spüren.

Täglich, stündlich, minütlich, seit nunmehr 37 Jahren, 7 Monaten, 2 Wochen, 3 Tagen und beinahe 20 Stunden. Ein blöder Spruch, den er in seiner Kindheit häufig hörte, lautete: Die Zeit heilt alle Wunden

Wie er dieses Geschwafel schon zu jener Zeit hasste.

Die Wunde, die sich in seiner geschundenen Seele zwischen den sich zusammen ziehenden Gedärmen und dem unablässig pumpenden Herzen auftat wie der Grand Canyon im Leib der Erde Nordamerikas, wuchs täglich, stündlich, minütlich.

Bereits als Kind zogen ihn die Spielkameraden, die eigentlich keine waren, da niemand mit ihm spielen wollte, immer wieder auf, nannten ihn hässlichen Zwerg oder blöden Gnom und beschimpften ihn als Nachgeburt seiner stets besoffenen Mutter.

Durfte er dann doch mal an den Spielen der anderen Kinder teilnehmen, sei es aus Mitleid oder doch eher mangels genügend Spieler, dann stellte sich diese zunächst scheinbare Gutmütigkeit im Nachhinein als erbarmungslose Verarsche heraus, wie sie Kindern zu eigen ist.

Einmal, er mochte etwa zehn Jahre alt gewesen sein und sah aus wie fünf, ließen sie ihn beim Verstecken mitspielen und sein kleines Herz tat vor Freude einen Hüpfer wie Hänschen Rosenthal, den er schon früh im Fernsehen bewunderte.

Auch jenen Herbsttag würde er niemals vergessen. Gegen 18 Uhr verdunkelte sich der Himmel und es begann zu tröpfeln. Irgendjemand hatte ihm irgendwann einmal irgendetwas eingeredet, wie, es bestünde die Chance, er würde bei Regen zu normaler Größe heranwachsen. Vermutlich war das der perverse Bruder seiner Mutter gewesen, er erinnerte sich nicht genau. Onkel nannte er diese Person nie, denn damit verband er eine enge, verwandtschaftliche Beziehung. Es fing an, stärker zu regnen, und er begann, an die große Linde gelehnt zu zählen.

Eins, zwei, drei ...
97, 98, 99, 100.

Nicht ein einziges Mal hatte er geluschert, denn das war das erste gewesen, was ihm die großen Jungs im wahrsten Sinne des Wortes eingebläut hatten. Gegen Schläge war er inzwischen so abgehärtet, dass er sie nicht mehr wahrnahm.

Nur die seelischen Verletzungen schmerzten ihn noch immer.

Als er die Augen öffnete, war es bereits ziemlich dunkel und er fürchtete sich. Eine kleine Ewigkeit rief und suchte er im Unterholz nahe der Wittorfer Burg. In der Schule hatten sie gelernt, die Burg sei im Mittelalter von den Bewohnern des Gaus Faldera erbaut worden zum Schutz gegen die Wenden, die das Gebiet regelmäßig überfielen. Das musste schon sehr lange hergewesen sein, denn Ritter oder ähnliche Leute, wie er sie manchmal in Filmen sah, wenn seine Mutter auf dem Sofa den Rausch ausschlief, waren ihm hier beim Spielen nie begegnet. So wie sie wäre er gerne gewesen. Nicht, wie seine Mutter, natürlich. Wie die Ritter. Stark, mutig, tollkühn und mit Rüstung und Helm nicht nur vor den Waffen der Feinde, sondern auch vor den Blicken der Menschen geschützt.

Dann kam der Zeitpunkt, da er nichts mehr sah. Ächzend knarrten die Bäume über ihm, nur die Schwale plätscherte gleichmäßig vor sich hin. Dieses leise Rauschen besänftigte sein Inneres und er begann, wieder ruhiger zu atmen. Plötzlich bemerkte er, wie etwas an seinem Hosenbein hinauf kletterte und mit einem Satz auf seiner schmalen Schulter saß. Ängstlich kniff er die Augen zusammen und hoffte, dieses Etwas würde ihn nicht bemerken und schleunigst wieder verschwinden. Doch es schien sich wohl zu fühlen, schmiegte sich an ihn und begann an seinem Ohrläppchen zu schlecken mit feuchter, rauer Zunge. Von angenehmen Empfindungen durchflutet traute er sich schließlich, den Kopf zu drehen und sah in zwei niedliche, dunkle Knopfaugen, die ihn zutraulich anschauten. Ein Eichhörnchen vermittelte ihm zum ersten Mal im Leben das unendlich schöne Gefühl von Wärme, Vertrautheit und Zuneigung.

Und wie aus dem Nichts verspürte er etwas Großes, Starkes, Schönes in sich wachsen, fühlte sich eins mit der Natur und gleichzeitig den anderen Lebewesen überlegen. Auf einmal begriff er, warum die Kinder sich über ihn lustig machten, warum er bis zum heutigen Tag ängstlich, zaghaft und scheu gewesen war. Das war nicht die Schuld seines wenig ansprechenden Äußeren, nicht seiner trollhaften Statur, auch nicht seines Sprachfehlers wenn er nervös war und er war immer nervös.

Nein, allein die Einstellung zu sich selbst ließ ihn mickrig und unscheinbar, auf grausame Weise überflüssig erscheinen. Bestätigt durch Umwelt und Familie wand sich in ihm das Selbstbewusstsein eines Wurms, einer schleimigen, rückgratlosen Kreatur.

Dies änderte sich für einen kurzen Augenblick, und die anfängliche Angst vor der Dunkelheit wich einer Gewissheit des Überlegenen, Unbesiegbaren.

Es war 6 Uhr morgens, der Club hatte längst geschlossen und auch aus der Disko verschwanden endlich die letzten Gäste. Nur durch Zufall hatte er den Job des Hausmeisters in dem ehemaligen Kraftwerk erhalten. Nur, weil sein alter Jugendheimleiter ein enger Freund des Diskothekenbesitzers war. Willi nahm ihn von Anfang für voll und stellte ihn nach einer Probezeit von vier Wochen ohne Vorbehalte ein. Eine Woche später kam auch der alte Helmut, der Besitzer des gesamten Gebäudekomplexes auf ihn zu und bot ihm an, sich um das komplette Kraftwerk zu kümmern. Er hätte ihn die Tage über beobachtet und sei sehr angetan von seinem Arbeitseifer. Einen Hausmeister wie ihn fände man nicht alle Tage.

Nun befand er sich auf dem Heimweg. Da seine Knochen zu müde waren um in die Pedale zu treten, schob er das Rad den ganzen Ring entlang bis er endlich in die Schillerstraße einbog.

Den Bau des Supermarktes hatte er ebenso live verfolgt wie den Abriss des alten AEG-Gebäudes. Zugegeben, dieses alte Gemäuer hatte nicht eben ein Meisterstück deutscher Architektur dargestellt. Neumünster gewann allein schon durch den Abriss an Aussehen. Aber er hatte dieses halb verrottete Firmengebäude geliebt. Manche Nacht schlich er durch eine der unverschlossenen Stahltüren in die stickig modrigen, verlassenen Büroräume und malte sich die Aktionen der nahen Zukunft aus.

Dann stapfte er durch die Dunkelheit in viel zu großen, grünen Gummistiefeln, einem viel zu weiten Bundeswehrparka und schwarzer, an den Beinen und am Hintern schlotternder Jogginghose, schlurfte zurück entlang des Gebäudes der Freiherr-vom-Stein-Schule, vorbei am Parkplatz des Gut-Heil-Heims durch den holprigen Sandweg, sprang über Pfützen, trat voller Übermut gegen die riesigen roten, blauen und grünen Tore der einzelnen Gartengrundstücke, die so gewaltig wirkten, als müssten sie Fort-Knox bewachen, träumte beim Schlendern am Sportplatz entlang von einer nie erreichbaren Karriere als Mittelstürmer und bog dann schließlich in den düsteren Raabeweg ein, der umsäumt von dichten Buchenhecken in die Sackgasse am Ende der Welt mündete.

Ein älterer Herr in Förstertracht führte seinen Jagdhund aus, der schwanzwedelnd auf ihn zusprang und an seinen Fingerspitzen schnupperte, die aus dem linken, viel zu langen Ärmel ragten.

Freudig streckte er dem Tier die Hand entgegen, zog aber die Kapuze tiefer ins Gesicht. Er mochte es nicht, wenn ihm bei seinen nächtlichen Streifzügen Menschen über den Weg liefen seit jenem Abend vor siebenundzwanzig Jahren.

Vergeblich suchte er die Spielkameraden in dem Gebiet an der Schwale bis ihm aufging, dass sie ihn im Wald alleine zurück gelassen hatten und sich vermutlich schon daheim bei Mama und Papa am gemütlichen Herd in der Küche aufwärmten.

Selbst hatte er nie ein zuhause besessen.

Der Erzeuger, wie er seinen leiblichen Vater nannte, verließ die Mutter und ihn kurz nach seiner Geburt, so zumindest hatte sie es ihm einmal im Suff anvertraut, da war er noch keine vier Jahre alt. Mutter begann seit er denken konnte den Tag mit einer Flasche des billigsten Weinbrands, der in den Tante-Emma-Läden der Ehndorfer Straße und Umgebung zu finden war. Gegen Mittag ließ sie den Tag ebenso ausklingen. Danach blieb sie bis zum nächsten Morgen nicht ansprechbar. Hingefläzt wie ein Warzenschwein im Schlammloch lag sie auf dem einst roten Sofa vom Sperrmüll vor dem Schwarz-Weiß-Fernseher aus den Nachkriegsjahren und bewegte sich nur noch unfreiwillig, in dem sie in unschöner Regelmäßigkeit wie ein nasser Sack auf die teppichlosen, versparkten Holzdielen plumpste und bis zum Morgen im Delirium ldort iegen blieb.

Diese 2-Zimmer-Absteige in der Flensburger Straße an der Ecke zur Ehndorfer Straße, dieser graue und unwohnliche Kasten bildete also seine Unterkunft bis die Mutter, der inzwischen aus welchem Grund auch immer die Nase abgefault war, eines Tages keinen Mucks mehr von sich gab. Die hundertjährige Nachbarin Frau Domer rief für ihn den Notarzt, und eine Stunde später erschien der schwarze Wagen der Firma Selck. Die Männer rollten Mutter widerwillig in einen schwarzen Sack und brachten sie weg. Er kam noch am selben Tag in ein Kinderheim in der Beethovenstraße.

4

Thoralf, so war er getauft worden, sperrte die Pforte zu seinem Grundstück Nr. 8 auf, verschloss sie sorgfältig hinter sich und stapfte die Gehwegplatten entlang zur kleinen Holzhütte. Schon aus der Entfernung sah er die beiden gewaltigen, beigen Maine-Coone-Katzen, die ihn mit freudigem Maunzen begrüßten. Mit zärtlichen Gefühlen beugte er sich zu den beiden Wollknäueln hinab und kraulte sie hinter den Ohren.

Dann drückte er die niedrige, halbe Holztür der Veranda auf, schloss mit einem alten, rostigen Schlüssel die Hütte auf und schaltete die Anlage ein.

Bruce Dickinson gab sich wirklich alle Mühe, doch er hatte keinen Erfolg.

>> I am a man who walks alone
and when I´m walking a dark road
at night or strolling throuhg the park

When the light begins to change
I sometimes feel a little strange

A little anxious when it´s dark

Fear of the dark, fear of the dark
I have constant fear that something´s always near
Fear of the dark, fear of the dark
I have a phobia that someone´s always there

Have you run your fingers down the wall
And have you felt your neckskin crawl
When you´re searching for the light
Sometimes when you´re scared to take a look
At the corner of the room
You´ve sensed that something´s watching you

Fear of the dark, fear of the dark ..... <<

dröhnte aus den 4 überdimensionalen Boxen.

Doch er hatte keine Angst. Er würde nie wieder diesen Druck im Körperinneren verspüren. Er war groß, stark, schlau. Niemand konnte ihn besiegen. Schon gar nicht die Nacht und die Dunkelheit.

Beide waren seine Freunde.

Zunächst öffnete er eine Dose Katzenfutter und die Tiere verschlangen den Inhalt, als bekämen sie sonst nichts. Dem war allerdings nicht so, denn er fütterte seine Lieblinge jeden Tag. Wo sie sich in der Zwischenzeit während seiner Abwesenheit aufhielten, vermochte er nicht zu sagen. Vermutlich stromerten sie von Garten zu Garten, erhielten hier und da ein Leckerli und dösten den Rest des Tages auf einem halb verrotteten Lehnstuhl oder einer quietschenden Hollywood-Schaukel.

Thoralf zog die gefalteten Zeitungen, die er unterwegs zusammen mit zwei warmen Laugenbrötchen bei ARAL gekauft hatte, aus der Jackentasche. Dann machte er es sich auf der Holzbank bequem, breitete die BILD auf dem Tisch aus, griff nach links unten und zog eine Dose des nachtkalten Bieres aus der noch unangebrochenen Palette.

Das Ritual verlief immer gleich, wenn er nachts zuvor gearbeitet hatte. Erst die Bild mit einem Brötchen, dazu die Hälfte der Bierdose. Danach die MoPo mit dem zweiten Brötchen und dem Rest vom Pils. Schließlich zog er sich zusammen mit den vierbeinigen Bettvorlegern in die Hütte zurück, warf sich wie er war auf das robuste Dreimannbett, das er im letzten Sommer selbst zusammengezimmert hatte, und schlief fünf Minuten später auf dem Rücken den Schlaf der Gerechten, beide Katzen quer über sich liegend, bis er am frühen Nachmittag von alleine erwachte. Die Tiere waren dann meist schon durch die bis auf einen Spalt angelehnte Tür verschwunden.

Anders als sonst erwachte Thoralf bereits um kurz nach elf und fühlte sich wie ausgekotzt. Erst dieser irre Traum, und dann hatte er die Katzen jämmerlich jaulen hören. Oder war das noch ein Teil seines Traums gewesen? Er horchte, doch bis auf den Eichelhäher von der hohen Kiefer und den Kuckuck in weiter Entfernung blieb es erstaunlich still. Überhaupt kam er sich in diesem Eckchen der Stadt vor wie am Ende der Welt. Nur ein paar Straßen entfernt vom Zentrum herrschte hier eine beinahe paradiesisch anmutende Idylle.

Mehr erwartete er nicht vom Leben. Aller Materialismus und jede scheinbare Sicherheit waren Illusion. Ruhe, Zeit, Einsamkeit. Darin bestand der eigentliche Luxus in diesen hektischen Zeiten.

Von der anderen Seite des Raabewegs wehte der Geruch brennenden, feuchten Holzes herüber. Er liebte dieses Aroma. Es erinnerte ihn an eine Kindheit, wie er sie sich stets gewünscht hatte.

Als ihm dann auch noch der Geruch von Grillfleisch in die Nase stieg, hielt er es nicht mehr aus und zog einen angebrochenen Sack Holzkohlebriketts hinter dem grünen Sessel in der vorderen Veranda-Ecke hervor. Wenn er sich nicht täuschte, und das tat er selten, dann mussten sich noch zwei Scheiben Bauchfleisch und zwei dieser Speck umwickelten Berner Würstchen im Kühlschrank befinden. Es war Samstag und er würde erst gegen 19 Uhr bei Willi erscheinen müssen. Also Zeit genug, sich bis dahin noch ein oder zwei Bierchen zum Festschmaus reinzuzischen und sich dann noch mal ein Stündchen aufs Ohr zu hauen.

5

„ Habt ihr gelesen, was die Kanaken gestern Abend mit dem deutschen Rentner gemacht haben? Dieses Dreckspack hat ihn fast totgeprügelt, einfach so, ohne Grund.“
Im Hintergrund brüllten die Onkelz aus den mannshohen Boxen.

„ Ich will lieber stehend sterben,
als kniend leben,
lieber tausend Qualen leiden,
als einmal aufzugeben ... “

Dennis hielt die halb leere Flasche Holsten in der Linken und fuchtelte mit der anderen Hand wild in der Luft herum.
„ Wird Zeit, dass wir den Mullahs mal wieder ne Lektion erteilen.“
Thomas, der Kleinste der kurzgeschorenen Truppe sprang vom Sperrmüllsofa auf und feuerte die leere Bierdose gegen die kahle, schimmlige Wand ihres Clubraums.
„ Mal wieder ist gut,“ bemerkte ganz ruhig in der Ecke hinter dem lieblos zusammen gezimmerten Tresen Stefan, der Anführer der Glatzen.

„ Ihr tut gerade so, als wenn ihr schon jemals ein Ölauge weggeklatscht habt. Damals, zu meiner Glanzzeit, als die Rechten in Neumünster noch eine Macht waren, da haben wir jede Woche heftige Schlachten geschlagen. Seht ihr die Narben hier auf meinem Schädel?"

Er drehte ihnen den polierten Hinterkopf zu.

„ Die hab ich vom Kampf am Heldenhain vor zehn Jahren am Geburtstag des Führers. Da haben wir mit fünf Mann an die zwanzig Türken aufgemischt. Haben sie in den Stadtwald gelockt und dann haben sie gekriegt. Leider hat mich einer von den hinterlistigen Säcken von hinten erwischt. Mit ner Eisenstange. Lag fast vier Wochen im Koma. Doppelter Schädelbruch. Aber so schnell ist ein deutscher Mann nicht klein zu kriegen."

Beifall heischend schaute er in die Runde, doch die Augen der sechs Anwesenden Clubmitglieder blickten schon zu glasig, um noch Emotionen verbreiten zu können.

„ Hier, nimm noch ein Bier."

Thomas warf ihm die Flasche zu.

„ Und verschon uns mit den alten Geschichten. Wen sollen wir denn heute noch verprügeln? Mit den Kurden und Albanern machen wir Geschäfte und die Russen sind zu stark für uns. An die wagst ja nicht mal du dich ran."

Stefan stierte mit dumpfem Blick den schmierigen Steinboden an.

„ Gegen die Bolschewiken haben wir keine Chance, da habt ihr recht.

Aber ich hab da schon ne Idee, wie wir den Deutschen hier in unserem Land wieder Respekt verschaffen. Ich hab da schon einen

Plan. Was ist mit Dir, Max? Bist Du dabei, oder hast Du Schiss, dass deine Kripo-Mama dir den Hintern versohlt?"

„ Klar bin ich dabei, du Spinner. Den Mullahs ein wenig Angst machen, hat noch nie geschadet."

Max, der bisher ruhig in der Ecke gesessen hatte, sprang auf.

„ Na, mal sehen, vielleicht bist du ja doch nicht so ein Muttersöhnchen," grinste Stefan und klatschte die anderen ab.

6

Blechernes Klingeln riss Tessa Will aus den weniger süßen Träumen, in denen sie immer wieder nur knapp den dunklen Gestalten ohne Gesichter entkam. Verwirrt starrte sie ins Dunkel und wusste einen Moment nicht, wo sie sich befand. Die Stimme des Dienstgruppenleiters am anderen Ende holte sie in die Gegenwart zurück.

„ Hi Tessa, hier ist Rainer Wenzel vom zweiten Polizeirevier. Keinen Schreck kriegen. Ich weiß, dass du keine Bereitschaft hast, und es tut mir auch leid, wenn ich dich geweckt habe, aber ich glaube, es ist besser, wenn du zur Wache kommst."

Schlagartig war sie wach.

„ Ist was mit meinem Jungen? Was ist mit Max? Sag mir die Wahrheit. Ist ihm was passiert ....," Ihre Stimme überschlug sich und das Herz pochte im Hals.

„ Ganz ruhig, Tessa, ihm ist nichts passiert. Ich glaub trotzdem, es ist besser, wenn du herkommst. Alles Weitere erklären wir dir vor Ort."

Tessa Will griff sich das nächstliegende Kleidungsstück, ihre lila Freizeithose aus Frottee, und schlüpfte hinein. Dann warf sie sich eine schwarze Nike-Trainingsjacke über, stieg mit nackten Füßen in die ausgelatschten Turnschuhe und hastete die elf Treppenstufen hinunter.

Nach fünf Minuten parkte sie mit quietschenden Reifen vor dem roten Backsteingebäude, dem ehemaligen Zollamt in der Beethovenstraße, und sprang aus dem froschgrünen VW Lupo. Der Wachhabende erwartete sie bereits in der Tür.

„ Nun beruhig dich erst mal," hielt er sie auf und schob sie in den Flur. Wir haben dich angerufen, damit du ein paar Minuten Zeit hast, dich mit deinem Sohn zu unterhalten, bevor das BKA hier ist."

KHM Tessa Will wurde blass.

„ Was hat er angestellt?"

„ Nun komm erst mal mit nach Hinten und trink einen heißen Kaffee, damit der Kopf klar wird."

Im Aufenthaltsraum nahm Tessa Will auf dem abgewetzten Ledersofa platz. Der Dienstgruppenleiter forderte die beiden Streifenbesatzungen auf, eine Runde zu drehen, woraufhin sich diese entfernten. Er reicht ihr den Kaffee und setzte sich gegenüber auf einen Frottee bezogenen Sessel aus den Siebzigern.

„ So, folgendes ist nach unseren bisherigen Erkenntnissen heute Nacht passiert, allerdings konnten wir den genauen Tatablauf noch nicht rekonstruieren mangels Aussagen der Beschuldigten, die sich in Gewahrsam befinden."

„ Nun sag schon, was los ist," nutzte KOK Will die Atempause des Kollegen.

„ Wie es aussieht, haben dein Max und fünf seiner Kumpane in ihrem Clubraum in der Rügenstraße am Beginn der Auffahrt zur ehemaligen Warenausgabe von Möbel Wohnschau ein kleines Zechgelage veranstaltet. Gegen Mitternacht kam dann wohl ihr Anführer, ein gewisser Stefan Bein, vorbestraft wegen mehrerer rechtsradikal motivierter Straftaten, unter anderem Aufstachelung zum Rassenhass, schwerer, gemeinschaftlicher Körperverletzung und schwerem Landfriedensbruch; dieser Stefan Bein kam also auf die Idee, unseren ausländischen Mitbürgern mal wieder zu zeigen, was eine Harke ist.

Da ihnen die meisten halbstarken oder erwachsenen Ausländer zu stark sind und sie mit der anderen Hälfte Drogengeschäfte machen, kamen sie auf den glorreichen Einfall, nach Beendigung des Gottesdienstes in der Moschee Färberstraße einem älteren türkischen Ehepaar aufzulauern und diese niederzuschlagen, als sie kurz vor Erreichen ihrer Wohnung in der Friedrichstraße 8 die Haustür aufschließen wollten. Wer genau mit dem Baseballschläger zugeschlagen hat, und wer auf die am Boden Liegenden eintrat, das steht noch nicht fest. Was jedoch feststeht, ist, dass der Mann, Hassan Özdemir mit fünf gebrochenen Rippen und schwerer Gehirnerschütterung im FEK liegt. Seine Frau Eyse kam nicht so glimpflich davon. Die liegt mit eingeschlagenem Schädel und schweren inneren Verletzungen auf der Intensivstation. Die Überlebenschancen stehen nach Angaben der Ärzte bei knapp fünf Prozent."

Schweigend saß Tessa ihm gegenüber, die Hände vors Gesicht geschlagen, und schüttelte nur ungläubig den Kopf. Dann wandte sie sich PK Wenzel zu, das Antlitz blass wie die frisch gestrichenen Wand hinter sich..

„ Welche Rolle hat Max bei der Aktion gespielt?"
„ Er beteuert, nicht zugeschlagen oder getreten zu haben, aber das tun sie alle. Wie lange weißt du schon von seinem Freundeskreis?"
„ Seit ungefähr zwei Monaten rede ich mir den Mund fusselig, aber ich erreich ihn einfach nicht. Seit sein Vater uns vor vier Jahren verlassen hat, da war Max zwölf Jahre alt, ist mit dem Jungen nichts mehr anzufangen. Der Verlust des Vaters mitten in seiner schlimmsten Pubertätsphase hat ihn fast zerbrochen. Ihm fehlt einfach seit Jahren die harte männliche Hand. Frauen nimmt er nicht für voll und einen weiblichen Bullen schon gar nicht, wie er mir immer wieder an den Kopf wirft. Da unterscheiden sich die deutschen Jugendlichen kaum von den heranwachsenden Ausländern."
Seufzend ließ sie sich nach hinten in die Polster fallen.
„ Du hast eben angedeutet, ich könnte noch mit ihm sprechen, bevor das BKA auftaucht. Hat die Abteilung Staatsschutz die Angelegenheit gleich an sich gerissen?"
„ Worauf du Gift nehmen kannst. Bei den Beschuldigten geht man sofort von einem fremdenfeindlichen Hintergrund aus. Das weißt du, und damit liegen sie in diesem Fall auch sicher nicht verkehrt. Max sitzt in einer Zelle auf dem ersten Revier. Hier war nicht genügend Platz und die Junges sind alle einzeln untergebracht. Panzlaff weiß Bescheid. Das BKA wird in zirka einer Stunde hier auftauchen. Solange kannst du mit ihm reden. Alles inoffiziell, versteht sich. Wenn jemand fragt, ich weiß von nichts. Gib ihm am besten den Tipp, nichts zu sagen in der Vernehmung und besorg ihm schon mal einen guten Anwalt. Den wird er brauchen."

„ Danke, Rainer, hast was gut bei mir."
Sie stand auf und verschwand in die milde Nacht, in der es zum ersten Mal nach Frühling roch. Doch diesen Duft nahmen ihre Sinne nicht auf.

Mit finsteren Mienen erwarteten die Kollegen vom 1. Polizeirevier ihr Eintreffen. Ohne lange Rede führte der Dienstgruppenleiter Panzlaff sie in den Zellentrackt.
„ Max sitzt in Nummer 2. Beeil dich und vor allen Dingen kein Wort zu irgendjemandem. Du weißt, was wir hier veranstalten, ist streng verboten. Wenn das einer vom BKA mitkriegt und uns anscheißt, dann schieben wir beide ab nächste Woche Dienst auf Hallig Hooge, und zwar bis zur Pensionierung. Also fass dich kurz, und dann besorg ihm einen vernünftigen Anwalt. Ich hab dich hier nicht reingelassen und auch nicht gesehen, wie du unser Verließ betreten hast."
Er tätschelte freundschaftlich ihre Schulter und ließ sie stehen. Mit zittrigen Fingern und einer unbekannten Schwere in den Knochen schob sie die Stahlriegel beiseite und öffnete die massive Stahltür, vor der die schwarzen Springerstiefel der Größe 42 standen.

Max hockte, die Hände vor das Gesicht geschlagen auf der Steinliege ohne Auflage und blickte nicht nach oben, als er das scharfe Geräusch von Stahl auf Stahl hörte. Wie die Vorschriften zur Ingewahrsamnahme es vorschrieben, saß der Junge nur in Unterhose, T-Shirt und Socken in dem kahlen Raum. Alle Gegenstände und Kleidungsstücke, mit denen er sich hätte selbst verletzen können, waren ihm abgenommen worden.

Ohne ein Wort zu sagen blieb sie in der Tür stehen und betrachtete ihr Kind. Was war nur aus diesem kleinen, süßen Etwas geworden, das vor sechzehn Jahren nach dreizehn Stunden grausamer Wehen im FEK das Licht der Welt mit einem erbarmungswürdigen Schrei begrüßt hatte. Aus diesem braven und wissbegierigen Schulkind, welches im Unterricht zu schüchtern war, sich zu melden und dem die Lehrer der Hans-Böckler-Schule dennoch eine herausragende Intelligenz bescheinigten. Verhalten in der Schule: sehr gut. Der Junge sticht aus der Klasse heraus durch ein ausgeprägtes Gerechtigkeitsempfinden und soziale Verhaltensweisen, wie sie für einen Neunjährigen außergewöhnlich sind. So hatte sich die Klassenlehrerin Frau Schulz ihr gegenüber in einer der letzten Elternsprechstunden geäußert, bevor er auf Empfehlung der Lehrerschaft an die Immanuel-Kant-Schule gewechselt war. Entgegen den Rat seiner Eltern, dies sei doch eine tote Sprache, entschied sich Max gegen Französisch und für Latein. Schließlich wolle er nach dem Abitur Tiermedizin studieren.

Der Bruch kam, als sich Jürgen, ihr Mann und sein Vater, gegen die Familie und für die fünfzehn Jahre jüngere Geliebte entschied und von einem Tag auf den anderen nach Freiburg zog. Da war Max zwölf Jahre alt. Alleine der Gedanke daran ließ ihren Magen zusammen ziehen und sie fürchtete, die Kontrolle über ihren Kreislauf zu verlieren. Doch die vier Jahre, die seither vergangen waren, hatten sie hart werden lassen. Hart gegen sich selbst und ungerecht gegen andere, insbesondere den eigenen Sohn. Die Zeit nach Jürgens Auszug wurde die schwierigste in ihrer beider Leben. Heute erfuhr sie den Tiefpunkt. Warum auch hatte sie stets ihr eigenes Elend in den Vordergrund gestellt und die Nöte und Ängste des Jungen so gut wie möglich ignoriert oder mit Floskeln abgetan.

Alles wird gut. Nach Regen folgt Sonnenschein. Blablabla.

Auf einmal schien die Vergangenheit so klar und problemlos. Was waren das für Probleme gewesen? Schwierigkeiten, wie sie täglich millionenfach auf der Welt vor kamen. Aber nein, sie war die einzige auf der Welt, die mit einem untreuen Partner und einer Trennung zu kämpfen hatte.

„Hallo Max, ich bin´s."

Max ließ den Kopf in den Händen, wendete aber den Blick nach oben und sah seine Mutter aus tränengeröteten Augen an.

„ Was willst du hier? Gibt's hier Sonderbehandlung für den ach so aus der Art geschlagenen Balg einer Kripotussi? Wird den anderen Jungs auch dieser Vorzug zuteil? Ich denke kaum."

„ Lass uns vernünftig reden, Max, ich ..."

„ Ach, auf einmal kann man vernünftig mit mir reden? Wann ist dir diese Erkenntnis gekommen? Mit mir kann jeder vernünftig reden. Das war schon immer so. Wenn ich etwas kann, dann ist es vernünftig zu reden. Nur meine eigene Mutter konnte das nie. Und heute geht das plötzlich? Wieso? Warum jetzt und nicht früher?"

„ Es tut mir leid, Max. Es tut mir leid, dass ich dich all die Jahre wie einen kleinen Jungen behandelt habe."

„ Das ist es nicht, was dir leid tun sollte. Ich war ein kleiner Junge. Du hast mich behandelt wie ein lästiges Nichts. Hast dich nur um deinen eigenen Kummer geschert. Wie es in mir aussah, hat dich nicht interessiert. Oft hatte ich auch das Gefühl, du würdest mir die Schuld an unserem Elend geben. Als könnte ich was dafür, dass Papa einfach so gegangen ist. Ohne ein Wort, ohne sich zu verabschieden. Aber ich war nicht schuld. Mich hat er genauso verlassen wie dich."

„ Aber warum hast du nie etwas gesagt?"

„ Was sollte ich sagen? Hast du nie gemerkt, wie es in mir aussah? Du bist meine Mutter. Wenn du mich nicht kennst, wer dann?"

Tessa Will kämpfte mit sich und ihren Tränen. Wie gerne hätte sie ihn in diesem Augenblick in die Arme geschlossen, fürchtete jedoch seine Zurückweisung.

„ Was ist passiert? Was habt ihr getan? Was hast du getan?"

„ Wir haben ein altes Ehepaar überfallen und niedergeschlagen."

„ Aber warum? Du warst immer jemand, der sich für Schwächere eingesetzt hat. Für andere Kinder, für alte Leute, für Tiere."

„ Wir haben getrunken und wollten Kanaken klatschen, wie die Jungs es früher getan haben, und dann ..."

Die Tür öffnete sich, und Panzlaff trat in den Rahmen.

„ Du musst Schluss machen, das BKA ist im Anmarsch. Haben eben Erika gemeldet, dass sie sich in unserem Bereich befinden. In ein paar Minuten sind sie hier."

„ Ich komme sofort, noch eine Minute."

Der Dienstgruppenleiter verschwand, und sie drehte sich ein letztes Mal ihrem Sohn zu.

„ Hast du zugetreten und geschlagen? Bist du schuldig?"

„ Ich hab ebenso viel Schuld wie die anderen. Ich war dabei."

„ Du sagst nichts, bis dein Anwalt da ist, verstanden? In ein oder zwei Stunden ist jemand da, der dich vertritt. Ich besorg den besten, der zu haben ist. Trotz allem. Ich hab dich lieb."

7

Sein Leben lang war er diszipliniert worden. Erst von den strenggläubigen Eltern, die ihm ihre Vorstellungen von Moral und Anstand einbläuten. Dann von den Lehrern und später von den Ordnungshütern, die ihn auf Schritt und Tritt verfolgten, weil einige seiner besten Freunde Zigeuner waren. Irgendwann einmal hieß es dann politisch korrekt Sinti oder Roma, doch an der Einstellung der Obrigkeit dieser schon im Dritten Reich verfolgten Randgruppe gegenüber änderte sich deshalb nichts.

Gegen Blut und Gewalt war er schon als kleiner Junge durch freundliches Mitwirken seines Vaters abgestumpft worden. Da die Eltern ein kleines Fleischereifachgeschäft am Kantplatz betrieben, nahm ihn der Vater des öfteren gegen seinen Willen mit, wenn das montagliche Schlachten der Schweine und Rinder in der kleinen Schlachterei in der Altonaer Straße stattfand, unweit der erst vor einigen Jahren abgerissenen Reichshalle.

Der Gestank nach Tod und Blut widerte ihn an, bereitete ihm regelrecht Angst. Doch der Vater zwang ihn, genau hinzusehen, wenn die in Todesangst quiekenden Schweine mit einem Bolzenschussgerät in die Schläfe getötet und dann zum Ausbluten am Haken zur Decke gezogen wurden.

Manches Mal kam es auch vor, dass ein Bulle Böses ahnte und sich im Innenhof losriss. Der ließ sich dann nicht wieder einfangen und nahm jeden auf die Hörner, der ihm zu nahe kam. Da nun keiner mehr mutig genug war, dem Tier wie früher bei der Jagd mit Axt oder Messer gegenüber zu treten, wurde die Polizei gerufen, die sich mit einem Gewehr in einem der Büroräume im zweiten Stock des Gebäudes verschanzte, um dort von einem Fenster zum Hof das arme Tier aus sicherer Entfernung zu erlegen.

Er liebte jedes Lebewesen, besonders die Tiere. Dafür hasste er alle, die sich an ihnen vergriffen, umso mehr. Die Eltern, die Angestellten des Schlachters und den Schlachter selbst, und auch die Polizisten. Am meisten jedoch Gott und die Kirche, die nach Aussagen seiner Eltern den Menschen als Krone der Schöpfung ansahen und sich die übrigen Kreaturen der Erde zu Untertanen machen sollten.

Die Wende zum Perversen kam, als er in die Pubertät eintrat. Auf einmal fand er Gefallen an dem Blut und der Gewalt. Dafür hasste er nun auch sich selbst und die Leute fremder Herkunft, für die er sich früher stets stark gemacht hatte. Doch die Lust, die er beim Anblick fremden Leids empfand, überlagerte schnell alle anderen Gefühle.

Bis auf den Hass auf die Kirche, die Eltern, den Schlachter und die Polizei. Alle diese Personen waren es nicht Wert zu leben, doch seine Wut ging noch nicht so weit, selber Hand an diesen Abschaum zu legen. Zu dominant wies ihn der Vater selbst bei Kleinigkeiten in die Schranken.

Dann wurde eines Tages der kleine Jörg aus der Nachbarschaft ermordet aufgefunden. Die Eltern hielten die Gegend nicht mehr für sicher und zogen aufs Land nach Aukrug zum Bruder seiner Mutter. Kurz darauf, er war gerade sechzehn geworden, begingen die Eltern in der Scheune des Onkels Selbstmord, in dem sie mittels eines Gummischlauches Abgase in den alten VW-Käfer leiteten, in welchem sie Hand in Hand saßen.

Ein Abschiedsbrief wurde nie gefunden. Sie malten nur an die Scheunentür mit weißer Farbe die Worte. Es tut uns leid.

Fortan wuchs er also bei seinem Onkel und der Tante auf, die wenig mit der Kirche am Hut hatten und sich eher abergläubisch denn gläubig verhielten. So feierten sie alte Bräuche wie das Osterfeuer und die Sommersonnenwende. Besonders das in Nordfriesland althergebrachte Biikebrennen erhielt viel Aufmerksamkeit. Eigens hierfür fuhr man zum Ende des Winters am 21. Februar auf die Insel Föhr, wo die Familie eine beengte, urtümliche Kate in Oldsum besaß. Man genoss die Fröhlichkeit und das lockere Leben weit ab von bürgerlichen Konventionen und moralischen Zwängen der Kirche.

Mit der Biike, einem riesigen Feuerzeichen, und darin verbrannten Strohpuppen, hatten die Nordfriesen schon zweitausend Jahre zuvor versucht, Wotan oder Odin, wie er bei den Germanen genannt wurde, gnädig zu stimmen. Am Abend des benannten Tages wurden die weit über das Meer sichtbaren riesigen Feuer entzündet, zum Abschied und für eine gute Heimkehr der nordfriesischen Walfänger, die besonders von den Inseln zum lebensgefährlichen Fang aufbrachen.

Diese Art von Religion sagte ihm zu, und er begann, sich ausführlich damit zu beschäftigen. Die Götter und Riten der Germanen gefielen ihm. Wie zum Odin war es jemals dazu gekommen, dass das Christentum hier hoch im Norden der Republik die Oberhand hatte gewinnen können? Selbst in heutiger Zeit, beinahe neunhundert Jahre später, empfing er unter der Bevölkerung die Schwingungen des alten Glaubens. Hier hatte man sich niemals ganz der christlichen Kirche verschrieben. In seinen Augen umwehte die Insel ein Hauch von Heidentum.

Je mehr er sich mit den nordelbischen Germanen, den Holsaten, Dithmarschern und Stormarnern, sowie seinen Vorfahren, zumindest im Geiste, den alten Friesen auseinander setzte, desto größer wurde die Faszination. Es verging wenig Zeit, da schloss er sich Zirkeln wie der Heidenmacht oder den Jüngern Odins an, die regelmäßig im kleinen Kreis mit Gleichgesinnten Feste zu Ehren der alten Götter feierten, Met tranken, Geflügel mit den Händen aßen und alte Verse aus der Edda rezitierten. Vergeblich wartete er auf das große Aufbäumen, ein Ereignis, das die Welt erschütterte, das dem alten Glauben und den wahren Göttern ihren rechtmäßigen und angestammten Platz zurück gab. Doch nichts passierte. Alle Anwesenden schwelgten bierselig in alten Zeiten und vergaßen dabei Gegenwart und Zukunft. Sollte das alles gewesen sein?

Das waren die Nachkommen der alten Nordmänner? Ebenso angewidert wie von Kirche und Staatsgewalt wandte er sich ab von diesen Amateur- und Hobby-Germanentümlern.

Was ihm vorschwebte war ein kampfbereites Heer, das weder Tod, noch Teufel, noch Weihwasser fürchtete, und den Kampf aufnahm für ein neues, altes Reich der Germanen und gegen alle, die nicht dafür waren. Im Kopf mischten sich die Phantasien mit Blut- und Sexorgien, bei denen alle Regeln und Gesetze gebrochen wurden, die nach der Hochzeit der Wikinger um die erste Jahrtausendwende eingeführt worden waren.

In langsamen Schritten fing er an und rekrutierte zunächst hauptsächlich einige der verblendeten und geistig nicht sehr vermögenden Glatzen, die er vielerorts auf entsprechenden Veranstaltungen vorfand. Nach und nach bildete er mit diesem Fußvolk kleinere und stets geheim geführte Ortsgruppen. Im Laufe der Zeit fanden sich immer mehr intelligente Anhänger, denen die Macht ebenso am Herzen lag wie ihm. Allerdings behielt er seine wahren Ziele nach wie vor für sich, und lebte die privaten Gelüste ebenso privat aus.

Aufgerüttelt durch den Heep Mörder, der im vergangenen Jahr Neumünster und die Umgebung aufgeschreckt hatte, beschloss er, die Zeit der Übernahme sei gekommen. Erst durch Verfolgen der Presse und durch das Getuschel der Leute wurde ihm bewusst, in welchen Kreisen seine Eltern verkehrt hatten, und ihm wurde klar, was den Freitod der Eltern veranlasst hatte.

Noch im Nachhinein verfluchte er seine Erzeuger und schwor, das Christentum und seine Anhänger auf bestialische Weise auszurotten, wie es die Mönche, Priester und Pfaffen dereinst mit den Heiden getan hatten.

Auge um Auge, Zahn um Zahn. Doch sein Feldzug würde grausamer und diffiziler erfolgen. Hier ging es nicht um Rache wie beim Heep Mörder. Hier ging es um Recht.

Durch zunächst kleine und gezielte Aktionen würde er die Angst in die Gehirne der Leute pflanzen, um dann mit einer brutalen Aktion ihre ganze Aufmerksamkeit zu erlangen. Dabei ging es auch nicht um Einzelschicksale. Es ging um das Ganze. Um die Macht und die Gewalt über Leib und Seele der Bevölkerung Nordelbiens.

8

Das Fahrrad durch die Toreinfahrt schiebend blieb er wie angewurzelt stehen. Sein Herz schlug bis zum Hals und die Luft blieb irgendwo zwischen Nase und Lunge hängen.

Was da vor ihm stand, übertraf alles bisher Gesehene und Erträumte. Nicht in den wildesten Phantasien erschienen ihm dermaßen schöne Frauen. Engel waren ein Scheißdreck dagegen. Verwirrt und möglichst nicht in ihre Richtung starrend, lehnte er das Rad an die Wand und sicherte es mit dem schweren Stahlbügelschloss. Die Hoffnung, sie möge inzwischen verschwunden sein, focht mit der Angst davor, sie könnte ebendies getan haben. Als er sich umdrehte, stand sie im Eingang zum Swingerclub, hielt die Tür auf und blickte ihn amüsiert an. Wie befürchtet war dies eine der Frauen, die sich auf ihr Aussehen etwas einbildeten. Sie würde nicht die erste sein, die dies eines Tages bereute.

„ Hey, ich kenn dich doch. Hab dich aus dem Fenster einige Male beobachtet. Du bist doch der Hausmeister, oder? Schön, dass sich mal jemand Kompetentes um diese Ruine kümmert. Hast du das Licht hier im Hinterhof repariert? Ich hatte schon Angst, abends her und morgens wieder wegzugehen. Danke, dass du mir diese Angst genommen hast."

Fassungs- und sprachlos sah er sie an und doch wieder nicht. Eigentlich sah er direkt an ihr vorbei die Mauer an, um nicht vor Verlegenheit im Erdboden zu versinken.

„ Äähh, ja, also, ii .. ich weiß ..."

Die Schönheit trat auf ihn zu und reichte ihm die Hand.

„ Entschuldige, aber ich hab mich gar nicht vorgestellt. Ich heiße Lisa und arbeite hier im Club. Und wie heißt du?"

Zögernd streckte er seine zittrige Hand in ihre Richtung und es durchzuckte ihn ein Stromschlag, als ihre Finger sich berührten.

„ Ich, ich bin ddder Thorralf und muss sch ... schnell zu Willi, ssonst wird dder ssauer. Tschüß!"

Abrupt machte er kehrt und humpelte zum Hintereingang der Diskothek.

„ Tschüß," hörte er sie noch rufen.

„ Schön, dich mal kennen gelernt zu haben. Bis bald."

Als er sich kurz umzudrehen wagte, war sie bereits verschwunden, und er sah nur noch die geschlossene Tür.

Hatte er geträumt, oder waren das die Nachwirkungen der zwei Bier vom Nachmittag? Unglaublich. Ein wunderschönes Wesen sah ihn an und sprach mit ihm, als sei dies das Selbstverständlichste auf der Welt. Beschwingt, und mit einem Rauschen in Kopf und Körper, das ihn irritierte, da es sich nicht in seinem begrenzten Repertoire an menschlichen Emotionen einordnen ließ, betrat er das Büro. Willi war irgendwo in den Hallen unterwegs aber er kannte ja seine Aufgaben. Noch mal durchfegen und die Tresen mit Getränken bestücken.

Am Haupttresen neben der großen Tanzfläche wartete bereits die hübsche Sandy, mit der er nie ein Wort wechselte, geschweige denn, dass sie ihn auch nur ansah. Als sei er ein Garderobenständer oder ein Zigarettenautomat drückte sie ihm wie üblich den Zettel in die Hand. Aber selbst das bildete er sich eigentlich nur ein. Weder wartete sie auf ihn, denn niemand wartete auf ihn, noch gab sie ihm die Bestellung für das Lager in die Hand. Sie warf ihn einfach auf einen der Barhocker, manchmal auch dazwischen, und erwartete ihn dann schnellstmöglich zurück. Geschah das nicht so zeitig, wie sie es verlangte, dann pöbelte sie ihn nicht an oder warf ihm einen bösen Blick zu. Nein, sie ließ demonstrativ vor seinen Augen eine halbvolle Flasche Wodka oder Ballantines fallen, so dass er den Mist wieder aufwischen durfte. Zu allem Überfluss beschwerte sie sich zum Feierabend bei Willi über seine Ungeschicklichkeit und dieser zog ihm die Flasche vom ohnehin kargen Lohn ab. Nicht, dass Willi was dafür konnte. Der Chef war in Ordnung. Sein Fehler war, er glaubte schönen Frauen fast alles. Einem Gnom würde er niemals glauben. Also unterließ er von vornherein jedweden Verteidigungsversuch.

Aber vielleicht war Sandy gar nicht so eine Schlampe und er nicht so ein Versager. Sein Engel Lisa sprach schließlich auch mit ihm.

„ Hhhallo Sssandy. Wwwie ggehts dir so?"

Thorralf staunte über seinen Mut. Mit knallrotem Kopf und sich vor Lachen nicht mehr einkriegend, drehte sich die blonde Sandy zu ihm um und ging in die Knie.
„ Hhhallo Sssandy. Wwwwiee ggehts dddir sssoo?"
äffte sie ihn mit verstellter Stimme nach, die nicht annähernd wie seine klang sondern wie das Grunzen eines Schweines. Dann sprang sie auf, schlug ihn mit der flachen Hand ins Gesicht, dass er beinahe die neben sich stehenden Kisten umgestoßen hätte, und schrie ihn hysterisch an.
„ Was fällt dir ein, du hässlicher, widerlicher Zwerg, mich anzureden? Wage es nicht noch einmal, du Missgeburt, oder es wird dir leid tun. Und nun hau ab du Idiot. Es fehlen noch zwei Flaschen Bacardi."
Mit einer Armbewegung räumte sie die zwei vollen Flaschen vom Tresen, dass diese klirrend auf dem soeben gefeudelten Boden zersprangen, und sich das klebrige, nach Spiritus stinkende Getränk bis zur Tanzfläche hin ergoss.

Dafür würde er zwei Nächte lang umsonst arbeiten müssen, obwohl er das Geld dringend benötigte. Thorralf schluckte, holte Eimer und Feudel und sah das Tresenmädel nicht mehr an.

9

Ungeniert gähnte Frank Dell dem Kollegen Meier ins Gesicht, der eben auf dem Stuhl des Zimmergenossen Mohr Platz genommen hatte, welcher sich auf Kur befand, und streckte dabei die muskulösen Arme weit in die Höhe. Richtiger Elan wollte an diesem Frühlingstag kurz nach Ostern nicht aufkommen. Im Gegenteil. Die Frühjahrsmüdigkeit erwischte ihn voll zwischen den Augen und fand ein williges Opfer.

„ Verdammt, ist das öde. Seit drei Wochen passiert in diesem Nest so gut wie nichts mehr ..."

Halb belustigt, halb vorwurfsvoll schaute Hans Meier über den Rand der Nickelbrille, die er neuerdings trug. Nach seiner Übernahme zur Kripo hatte er beschlossen, sich einen neuen Look zuzulegen. Die Brille verlieh ihm einen gewissen intellektuellen Touch und Ähnlichkeit zu dem Liedermacher Reinhard Mey, seinem Idol früherer Tage. Nur zu gerne hätte er sich in diesem Moment hoch über den Wolken befunden. Doch sein Blick fiel erst auf den Stapel Akten auf Franks Schreibtisch, wanderte dann weiter in

Franks mürrisch gelangweiltes Gesicht und verharrte dort länger als üblich.

„ Dein Tisch liegt voller Akten. Raff dich einfach mal auf, heb den Arsch aus dem Lehnstuhl und geh Hühnerdiebe fangen oder tu wenigstens so. Es kann nicht jeden Tag ein Mord geschehen. 90 Prozent, ach, was sag ich, 95 Prozent der Polizeiarbeit bestehen aus Statistik und Aktenverwaltung. Schimanski und Thanner kannst du in Neumünster vergessen. Was glaubst du, warum bei uns noch nie ein Tatort gedreht wurde? Hier gibt´s nichts Aufregendes. Die Heep Mörder kommt in 100 Jahren einmal vor. Wenn man Glück hat."

„ Das bedeutet also tatsächlich, bis zur Pension in knappen zwanzig Jahren schaukeln wir uns hier die Eier, schnappen ab und zu einen Fahrraddieb, nehmen kleine Hartz IV Empfänger hops mit 25 Gramm Gras in der Tasche und besaufen uns nach Feierabend bis zum Umfallen, damit wir das Elend besser ertragen?"

Dell kippte mit dem klapprigen Holzstuhl nach hinten und stützte den Hinterkopf an der gräulichen, bilderlosen Wand ab.

„ So ähnlich sieht´s aus. Entweder man macht das Beste daraus, oder man endet als Alkoholiker, von Frau und Freunden verlassen. Als einziger menschlicher Kontakt in dem verwohnten EDI-Haus bleibt die mit Glück halbwegs attraktive Schwester vom ambulanten Pflegedienst, die dir einmal am Tag den Hintern abwischt und dich bestenfalls unter der Dusche abseift, nachdem sie dir mittels Schnabeltasse den schleimigen Griesbrei aus der Tüte eingetrichtert und den sabbernden Mund abgewischt hat wie früher deine Mutter."

„ Hört sich verlockend an."
Dell sprang auf, zog die Lederjacke vom Messinghaken und öffnete die Tür.
„ Hast mich überredet. Ich geh mal runter zur Wache, quatsch ein bisschen mit den Kollegen, schnapp mir nen Wagen und Haftbefehle. Wär doch schade, wenn mit dem schönen Tag nichts besseres anzufangen wäre, als deine düsteren Zukunftsvisionen ertragen zu müssen."

Elegant wie eine Raubkatze eilte er die Treppen hinab.
Die alte Dame mit dem dunkelblauen Steppmantel und der altrosa Wollmütze auf dem Kopf konnte kaum über den Tresen blicken, und so beugte sich POM Fritz mit dem halben Oberkörper über die Ablagefläche, um ihr Anliegen entgegen zu nehmen.
„ Kann ich irgendwie behilflich sein, junge Frau?" mischte sich KHK Dell in die beginnende Konversation. Dabei warf er dem Kollegen der Schutzpolizei einen Blick zu, den dieser intuitiv richtig deutete. Beinahe unbemerkt zog sich Hans Fritz auf den Drehstuhl des Dienstgruppenleiters zurück. Unterdessen bat Frank die Dame, auf der Bank vor dem Tresen Platz zu nehmen, und setzte sich neben sie.
„ Vielen Dank, junger Mann."
Amüsiert interessiert blinzelte sie Dell über die tief auf der Nase sitzende Lesebrille an.
„ Ich muss schon sagen, wenn ich zehn Jahre jünger wäre, könnten sie mich noch reizen."
Bewundernd strich sie mit dem Handrücken über seinen linken Oberarm. Frank, der nicht wusste, wie ihm geschah, wechselte

zum ersten Mal seit zwanzig Jahren wieder aus Verlegenheit die Gesichtsfarbe und wusste nicht, was er sagen sollte.
„ Nana, junger Mann, sie müssen ja nicht gleich rot werden. Das bekommen sie doch sicher täglich zu hören. So was Knackiges aber auch."
Schelmisch grinste sie ihn an. Frank Dell fing sich und lächelte zurück.
„ Sie sind mir ja vielleicht eine. Schneien hier einfach herein und bringen gestandene Schutzleute in Verlegenheit. Aber weswegen beehren sie uns denn nun wirklich?"
Schlagartig verschwand das Grinsen aus ihrem Gesicht, und die Dame beugte sich vertrauensvoll zu ihm hinüber.
„ Also, schöner Mann, eigentlich bin ich gekommen, weil ich mir Sorgen mache um meine beiden Katzen Leyla und Leonie."
Hilfesuchend starrte sie ihn an.
„ Nun mal ganz langsam und von vorne. Nennen sie mir doch erst mal ihren Namen und erzählen sie mir, wo sie wohnen. Und dann sagen sie mir, was ihnen Anlass zur Sorge bereitet."
„ Mein Name ist Annie Müller, geboren am 20. 01. 1932 in Königsberg, Ostpreußen. Mein verstorbener Mann und ich besitzen seit 40 Jahren in dem Landschaftsschutzgebiet am Brachenfelder Gehölz, genauer gesagt im Laubenweg 9, genau gegenüber vom Gut-Heil-Sportplatz, einen Garten. Sagt ihnen das etwas?"
Frank Dell überlegte kurz und nickte.
„ Ja, das sagt mir durchaus etwas. Sind dort nicht erst vor wenigen Wochen mehrere Gartenlauben aufgebrochen worden und eine Hütte wurde sogar angezündet?"

Völlig unerwartet für Frank schlug Annie Müller die Hände vor dem Gesicht zusammen und begann hemmungslos zu schluchzen.
„ Nun beruhigen sie sich doch, Frau Müller."
Instinktiv nahm er die Frau, die seine Mutter hätte sein können, in den Arm. Nach wenigen Minuten hatte sich die Dame soweit gefasst, dass sie weiter reden konnte.
„ Ach, was war das eine schlimme Woche. Das Häuschen meines Nachbarn Herrn Abdullah Maric haben die Verbrecher einfach angezündet, wo er das doch gerade so schön renoviert hatte. Und so komische Zeichen haben sie an seine Regentonne gemalt. Und seine Blumen haben sie zertreten und den armen Kater Mikesch einfach im Gartenteich ertränkt. Zum Glück war Herr Maric selber unterwegs. Gott weiß, was sie dem armen Mann angetan hätten. Was für Menschen tun denn so etwas?"
Ängstlich zögerte sie, doch dann brach es erneut aus ihr heraus, und von Weinkrämpfen geschüttelt sprach sie weiter.
„ Und jetzt hab ich solche Angst um meine beiden Lieblinge. Die sind doch so verspielt und zutraulich. Jeden Tag schleichen sie durch meinen Garten, übernachten bei mir im Wohnzimmer und gehen dann wieder auf Tour. Aber seit zwei Tagen hab ich sie nicht gesehen. Ach, wenn ihnen doch bloß nichts passiert ist."
„ Passen sie auf, Frau Müller," schlug Frank Dell einer plötzlichen Eingebung folgend vor.
„ Was halten sie davon, wenn ich sie mit meinem Dienstwagen nach Hause fahre und mich dort mal ein wenig umsehe? Dann mach ich mich von dort zu Fuß auf den Weg und suche ihre Katzen und diese Verbrecher."

Das etwa einen Hektar große Grundstück hinter der marineblau getünchten Gartenpforte aus massiver Eiche machte einen gepflegten Eindruck auf einen in dieser Hinsicht völlig unbedarften Menschen wie Frank Dell. Aus dem kurzen dichten Rasen sprossen witzige Inseln von Schneeglöckchen, und die Ränder des Plattenwegs zu dem weiß gemauerten Häuschen waren umrahmt und übersät mit hervorstoßenden, grünen Pflanzen, er nahm mal an, daraus könnten sich einmal Blumen entwickeln.

„ Schön, wie die Tulpen und Narzissen aus dem Boden sprießen, nicht wahr?" untermauerte Frau Müller seine geheimen Gedanken.

„ Sind etwas früh in diesem Jahr, da der Winter doch sehr mild war. Mein Gelenke sagen mir aber, es wird noch mal frieren. Wenn die alten Knochen auch sonst nicht mehr für viele Dinge zu gebrauchen sind, als Wetterfrösche taugen sie dennoch," grinste sie ihn verschmitzt von der Seite an.

An der Stirnseite der Hütte angelangt, die von Rosenstöcken umschlossen an ein Dornröschenschloss erinnerte, ließ die kahle Buchenhecke einen Blick auf das rechts gelegene Gartengrundstück zu. Auch nahm hier der Geruch von verbranntem Holz eine unangenehme Intensität an. Erst bei genauerem Hinsehen nahm er die überwucherte kleine Pforte wahr.

„ Ja, sehen sie nur, was diese Halunken mit dem Haus meines Nachbarn angestellt haben," zog sie ihn am Ärmel zur Hecke.

„ Das seh ich mir mal genauer an, Frau Müller, und dann kümmere ich mich sofort um das Verschwinden ihrer Katzen."

Mühsam zwängte er sich zwischen den wuchernden Buchen über die kleine Drahttür. Vielleicht hängt auch beides zusammen dachte er sich, sprach die Worte jedoch nicht aus.
„ Passen sie auf, dass sie sich nicht schmutzig machen oder gar verletzen, Herr Kommissar. Das ist ja alles so voller Ruß, und einige Balken hängen nur noch ganz wacklig herum. Nicht, dass sie noch zu Schaden kommen."
Sie zwängte ihren zerbrechlichen Oberkörper zwischen den Zweigen hindurch und deutete auf eine rostige Regentonne, die neben dem von Schilfgras und Bambus umwucherten Gartenteich stand.
„ Wenn sie mal um die Tonne herumgehen, können sie sehen, was diese Verbrecher darauf gekritzelt haben. Irgendwelche verrückten Zeichen. Ach, in was für einer Welt leben wir doch heutzutage bloß."
Dell ließ die Brandruine links liegen und trat näher an den Teich heran. Die beiden Zeichen waren eindeutig mit metallic-roter Lackfarbe aufgesprüht worden. Allerdings konnte er mit den Symbolen nichts anfangen. Vermutlich die Initialen eines Sprayers, die mit der Tat nichts zu tun hatten.
R I N prangten in eckigen Lettern an der alten Tonne. Rest in ?. Ruhe in ?. Und darunter die Ziffern 5 4 6 2 1 0 1 1.
„ Sagen sie, Frau Müller, sind sie und ihr Gartennachbar sicher, dass diese Initialen nicht schon früher aufgesprüht wurden? Haben sie das den Kollegen von der Spurensicherung mitgeteilt?"
„ Nein, Herr Dell, da sind wir uns beide ganz sicher. Diese Buchstaben waren vorher nicht da. Das haben wir den Kollegen

auch mitgeteilt. Eine Frau war dabei. Aber die beiden haben sich das nur kurz angesehen und es nicht weiter beachtet."

„ Na, ich wierd mich mal darum kümmern."

Frank zückte seine Digitalkamera von Canon, schoss zwei Fotos und stieg zurück in Frau Müllers Garten.

„ Und nun zu ihren Katzen, Frau Müller. Beschreiben sie die doch mal ganz genau, und ich werde mich auf die Suche begeben. Katzen sind Streuner, die ja auch gerne mal für ein paar Tage unterwegs sind. Ich denke, ihre beiden Lieblinge tauchen bald wieder auf. Aber sicher ist sicher."

Annie Müller hatte sich unterdessen in die Laube begeben und kam mit zwei Fotos in der Hand zurück.

„ Hier haben sie zwei Bilder, Herr Kommissar, die sind besser als jede Beschreibung. Die hab ich erst zu Weihnachten geknipst. Sind die beiden nicht wunderschön?"

Erneut traten der alten Dame Tränen in die Augen.

„ Alle Achtung, das sind aber ganz schöne Kaliber," kam Frank nicht umhin zu sagen.

„ Die sehen ja fast aus wie kleine Löwen oder Luchse. So was hab ich ja noch nie gesehen."

Anerkennend pfiff er durch die Zähne.

„ Das sind auch sehr seltene und sehr wertvolle Maine Coon Katzen. Die etwas kleinere und jüngere ist Leyla und Leonie scheint die Mutter zu sein. Sie sind mir ja erst letztes Jahr im Sommer das erste Mal über den Weg gelaufen. Anfangs waren sie scheu und schreckhaft, aber das hat sich schnell gegeben. Katzen merken viel schneller als wir Menschen, wer einen guten Charakter besitzt, und bei wem sie vorsichtig sein müssen. Und als sie spürten, dass sie bei mir sicher sind, da waren sie anschmiegsamer und lieber als es je ein Mensch sein könnte. Ohne Verschlagenheit und Hinterlist. Und nun sind sie weg," begann sie wieder zu schluchzen.

„ Nun machen sie sich nicht zu viele Sorgen," versuchte Frank zu trösten,

„ ich werde mich um die Angelegenheit kümmern, das verspreche ich. Wenn sie so lieb wären und mir eines der Fotos mitgeben könnten, dann lasse ich auf der Wache Kopien davon anfertigen und verteil sie an alle Streifenkollegen. Die werden dann alle Augen offen halten und auch nachts öfter mal eine Runde hier durch die Gegend streifen. Das Foto bekommen sie selbstverständlich zurück."

„ Ach, Herr Dell, wenn sie das für mich tun würden, wäre ich ihnen unendlich dankbar. Selbstverständlich können sie das Foto mitnehmen. Ich möchte ja schließlich, dass meine Lieblinge so schnell wie möglich zurück kommen."

Damit zog sie ihn an sich und drückte ihm einen Kuss auf die Wange.

10

Frank Dell verabschiedete sich und fuhr auf direktem Weg zur Wache, wo er sich im Geschäftszimmer erkundigte, wer die Tatortaufnahme in dem Gartengelände durchgeführt hatte.

Wenig später klopfte er an die offene Tür der Kollegin Will.

„ Hi Tessa, stör ich, oder kann ich Dich kurz sprechen?"

Ohne abzuwarten trat er in das karge Büro.

„ Für Dich steht meine bescheidene Hütte immer offen, Frank, das weißt Du doch. Was kann ich denn für Dich tun?"

Sie stand auf und begrüßte ihn mit Küsschen.

„ Sag mal, du und Hans, ihr ermittelt doch hinsichtlich der abgebrannten Hütte im Laubenweg. Habt ihr da schon eine Spur und seid ihr auf die Buchstaben und Zahlen an der Tonne gestoßen?"

Verdutzt sah sie an.

„ Woher weißt du denn davon? Ermittelst du jetzt auch in dem Fall?"

Er erzählte ihr von seinem Vormittag im Gartengelände.

„ Also zur ersten Frage: Wir haben keinerlei Spuren oder Hinweise. Zur zweiten: Natürlich haben wir die Buchstaben zur Kenntnis genommen, sind aber sofort zu dem Schluss gekommen, dass diese nichts mit der Tat zu tun haben. Wenn wir jetzt auch noch alle Sprayer verfolgen sollen, die irgendwo in der Stadt ihre Initialen hinterlassen, dann stapeln sich unsere Akten bald bis zur Decke. Du weißt ja, wie die Staatsanwaltschaft drauf ist seit der Umstrukturierung der Dienststelle. Jedem noch so kleinen Furz muss nachgegangen werden, selbst bei Fahrraddiebstählen oder Sachbeschädigungen. Dann ermittelst du an so einem Bagatellfall einen Monat, die wichtigen Sachen bleiben liegen, und wenn du tatsächlich mal einen Täter fasst, dann läuft er am nächsten Tag wieder frei rum, knackt das nächste Fahrradschloss und lacht dir dabei noch ins Gesicht. Nee, mein Lieber, nicht mit mir. Also konzentrier ich mich schon bei der Tatortaufnahme auf das Wesentliche, dann kann man mir später nicht unterstellen, ich hätte nicht jede Spur verfolgt. Wir sind doch nur noch die Büttel der StA, die Müllabfuhr der Gesellschaft . Der Dank sind die Kürzung des Weihnachts- und Urlaubsgeldes und Überstunden, die wir bis zur Pension nicht mehr abbummeln können."

„ Alter Schwede, da schiebt aber jemand Frust. So hab ich Dich ja noch nie gehört. Was ist los mit Dir? Privat alles in Ordnung? Kannst jederzeit zu mir kommen, wenn du Kummer hast. Mal Lust auf ein Bierchen nach Feierabend?"

„ Danke, aber alles in Ordnung," kam die zögerliche Antwort.

„ Hast du noch nicht davon gehört? Max wurde letzte Nacht verhaftet. Soll mit seinen Nazi-Freunden ein türkisches Ehepaar überfallen haben."

So ausführlich, wie ihr Wissensstand es zuließ, erzählte sie dem Kollegen von den Ereignissen.

„ Verflucht," schimpfte Frank Dell.

„ Da hast du natürlich andere Sorgen, als irgendwelche blöden Zeichen und verschwundene Katzen. Wenn ich irgendwie helfen kann, wenn ihr Informationen braucht oder sonst irgendwas, lass es mich wissen. Und Kopf hoch. Wenn er nicht selber zugeschlagen hat, gibt es bestimmt die Möglichkeit, dass er einigermaßen glimpflich davon kommt."

11

Die einzigen Reichtümer, die ihm seine alleinerziehende Mutter Margarete hinterließ, bestanden aus einer rindsledernen, dunkelbraunen Aktentasche mit Schnappverschluss und diversen Dokumenten. Darunter das Stammbuch, das Familienwappen, der Familienstammbaum, sowie eine Familienchronik.

Wütend schleuderte er das Erbstück in die Ecke. Dafür konnte er sich nichts kaufen. Verarmter Adel nannte man seinen Zustand hinter vorgehaltener Hand nicht ohne einen Anflug gehässigen Mitleids.

Noch vor dem Krieg hatte die Familie Ländereien in Schweden, Dänemark und dem Norden Deutschlands besessen. Wie es aussah, besaß sie nun nichts mehr außer einem nackten, schwarzen Leben. Sein bescheuerter Onkel, der Bruder der Frau, die sich seine Mutter geschimpft hatte, opferte sein Hab und gut in den Dreißiger Jahren wohltätigen Zwecken, gründete Stiftungen und finanzierte dubiose Vereine.

Übrig geblieben war nichts. Nicht einmal oder treffender ausgedrückt > speziell < nicht für die eigene Schwester und ihren Bastard, wie er sich auszudrücken pflegte. Nur, weil sich diese von einem schwarzen Amerikaner hatte schwängern lassen. Quasi enterbt hatte er sie. Denn nach seinem Tod wären die Güter mangels eigener Erben an Brian und seine Mutter übergegangen. Lieber verschenkte er alle Besitztümer, als sie einem schwarzen Balg zu vermachen.

Mit einem klickenden Geräusch sprang die Tasche auf, als er sie in die Ecke feuerte. Zum Vorschein kam ein in Kupfer gestanztes Familienwappen. Dies also war das Wahrzeichen derer von Apenrade, erhalten aus der Hand des Königs anno 1392. Stolz brach sich Bahn zwischen Wut und Demütigung. Konnte er den Ausführungen der Frau glauben, die vorgegeben hatte, seine Mutter zu sein, so war er, Brian von Apenrade, der einzig verbliebene Spross dieser einst so angesehenen und wohlhabenden dänischen Adelsfamilie.

Nicht in seinen schlimmsten Alpträumen hätte sich der Stammvater Adam von Apenrade vorstellen können, ein Wilder, ein Unzivilisierter, ein Neger oder zumindest Schoko-Crossie, wie er seit der Zeit auf dem Gymnasium in Flensburg genannt wurde, trüge dereinst das Wappen der Familie auf der Brust.

Odin sitzt eingerahmt zwischen seinen Raben Huginn und Muninn. Darunter der Thorshammer, ganz unten zwei Löwen.

Die Bedeutung des Wappens im Einzelnen war ihm nicht bekannt. Doch im Angesicht Odins fühlte er die Bedeutung der nordischen Götter für sich und sein Schicksal. Auch wenn sonst niemand dieser Ansicht war: Er war ein echter Nordmann, Nachfahre der stolzen und kriegerischen Wikinger.

Interessiert blätterte er weiter. Voll ungläubigen Staunens las er vom Werdegang des Geschlechts, dem ständigen Auf und Ab in den Kriegswirren der Jahrhunderte und dem endlichen Niedergang. Das letzte, kurz vor dem Krieg übertragene gewaltige Landgut lag inmitten der holsteinischen Seenplatte, in dem Gebiet Schleswig-Holsteins, das einst von einem Stamm der slawischen Wenden beherrscht worden war, den Wagriern, und daher auch heute noch den kaum bekannten Namen Wagrien trug. Dieses mehrere Hektar große Wald- und Seengelände samt Herrenhaus im Südstaatenstil war dem Land Schleswig-Holstein übertragen worden.

Immer aufmerksamer las er den notariell dreifach beglaubigten Vertrag. Zum ersten Mal im Leben fühlte er sich von seiner eigenen Herkunft fasziniert.

Mehrere Tage und Nächte schweiften Geist und Gedanken ruhelos durch die Historie des eigenen Geschlechts. Dann entspann sich in ihm ein Plan. Abenteuerlich sicher, irrwitzig vielleicht. Aber lebte nicht die Menschheitsgeschichte von derartigen Biographien? Kein normaler Mensch war jemals bekannt geworden, geschweige denn berühmt. Niemand stolperte in den Annalen über den Postangestellten Karl Schmidt, der stets freundlich hinter seinem Schalter die Kunden bedient hatte.

Durchgeknallte, charismatische und willensstarke Persönlichkeiten mit irrational anmutenden Charakteren vollbrachten herausragende Taten und schrieben Geschichte.

Sein Plan würde sich nicht in kurzer Zeit in die Tat umsetzen lassen. Es würden Jahre, wenn nicht Jahrzehnte vergehen, bis die Voraussetzungen geschaffen wären.

Natürlich gab es für die Lösung eines jeden Problems einen schnellen und einfachen Weg. Der barg allerdings die Gefahr der Konsequenzen und somit des Scheiterns geradezu in sich.

Nein. Er war jung und intelligent. Gerade mal zwanzig Jahre alt, trug er als Bürger mit doppelter Staatsbürgerschaft das deutsche Abitur und einen Ausbildungsvertrag für den gehobenen Dienst der Allgemeinen Verwaltung in der Tasche. Am 1. August 1980 würde er die Ausbildung an der Fachhochschule Altenholz beginnen und mit durchschnittlichem Geschick im Juli 1983 beenden.

Was niemand wirklich kannte, war seine politische Einstellung, da sie im krassen Widerspruch stand zu seinem Äußeren. Schön, dass die Menschheit sich so leicht vom Schein trügen ließ. Trotz dunkler Hautfarbe und Negerkrause, die er sich in jahrelanger Heimarbeit mit Wasser und Kamm ausgetrieben hatte, fühlte er sich als waschechter Nordmann. Alle seine Vorfahren waren Nordmänner gewesen. Wikinger, Germanen, Kelten. Was konnte er dafür, dass sich seine Schlampe von Mutter von einem Neger hatte bumsen lassen? Und nicht nur einmal. Sein älterer Halb-Bruder, den er nie hatte kennen lernen können, war im Krieg als Fünfjähriger erschossen worden. Auf offener Straße. Einfach so. Und nach dem Krieg ließ sie sich nochmals schwängern. Diesmal von einem GI. Dafür hasste er sie. Und noch mehr alle Neger. Für seinen Onkel hingegen empfand er beinahe eine gewisse Sympathie.

Freundschaften zu schließen war nie sein Ding gewesen. Zu sehr unterschied er sich in Aussehen und Charakter von den anderen Kindern. Zudem verboten es viele Eltern ihren Lieblingen, mit dem Schwarzen zu spielen. In der Schule nannten sie ihn Bimbo und fingen dafür ständig Prügel. Mit Dreizehn ging er dann zum Thai-Boxen und entwickelte sich schnell zum meistgefürchteten Dänen bei internationalen Wettkämpfen.

In Altenholz war er mit genau einem Mitschüler klar gekommen, den alle nur den Rocker nannten, denn er trug die Haare lang bis zur Hüfte, hörte Hardrock-Musik von Deep Purple und Led Zeppelin und boxte beim BSV Kiel 05.

Zunächst mochten sie sich nicht. Der Rocker machte aus seiner Abneigung für Ausländer keinen Hehl. Aber sie beide waren Außenseiter und kamen irgendwann ins Gespräch, in welchem sich heraus stellte, dass Brians rassistische Ansichten die des Rockers bei weitem übertrafen.

So ging man manchen Abend nach dem Training gemeinsam ein Bier trinken und freundete sich an, soweit das die Charaktere zuließen.

Allerdings brach der Rocker die Ausbildung eines Tages ab und verschwand ohne ein Wort. Später hörte man dann, er habe zwei Mädels in Kiel unten am Hafen zum Anschaffen geschickt.

Erst Jahre später trafen sie eines Nachts im Kieler Nachtleben wieder aufeinander. Es wurde eine lange Nacht, in der sie sich auf geistiger Ebene so nahe kamen, dass die gemeinsame Zukunft schnell besiegelt war. Es blieb das einzige persönliche Treffen, denn eine Verbindung der Beiden zueinander durfte nie publik werden. Jede weitere Kommunikation lief nur noch per Handy oder e-mail.

Brian arbeitete im Gegensatz zu dem Rocker stetig an der Karriere und verfolgte dabei strikt seinen Langzeitplan. Über den Umweg eines Jura-Studiums und den Eintritt in den höheren Dienst ebnete er sich den Weg nach oben. Ende 1999 war der vorerst letzte Schritt vollbracht. Er wurde auf den Posten des Staatssekretärs im Innenministerium des Landes berufen. Im Prinzip entschied er nun, was in Hinsicht innere Sicherheit im Lande geschah. Die jeweiligen Minister und Ministerpräsidenten hingen von der Gunst der Wähler ab. Er nicht. Zwar blieben auch die Beamten des Landes nicht verschont von Intrigen, Umsetzungen und Versetzungen. Die jeweils gewählte Partei schanzte ihren Parteifreunden wie überall im Lande die besten Ämter zu.

Doch über die Jahre hatte Brian eine Schar von Gesinnungsgenossen um sich geschart, die letztendlich alle relevanten Posten im Land oder den Kommunen besetzte. Hier fanden sich Mitglieder sämtlicher im Landtag vertretener Parteien mit einem gemeinsamen Ziel zusammen, von dem kein Außenstehender wusste. Intelligenter und unauffälliger Nachwuchs wurde aus Teilnehmern unterschiedlicher Landeswettbewerbe rekrutiert. Alles zum Wohle der Jugend und der Gesellschaft. Gleichzeitig wurden die Neuzugänge von Anfang an derart in das System eingebunden, dass spätestens dann, wenn diesen ein Licht aufging, der Ausstieg zu spät war. Zudem kam fast niemand auf die Idee, die einmal gekostete Macht freiwillig aus der Hand zu geben. So sehr das Beförderungskarussell des Landes sich auch drehte, fast immer saß einer seiner Anhänger und Mitstreiter auf einem einflussreichen Posten.

Die große Offensive konnte beginnen.

12

Ein paar Wochen später, Frank Dell schloss gerade den Schreibtisch, ab um Feierabend zu machen, klingelte das Telefon. Am Apparat meldete sich der Wachhabende Obermeister Fritz.
„ Hi Frank, gut, dass ich dich noch antreffe. Ich glaube, ich hab da was für dich. Ich hab ja mitbekommen, wie du die alte Dame letztens zu ihrem Garten gefahren hast. Nun ruft mich gerade ein Herr Dammerow an, der Am Dosenbek 12 wohnt und faselt wirres Zeug von Dämonen und Katzen. Wollte den Kerl, der sich anhörte, als habe er zu viel selbst gebrannten Schnaps intus, erst abwimmeln, da wurde ich auf einmal hellhörig. Da erzählt er doch plötzlich was von mysteriösen Zeichen aus Blut an den Bäumen. Mir fielen sofort die aufgemalten, roten Runen ein. Mag sein, dass ich mich täusche, aber vielleicht passt das ja zu deinem Fall."
„ Gut geschaltet, Fritz. Am Dosenbek 12 sagst du? Ich fahr gleich raus. Und vielen Dank."
Wo die Klosterstraße am Ende nach links abknickt und in den Brüningsweg übergeht, lenkte Frank den Passat geradeaus ins Landschaftsschutzgebiet und fuhr auf dem Sandweg weiter, der

den schönen Namen Am Dosenbek trägt und ebenfalls nach wenigen Hundert Metern nach links abknickt. Vor der halb zerfallenen Kate mit den Ziffern 1 und 2 torkelte ihm halbwegs aufrecht ein etwa sechzig Jahre alter Mann in grauem Unterhemd, grüner Latzhose und schwarzen Gummistiefeln entgegen.
„ Was woll´n sie denn hier? Kann ich was för sie tun?"
Der Mann lallte mehr, als das er sprach.
„ Sind sie der Herr Dammerow und haben eben auf dem Polizeirevier angerufen? Ich bin Hauptkommissar Dell von der Kripo. Sie sagten dem Kollegen, sie hätten eine Beobachtung gemacht."
Der Mann antwortete nicht, sondern drehte sich um und deutete mit einer Handbewegung an, man möge ihm folgen. Nach zirka fünfzig Metern auf dem nur notdürftig befestigten Weg bog er scharf nach rechts ab, kletterte mühsam über einen verrotteten Absperrbalken neben dem ein Schild mit der Aufschrift *Landschaftsschutzgebiet* sein tristes Dasein fristete und stapfte weiter an einer zerfallenen Gartenhütte vorbei Richtung Moor. Vor einer gewaltigen Eiche blieb Herr Dammerow unvermittelt stehen und deutete hinauf in die Baumkrone.
„ Sehen sie, da oben. Das waren Dämonen. Die können fliegen. Sonst kommt doch keiner da oben rauf."
Dammerow packte Frank am Ärmel und flüstere geheimnisvoll.
„ Glauben sie mir, Herr Kriminalpolizist, ich kenn mich aus mit Geistern und Spuk. Jeden Abend seh ich die Dämonen, wie sie um meine Hütte schleichen. Manchmal sind auch Waldgeister und Kobolde dabei. Die kann man nur hören, wenn sie durch die

Baumkronen fliegen und sich seltsame Worte zurufen. Aber ich erkenn die sofort. Einmal wollten sie mich sogar holen, aber ich hab sie verscheucht mit meiner Schrotflinte."

Der Mann, bei dem es sich offenbar um einen Drogensüchtigen handelte, starrte ihn mit irrem Glanz in den Augen an, aber Franks Blick wanderte durch die Baumkrone, bis sich die Augen an die Dunkelheit gewöhnt hatten. Dann blieben sie an etwas hängen, fokussierten auf den Gegenstand und erkannten schließlich, was zu finden er nicht gewünscht hatte. Inständig hatte er auf der Fahrt darum gebeten, es möge sich nicht um die Lieblinge der alten Dame handeln, und der Geisteszustand des Anrufers hatten ihm Mut gemacht, es könnte sich lediglich um wirre Phantasien handeln.

Leider hatte er sich getäuscht.

Angewidert drehte er sich ab und holte die Kamera aus dem Koffer. Erst durch das Objektiv erkannte er das wahre Ausmaß der Grausamkeit, mit der die Körper der einstmals wunderschönen Tiere verstümmelt worden waren. Der Täter hatte sie der Länge nach aufgeschlitzt, sodass die Gedärme aus dem Bauch hingen. Als würde dies noch nicht reichen, hatte er ihnen offensichtlich die Pfoten abgehackt, sie dann mit den Köpfen in den Schlingen am Baum nach oben gezogen, und die Enden an einem der niedriger gewachsenen Äste festgeknotet. Allerdings lagen diese Äste schon in einer Höhe von drei Metern. Selbst mit zwei Mann wäre die Ausführung dieser barbarischen Tat ohne Hilfe von Werkzeugen wie zum Beispiel einer Leiter nicht möglich gewesen.

Der Mann zupfte ihn am Arm und zog ihn um den Stamm mit einem Durchmesser von mindestens einem Meter. Und da auf der Rückseite prangten sie wieder. Diesmal übereinander. Ein nach hinten gekipptes Z mit Punkt und ein Ypsilon geformt wie ein dreizackiger Spieß Ebenfalls untereinander standen die Ziffern 1 4 4 1 3 1 4 . Dieselbe Größe, dieselbe Farbe wie an der Regentonne. Aber was sollte das? Welche seelenlosen Kreaturen waren zu solch einer abscheulichen Tat fähig, die zudem völlig sinnlos erschien?

„ Haben sie eine Leiter auf ihrem Grundstück, die mindestens drei Meter lang ist?"

„ Ja, Herr Inspektor, die hab ich mal im Raabeweg gefunden. Lag da ganz verlassen und gehörte keinem. Da dachte ich mir, bevor die ein anderer mitnimmt. Ist doch nicht verboten, oder?"

Frank stand nicht der Sinn nach einer Unterrichtung in Gesetzeskunde, und deshalb verzichtete er auf eine Antwort.

„ Können sie mir die mal herholen. Wäre sehr wichtig."

„ Kein Problem."

Erleichtert schlurfte der Mann zu seiner Kate.

Etwa eine Stunde später waren die Kadaver nicht ohne Mühe vom Baum geschnitten. Tote Menschen hatte Frank bereits viele gesehen, und zur eigenen Erschütterung gestand er sich nach einigen Jahren im Polizeidienst ein, dass Leichen von Erwachsenen ihn nicht mehr schockieren konnten, es sei denn der Mensch stand ihm vorher nahe. So brutal und menschenverachtend sich das auch anhörte: Viele der Personen, die einem Gewaltverbrechen zum Opfer fielen, hatten in seinen Augen den Tod verdient. Mord und Totschlag waren zumeist Beziehungsverbrechen und geschahen selten ohne „ guten Grund ".

Bei Kindern und Tieren war das anders. Hier handelte es sich um Lebewesen, die hilflos waren und des Schutzes der Erwachsenen bedurften. Sie bildeten das schwächste Glied in der Verteilung der Kräfte und waren aus sich heraus in den seltensten Fällen bösartig.

Sich an harmlosen und gutmütigen Kreaturen wie diesen beiden Katzen zu vergreifen, stellte für Frank Dell eines der erbärmlichsten Verbrechen dar, die er sich vorzustellen vermochte.

Menschen, die hierzu in der Lage waren, verdienten in seinen Augen den Tod, auch wenn er dies als Vertreter für Recht und Gesetz nie öffentlich äußern durfte, denn trotz Verschärfung der Tierschutzrechte, waren Tiere per Gesetz immer noch Sachen gleichgestellt.

Der Mensch hielt sich nach wie vor für die Krone der Schöpfung, der alle anderen Lebewesen nach Gutdünken behandeln dürfe, wann und wie es ihm denn in den Kram passte.

Dem Fliegen- und Vogelfraß sowie dem Grad der Verwesung nach zu urteilen, hingen die toten Lieblinge der alten Dame vermutlich schon seit ihrem Verschwinden in den Bäumen. Er zog eine Plastiktüte aus dem Kofferraum und steckte die Überreste dieser einst so herrlichen Tiere hinein. Die Stricke verstaute er ebenfalls. Womöglich konnte die Spurensicherung daran noch Spuren verwerten. Dann nahm er die Personalien des Anrufers auf und überlegte den nächsten Schritt.

Wie konnte er der armen Frau mitteilen, dass sie ihre geliebten Haustiere nie mehr wieder sehen würde? Sollte er ihr überhaupt diese Nachricht übermitteln, oder wäre es angebrachter, die Angelegenheit so lange tot zu schweigen, bis sich bei ihr ganz von alleine die Vermutung des Todes durchsetzen würde? Aufmerksam hörte er in sich hinein und kam zu einem Entschluss.

Halb hoffend, Frau Müller befände sich unterwegs zum Einkaufen oder sonst wo, klopfte er kräftig an die blaue Eichentür, doch wer sollte das hören können? Nach dem zweiten Versuch drückte er die Klinke. Das Tor war offen und er trat ein. Hier sah es aus wie im Paradies. Die Apfelbäume standen in voller Blüte, überall entlang des liebevoll gepflegten Rasens sprossen Blumen und Blüten in allen Farben. Bienen summten, Vögel zwitscherten. Frank Dell beschloss schon umzukehren, als er die piepsige Stimme der alten Dame vernahm. Mit Bauchschmerzen und finsterer Miene näherte er sich der undurchsichtig umwucherten Terrasse neben der Hütte. Winkend, mit Gärtnerschürze, Gummistiefeln und Kopftuch bekleidet, trat Annie Müller aus einem der Beete, in einer Hand die Rosenschere, in der anderen einige verblühte Triebe.

Ihre zunächst erfreute Miene wandelte sich schnell zu einem zweifelnden Ausdruck, als sie ihn besser erkennen konnte.
„ Hallo, Frau Müller. Können wir uns setzen?"
Dell wirkte ernst und unsicher, was die alte Dame sofort registrierte.
„ Aber sicher doch, Herr Kommissar. Möchten sie vielleicht einen Eistee?"
Ehe er antworten konnte, war sie im Häuschen verschwunden und kam mit einer vollen Karaffe und zwei Gläsern zurück. Sie goss

beide Gläser randvoll und setzte sich ihm gegenüber an den runden Gartentisch aus grünem Plastik, in dessen Mitte das rosa Deckchen ein wenig verloren wirkte. Genau wie sie, dachte Frank Dell. Dann fing er an.

„ Ich habe leider schlechte Nachrichten, Frau Müller."

Annie Müller blieb gefasst, aber er sah ihre Mundwinkel zucken.

„ Die beiden Katzen wurden vor einigen Tagen tot aufgefunden."

„ Ich hab mir schon so was gedacht. Sie sind jetzt fast einen Monat nicht mehr aufgetaucht."

Nach einer kurzen Pause und tiefem Durchatmen sprach sie zitternd weiter.

„ Was ist mit meinen Lieblingen geschehen? Sind sie sicher, dass es sich um Leonie und Leyla handelt?"

„ Ja, leider. Die Beiden sind auf der Brachenfelder Straße vermutlich tagsüber überfahren worden, und waren sofort tot. Ein aufgelöster LKW-Fahrer hat das vor ungefähr drei Wochen in der Einsatzzentrale gemeldet. Die Kollegen von der Wache sind dann hin gefahren, haben Fotos gemacht und die Tiere neben der Straße auf einem Feld anständig begraben. Leider haben die Kollegen vergessen, mich zu verständigen. Die hatten ja alle eine Kopie des Fotos im Streifenwagen. So bekam ich erst heute morgen zufällig den Bericht in die Hand. Ich hab die Bilder dann miteinander verglichen. Leider handelte es sich um Leyla und Leonie. Sie müssen sofort tot gewesen sein, und haben nicht gelitten."

Für einen Moment schloss Annie Müller die Augen und Frank befürchtete, sie würde anfangen zu weinen. Aber dann entspannte sich ihr Gesicht, und sie wirkte irgendwie erleichtert.

„ Vielen Dank für die ehrliche Auskunft, Herr Dell. Ich habe mir vier Wochen lang Sorgen um die beiden gemacht und befürchtet, sie befänden sich irgendwo in einer Notsituation und würden auf meine Hilfe warten. Nun weiß ich, sie sind im Katzenhimmel und müssen nicht leiden. Wie schade für mich. Die Zwei waren nach dem Tod meines Mannes zusammen mit meinem Garten die Freude meines Lebens. Nun sind sie fort. Aber der Tod gehört zum Leben. Irgendwann müssen wir alle sterben und stellen sie sich vor, ich wäre vor ihnen gegangen. Was wäre dann aus meinen Lieblingen geworden, so ganz einsam ohne Futter und Zärtlichkeiten? Vielleicht ist es besser so."
Frank trank aus und spürte, wie eine zentnerschwere Last von ihm genommen war.
„ Vielleicht ist es so. Ich fürchte, ich muss jetzt weiter, die Arbeit ruft. Aber ich werde sie den Sommer über sicher mal besuchen kommen, Frau Müller."
„ Annie, junger Mann. Annie. Ich bin zwar nicht mehr die Jüngste, aber immer noch gut beisammen. Ich glaube, wir waren schon vor Wochen beim Du angekommen."
Dann zog sie ihn ein Stück herab und drückte ihm einen Kuss auf die Wange.
„ Vielen Dank für die Wahrheit."

13

Grübelnd saß Frank Dell am Schreibtisch.

Seit Mels Tod im letzten Herbst war nicht viel passiert, und das trug nicht eben dazu bei, über ihren Verlust hinweg zu kommen. Zudem war die erst im Sommer ins Leben gerufene Abteilung Täterprofile der KD SH Mitte mangels Personal vorläufig auf Eis gelegt worden. Als vor Weihnachten eine Stelle bei der Kripo Neumünster frei wurde, weil ein Kollege vorzeitig in Pension ging, zögerte er keinen Moment und bewarb sich. Der Fall des Heep Mörders hatte ihm nur allzu deutlich gemacht, wie sehr er mit seiner Heimatstadt verwurzelt war.

Im Stadtteil Faldera nahe des gleichnamigen Parks und somit nicht weit entfernt von der Böckler-Siedlung, in der er groß geworden war, fand er in einem der Mietshäuser der Baugenossenschaft Holstein im Erdgeschoss eine gemütliche 2-Zimmer-Wohnung mit Balkon. Ganz in der Nähe, in der alten Sporthalle der Faldera-Schule, hatte er zusammen mit seinem Freund Willi als Jugendlicher mit dem Karate-Training begonnen. Trainerin war die hübsche Josi gewesen, eine rothaarige, junge Frau mit sehr weiblichen Formen, von der alle ihre Schüler seinerzeit fasziniert gewesen waren. Ebenfalls einige Straßen weiter, in einer der Seitenstraßen der Ehndorfer Straße hatte einst seine Jugendliebe Andrea gewohnt, zusammen mit ihren Eltern, einem Kapitän der Handelsmarine und ihrer, in seinen Augen strengen, aber sympathischen Mutter. So manchen Abend war er mit dem Rad nach dem Training zu ihr geradelt und über die Dachterrasse des Anbaus in ihr Zimmer gelangt, nachdem er sich an einer Wäschestange nach oben gehangelt hatte. Die Erinnerungen an die gute alte Kindheit, die zwar überschattet wurde von traurigen Ereignissen, im Rückblick aber durchaus positiv verlaufen war, überflutete ihn. Die erste zarte Liebe, das Erwachsenwerden, der ständige pubertäre Kampf um Ansehen und Anerkennung sowohl bei den gleichaltrigen Jungen als auch den Mädels. Die damals noch mehr als heute unberührte Natur des Stadtwaldes und der Mulde, der Wälder am Exer, dem ehemaligen Auffanglager für Flüchtlinge nach dem zweiten Weltkrieg an der Ehndorfer Straße. All diese Vibrationen verspürte er, wenn er des Nachts durch den Faldera-Park schlenderte, vorbei an den steinernen Seehunden direkt am Wasser. Von Erzählungen wusste er, dass der Teich früher als erste Neumünsteraner Badeanstalt gedient hatte. In seiner Kindheit waren sie noch jeden Winter auf der vereisten Fläche Schlittschuh gelaufen. Gleichfalls nur aus Geschichten, die noch heute in Neumünster die Runde machten, wusste er, dass einer der Polizeibeamten aus der Böckler-Siedlung noch lange vor seiner Zeit zusammen mit dem Schäferhund Tasso als Rache für eine Verhaftung eines Abends in den Faldera-Teich befördert worden war. Jeder Stadtteil besaß so seine Geschichten.

Hier fühlte er sich wohl, dies war seine Heimat.

Das Klopfen an der Tür unterbrach seine Gedanken.

„ Stör ich?" Hans Meier steckte den Kopf durch den Türspalt.

„ Ganz im Gegenteil, komm rein und setz dich. Peter bummelt Überstunden ab, und wenn ich so alleine rumsitze, verfall ich doch nur ins Grübeln."

Lässig setze sich Meier in den Drehstuhl und schwang die Füße auf die aktenleere Schreibtischseite, auf der nur ein kleiner Silberrahmen stand. Neugierig nahm er das Foto und betrachtete es eingehend.

„ Verdammt hübsches und verdammt junges Mädel," grinste er in sich hinein.

„ Was meinst Du, ist das seine Tochter, oder hat der alte Sack tatsächlich so eine Frau an der Angel?"

„Das fragst Du mich? Du kennst Peter doch schon viel länger. Ich bin erst seit zwei Monaten sein Zimmerpartner und über private Angelegenheiten spricht er so gut wie nie."

Er legte eine Pause ein und musste nicht lange warten, bis Hans Meier erneut zu reden begann.

„ Du wirst nie erraten, was ich vor einer Stunde für eine Anzeige aufgenommen habe."

Mit geheimnisvoll blitzenden Augen sah er Frank an.

„ Ich bin sicher, du wirst es mir sofort verraten. Mach´s nicht so spannend. Wir sind hier nicht bei Robert Lemke."

„ Eine knackige junge Frau kam herein, sah in mein leuchtendes Blauauge und war mir sofort verfallen."

„ Sehr witzig, trug die ne gelbe Binde um den Arm mit ner Gans drauf? Nun erzähl schon."

Meier stutzte einen Augenblick . Sichtbar ratterten die Räder im Hirn.
„ Wieso mit ner Gans drauf?"
„ Für ganz Blinde."
„ Sehr witzig. Das Mädchen heißt Lisa Behnke, ist 28 Jahre alt und arbeitet am Tresen im Swingerclub Amor in der Wrangelstraße Ecke Fehmarnstraße. Du weißt doch, diesen Torbogen hinter dem ehemaligen Möbel-Lutz rein. Ich weiß gar nicht, wie das jetzt heißt.
Auf jeden Fall kommst du von diesem Gang aus auch hinten in die Diskothek und zu den Räumen des THW."
„ Ja, ich weiß. Sehr interessant, ist das alles?"
Frank blickte betont gelangweilt auf seine Fingernägel.
„ Nun mal nicht so ungeduldig, es geht ja erst los. Also das Mädel, wie gesagt sehr knackig, kurze schwarze Haare, Rundungen an den richtigen Stellen und eine wahnsinnige Ausstrahlung, kommt rein und sagt, sie möchte eine Vermisstenanzeige aufgeben. Ich spann also den Bogen ein, nehm ihre Personalien auf, und dann frag ich, wen sie denn vermisst ..."
Erneut legte Meier eine theatralische Pause ein, die Dell mit einem genervten Blick quittierte.
„ OK, ok, ich mach ja schon weiter. Nun halt dich fest. Weißt du, wen sie vermisst? Sonny Lohmann."
Frank Dell starrte ihn verständnislos an.
„ Und nun, muss ich den kennen?"
„ Sag mal, leidest du an Demenz? Sonny Lohmann. Hell´s Angels, Mel .... macht´s da endlich klick?"

Interessiert setze sich Frank auf und sah ihm in die Augen.
„ Du meinst, sie hat den ominösen Sonny L. als vermisst gemeldet, den Prospect der Rot-Weißen, der Mel seinerzeit entlastet und unseren Freund Felix in den Knast gebracht hat?"
„ Ganz genau den. Langer Rede kurzer Sinn. Ich erzähl dir jetzt mal die Kurzfassung. Sie hat wohl jahrelang für ihn in der Herbertstraße angeschafft, sich aber vor einem Jahr von ihm getrennt und ist durch eine Bekannte hier nach Neumünster gekommen, weil sie von dem Milieu weg wollte. Er hängt aber wohl noch sehr an ihr und besucht sie ab und zu im Club, wie auch gestern Abend. So gegen 23 Uhr ist er los und wollte sich noch mit Kollegen in Kiel treffen. Als sie heute Morgen gegen 6 Uhr nach Hause geht, sieht sie im Vorbeigehen eine Halle des THW offen stehen, kuckt beiläufig hinein und sieht, wie zwei Typen eine Harley mit Plane abdecken. Das Kennzeichen kann sie gerade noch erkennen, dann schließt sich das Rolltor. Das Kennzeichen lautet HH-SL 81. Ich hab das überprüft. Halter der Fat Boy, anthrazitmetallic, ist Sonny Lohmann, geb. am 21.02. 1975 in Schleswig, wohnhaft Talstraße 17, Hamburg."
Frank hörte aufmerksam zu und hakte nach.
„ Nun gut, sie hat also seine Harley gesehen und das war heute Morgen. Das ist jetzt gerade mal 10 Stunden her und diese Jungs gehören keinem Kindergarten an. Außerdem sind sie nicht mehr zusammen. Was spricht dagegen, dass ihm noch ein Mädel über den Weg gelaufen ist, und er sich in diesem Augenblick gerade die Kutte überstreift und der Kleinen noch einen Kuss auf den prallen Hintern drückt?"

„ Pass auf, es geht noch weiter. Sonny hat wohl bei ihr am Tresen in der Nacht das Handy liegen lassen, und gegen 8 Uhr fängt das Teil an zu klingeln. Sie geht ran, weil sie denkt, das könnte er sein, aber es ist sein Arbeitgeber aus Hamburg, der Chef einer Tischlerei, in der Lohmann seit 5 Jahren arbeitet. Seitdem hat er nicht einen Tag unentschuldigt gefehlt. Und bis jetzt ist er weder dort aufgetaucht noch hat er sich bei Lisa gemeldet."

„ Hhhmm, ja, das ist schon seltsam. Hast Du mal ne Streife losgeschickt, die sich um das Bike kümmert ?"

„ Na, was denkst Du denn. Bin auch selber mit hin, und wir haben alle Hallen, Abstellräume und Löcher in der alten Fabrik abgesucht, in denen man eine Harley unterbringen könnte. Fehlanzeige. Da schleichen Gestalten rum, das glaubst du nicht. Aber natürlich hat niemand etwas gesehen. Trotzdem klang die Mieze vertrauenswürdig und ehrlich besorgt. Glaube kaum, dass die spinnt. Hab also eine Suchmeldung rausgegeben. Und jetzt können wir wieder mal nicht mehr tun, als zu warten."

„ Komisch, dass wieder in Neumünster die Fäden zusammen laufen und bei uns auf dem Schreibtisch landen. Die Erde ist so groß und trotzdem hängt wieder alles zusammen. Die Welt ist ein Dorf und Neumünster das Zentrum."

„ Und gleichzeitig das Irrenhaus. Ich versteh das auch alles nicht. Aber dafür werden wir auch nicht bezahlt. Wir sollen nur den Müll wegräumen... und was ich dich eigentlich noch fragen wollte ..."

„ Na, was kommt nun?"

Dell wirkte ehrlich gespannt.

„ Ich dachte,“ druckste Meier herum,“ weil ich den Schreibtisch gerade so voll hab und du doch bei jeder Gelegenheit raushängen lässt, dass hier so wenig los ist, ob Du nicht den Fall übernehmen möchtest. Irgendwie bist du mit Sonny ja schon ein wenig bekannt.“

Widererwarten ließ sich Frank nicht zweimal bitten und streckte die rechte Hand aus.

„ Nichts lieber als das. Rück rüber den Vorgang. Passt auch irgendwie zu meiner anderen Ermittlung. Suche nach dem Mörder zweier zuvor als vermisst gemeldeter Katzen.“

„ Wunderbar!“

Hans Meier wirkte erleichtert.

„ Weiß schon nicht mehr, wo mir vor lauter Arbeit der Kopf steht. Und Tschüß.“

Ehe Frank etwas antworten konnte, war Meier durch die Tür verschwunden.

Im Internet fand KHK Dell schnell, wonach er suchte. Der Swinger -Club Amor war beinahe täglich geöffnet von 18 Uhr bis open end. Vielleicht hatte er Glück, und Lisa Behnke wäre auch heute Abend anwesend.

14

Um Viertel nach Acht parkte Frank den schwarzen Dienst-Golf unter einer der großen Laternen vor dem Möbelhaus.

Eine lustlos aufgehängte, blaue Lichterkette über der abbröckelnden Toreinfahrt stellte die einzige Reklame für das Etablissement dar. Klasse Werbung dachte er und trat in die nur notdürftig beleuchtete Einfahrt.

Wer sich hier rumtrieb, der wollte nicht gesehen werden. Nach wenigen Schritten erkannte er linker Hand einen Eingang. An der lieblos getünchten Hauswand neben der verzogenen Eingangstür waren die kaum leserlichen Buchstaben CLUB Amor angekritzelt. Wirklich sehr ausdrucksstark und öffentlichkeitswirksam dieser kleine Betrieb. Doch das sollte er wohl auch nicht sein. Knirschend ließ sich die Tür nach außen aufziehen, und er betrat einen nur mit zwei rohen 25 Watt-Birnen beleuchteten Hausflur. Muffiger, feuchter Gestank schlug ihm entgegen.

Im ersten Stock hinter der frisch lackierten, schwarzen Tür erschien ein modernes Empfangszimmer, mit dem er nicht gerechnet hatte. Farbig gestrichene Wände, dezente, aber gemütliche Beleuchtung und nagelneuer, grau-schwarz mellierter Teppichboden. Hinter dem kleinen Tresen saß eine gespielt freundlich wirkende, vollschlanke Dame in einem schwarzen Netzbody, der die Fleischmassen nicht verdecken konnte.

Noch ehe er den Dienstausweis zücken konnte, sprang sie hinter dem Tischchen auf und präsentierte sich ihm in voller Pracht, wobei sie ihm selbst in den 15cm High-Heels kaum bis zur Brust reichte. Schon am Eingang war ihm das penetrante Parfüm in die Nase gestiegen. Als sich die Empfangsdohle näherte, erschlug es ihn fast, und er schluckte zweimal kräftig, um nicht würgen zu müssen.

„ Na, neu hier, ich nehm ihnen mal die Jacke ab!"

Der Ausweis, den er aus der Tasche riss und ihr vor die Nase knallte, ehe sie auf Tuchfühlung gehen konnte, ließ die platinblonde Mittfünfzigerin zurückprallen. Misstrauisch beäugte sie Frank von oben bis unten, setzte dann aber wieder ihr gestelltes Lächeln auf und versuchte vergebens, eine verführerische Note in den Blick einzubauen.

„ Oh, ein Polizeibeamter, ich steh auf Uniformen," hauchte sie.

„ Was kann ich denn für sie tun, Herr Inspektor?"

„ Ich würde gerne Frau Lisa Behnke sprechen, wenn es möglich ist."

Souverän ging Frank über die plumpe Anmache hinweg.

Schlagartig verdunkelte sich ihre Miene, und sie griff zum Telefon.

„ Das weiß ich nicht, ob das während der Arbeitszeit möglich ist," flötete sie patzig.

„ Sie soll sich schließlich um die Gäste kümmern. Paul, hier ist ein Polizeibeamter, der Lisa sprechen möchte. Komm doch mal nach vorne."

Keine fünf Sekunden später tauchte ein etwa fünfzigjähriger, braungebrannter, durchtrainierter Mann auf, das graue, schulterlange, dichte Haar zu einem Pferdeschwanz nach hinten gebunden, den harten Körper in einen Lederbody gezwängt, und streckte ihm die Hand entgegen, wobei die dunklen Augen ihn direkt und bedrohlich anfunkelten, während der grinsende Mund das Gesicht zu einer unnatürlichen Maske verzog.

„ Paul Rohwer mein Name, ich bin hier der Geschäftsführer, was kann ich für sie tun?"

Der Händedruck war trocken und fest.

„ Ich hätte gerne ihre Mitarbeiterin Frau Lisa Behnke gesprochen. Ich bin Hauptkommissar Frank Dell von der Kripo Neumünster."

„ Worum geht's denn, vielleicht kann ich ihnen weiterhelfen?"

„ Das denke ich nicht."

Dell ließ den umgänglichen Unterton aus seiner Stimme verschwinden.

„ Im Moment geht die Sache nur Frau Behnke etwas an. Wenn ich Fragen an sie habe, lasse ich es sie wissen."

Auch der Ladeninhaber ließ jetzt die Etikette beiseite.

„ Das geht doch sicher auch außerhalb ihrer Arbeitszeit, schließlich bezahl ich Lisa dafür, dass sie sich um die Gäste kümmert und nicht dafür, dass sie hier mit der Obrigkeit Smalltalk hält. Aber ich will mal nicht so sein. Warten sie bitte hier, ich hol Lisa her."

Und zur Rezeptionistin gewandt warf er über die Schulter:

„ Else, würdest du solange den Tresen übernehmen? Die Leute sollen schließlich nicht verdursten, nur weil die Bullen im Haus sind."

Hans hat nicht zuviel versprochen, schoss Frank durch den Kopf, als sich zwei Minuten später die Tür öffnete, und Lisa Behnke aus der Seitentür trat.

Der rote Lackmini endete knapp unterhalb des Schambereichs, und ließ ihn die längsten und formvollendetsten Beine erblicken, die er je gesehen hatte. Die gepflegten Füße mit den rotlackierten Nägeln steckten in transparenten Stilettos. Das ebenso knappe, signalrote und über den prallen Brüsten geschnürte Lacktop ließ ebenfalls keine Wünsche offen.

Aber was ihn wirklich umhaute war ihr Gesicht. Aus den ebenmäßigen Zügen mit den hohen Wangenknochen, der scharf geschnittenen Nase und dem zart geschwungenen Kinn, sowie den vollen, rot geschminkten Lippen blitzten ihm zwei wundervolle, dunkelbraune Augen entgegen.

Einen Moment versagte ihm der Atem, und die Kinnlade klappte nach unten, was das Mädel mit dem schwarzen Kurzhaarschnitt mit einem spöttischen Grinsen aufnahm.

„ Ich bin Lisa Behnke, und mit wem habe ich die Ehre?"

Auch ihre rauchige, warme Stimme und der Geruch waren atemberaubend, und er bekam für Sekunden kein Wort heraus.

„ Frank Dell, Kripo Neumünster," presste er heraus und konnte den Blick nicht von ihren Augen wenden.

„ Gibt's hier einen Raum, in dem wir kurz ungestört reden können?"

„ Ja, kommen sie, Paul überlässt uns so lange sein Büro."
Mit sicherem und geübtem Schritt stöckelte sie auf den zehn Zentimeter Absätzen vor ihm her den langen Korridor entlang, und er folgte ihr wie hypnotisiert. Dann schloss sie die schmale Tür mit der Aufschrift PRIVAT auf und bat ihn, sich auf das kleine Ledersofa zu setzen. Mangels anderer Sitzgelegenheiten nahm sie neben ihm Platz, wobei ihre nackten Schenkel ihm bedenklich nahe kamen.

Er konnte sich nicht erinnern, jemals so erotisiert gewesen zu sein. Die sexuelle Ausstrahlung dieser Frau war förmlich greifbar. Kein Wunder, dass Sonny ihr auch hierher gefolgt war und nicht loslassen konnte. Mit fragenden Augen blickte sie ihn an.
„ Wie kommt es, dass sie hier auftauchen? Ich dachte, ihr Kollege Meier, bei dem ich heute Morgen die Anzeige aufgegeben habe, würde den Fall untersuchen. Nicht, dass ich enttäuscht wäre, ganz im Gegenteil. Ich habe nur nicht einen Beamten wie sie erwartet. Sie wirken auf mich nicht wie einer von der Schmiere."
Interessiert blitzten ihre Augen auf.
„ Der Kollege Meier ist überlastet, und ich bin noch nicht so lange in Neumünster, deshalb hat er mich gebeten, die Ermittlungen zu übernehmen. Haben sie denn inzwischen etwas von Herrn Lohmann gehört? Hat er sich gemeldet oder einer seiner Kollegen?"
„ Nein," ihre Stimme wirkte nun unruhig und besorgt. Zum ersten Mal wandte sie den Blick zu Boden.

„ Keine Nachricht von ihm, und seltsamerweise melden sich auch nicht die Jungs aus Hamburg. Die müssten sich eigentlich auch Sorgen machen, es sei denn, sie wissen mehr als ich."
Erneut blickte sie ihm tief in die Augen, wobei er den Ausdruck nicht deuten konnte.
„ Wissen sie, Sonny und ich waren drei Jahre zusammen, und so kenne ich ihn nicht. Er ist einer der zuverlässigsten Menschen, den ich je kennen gelernt habe. Und auch, wenn wir seit mehr als einem Jahr getrennt sind, aus Gründen, die sie sicher nicht interessieren, so mag ich ihn doch noch immer als Freund. Und deshalb habe ich große Angst. Ich fürchte, es ist ihm etwas zugestoßen."
Ihre Augen füllten sich mit Tränen, aber sie beherrschte sich.
„ Sind sie denn sicher, heute morgen das Kennzeichen seiner Maschine erkannt zu haben? Selbst mir passiert es durchaus, dass ich mal zwei Ziffern vertausche oder einen Buchstaben nicht deutlich erkenne. Dabei wurde ich im Laufe der Jahre darauf geschult, mir Details zu merken."
„ Ja, ich bin mir ganz sicher."
Ihr linkes Bein berührte seine Hand, und keiner von beiden machte Anstalten, den Hautkontakt zu beenden.
„ Das Kennzeichen lautet HH - SL 81. Hamburg - Sonny Lohmann und die Ziffern für den achten und den ersten Buchstaben des Alphabets H und A. Hell´s Angels. Dieses Kennzeichen kann ich nicht verwechseln."
„ In Ordnung, Frau Behnke, die Fahndung wurde bereits heute Vormittag eingeleitet. Sowohl nach Herrn Lohmann als auch nach

der Harley Davidson. Ich denke, wir sollten uns noch mal tagsüber in Ruhe unterhalten. Ich möchte sie auch nicht länger von der Arbeit abhalten. Hier haben sie meine Karte. Unter dieser Nummer bin ich Tag und Nacht zu erreichen, und scheuen sie sich nicht, diese auch zu benutzen, sobald sie etwas hören oder auch sonst, wenn sie Probleme haben oder einfach nur jemanden zum Reden oder Zuhören brauchen. Wie wär´s, wenn wir uns morgen in der Stadt treffen, sobald sie ausgeschlafen haben, einen Kaffee trinken und nähere Einzelheiten bereden? Wie sieht´s aus mit 14 Uhr im Klatsch-Palais, das ist der große Glaskasten mitten in der Stadt auf dem Großflecken ?"

„Gerne, ich muss sowieso einige Besorgungen machen. 14 Uhr Klatsch-Palais. Ich werde da sein. Soll ich mir eine Rose ins Knopfloch stecken, damit sie mich in normalen Klamotten erkennen?"

Amüsiert zwinkerte sie ihm zu.

„ Ich denke, das schaff ich auch so," grinste er zurück.

„ Wie könnte jemand diese Augen übersehen."

Sie begleitete ihn zum Ausgang, und ihre Aura verfolgte ihn bis ins Bett.

15

Bis 4 Uhr morgens hatte Frank wach im Bett gelegen und den Abend sowie die letzten Monate Revue passieren lassen. Mels Tod hatte eine Lücke in seine Seele gerissen, von der er glaubte, diese nie wieder schließen zu können.

Nun lief ihm die erste wirklich attraktive Frau über den Weg, und schon war alles vergessen? OK, das war nur ein flüchtiger Kontakt, und ob sich daraus überhaupt etwas entwickeln könnte, stand noch gar nicht zur Debatte. Aber selbst, wenn er dies außer Acht ließ, erschrak er doch über dieses unvermittelt aufkeimende Begehren. Ohne darüber nachdenken zu müssen, war er davon ausgegangen, eine ziemlich lange Zeit kein Interesse für eine andere Frau entwickeln zu können.

Jetzt wackelte wieder eines dieser hinreißenden Geschöpfe mit dem Hintern, klimperte mit den Wimpern und schon waren diese unbewussten Vorsätze Schall und Rauch? Waren die Kerle wirklich so einfach gestrickt? War er durch Leben und Leiden so abgestumpft? Oder war viel eher das Gegenteil der Fall? Blieb er empfänglich für die Reize und Freuden des Lebens trotz unbarmherziger Realität im Alltag? Was war richtig, was war falsch? Ließ sich das pauschal entscheiden? Musste der Mensch ständig Regeln für sich und sein Handeln aufstellen, sich selbst ständig unter Druck setzen und somit selber blockieren?

Für sich selbst beschloss er, auch weiterhin auf sein Herz zu hören. Entscheidungen alleine vom Verstand abhängig zu machen, schien ohnehin nicht möglich. In jede Überlegung des Verstandes spielten Erfahrungen auch emotionaler Natur hinein, in alle Emotionen mischte sich auch der Verstand. Wie man es auch drehte und wendete, Seele und Körper ließen sich nicht trennen, sondern bildeten eine Einheit. Die Aufklärer wie Rene Descartes hatten sich gewaltig geirrt und auch die Menschen der Neuzeit in die Irre geführt. Im Gegensatz dazu waren die Urvölker Nord- und Südamerikas, Afrikas, Australiens und Asiens schlauer gewesen. Aber was war aus ihnen geworden in einer Zeit, da nur noch Macht und materialistischer Reichtum eine Rolle zu spielen schienen?

Aus dem Nichts tauchte plötzlich ein Gedicht seines Kumpels Meadi auf, des alten Philosophen, mit dem er einen Großteil seiner Jugendjahre verbracht, und der sich in den letzten Jahren zu einem Schreiberling entwickelt hatte.

<u>Im Sog des Lebens</u>

Und es dreht sich die Spirale
seit Anbeginn der Zeit
Vom Anfang bis zum Ende
geht sie durch viele Hände
und wird doch nie am Ende sein.

Mal dreht sie groß, mal dreht sie klein,
mal dreht sie sich in sich hinein.
Wenn sie dereinst zuende geht,
erneut sie sich von vorne dreht.
Von oben dreht sie sich nach unten,
von unten bald nach oben.
Die Perspektive ändert nichts,
der Blick scheint nur verschoben.
Kaum ist sie innen, dann schon außen,
doch gibt´s kein Drinnen und kein Draußen.
So dreht sie sich ganz ohne Ende
in alle Ewigkeit,
bis alles dann zuende geht:
Am Anbeginn der Zeit.

Spiralförmig kreisten die Gedanken und zogen ihn schließlich in einen Strudel gnadenvollen Schlafs, den er dadurch zu verlängern suchte, dass er gegen 7 Uhr auf dem Revier anrief und sich bis mittags frei nahm.

Doch obwohl bisher nur drei Stunden Entspannung hinter ihm lagen, konnte er nun nicht wieder einschlafen. In diesem Falle half nur Musik. Umständlich wühlte er in der Schreibtischschublade, um nach Minuten einen leicht zerkratzten mp3-Player samt Ohrhörer heraus zu ziehen. Nur wenige Minuten von Deep Purples „ Child in time" reichten, und er war eingeschlafen.

\>\>   Sweet child in time

You´ll see the line
The line that´s drawn between
The good and the bad.
See the blind man
He´s shooting at the world
The bullets flying
They´re taking toll

If you´ve been bad
Lord I bet you have
And you´ve not been hit
By flying lead
You´d better close your eyes
You´d better bow your head
Wait for the ricochet

Oooh ...
I´m crying for Your day and night
Oooh ...

Aaaaahhh ..... aaaaahhhh ......aaaaaah ....   <<

Nach scheinbar traumlosem Nickerchen erwachte er tief erholt um vier Minuten vor elf. Voller Vorfreude jumpte er aus den Federn direkt unter die Dusche und ließ die wohltuenden Tropfen auf den erstarkenden Körper prasseln. Ein dürftiges Frühstück, bestehend aus zwei Knäcke mit Leberwurst und einem kalten

Kakao, brachte ihn endgültig auf die Beine. Gegen halb Zwei hielt es ihn nicht mehr in der Bude, und er fuhr mit dem Rad in die Stadt. Lieber eine Viertelstunde zu früh da sein, als fünf Minuten zu spät, war von jeher seine Devise gewesen, und heute schien ihm trotz widersprüchlicher Gedanken am Vorabend nicht der geeignete Tag, alte selbst auferlegte Regeln zu brechen.

Mit Blick zur Tür setze er sich in die lederbezogene Ecke und bestellte eine große Cola light ohne Gemüse, was die Bedienung, ein leicht angeschwuchtelter Italiener, mit breitem Grinsen und anzüglichem Augenzwinkern quittierte.

Kaum hatte er das Glas das erste Mal zum Mund geführt, da ging zuerst die Glastür und dann die Sonne für ihn auf. Lisa Behnke betrat ganz schlicht gekleidet in enger Jeans, kniehohen Lederstiefeln und Kapuzenjacke den Raum, und doch erschien es nicht nur ihm, sondern auch einigen anderen Gästen, als beträte eine Prinzessin den Saal. Die dunklen Augen strahlten ihn mit einer Intensität an, die Löcher in eine Seele brennen kann. Automatisch erhob er sich und half ihr aus der Jacke. Dann bot er ihr einen Platz an, und sie setze sich, wie er gehofft hatte, über Eck neben ihn an den strategisch günstigsten Punkt, um sowohl Blick- als auch Körperkontakt aufnehmen zu können.

„ Sie sind aber zeitig hier," bemerkte sie mit herzlichem Ton in der rauen Stimme.

„ Angst, etwas zu verpassen?"

Der leicht ironische aber nicht böswillige Unterton ließ sich nicht verbergen.

„ Berufskrankheit , würde ich sagen," konterte Frank Dell.

„ Ich sondiere gerne vorher das Gelände, bevor ich mich irgendwo niederlasse. Übrigens hab ich sie auch ohne Rose im Knopfloch erkannt. Wer könnte diese Augen übersehen."

„ Aber die nehmen sie doch auch erst jetzt richtig wahr, oder? Seien sie ehrlich. In dem Outfit vom Swinger-Club achtet doch so gut wie niemand auf meine Augen."

„ Sie täuschen sich," lächelte er ihr frech ins Gesicht.

„ Ich bin zwar nicht blind und habe so ganz automatisch auch ihre anderen körperlichen Reize beachtet, aber das faszinierendste sind trotz aller anderen Vorzüge doch ihre Augen."

Bei den Worten versank er tief in ihrem Inneren, und sie hielt diesem frontalen Angriff stand.

„ Vielen Dank, Herr Hauptkommissar. Sie gehen aber ganz schön ran. Sind alle Udels so?"

„ Ich bin mir nicht sicher. Vermutlich bin ich die Ausnahme. Ich kann einfach nicht anders. Eine Frau mit ihrer Ausstrahlung begegnet einem halt nicht jeden Tag. Bullen sind auch nur Männer. Aber bevor sie mich vollends verwirren und ich vergesse, warum wir uns ursprünglich hier verabredet haben: Hat sich Herr Lohmann inzwischen bei ihnen gemeldet?"

Urplötzlich, aber wie von beiden erwartet, schlug die Stimmung um, und Lisa Behnke wurde ernst.

„ Nein, das hat er nicht. Und auch keiner von seinem Charter in Hamburg. Ich bin sicher, es ist ihm etwas zugestoßen."

„ Wer wusste davon, dass er regelmäßig bei ihnen im Club auftaucht?"

„ Die Rot-Weißen in Hamburg ganz sicher nicht, denn denen wäre das ein Dorn im Auge gewesen. Die sehen ja überall Gespenster, wittern Geschäfte, die der Einzelne am Club vorbei anbahnt, und das ist bei denen strengstens verboten. Ansonsten alle, die im Amor arbeiten. Allerdings ist er immer ohne Kutte im Laden aufgetaucht, und ich hab auch keinem davon erzählt. Zumindest wusste also niemand aus Neumünster, dass einer von den Angels sich nachts hier herumtreibt.“

„ Möglich ist natürlich, dass jemand es auf die Harley abgesehen hatte, dabei von Sonny überrascht wurde und ihn irgendwie überwältigt hat. Es treiben sich genügend Russen hier herum, die mit nichts und niemandem Verträge haben und sich selbst von dem Namen Hell´s Angels nicht abschrecken lassen. Sie sind also wirklich ganz sicher, das Kennzeichen in der dunklen Halle erkannt zu haben? Nicht, dass ich sie nicht für glaubwürdig halte, aber manchmal spielt einem die Phantasie die übelsten Streiche. Konnten sie sich vielleicht inzwischen an einen der Männer oder auch beide erinnern, die das Bike weggeschoben haben? Denken sie bitte ganz genau nach. Jedes noch so kleine Detail kann wichtig sein.“

„ Was das Kennzeichen betrifft, bin ich mir ganz sicher. Warum sollte ich in dem Moment verwirrt oder irritiert gewesen sein? Zu dem Zeitpunkt wusste ich ja noch nicht, dass Sonny verschwunden ist. Und was die zwei Personen betrifft, die die Maschine geschoben haben, ist mir inzwischen nur eingefallen, dass einer von beiden ziemlich klein war. Ansonsten hab ich beide nur von hinten gesehen. In der Halle war es dunkel. Hätte die Sonne nicht in diesem Augenblick durch das offene Tor geschienen, hätte ich auch das Kennzeichen nicht erkennen können."

Frank überlegte kurz und entschied sich dann, einen Punkt aus Sonnys naher Vergangenheit anzusprechen.

„ Frau Behnke, sie erwähnten, dass ..."

„ Lisa ... sag Lisa zu mir. Das Förmliche passt nicht wirklich zu uns, oder?"

Dabei sah sie ihn ernster an, als er es bisher von ihr gewohnt war.

„ OK, Lisa, ich heiße Frank. Stimmt, das passt nicht zu uns, aber ich wollte nicht ..."

„ ... ja, ich weiß. Du wolltest nicht den Eindruck erwecken, du würdest ein Mädel aus dem Milieu nicht für voll nehmen und es von oben herab behandeln. Glaub mir, diesen Eindruck hast du keine Sekunde auf mich gemacht. Also, was wolltest du mich fragen, Frank?"

Nicht wirklich überrascht aber doch angenehm berührt durch ihre offene Art, fuhr er fort.

„ Bin ich wirklich so leicht zu durchschauen, oder besitzt du eine derart ausgeprägte Menschenkenntnis, dass du meine Gedanken lesen kannst?"

„ Ich würde sagen, von allem ein wenig. Du musst bedenken, in welchem Umfeld ich die Jahre seit meiner Jugend verbracht habe, und mit was für unterschiedlichen Charakteren ich dabei zusammengestoßen bin. Das geht dir in deinem Beruf sicher nicht anders. Und noch etwas haben die beiden Seiten des Gesetzes, auf denen wir uns bisher bewegt haben, gemeinsam. Eine gewisse Menschenkenntnis, entstanden auch aus gesammelten

Erfahrungen, sichert uns das Überleben in einem ständigen Gefahrenherd. Und der letzte Punkt, der aber eigentlich aus den anderen Beiden entspringt, ist, dass ich dich für keinen guten Schauspieler halte. Ich schätze dich ein als geraden, aufrechten Charakter. Verbindet man nun alle Komponenten, dann fällt es nicht so verdammt schwer, die Gedanken eines bestimmten Menschen in einer gewissen Situation zu erahnen."

„ Hhmm, so wie du das darstellst, hört es sich einfach und einleuchtend an. An dir ist eine Kriminalistin verloren gegangen. Das heißt, noch ist es ja nicht zu spät dafür. Bewirb dich doch einfach mal."

„ Du scheinst dir tatsächlich noch nicht meine Akte rausgesucht zu haben. Machen das Bullen nicht eigentlich so? Erst mal an die Personalien gelangen, dann den Computer nach Vorstrafen abchecken und danach so tun, als wäre man völlig unbedarft und unvorbereitet?"

In ihrem sanften, ja fast melancholischen Blick lag eine Spur von Provokation.

„ Oder bist du ein doch besserer Schauspieler als ich gemutmaßt habe?"

„ Eine Frage nach der anderen. Zur ersten, ja, ich habe deine Akte rausgesucht, weil Bullen das tatsächlich meist so machen, wenn es sich um dienstliche Angelegenheiten handelt. Für den Privatbereich gelten zumindest theoretisch noch die Datenschutzbestimmungen. Dann allerdings habe ich sie ungeöffnet auf meinem Schreibtisch liegen lassen, weil ..."

Bis zu diesem Zeitpunkt war ihm nicht klar gewesen, warum eigentlich, doch mit den Worten kam die späte Einsicht, und er redete einfach weiter, als führte er ein Selbstgespräch.
„ .... weil ich nicht wusste, ob sich dieser Fall nicht doch in den privaten Bereich hineinzieht. Ich wollte und will immer noch, mir ein persönliches und unvoreingenommenes Bild von dir machen. Und daran hindern einen nur die Angaben, die irgendwann einmal irgendjemand schriftlich niedergelegt hat, alle zudem bewusst oder unbewusst subjektiv eingefärbt, aus welchen Motiven auch immer."
Lisa schwieg eine Weile und sah durch ihn hindurch wie in eine längst vergangene Zeit.
„ Was meinst du mit, in den privaten Bereich hineinziehen? Ist das hier gar kein dienstliches Gespräch? Haben wir ein Date?"
Frech aber undurchsichtig grinste sie an.
„ Sag nichts, lass mich einfach erzählen. Ich geh mal davon aus, du kennst mein Vorleben tatsächlich nicht in den Einzelheiten. Nur soviel: Ich schaffe seit meinem 16. Lebensjahr an, bin offiziell in Hamburg registriert als Prostituierte, wurde zweimal verhaftet wegen Beischlafdiebstahls und einmal zu einer Bewährungsstrafe von 2 Jahren verurteilt wegen Förderung der Prostitution. Und ich hab mich in den letzten 12 Jahren hochgerechnet von ungefähr zehntausend Kerlen poppen lassen. Jetzt immer noch Interesse an einer Ermittlung, die vielleicht in den privaten Bereich übergreift?"
Nicht unbedingt erschüttert oder fassungslos aber für einige Augenblicke ohne Worte, schaute er zunächst an ihr vorbei ohne wirklich etwas zu beobachten und wandte sich dann direkt Lisa zu.

„ Du bist ja hammerhart. Machst du das immer so? Stößt du jeden Mann, der eventuell Interesse an dir haben könnte, so direkt vor den Kopf?"
„ Nicht jeden Mann, der Interesse an mir hat. Dann würde ich mir den Mund fusselig quatschen. Nur den Mann, der *mich* interessiert. Und davon gibt es nicht viele."
Beide spürten wie sie durch die Augen in das Meer seiner Gefühle eintauchte. Und beide empfanden denselben Zwiespalt, den schmalen Grat zwischen loslassen und geplantem, gefühlvollem Ertrinken oder festhalten, kühlen Kopf bewahren, und für alle Ewigkeit ohne Aussicht auf Rettung an eine schmale Planke geklammert einsam über das weite Meer zu treiben, um irgendwann entkräftet unterzugehen.

Eine gefühlte Unendlichkeit verging, bis beide wieder in der Realität auftauchten. Frank musste eine Weile überlegen, doch dann fiel ihm der Gedanke wieder ein.
„ Sag mal, Lisa, hat Sonny dir gegenüber eigentlich mal etwas von einer Kripobeamtin erwähnt oder von dem Mord an einem Albanerboss in Hamburg?"
„ Du meinst die Sache mit Lazlo und Felix?"
„ Genau die meine ich."
„ Davon hat er nie etwas erzählt. Ich weiß, dass einige von den Jungs an dem Abend im Elysee gearbeitet haben, auch Sonny. Aber die Story hab ich nur in der Presse verfolgt. Persönlich hat darüber keiner ein Wort verloren. Allerdings war ich zu der Zeit auch schon von Sonny getrennt. Im Club selber wurde sicher

ausführlich darüber gesprochen. Aber warum willst du das wissen? Spielt das eine Rolle bei Sonny´s Verschwinden?"

Lisa spürte, wie Frank versuchte, sie mit seinem Blick zu durchleuchten, der schlagartig vom privaten in den kriminalistischen Bereich wechselte.

„ Bevor ich dir meine Vermutungen mitteile, möchte ich von dir ganz ehrlich wissen, ob du noch irgendeine Verbindung zu einem Mitglied der Rot-Weißen unterhältst, oder zu einem Bekannten, Angestellten, zur Putzfrau oder zu wem auch immer aus dem näheren oder entfernten Umfeld."

„ Da kann ich dich beruhigen. Nach der Trennung von Sonny hab ich alle Brücken hinter mir abgebrochen, sowohl die beruflichen als auch die privaten. Deshalb bin ich auch in dieses Nest gezogen, wo ich niemanden kenne und mich hoffentlich auch keiner. Und trotzdem ist es nicht allzu weit entfernt von Hamburg. Da ich also zu keinem Menschen aus meinem früheren Leben noch Kontakt habe, habe ich auch zu keinem von den Angels Kontakt."

„ Also gut, aber vorher noch eine Frage. Wie eng kooperieren die Albaner in Hamburg mit dem Club? Ist das auf rein geschäftlicher Basis oder gibt´s da auch private Treffen und Verbindungen?"

„ Sowohl, als auch. Die Jungs arbeiten in allen Bereichen geschäftlich zusammen. Und der Präsi war vor zwei Jahren Trauzeuge beim Bruder von Lazlo, Burim, und dessen Frau. Geburtstage und alle anderen Feste werden mit wenigen Ausnahmen ebenfalls gemeinsam gefeiert. Nun sag endlich, worauf du hinaus willst, dann kann ich die Fragen auch präzise beantworten."

„ Eine letzte noch, dann komm ich zum Kern. Wie genau hast du den Fall Lazlo verfolgt? Bist du über den Ablauf und die Hintergründe so weit informiert, wie es durch die Medien möglich war?"

„ Ich denke schon. Die Kripobeamtin war die Freundin von Lazlo. An besagtem Abend streiten sie sich, und Lazlo wird kurz darauf erstochen aufgefunden. Erst buchten sie die Maus ein, dann stellt sich später heraus, dass Felix ihn erstochen hat. Soweit richtig?"

„ Absolut. Und nun komm ich zum eventuell direkten Zusammenhang mit dem Verschwinden von Sonny."

Er holte lange und tief Luft, als würde ihm erst jetzt die Tragweite klar.

„ Sonny war für den Abend mit einigen seiner Kumpels als Sicherheitsmann engagiert. Er bekam den Streit zwischen Mel und Lazlo auf dem Parkplatz mit, und dann ... sah er, wie Felix seinen Onkel erstach."

Lisa schluckte und ihr Gesicht nahm besorgte Züge an.

„ Davon hat er mir nichts erzählt."

„ Aber das ist noch nicht alles. Nachdem sie Mel verhaftet hatten und es einige Zeit so aussah, als wäre der Fall geklärt, ging Sonny zur Polizei und machte eine Aussage. Daraufhin wurde Felix verhaftet und Mel frei gelassen ..."

Bei den letzten Worten wurde Mel leichenblass, und ihr Körper sackte in sich zusammen.

„ Das war sein Todesurteil," flüsterte sie, den Kopf in die Hände gestützt.

„ Verdammt, warum musste er das tun? Warum musste er wieder so verdammt ehrlich und anständig sein? Er weiß doch, dass es sowohl im Milieu als auch im Club kaum ein schwereres Vergehen gibt, als einem Angehörigen eine Lampe zu bauen. Niemand aus der Bruderschaft redet mit der Schmiere. Das ist Gesetz."

„ Dafür werde ich ihm ewig dankbar sein, aber davon später. Hast du zufällig letzte Woche den Stern-Artikel über die Hell´s Angels gelesen? Da hört sich das doch so an, als sei der Club eine Untergruppe des Christlichen Vereins junger Männer, natürlich alle hochanständig, die eigentlich in die Nähe von Mutter Theresa gerückt werden müssten ..."

„ Ja, ich hab fast gekotzt, als ich das gelesen hab. Von wegen, wer keine Lust mehr auf den Club hat, der kann jederzeit aussteigen, ist dann >> out in good standing <<. Ich sag nur >> Angel Forever Forever Angels <<. Kein Handel mit Drogen und Waffen und auf die Mädels, die anschaffen gehen, wird nur aufgepasst. Mann, wer in einer angesehenen Zeitschrift wie dem Stern so einen Artikel verbockt und wer als Chefredakteur so einen Mist auch noch drucken lässt, der sollte auf der Stelle entlassen werden. Der normale, brave und unvorbelastete Leser, der denkt doch, was der Stern recherchiert, das muss wahr sein und glaubt den ganzen Scheiß. Eines stimmt schon: Die meisten der Jungs behandeln ihre Frauen äußerst anständig. Es sind eben richtige Kerle mit Ehrencodex. Sonny ist auch einer davon. Aber der Rest ist natürlich völliger Blödsinn. Die Jungs sind Luden wie alle anderen. Wie könnte es auch anders sein? Das Hamburger Charter hat sich in den letzten Jahren doch fast ausschließlich aus dem Milieu rekrutiert."

Sie legten eine Pause ein, und jeder machte sich seine eigenen Gedanken.

„ Darum war Sonny also die letzten Monate so depressiv und in sich gekehrt. So kannte ich ihn nicht .... Ist sein Name denn bei den Ermittlungen später irgendwo aufgetaucht? Musste er vor Gericht aussagen?"

„ Nein, das musste er nicht. Wir waren ihm dankbar dafür, dass er unsere Kollegin entlastet hat. Weil uns durchaus bewusst war, in welche Gefahr er sich mit dem Verstoß gegen das Schweigegelöbnis begeben hat, wurde sein Name aus den Akten entfernt. Die Sachbeweise reichten aus, um Felix eindeutig als Täter zu überführen."

„ Und trotzdem gibt und gab es genügend Leute aus deinen Kreisen, die davon wussten. Und glaub mir, auch bei euch gibt es genügend schwarze Schafe und noch mehr dem Club wohlgesonnene Bullen. Auf jeder größeren „Open House Party" amüsieren sich regelmäßig einige deiner Kollegen prächtig bei Wein, Weib und Koks.

Besonders beliebt sind die Veranstaltungen der North Side in Alveslohe. Wenn auch nur einer von denen von Sonny Wind gekriegt hat, dann war sein Ende so gut wie beschlossene Sache."

„ Du meinst, dann stellt sich nur noch die Frage, wer ihn zuerst in die Finger gekriegt hat? Die Albaner oder die Rot-Weißen?"

„ Ja, so kann man das ausdrücken."

16

An einem Sonntag im April, das herrliche Frühlingswetter lud förmlich zum Spazieren gehen ein, bahnte sich der Cocker Spaniel Frodo seinen Weg unter dem vernachlässigten Stacheldrahtzaun hindurch auf das Gelände der ehemaligen Turmhügelburg Mori, die vermutlich im 12. Jahrhundert von dem Geschlecht der Dasoniden gegen Übergriffe der wendischen Slawen auf dem Gebiet des heutigen Aukrug-Innien an der Bünzener Au errichtet worden war. Dieses Naherholungsgebiet in der Nähe des Sportplatzes und des Freibades Innien war nur noch Einheimischen bekannt, wies doch nicht einmal ein Hinweisschild von der Straße auf den historischen Ort hin.

Dieter Henschel, ein rüstiger Landwirt im Ruhestand, der seinen kleinen Hof vor wenigen Jahren dem einzigen Sohn Hans-Hinrich übergeben hatte, ging hier täglich mit dem Hund Gassi und schlug auch dann und wann Wege abseits der ausgetrampelten Pfade ein. Als Hobby- und Freitzeitarchäologe interessierte ihn die Frühgeschichte des Landes Schleswig-Holstein, speziell der Gegend um Neumünster, waren die Holsaten aus dem einstigen Wipenthorp doch seine direkten Vorfahren. Die Familien sowohl väterlicher- als auch mütterlicherseits hatten nie woanders gelebt.

Auf seinen ausgiebigen Wanderungen unter anderem entlang des restlichen Wegstücks der Lübschen Trade, einem Handelsweg von Lübeck nach Heide, der im 14. Jahrhundert an Bedeutung zunahm, hatte er so manches wertvolle Relikt aus früheren Tagen, möglicherweise sogar aus der frühen Eisenzeit entdeckt und an sich gebracht, die Fundstücke im Werkschuppen gesäubert, und dann in der persönlich in liebevoller Kleinarbeit restaurierten Eichenvitrine seiner Urgroßeltern untergebracht. Dabei war ihm der zweijährige Spanielrüde eine große Hilfe, schleppte freudig aus dem sumpfigen Boden gewühlte Holzstücke und Lumpen, einmal war sogar in der Nähe der Hügelgräber zwischen Wasbek und Ehndorf eine Münze dabei gewesen.

An Sonntagen wie diesem fehlte naturgemäß die nötige Ruhe für ausführliche Erkundungen, aber jetzt, wo die Sonne langsam unterging und es doch merklich frischer wurde, verschwanden die Ausflügler, die Familien mit kleinen Kindern und Rentnerehepaare, und er konnte den Hund auch mal von der Leine lassen. Irgendwelche Angsthasen fühlten sich stets bemüßigt, ihn auf den Leinenzwang sowie den Schutz der Kinder und des Wildes hinzuweisen. Als ob Frodo jemals eine Person angekläfft oder auch nur einen Vogel gejagt hätte.

Diesmal allerdings hörte Hentschel ihn aus der Entfernung freudig bellen. Sekunden später tauchte das Tier schwanzwedelnd mit einem Stück Holz im Maul aus dem Buchenhain auf und sprang dem Herrchen voller Euphorie entgegen. Darauf bedacht, dass sein Liebling sich nicht verletzte, hob der Landwirt den Stacheldraht ein wenig in die Höhe und betrachtete das verkohlte Stück, das ihm pflichtgetreu vor die lehmigen Stiefel gelegt wurde. Vermutlich hatten ein paar Jugendliche aus dem Dorf in der letzten Nacht ein Lagerfeuer entzündet, Party gemacht, wie sie sich selbst ausdrückten, und ihren sämtlichen Unrat inklusive leerer Bierdosen, zerbrochener Flaschen und benutzter Kondome achtlos in die Natur geschmissen. Und das ausgerechnet an einer der geschichtlich wertvollen Stätten. Große Lust verspürte er nicht, wie so häufig den Müll der anderen einzusammeln. Vielleicht würde er morgen Vormittag ein paar Säcke von zuhause mitbringen und den Dreck auflesen.

Eben wollte er sich umdrehen und Frodo anleinen, als sein Blick noch einmal auf das verkohlte Stück fiel. Irgendein Detail machte ihn neugierig. Da seine Augen nicht mehr die besten waren, bückte er sich hinab und hielt es prüfend vor das Gesicht. Dies war kein gewöhnliches Stück Brennholz, auch wenn es von weitem wie ein hohler Ast aussah. Auch das Gewicht stimmte nicht. Die Rundung an dem einen Ende kam ihm ebenfalls seltsam vor. Mit dem Ärmel seiner grünen Cordjacke wischte er den Ruß ab, und zum Vorschein kam ein beinahe weißer, glattpolierter Gegenstand. Erstaunt, weil er den Fund nicht einordnen konnte, betrachtete er ihn von allen Seiten. Zweifellos handelte sich um den Teil eines größeren Knochens. Aus jener Zeit, da er und seine Frau auf dem Hof noch selber schlachteten, kannte er die Gebeine fast aller Nutztiere. Solch einen Knochen hatte er hingegen noch nie gesehen. Nur kurz überlegte er, das halb verkohlte Teil in die Au zu werfen, doch Neugier gepaart mit Forscherdrang gewannen die Oberhand. Frodo den Knochen vor die Schnauze haltend ließ er ihn von der Leine und forderte ihn zum Suchen auf, was dieser sich nicht zweimal sagen ließ, und wie ein geölter Hund zwischen den Bäumen verschwand, wo vor etwa tausend Jahren das Zentrum der Burg gelegen haben mochte.

Umständlich griff er mit der Linken an den Pfahl des Hinweisschildes und versuchte, mit dem rechten Fuß auf den oberen Stacheldraht zu steigen, da seine Bandscheiben ein Unterdurchkriechen schon seit Jahren unmöglich machten. Während der Draht unter seinem Gewicht bedenklich zu schwanken begann, gaben die Holzpfeiler ächzend nach. Es gelang ihm noch soeben, die zweite Hand an das Schild zubekommen, da brach einer der morschen Pfähle, und er stürzte, einen kurzen Schreckensschrei ausstoßend, auf das abgesperrte Gelände, wobei er sich das rechte Hosenbein an der Rückseite der Länge nach aufriss. Erschrocken betastete er das nackte Bein, doch bis auf einen Kratzer und den angeknackten Stolz war ihm nichts passiert. Hastig blickte er sich um, doch die Spaziergänger waren alle verschwunden.

Niemand hatte sein kleines Missgeschick bemerkt. Aus dem kleinen Wäldchen schlug der Hund an. Hentschel rappelte sich hoch und stolperte auf wackligen Beinen in die Richtung, aus der das Gekläffe drang.

Der noch vom Frost der letzten Nächte harte Boden war zudem uneben, weshalb er seine Schritte mit Bedacht ausführte. Schließlich konnte er froh sein, sich eben nichts gebrochen zu haben. Dieses Glück wollte er nicht überstrapazieren.

Da die Dämmerung einsetzte, konnte er aus der Entfernung nicht erkennen, was Frodo anbellte. Einen Moment ließ er den holprigen Boden außer acht, und konzentrierte sich auf die Umrisse dessen, was ungefähr drei Meter vor ihm in einer flachen Senke lag, da verdrehte sich das linke Fußgelenk auf einer Baumwurzel, und er fiel fluchend kopfüber neben den immer noch aufgeregt bellenden Cocker Spaniel.

Beim Versuch, sich vom Untergrund hoch zu stützen, wendete er den zuvor nach links gedrehten Kopf nach vorne, und starrte direkt in die hohlen, schwarzen Löcher eines Totenschädels. Diesmal laut schreiend rollte er sich zur Seite ab. Am ganzen Körper zitternd kroch er ein Stück auf den Knien weiter und lehnte sich, einem Infarkt nahe, an einen der dickeren Eichenstämme. Er zwang sich, langsam und tief zu atmen, wie es ihm sein Arzt nach dem Schlaganfall vor zwei Jahren in ähnlichen Situationen angeraten hatte. Allmählich spürte er die Ruhe in seine Adern zurückkehren.

Inzwischen hatten sich auch die Augen an die beginnende Dämmerung gewöhnt, und er erkannte vor sich die Reste einer halb verkohlten menschlichen Leiche. Einige der größeren Knochen der Extremitäten sowie Becken und Schädel waren nur zum Teil verbrannt. Erst jetzt spürte er auch den noch relativ frischen Brandgeruch. Der Tote lag noch nicht lange hier, vielleicht ein oder zwei Tage. In den Gestank verbrannten Fleischs mischten sich Reste von Benzin, die aus dem aufgeweichten Boden um das Skelett herum drangen. So an den Baum gelehnt schossen ihm unzählige wirre Gedanken durch den Kopf, die allesamt nicht den geringsten Sinn ergaben.

Noch im Sitzen leinte er Frodo wieder an, zog sich am Baum hoch und begab sich vorsichtig zurück zum Wanderweg. Diesmal hatte er es leichter, nahm den Hund auf den Arm und stieg mit weiten Schritten über die sich am Boden windenden Stacheln aus Stahl. Zügigen Schrittes liefen sie zur Straße und auf direktem Weg zurück nach Hause, von wo er sofort den Dorfsheriff anrief. Dort wies lediglich der Anrufbeantworter auf die offiziellen Dienstzeiten hin, verbunden mit dem Hinweis, außerhalb dieser Zeiten möge man doch den Notruf 110 oder das Polizeirevier Neumünster über die Amtsleitung verständigen.

Mit dem Notruf hatte er vor einiger Zeit schlechte Erfahrungen gemacht, also ließ er sich durch die Auskunft mit dem 1. Polizeirevier in Neumünster verbinden, wo er einer freundlichen Beamtin sein Erlebnis schilderte, die versprach, sofort die Zuständigen zu benachrichtigen und zu ihm zu schicken, damit diese dann vor Ort mit ihm Verbindung aufnehmen könnten. Er möge sich bis zum Eintreffen der Kollegen nicht von zuhause entfernen. Hentschel nickte ins Telefon und legte auf. Dann ging er zur kleinen Anrichte und zog eine Flasche Asbach Uralt samt Kognac-Schwenker heraus, schenkte das Glas halbvoll und sank in den bequemen Ohrensessel.

17

Genau neunundzwanzig Minuten nach seinem Anruf, in der Phase, da der Weinbrand begann, eine wohlige Wärme in den Gedärmen zu verbreiten, ging die Türglocke, und Heinz Hentschel riss den allmählich zur Ruhe kommenden Körper aus dem weichen, komfortablen Untergrund.

„ Herr Hentschel?" fragte die hübsche aber unscheinbare Mitvierzigerin.

„ Das ist der Kriminalkommissaranwärter Heine und ich bin Hauptkommissarin Will von der Kripo Neumünster. Dürfen wir eintreten?"

Noch ehe er antworten konnte, standen die beiden bereits in seinem waidmännisch eingerichteten Flur mit den zahllosen Gehörnen und ausgestopften Kleintieren, und sahen sich neugierig um.

„ Kommen sie doch durch in die gute Stube, da haben wir es bequemer," bot er an, doch die Beamten schien es nicht nach Bequemlichkeit zu verlangen.

Wenn die erst mal in mein Alter kommen, dachte Heinz, dann werden sie froh sein über jeden ihnen angebotenen Stuhl.

„ Vielen Dank, Herr Hentschel," meinte der schlaksige Jüngling mit den Sommersprossen nur, vermutlich kaum älter als seine beiden Enkel Karl und Franz.
„ Aber wir haben nicht vor, es uns gemütlich zu machen. Wenn sie uns so schnell wie möglich den Fundort zeigen könnten, wären wir ihnen hingegen sehr dankbar."
„ Na gut, junger Mann. Ich bin ja auch froh, wenn ich erst zurück in meinem Fernsehsessel bin. Bringen wir es also hinter uns."
Er schlurfte auf Strumpfsocken in den Flur, stülpte die Wanderstiefel über, zog die grüne Daunenjacke an und setzte den Jägerhut mit den bunten Eichelhäher-Federn auf die fast unbehaarte Platte. Den angesichts seines sich anziehenden Herrchens freudig mit dem Schwanz wedelnden Hund ließ er diesmal in der Diele zurück. Zehn Minuten schweigsamen Fußwegs später trafen sie mit eingeschalteten Taschenlampen an der Fundstelle ein. Im Schein des Kunstlichtes wirkte die Szenerie noch unheimlicher als am Tag, fand Hentschel.
„ Da wollte wohl jemand ganze Arbeit leisten. Magst du mal zurück zum Wagen gehen und den Spurensicherungskoffer holen? Den haben wir Trottel natürlich vergessen. Und sag bitte der E-Leitung über Funk Bescheid, sie möchten die Gerichtsmedizinerin aus der Wasbeker Straße benachrichtigen. Bring auch gleich die Handklatschen mit, damit sie uns erreichen kann, wenn sie hier ankommt."
KKA Heine tat wie ihm aufgetragen und stakste zurück durchs hohe Gras Richtung Wagen.

„ Sagen sie, Herr Hentschel, gehen sie hier öfter spazieren, auch in diesem abgezäunten Bereich? Warum ist das überhaupt abgegrenzt?"
Heinz Hentschel holte aus zu einer Exkursion in die Geschichte Aukrugs und Falderas im Mittelalter und hörte erst auf, als der Kollege zwanzig Minuten später mit Handfunkgeräten und Koffer zurück kehrte. Dabei ließ er allerdings auch nicht aus, wie er auf die verbrannte Leiche gestoßen war.
„ Und der Knochen, den ihr Hund angebracht hat. Wo ist der abgeblieben?"
Der pensionierte Landwirt stutzte und dachte angestrengt nach, doch es wollte ihm beim besten Willen nicht einfallen, wo er ihn abgelegt hatte.
„ Meine einzige Erklärung ist, ich hab ihn fallen lassen, als ich in der Senke gestolpert bin. Bis dahin, da bin ich mir ziemlich sicher, trug ich ihn in der Hand bei mir."
„ Gut, dann werden wir ihn ja dort irgendwo auffinden. Sie sagten ja, sie gehen täglich hier spazieren. Sind ihnen denn in den letzten Tagen, speziell gestern in den Abendstunden eine oder mehrere unbekannte oder auffällige Personen hier begegnet? Haben sie Geräusche gehört, die sie sonst nicht hören oder etwa seltsame Gerüche bemerkt? Manchmal registriert das Unterbewusstsein ja Details, die einem erst Tage oder Wochen später wieder wie aus heiterem Himmel einfallen."
„ Nöh, mir is keiner aufgefallen, Frau Kommissarin. Treff immer dieselben Leute. Jeden Morgen und jeden Abend, wenn ich mit Frodo geh. Morgens kommen mir die Töchter von Abbels

entgegen, die Margie und die Neele, beide so um die sieben Jahre, die gehen zur Schule. Und am Abend treff ich meist Hans Willmers mit seinem Köter und Klaas Hansen, der geht alleine Luft schnappen, damit er mal raus kümmt von seiner Ollen. Gestern war das allerdings nur Klaas. Wirkte ein beeten verwirrt, hat nich mal hallo gesagt, aber so isser eigentlich immer."

„ Wenn sie dem Kollegen nachher die Anschrift des Herrn noch mal mitteilen, wäre ich ihnen sehr dankbar. Möglicherweise ist ihm eine Kleinigkeit aufgefallen. Ihre Personalien haben wir ja bereits aufgenommen. Sicherlich werden sich andere Kollegen in den nächsten Tagen noch einmal mit ihnen in Verbindung setzen. Ich denke, ab jetzt kommen wir alleine hier klar. Wollen ja auch nicht zu viele Spuren hinterlassen."

Tessa Will reichte ihm die Hand und zwinkerte ihm vertraulich zu, und Bauer Hentschel verstand trotz voranschreitender Wirkung des Springer Urvater den Wink mit dem Zaunpfahl. Hätte er eine Stunde zuvor besser auf den ersten Pfahl geachtet, dann säße er nun schon am Abendbrottisch, dachte er noch und schlich sich von dannen.

18

Wenige Stunden später, gegen 6 Uhr morgens, sahen sich KOK Will und KKA Heine erneut in der Umgebung des Leichenfundortes um. Nachdem die Gerichtsmedizinerin mit einem Assistenten die verbrannten Überreste abtransportiert, und die beiden die Stelle so gut wie möglich abgesichert und nach Spuren und Beweismitteln abgesucht hatten, brachen sie ab, da angesichts der Dunkelheit jede weitere Maßnahme nur mit Flutlicht Erfolg zu versprechen schien. Sicher hätten sie auch noch in der Nacht den technischen Zug aus Eutin anfordern können, doch es war bereits kurz vor Mitternacht. Bis die Einsatzkräfte der Bereitschaftspolizei alarmiert und in Aukrug eingetroffen waren, würde bereits der Morgen hereinbrechen. Den Aufwand konnte man sich und dem Finanzministerium ersparen.

Bei Tageslicht bot sich ihnen ein völlig anderes Bild der Landschaft. Im Prinzip sah die Gegend aus wie jedes andere Naherholungsgebiet in Schleswig-Holsteins Hügellandschaft. Während sie sich nochmals alleine die Gegend um den Fundort ansah, bat sie den Kollegen Thomas Heine darum, sich einmal einen Überblick über das weitere Umfeld zu verschaffen, eventuell vorhandene Mülleimer zu durchwühlen, Auffälligkeiten zu registrieren und zu dokumentieren. Jedes noch so kleine Indiz konnte später wichtig sein.

Auf dem weichen Laubboden direkt neben der Brandstelle ließen sich weder Fußabdrücke noch andere brauchbare Zeichen entdecken. Es waren weder Schleifspuren noch abgeknickte Zweige vorhanden. Angesichts des unebenen Geländes hatten die Täter, sie hatte keine Zweifel, dass es sich um mehrere Personen handelte, das Opfer entweder getragen, oder es war noch selber gelaufen und dann hier vor Ort getötet worden. Eine dritte Möglichkeit war, das Opfer hatte sich bereits aus welchen Gründen auch immer in dem kleinen Hain befunden , vielleicht ein kleines Lagerfeuer entzündet und wurde dabei überrascht. Viele Szenerien schienen möglich. Angestrengt streifte ihr Blick über jeden Quadratzentimeter Waldboden. Langsam erhob sich im Osten die Sonne und warf ihre Strahlen auch zwischen den dicken Stämmen der Eichen hindurch. Sie wollte schon abdrehen, da funkelte ein tautropfengroßes Teilchen hinter einer der herausragenden Baumwurzeln. Als sie näher heran ging und so einen Schatten warf, verschwand das Blitzen augenblicklich, aber sie hatte sich die Stelle genau gemerkt. Im Bücken erkannte sie die Ecke eines metallischen Gegenstandes, der nur wenige Millimeter aus dem festgetretenen Boden ragte. Behutsam schaufelte sie mit den behandschuhten Fingern die Erde beiseite. Zum Vorschein trat eine verrußte Gürtelschnalle, oder was von ihr übrig geblieben war. Der überwiegende Anteil war zu einem Metallklumpen zusammen geschmolzen, lediglich die rechte Seite schien keiner Hitze ausgesetzt gewesen zu sein. Ein kunstvoll verschnörkeltes A blinkte sie an, als sie die Erde entfernte. Das war zumindest mal ein Anhaltspunkt, den sie pflichtgemäß eintütete. Im gleichen Moment hörte sie die Stimme des Kollegen von jenseits des Sandweges aufgeregt zu ihr herüber rufen. Da sie ihn kaum verstand, zog sie sich aus den Bäumen zurück und ging zu ihm hinüber.

„ Was hast du denn so aufregendes entdeckt, dass du es wagst, meine besinnliche Ruhe zu stören?"

„ Komm mal hoch hier zu den Bänken und der Grillstelle, das wird dich interessieren."

Hektisch deutete Heine auf die Findlinge, die rund um einen künstlich aufgeschütteten Rastplatz angeordnet standen.

„ Ich weiß auch nicht, ob das eine Bedeutung für unseren Fall hat, aber irgendwie erinnern mich diese Zahlen und Zeichen an einen Tatort im letzten Monat ..."

„ Stimmt," verfluchte sich Tessa Will halb nach innen gerichtet.

„ Die Sache im Garten vor zirka einem Monat. Frank hatte mal wieder Recht. Jede Kleinigkeit ist von Bedeutung, auch bei noch so kleinen Vergehen und Vorkommnissen. Wir haben damals Mist gebaut, nur weil ich genervt und überarbeitet war. Kann nur hoffen, es gibt keinen direkten Zusammenhang und wir hätten nicht den Tod eines Menschen verhindern können."

Um sie herum verteilt leuchteten in knallroter Farbe die Zahlen 1 0 5 4 1 1 4 3 1 1 und drei nach oben gerichtete Pfeile, von denen der eine von drei übereinander liegenden Punkten flankiert wurde.

19

Die Aufregung war Anna Krenz anzumerken, auch wenn sie sich Mühe gab, diese zu verbergen. So wie heute hatte Hartmut Bart seine Chefin noch nie erlebt. Schien die adrette, 43jährige Pathologin sonst an chronischer Humorlosigkeit zu leiden, versuchte sie am Morgen des 5. Juni durch wie beiläufig eingestreute Kalauer aus dem letzten Jahrhundert, ihre Nervosität zu überspielen. Zwar war ihr schon im letzten Jahr bei den Ermittlungen im Fall des Heep-Mörders eine Zusammenarbeit angeboten worden, doch waren die Untersuchungen größtenteils durch Kieler Kollegen geführt worden.

Dies war ihr erstes eigenes Mordopfer. Zumindest schien es auf den ersten fachlich geschärften Blick so.

„ Was meinen sie, Hartmut? Ein besonders grausamer Fall von Suicid, oder doch eher Fremdverschulden?"

„ Wenn sie mich so fragen, Chef, dann käme auch noch die spontane Selbstentzündung in Betracht."

Anna Krenz kicherte kurz auf, als hätte sie jemand unverhofft in der Taille gekitzelt, registrierte erst dann den ungewollten Ausbruch von Emotionen und straffte augenblicklich den kurzen,

drahtigen Körper. Vorwurfsvoll blickte sie den Assistenten über den Rand ihrer Brille an, während sie das Sezierbesteck neben einander in der richtigen Reihenfolge anordnete.
„ Lassen sie uns ernsthaft bei der Sache bleiben, denn das gebietet die Moral. Jeder Mensch, auch jeder Tote, hat ein Recht auf würdevolle Behandlung."
„ Da stimme ich ihnen zu hundert Prozent zu, Chef. Nur eine belanglose Frage am Rande: Wozu legen sie die Instrumente zurecht? Soweit ich das Überblicken kann, ist nicht mehr viel vorhanden, das wir aufschneiden können."
Aufgesetzt blöd blickte er zunächst zu ihr und dann auf den Tisch.
„ Sehen sie, Hartmut, deswegen sind sie mein Assi und ich der Chef. Wie sie bemerkt haben dürften, sind beide Unterarme zwar gut gegart, aber dennoch beinahe vollständig erhalten. Die Muskeln sind komplett, und sogar einige Hautschichten sind noch vorhanden. Des Weiteren wird sich zeigen, dass einige Organe nahezu unbeeinträchtigt von dem Feuer überstanden haben. Sie sehen also, das Skalpell und seine Helfer werden mit Sicherheit zum Einsatz kommen. Aber nun lassen sie uns zunächst die offensichtlichen Schäden festhalten. Was fällt ihnen als erstes auf, wenn sie den Schädel betrachten?"
Bart trat von der entgegen gesetzten Seite an die Wanne.
„ Es sind keine Zähne vorhanden. Nicht ein einziger. Seltsam.
Und der komplette Unterkiefer fehlt. Können wir die übersehen haben?"
„ Haben wir nicht. Jeden Knochen, jedes menschliche Teil, ja sogar ein paar Äste haben wir eingesammelt an der Brandstelle. Wo auch

immer sich die fehlenden Stücke befinden mögen, sie wurden dem Opfer entfernt, bevor es angezündet wurde, denn der Ruß befindet sich einfach überall. Hätte jemand Zähne und Unterkiefer nachher entfernt, befänden sich an diesen Punkten keine Verunreinigungen. Und sehen sie diese Absplitterung hier am Oberkiefer und dann das eingedrückte Jochbein? Ich würde auf Gewalteinwirkung mit einem stumpfen Gegenstand von etwa fünfzehn Zentimetern Durchmesser tippen. Mit abgerundetem Ende."

„ Ich stimme ihnen zu. Und vermutlich nicht so hart wie Stein oder Metall. Die Bruchränder würden scharfkantiger aussehen. Vielleicht hartes Holz, zum Beispiel ein Totschläger. Wenn wir den übrigen Körper betrachten, sehen wir gebrochene Unterschenkel an beiden Beinen und drei gebrochene kurze Rippen links am Thorax."

„ Nach Ausbildung der Knochen und speziell des Beckens würde ich sagen: Männliche Person, ungefähr 185 Zentimeter groß, Alter zwischen dreißig und vierzig Jahren."

„ Der arme Kerl wurde brutal hergerichtet, bevor sie ihn in Asche verwandeln wollten. Es ging also nicht alleine um das Verschwinden lassen."

Nachdem sie den Leichnam nochmals in allen Einzelheiten und von jeder Seite fotografiert hatten, machte Hartmut Bart sich daran, die Überreste zu säubern, um korrekter arbeiten zu können. Doch nur an wenigen Stellen des Körpers hatten sich die Flammen nicht derart hinein gefressen, dass blanker Knochen oder unverbrannte Haut zum Vorschein kam.

Die Pathologin öffnete mit geübten Schnitten den Brustkorb.

„ Der rechte Lungenflügel ist noch verhältnismäßig gut erhalten. Mal sehen, ob ersichtlich wird, wann der gute Mann starb. Vor dem Feuer oder erst danach. Hoffen wir das beste für ihn."

Vorsichtig, als handele es sich um die Operation an einem lebenden Patienten, schnitt sie mit dem scharfen Skalpell in das von außen dunkelbraune Gewebe.

„ Kommen sie ein Stück dichter heran und erzählen sie mir, was sie sehen."

Assistent Bart trat an das kleine Metalltischchen, auf dem Anna Krenz soeben das Lungengewebe sezierte.

„ Im Gegensatz zu der von außen noch ziemlich unverletzten Lunge sind die Bläschen im Innern durch enorme Hitze zerplatzt. Unsere Hoffnung hat sich also nicht erfüllt. Der Mann hat die Hitze noch zu Lebzeiten eingeatmet."

„ Ja. Er ist elendig verbrannt. Bei lebendigem Leib. Hoffen wir nur, er hat nicht zu lange gelitten. Kümmern wir uns um eine Möglichkeit, den armen Kerl zu identifizieren. Das Fehlen der Zähne lässt die Vermutung zu, dass uns genau diese Aufgabe jemand nicht leicht machen wollte. Sind Fingerabdrücke zu verwerten?"

Erst bei näherer Betrachtung fiel ihnen auf, dass das jeweils erste Fingerglied fehlte.

„ Da wollte wohl jemand auf Nummer Sicher gehen. Irgendwelche Implantate wie Verschraubungen oder schlecht verheilte Brüche erkennbar?"

„ Sind mir beim Waschen nicht aufgefallen, aber ich seh noch mal genauer nach. Hmmm, bis auf die kurz vor seinem Tod beigefügten Verletzungen war das Skelett unversehrt. Aber hier am rechten Unterarm ist die Haut nur oberflächlich verbrannt. Wenn man genau hinsieht, scheint er dort eine Tätowierung gehabt zu haben."

„ Tatsächlich. Wenn sie so freundlich wären, das entsprechende Stück heraus zu trennen, dann schauen wir es uns einmal genauer an. Vielleicht lassen sich mit dem einen oder anderen Mittelchen ja auch noch die präzisen Umrisse und sogar Farbe heraus kitzeln. Bis sie soweit sind, fahr ich mal eben zum Bäcker Ecke Werderstraße. Wird Zeit für ein ausgiebiges Frühstück. Soll ich ihnen etwas mitbringen? Vielleicht ein Marzipancroissant oder ein paar Brötchen?"

Entsetzt sah er seine Chefin an.

„ Bloß das nicht. Hab schon an der Uni nie kapiert, wie die Professoren neben den Leichen bei all dem Gestank ihre Mahlzeiten zu sich nehmen konnten. Bin leider nie so weit abgestumpft, dass mein Magen das nicht mehr registrieren würde. Dagegen riecht ein verkohlter Körper direkt angenehm."

„ Eben. Erinnert mich entfernt an das letzte Barbecue bei uns auf der Terrasse. Beim nächsten Mal müssen sie unbedingt vorbei kommen. Bringen sie doch einfach ihre Freundin mit. Mein Mann bereitet Rippchen mit einer Kräuter-Honig Marinade zu, da lecken sie sich alle Finger nach. Also nichts? Selber Schuld."

Während sein Magen eben den Versuch unternahm, sich um die eigene Achse zu drehen, zog Anna Krenz die dünne Sommerjacke über, schnappte sich die grau-grüne Krokotasche und zog die Tür hinter sich zu.

Bei Ihrer Rückkehr hatte Bart bereits die betreffenden Hautschichten mit den Ausmaßen von 10 mal 19 Zentimetern in einem Stück abgetragen und auf einem von unten beleuchteten Glasträger ausgebreitet. Deutlich zeichnete sich ein geriffeltes Muster ab.

„ Beleuchten sie die Haut mit der UV-Lampe. Farbige Tätowierungen aus der Unterhaut treten damit deutlicher hervor,“ bemerkte Anna Krenz, indem sie sich die Hälfte eines mit Mett und Zwiebeln belegten Roggenbrötchens ohne Körner in den wie immer zu grell geschminkten Mund schob.

Zu seinem Erstaunen entstand vor seinen Augen etwas wie ein langgezogener Flügel. Der vordere Teil ließ sich durch die zu starke Verbrennung nicht mehr rekonstruieren.

„ Sieht aus wie ein Flügel. Vielleicht lässt sich damit was anfangen. Leider haben wir hier nicht die Ausrüstung wie bei >> Bones, die Knochenjägerin <<, sonst würden wir das Tattoo durch den Computer jagen und hätten in Nullkommanix den dazu gehörigen Typen mit Namen, Anschrift, Versicherungsnummer und Schuhgröße, aber irgendwo gibt´s sicher ein Verzeichnis von Tätowierungen.“

„ Haben sie eigentlich in den letzten Jahren mal die Verbreitung von sogenanntem Körperschmuck verfolgt?“

Genussvoll biss sie in ein Ei - Baguette mit Lachsschnitzeln.

„ Jedes junge Mädchen und jeder zweite Erstklässler ist bereits gepikert. Was also sollen wir mit einem Bilderbuch voller schöner Motive anfangen? Alleine in einem Kaff wie Neumünster gibt es davon mindestens Zehntausend. Haben wir denn noch mehr als diesen verbrannten Flügel? Erinnert mich ein wenig an die griechische Sage von Daedalus und Ikarus. Aber lassen wir das."

„ Ja, ich bin gerade dabei, einen Fetzen vom rechten Oberarm zu entfernen. Damit lässt sich eventuell mehr anfangen. Sieht aus wie ein verschnörkeltes F, könnte aber auch ein E oder T sein. Das wird sich gleich unter unserem Wunderlicht heraus stellen."

Gerichtsmedizinerin Anna Krenz wischte sich den Mund mit der linken Hand und die Hand in der Hose ab. Dann beäugte sie das Überbleibsel der zweiten Tätowierung.

„ Also ich würde sagen, es handelt sich eindeutig um ein F. Und kurz davor, am unteren Rand kann man noch das Ende des einst davor stehenden Buchstaben erkennen. Vielleicht war es auch nur ein Punkt. Das ist zwar ebenfalls nicht sehr viel, aber besser als nichts. Ich hoffe, unsere Ermittler können damit etwas anfangen. Bin zwar keine Kriminalistin, doch ich denke, wenn es keine vermisste Person gibt, die wir mit unserem Mann abgleichen können, dann wird er noch für lange Zeit ein John Doe bleiben."

20

Frank Dell wollte eben die Dienststelle betreten, da kam ihm seine Kollegin Tessa Will entgegen.

„ Wohin so eilig am frühen Mittag? Wartet ein Salat auf Dich? Lass ihn warten, der ist schon kalt."

Er nahm sie in den Arm und hauchte ihr ein Küsschen auf die Wange.

„ Bist ein kleiner Witzbold, ich weiß. Komm lieber mit zu unserer Pathologin Frau Krenz. Ich denke, was wir gestern Abend entdeckt haben, wird auch dich interessieren."

Das ließ sich Dell nicht zweimal sagen. Gemeinsam fuhren sie in die Wasbeker Straße, wo sich kurz vor dem Eisenbahntunnel auf der linken Seite die Räumlichkeiten der Gerichtsmedizinerin befanden.

„ Sag mal, nennt sich so was hier auch Praxis, oder ist der Ausdruck in diesem Zusammenhang pietätlos?"

Tessa Will zog nur die Augenbrauen hoch, schüttelte mit dem Kopf und ersparte sich eine verbale Antwort.

„ Aber mal was ganz anderes. Weswegen sind wir eigentlich hier? Ich hab die armen Katzen doch nicht zur Obduktion frei gegeben."

„ Das wirst du gleich sehen ..."

Sie klingelten, und ein frisch gegelter Mann Mitte Zwanzig öffnete die Tür aus Sicherheitsglas. Das mit gelbem Klinker verblendete Haus aus den Siebziger Jahren unterschied sich von außen nicht von anderen Einfamilienhäusern, wie sie ein Viertel Jahrhundert nach dem Krieg in den damaligen Randbezirken Neumünsters gebaut worden waren. Der Geruch, der ihnen entgegen schlug, erinnerte jedoch sofort an die Vergänglichkeit allen Lebens.

„ Kommen sie doch herein. Wir haben sie bereits erwartet. Mein Name ist Hartmut Bart, ich bin der Assistent von Frau Krenz. Sie müssen Frau Will sein, und ..."

„ Ich bin Kriminalhauptkommissar Frank Dell," kam ihm Frank zuvor und reichte die Hand.

„ Sehr erfreut. Wenn sie mir bitte folgen würden."

Der mehr als aufdringliche, ja widerliche Geruch von Formalin machte die Besucher ein wenig benommen. In dem komplett weiß gekachelten Raum, der an eine Großküche erinnerte, streifte sich Anna Krenz gerade die Einmalhandschuhe ab.

„ Ah, die Damen und Herren von der Kripo, nehme ich an."

Nachdem sie einander vorgestellt hatten, kam die Pathologin gleich zum Wesentlichen.

„ Ich will nicht lange drum herum reden. Alle Fakten, die wir frei gelegt haben, sprechen dafür, dass der etwa 30 Jahre alte Mann umgebracht wurde. Zuvor wurde er schwer misshandelt."

Energischen Schrittes führte sie die Beiden zu einem der Tische, zog das weiße Tuch beiseite und erläuterte ihnen die Verletzungen und Zusammenhänge.

„ Verdammt," entfuhr es Dell.

„ Geht das schon wieder los mit dem Morden?"
resumierte er nach einer kurzen Pause.
„ Sie sagen, dem Opfer wurden vor seinem Tod die Zähne ausgeschlagen oder gebrochen. Fingerabdrücke sind ebenfalls nicht verwertbar. Gibt es außer der DNS denn noch brauchbare Spuren, die eine Identifikation möglich machen würden?"
Die Pathologin zog eine Nierenschale heran und hielt sie den beiden unter die Nase.
„ Ja, hier haben wir tatsächlich etwas. Allerdings wird es ihre Aufgabe sein, heraus zu finden, was der Bruchteil dieser Tätowierung vom rechten Oberarm zu bedeuten hat."
Angespannt betrachteten sie das schwach sichtbare Emblem und drehten die Schale hin und her.
„ Ich würde sagen, es handelt sich um ein leicht verschnörkeltes F," meinte Tessa und drehte sich zu Frank.
„ Ich fürchte, da hast du recht. Kann mir auch schon vorstellen, wem es gehört hat, bin aber noch nicht ganz sicher."
Er wandte sich den Gerichtsmedizinern zu.
„ Die DNS können sie analysieren, sagen sie. Wenn ich ihnen also eine Vergleichsprobe von einer vermissten Person bringen würde, dann wäre eine Identifizierung möglich?"
„ Ganz genau. Wenn wir beide vorliegen haben, dann ist das kein Problem."
„ Sehr gut. Dann danken wir ihnen schon mal für die prima Arbeit. Spätestens morgen haben sie, so hoffe ich zumindest, die zweite Probe zum Vergleichen hier."
Sie verabschiedeten sich und fuhren zur Wache.

„ Ich denke, wir haben unseren vermissten Hell´s Angel gerade in Überresten vor uns liegen gehabt. Im Prinzip müsste das die Todesart sein, die die Jungs erwarten. Wer als Engel mit der Hölle zu tun hat, muss damit rechnen, sich die Flügel zu verbrennen."

In Tessas Büro kochten sie sich einen Kaffee und besprachen die weitere Vorgehensweise.

„ Wenn es sich bei dem Toten tatsächlich um Sonny Lohmann handelt, dann brauchen wir uns keine Gedanken über die folgenden Ermittlungen mehr machen."

„ Wieso das?"

Tessa Will konnte ihm nicht folgen.

„ Die Rot-Weißen fallen unter die Rubrik Organisierte Kriminalität. Die Abteilung OK des LKA Hamburg wird es sich folglich nicht nehmen lassen, die Ermittlungen zu übernehmen. Wenn wir also Glück haben, oder auch nicht, kommt darauf an, wie man es sieht, dann wird einer von uns eventuell deren Mordkommission unterstützen. Ich geh aber mal davon aus, dies wird nicht der Fall sein. Hab mal bei einer früheren Ermittlung ein paar von den Jungs kennen gelernt. Kennst du die Filme wie > Stirb langsam <, in denen Spezialisten vom FBI hinzu gezogen werden? Genau so fühlen und benehmen sich die Leiter der jeweiligen Abteilung beim LKA Hamburg. Fachlich ne glatte Eins und in der Praxis von nichts ne Ahnung. Die sind auch ebenso beliebt beim Rest der Polizei wie das FBI bei den Amis. Wenn die den Fall also wollen. Bitte sehr. Aber warten wir erst mal ab, ob es tatsächlich Sonny ist."

„ Na, das kann ja heiter werden. Scheinst die Jungs richtig zu mögen. Ich hab da allerdings gestern was entdeckt, das irgendwie nicht dazu passt, und deine Meinung zur Bearbeitung des Falles vermutlich beeinflussen wird."

„ Nun mach´s nicht so spannend."

„ Wir haben nur etwa fünfzig Meter vom Fundort der Leiche entfernt erneut Zeichen und Ziffern entdeckt. Aufgesprüht mit roter Farbe. Genau so wie im Garten und bei den Katzen ."

Sie schob ihm den Bericht mit den Fotos zu und er betrachtete die Bilder mit ungläubigem Mienenspiel.

„ Und ich hab da noch was."

Aus der Schublade zog sie einen Klarsichtbeutel mit dem verklumpten Stück Metall, das sie am Vorabend gesichert hatte. Frank besah sich den Rest der Gürtelschnalle genauer und kam schnell zu einem Schluss.

„ Das passt zu der Tätowierung. Dies ist ein verschnörkeltes A, auf der Haut konnten wir ein F erkennen. Es gibt im Grunde zwei Tattoos und Kennzeichen eines Hell´s Angel. Zum einen ist das der geflügelte Totenkopf, der sogenannte Deathhead. Das andere sind die Großbuchstaben AFFA. Angels forever, forever Angel. Ich bin sicher, um zwei dieser Buchstaben handelt es sich hier."

Wieder versank er in angestrengtes Nachdenken, schüttelte ungläubig den Kopf und brummelte unverständliche Worte in sich hinein.

„ Aber das passt doch alles nicht zusammen. Was haben die Angels mit unseren Katzen zu tun? Vielleicht ist die Nähe zur Leiche nur Zufall? Vielleicht handelt es sich um zwei unterschiedliche Fälle mit unterschiedlichen Tätern."

Skeptisch blickte sie ihn an.

„ Möglich ist es natürlich, aber hältst du das auch für wahrscheinlich? Ich glaube nicht an Zufälle. Wir sind Kriminalisten und keine Priester."

„ Stimmt. Ich werde jetzt zunächst versuchen, irgendein Teil von Sonny zu organisieren, anhand dessen die Pathologin einen Abgleich herstellen kann. Wenn wir dann sicher sind, es handelt sich um ihn, benachrichtigen wir das LKA Hamburg. Inzwischen behalten wir aber die mögliche Verbindung unseres Falles mit Sonny Tod für uns. Sag auch deinem Kommissaranwärter, er soll so gut es geht die Klappe halten. Nur sehr ungern würde ich den Schnöseln vom LKA diese Angelegenheit überlassen. Egal, was sich ergibt. Sollen sie mit ihren Rockern tun, was sie für nötig halten. Der Fall der Katzen und alles, was damit zusammen hängt, bleibt in unserer Hand. Je weniger die also von unseren Angelegenheiten wissen, desto besser."

„ Bist du nicht ein wenig zu voreingenommen, Frank? Die Kollegen aus Hamburg sind schließlich auf unserer Seite. Wir sind die Guten. Und wir sollten zusammen arbeiten. Mit dieser Krämermentalität behindern wir uns doch nur gegenseitig bei den Ermittlungen. Immerhin handelt es sich nun um ein Kapitalverbrechen."

„ Hör zu, Tessa, wir halten ja so weit alle Fakten in der Hand. Sollte sich heraus stellen, dass alle Taten in direktem Zusammenhang stehen, können wir immer noch eingreifen. Wir wollen ihnen ja nichts vorenthalten, sondern erst einmal selber untersuchen, ob die Geschehnisse auch für den Fall Lohmann relevant sind. Sind sie es, OK. Dann bin ich der erste, der ihnen davon berichten wird. Ich möchte nur ein wenig Zeit. Ist das zu viel verlangt?"

„ Gut, Frank, dir zuliebe. Wenn ich aber spitz kriege, dass etwas verkehrt läuft, geh ich dazwischen."

„ Ich danke dir. Und nun besorg ich die Vergleichsprobe für die Pathologin."

21

Zehn Minuten nach seinem Anruf öffnete in hellblauem Schlaf-Shirt, das bis zum Boden reichte, eine leicht verknitterte Lisa Behnke die schwere Holztür der gelb gestrichenen Villa in der Wrangelstraße.

„ Wie spät haben wir es denn, Herr Kommissar," gähnte sie ihm hemmungslos ins Gesicht, und er gestand sich ein, diese Frau auch direkt nach dem Aufstehen attraktiv zu finden.

„ Entschuldige den Überfall. Darf ich rein kommen?"

Sie trat einen Schritt zurück und winkte ihn mit ausladender Geste über die Schwelle.

„ Aber bitte sehr."

Dann zog sie ihn zu sich und drückte dem verdatterten Frank Dell einen Kuss auf die Wange.

„ Womit hab ich das verdient?"

„ Bei uns in Hamburg war und ist es üblich, jemanden, den man mag, so zu begrüßen."

„ Hhmm, nicht schlecht. Daran könnte ich mich gewöhnen. Allerdings ist mein Besuch nicht sehr erfreulicher Natur, befürchte ich."

Erschrocken aber gefasst bat sie ihn, in der gemütlichen, alten Küche mit dem Kohle-Herd an dem kleinen Tischchen Platz zu nehmen.

„ Sonny, stimmt´s? Ihr habt ihn gefunden?"

Die Antwort kam zögernd und unbestimmt.

„ Möglicherweise. Um das genau feststellen zu können, benötigen wir Vergleichs-DNS."

„ So schlimm? Lässt er sich nicht anders identifizieren?"

„ Leider nicht. Die Leiche, die wir fanden, wurde verbrannt. Allerdings haben wir noch zwei kleine Anhaltspunkte. Das unbeschädigte Teil einer geschmolzenen Gürtelschnalle, den Buchstaben A, und den Rest einer Tätowierung vom rechten Oberarm, ein F."

„ Die Tätowierung tragen sie alle. AFFA. Die meisten aber am Unterarm. Sonny trug sie rechts oben. Trotzdem kommen auch andere in Frage."

„ Ich gebe dir recht. Doch leider wird nach unserer Anfrage im gesamten deutschsprachigen Raum kein anderer Angel vermisst. Aber das reicht tatsächlich nicht, um ihn zu identifizieren. Deshalb bin ich nun hier. Du warst lange mit Sonny zusammen und hast dich bis vor wenigen Tagen noch mit ihm getroffen. Besitzt du irgend welche persönlichen Dinge von Sonny, an denen sich Gewebe, Körperflüssigkeiten, egal was, von ihm befinden könnte, anhand derer wir seine DNS feststellen könnten?"

Lisa Behnke überlegte nicht lange.

„ Ich besitze nichts mehr, das mich an ihn erinnern könnte. Als ich ihn verließ, habe ich nichts von ihm mitgenommen, alle Souvenirs

zurück gelassen. Den Rest, der sich noch zwischen meinen Klamotten befand, habe ich verbrannt, ein regelrechtes Feuerchen veranstaltet. Konnte ja nicht ahnen, dass er Monate später wieder auf der Matte steht, und wir uns wie alte Freunde oder zumindest Bekannte verstanden haben.
Und dennoch. Ich habe nichts mehr von ihm, habe ihn auch nie nach oder vor der Arbeit hierher zu mir mit nach Hause genommen."
„ Obwohl das nur ein paar Schritte sind vom Club hierher."
„ Ja, so ist es. Obwohl es nur ein paar Schritte sind. Das Thema Sonny war für mich erledigt. Dass dies für ihn scheinbar anders war, war sein Problem. Wenn ich mit einer Beziehung durch bin, dann ist es endgültig. Dann gibt´s auch nicht zwischendurch mal einen kleinen Fick mit dem Ex. Ich geb zu, einmal hab ich mich nach Feierabend noch im Club hinreißen lassen. Wir waren beide betrunken, und er tat mir leid . Ich bin kein Kind von Traurigkeit, das hab ich dir bereits gesagt. Doch danach war auch damit Schluss. Sex mit dem Ex bringt nur unnötige Komplikationen, und die kann ich nicht gebrauchen. Hab so schon genügend Sorgen."
In Frank Dells Innerem trugen zwei Kreaturen einen Kampf aus. Zum einen beeindruckte und erfreute ihn die Geradlinigkeit dieser Frau. Zum anderen hätte er das Kapitel Sonny Lohmann gerne so schnell wie möglich abgeschlossen. Und dazu benötigten sie dringend seine DNS.

Unvermittelt sprang Lisa auf und rannte die Treppe hinauf. Er hörte eine Tür und das Öffnen eines Schrankes, bevor sie mit einem Gegenstand in der Hand zurück in die Küche kam. Die obligatorische Haarbürste, dachte er bei sich. Haare in einer Bürste als Lösung für einen komplizierten Kriminalfall. Wie oft hatte dieses Beweismittel schon herhalten müssen. Jeder zweite Krimi zog sich dieses Mittel an den Haaren herbei. Doch wodurch wurden Klischees zu dem, was sie waren? Durch allzu häufiges Auftauchen im wahren Leben, in der Realität.

„ Sag nicht, du hast doch noch eine Bürste von ihm gefunden. Kein Souvenir, kein Besuch. Nur Zahnbürste und Haarbürste?"

Er erschrak angesichts seiner eigenen Worte und der in ihnen liegenden Bitterkeit. Was geschah nur gerade wieder mit ihm? Warum konnte er sich nicht besser verstellen? Ihr erkennender und verständnisvoller Blick warf ihn vollends aus der Bahn.

„ Nein, Frank. Nicht, was du denkst. Was ich sage, das meine ich auch so. Vielleicht unterscheide ich mich darin von einigen anderen Frauen. Ich weiß es aber nicht. Ist wohl nur ein Klischee. Und außerdem: Siehst du eine Haarbürste in meiner Hand? Mir fiel ein, dass Sonny mich beim letzten Mal im Club um ein Haargummi bat, da er seines vergessen hatte. Er hasste es, in geschlossenen Räumen mit offenen Haare rumzusitzen und kämmte sie sich zum Pferdeschwanz nach hinten. Ähnlich wie du es mit deiner Prachtmähne tust. Ich reichte ihm eines von Ines, die ihre immer hinter dem Tresen bunkert. Als er es mir beim Abschied zurück gab, hingen wie bei jedem Langhaarigen einige seiner blonden Haare darin. Ich steckte es wie automatisch in meine Tasche, denn du musst wissen, ich trug meine Haare auch mal so lang wie du deine. Na ja, und dann packte ich es vor ein paar Tagen in meinen Alibert zu den anderen, die ich schon lange nicht mehr benutze."

„ Tut mir leid, Lisa. Ich bin ein Idiot. Weiß auch nicht, was in mich gefahren ist. Vielen Dank. Das wird uns ganz sicher helfen, ihn zu identifizieren."

„ Kein Problem, Frank. Und kein Grund für eine Entschuldigung."

Ohne es auszusprechen, dachte sie: Ich weiß genau, was in dich gefahren ist. Und dieser Gedanke gefiel ihr.

22

Lisa war sich nicht sicher, ob der Cop sich noch mal melden würde. Klar, Frank war ihr Typ, ohne Wenn und Aber. Im Grunde unterschieden sich richtige Typen kaum von einander, egal, in welchem Umfeld sie auch tätig waren. Frank hätte ebenso im Milieu bei den Rot-Weißen Karriere machen können, wie einige von den Jungs auch als Kriminalisten. Die Gruppen, die sich da bekämpften, befanden sich lediglich auf den entgegen gesetzten Seiten ein und derselben Medaille.

Was in ihren Augen für Frank sprach, war sein Respekt gegenüber jedem Menschenschlag. Er behandelte Huren wie sie mit demselben Respekt wie eine angesehene Geschäftsfrau, urteilte nur nach Charakter, nicht nach äußerem Schein.

Doch auch diese Art Mensch ließ sich in zwei Sorten unterteilen. Die eine war im Kern tatsächlich so, wie sie sich gab. Die andere zeigte ihr wahres Gesicht erst, nachdem man sich mit Haut und Haaren in sie verliebt hatte und es kein Zurück mehr gab. Sie war mehr als gespannt, als welcher Typ sich Frank entpuppen würde. Von ihrer Seite würden keine Annäherungs- versuche stattfinden. Wenn er bis hier nicht kapiert hatte, wie sie ihm gegenüber stand, oder wenn er es zwar verstand, sich aber nicht auf sie einlassen wollte, dann war das eben Pech.

Den Fehler, sich in jemanden zu verlieben, ohne sich der Gefühle dieser Person einigermaßen sicher zu sein, hatte sie in ihrem Leben mehr als einmal begangen. Das würde ihr bestimmt nicht erneut geschehen.

Wenn das Milieu etwas für sich hatte, dann waren es unbezahlbare Erfahrungen, die den Menschen und das Leben änderten. Andere Leute nannten es Abstumpfung, sie nannte es Lebenserfahrung.

Die Melodie des Telefons trug sie zurück in die Gegenwart. Ungewollt hüpfte ihr Herz, doch sie zwang sich zur Ruhe.

„ Hi Lisa, ich bin´s, Frank. Wollte wissen, ob wir uns treffen können, vielleicht was zusammen essen? Was meinst du?"

„ Dienstlich oder privat?"

„ Warum?"

„ Ich muss doch wissen, was ich anziehen kann, ohne später der Beamtenbestechung bezichtigt zu werden."

„ Hhmm, dann würde ich sagen, privat. Wann passt es dir denn? Arbeitest du jeden Abend?"

„ Nein, nur mittwochs und am Wochenende. Wie wär´s mit heute Abend? Ich verspür plötzlich einen riesigen Kohldampf."

„ Sehr schön. Was hältst du vom Steakhouse in der Innenstadt?"

„ Ich war noch nie dort, aber Steak ist perfekt. Ich liebe Fleisch."

„ Weißt du, wo sich das befindet? Treffen wir uns dort um 20 Uhr?"

„ Ja, in der Postpassage. Da geh ich doch regelmäßig shoppen. 20 Uhr ist prima. Ich werde dort sein."

Frank Dell fiel ein Stein vom Herzen, als Lisa zusagte, obwohl er das Treffen als privates Date enttarnte. Die Frau tat es ihm nun mal an. Ob er wollte, oder nicht.

Lisa ging es nicht viel anders. Der erste wichtige Schritt von seiner Seite war getan. Nun hieß es, heraus zu finden, um welchen Typ Kerl es sich handelte.

Länger als üblich verweilte sie vor dem offenen Kleiderschrank. In Arbeitskleidung, also Lackdress und Highheels, hatte er sie ebenso zu Gesicht bekommen, wie in Jeans und Lederjacke. Das warme, wenn auch leicht windige Wetterchen, das die Bevölkerung seit Tagen dazu aufforderte, südländische Gepflogenheiten zu zelebrieren, gab schließlich den Ausschlag. Die weiche, weibliche und zugleich mädchenhafte Seite an ihr hatte sie bisher nicht zur Schau stellen können.

Seltsamerweise hinterließ sie bei den Männern in diesem Outfit meist einen Ausdruck höchsten Erstaunens. Allerdings musste der Vollständigkeit halber erwähnt werden, dass nur wenige Exemplare des starken Geschlechts bisher in den Genuss gekommen waren. Ungeschminkt, die Haut zart gebräunt, nur in einem dünnen, leicht transparenten, dezent patrolfarbenen Sommerkleidchen, das knapp oberhalb des Knies endete und gegen das Licht einen Ausblick auf die Silhouette eines Körpers mit ausgeprägten, wenn auch nicht üppigen Rundungen zuließ, und den zierlichen, weißen Riemchensandaletten, vermittelte sie den Kerlen das Gefühl, es mit einem unschuldigen, jungen Ding zu tun zu haben.

In ihrem Innern empfand sie tatsächlich häufig so, wenn auch kein Mensch, der sie nicht ein wenig näher kannte, nur annähernd diese Einschätzung teilte.

Da sie wieder keinen genauen Treffpunkt abgemacht hatten, wartete sie nicht lange, sondern begab sich in dem Restaurant zugleich zielstrebig die mehreren Treppen hinauf zum Tresen, wo sie ein lässig lächelnder Frank Dell bereits erwartete. Selbst wenn er mit dem Rücken zum Aufgang gesessen hätte, wäre er sich ihrer Anwesenheit in dem Moment bewusst gewesen, in dem sich alle Männerblicke aber auch die der meisten Frauen in eine Richtung bewegten, und ein unterdrücktes Raunen durch das zumeist paarweise anwesende Publikum fortpflanzte wie eine instinktive Laola-Welle.

Faszinierend, dachte er. Egal, in welchen Klamotten diese Frau den Raum betritt, vermutlich könnte sie sogar nackt erscheinen, es würde niemandem auffallen; jede Person betrachtet sie wie hypnotisiert, als wirke ihre Aura wie eine Droge, die vom ersten Genuss an abhängig macht.

Lächelnd reichte sie ihm die Hand, und er wäre beinahe gestolpert, als er vom Hocker aufstand.

„ Schön, dass du hier bist. Hatte schon befürchtet, ich müsste mich alleine am Tresen besaufen."

„ Tut mir leid, dass ich ein paar Minuten zu spät bin. Ich wusste nicht, was ich zu unserem ersten offiziellen Date anziehen sollte."

Bei den Worten blieb ihre Miene ernst, und sie sah ihn direkt an. Sie schien ein ehrlicher Mensch zu sein.

„ Das meinte ich eigentlich nicht. Ich hatte Angst, du hättest es dir eventuell anders überlegt, und plötzlich keinen Bock mehr, mit einem Bullen essen zu gehen."
„ Ach was, ich besitze keine Vorurteile gegenüber Minderheiten," grinste sie ihn jetzt frech an.
„ Es soll ja auch unter den guten Jungs ein paar ganz brauchbare geben."
Den provokativen Gesichtsausdruck erwidernd nahm er sie wortlos bei der Hand und führte sie zu einem intimen Zweiertisch am Fenster, der soeben frei geworden war.
„ Ich denke, hier sitzen wir ein wenig ruhiger und nicht so auf dem Präsentierteller, auch wenn es mich als Mann schon ein wenig mit Stolz erfüllt, wenn meine Begleitung von anderen Kerlen mit Blicken ausgezogen wird."
Ohne zu antworten bohrte sie sich in sein Gehirn und versuchte, die Wahrhaftigkeit dieser Aussage zu prüfen.
„ Ist das dein fragender Blick? Was möchtest du wissen? Frag mich doch einfach."
„ Hassen Männer es nicht prinzipiell, wenn Frauen die Frage stellen: Was denkst du? "
„ Prinzipiell stimmt das schon, aber in unserem Fall ist das etwas Anderes. Wir kennen uns doch kaum und sind keine Hellseher. Wie anders sollten wir uns also kennen lernen? Also frag mich alles, was du wissen möchtest, und ich sag dir alles, was ich sagen möchte. "
Nun verzog er das Gesicht, und sie empfand selbst sein dreckigstes Grinsen als charmant.

„ Also gut. Gefällt es dir wirklich, wenn mich andere Männer mit den Augen ausziehen?"

„ Ja, es gefällt mir und macht mich stolz."

„ Nicht eifersüchtig?"

„ Eher nicht."

„ Und wenn mich fremde Typen tatsächlich ausziehen? Wie würdest du dann reagieren."

„ Das kommt darauf an ..."

„ Worauf?"

„ Ob es dir gefällt. Ob du freiwillig mitmachst, oder nicht."

„ Sagen wir, ich arbeite in einem Bordell oder hier in Neumünster im Club und treibe es mit wildfremden Männern. Was würdest du denken?"

Der Kellner unterbrach kurz das Gedankenspiel, und sie bestellten zwei große Pils.

„ Tust du das denn?"

„ Keine Gegenfrage. Was würdest du denken?"

„ Ich würde denken, das ist dein Job, den du schon seit Jahren ausführst. Eine Art wie jede andere, um seinen Lebensunterhalt zu verdienen."

„ Das würdest du nicht denken. Das sagst du, um mich zu beeindrucken."

„ Nein, es stimmt. Ich weiß doch, dass du eine Hure bist und habe dich so kennen gelernt."

„ Ich arbeite im Swingerclub hinter dem Tresen."

„ Ich bin zwar ein Bulle, aber nicht blöd. Du weißt doch selber, dass sich unsere Welten nicht so sehr von einander unterscheiden, wie es für Außenstehende den Anschein macht. Eine so heiße Braut wie du, die in irgendeinem Club hinter dem Tresen steht, die steht dort nicht nur zur Dekoration, die muss auch schon mal Hand anlegen, wenn Not an der Frau ist. Das wusste ich schon weit bevor ich dich traf."

„ Und angenommen, es wäre deine Frau. Wie sähe es dann mit deiner überwältigenden Toleranz aus?"

„ Gibt es Unterschiede zwischen Toleranz anderen gegenüber und sich selbst oder seinen Liebsten?"

„ Oh, ja. Die gibt es. Das ist die verbreitetste Form der Toleranz. Nämlich die Intoleranz. Und erzähl mir nicht, du weißt nicht, wovon ich rede."

„ Ich weiß genau, was du meinst. Aber du scheinst mir meine Antworten ja nicht abzukaufen. Wozu treiben wir dann eigentlich dieses Spielchen? Reiner Zeitvertreib?"

„ Oh nein, keineswegs nur Zeitvertreib. Ich möchte dir gerne glauben, was du da erzählst, aber es fällt mir nicht leicht."

„ Aber warum stellst du mir dann diese Fragen? Wenn ich dir so antworte, wie ich es getan habe, glaubst du mir nicht. Und wenn ich das Gegenteil sage, dann nimmst du das hin und siehst dich in deiner Ansicht bestätigt, dass alle Kerle Idioten sind? Komische Einstellung. Vermutlich ist das der Grund, weswegen Männer auf diese Art von Quiz keinen Bock haben. Frauen wollen gar nicht wissen, was wir wirklich denken, sie wollen nur in ihrer vorgefertigten Meinung bestärkt werden. So oder so. Das ist Intoleranz auf allerhöchstem Niveau."

Sichtlich betroffen, aber auch durchaus positiv beeindruckt, setzte sie das Glas an und trank den halben Liter in einem Zug aus. Dann griff sie beiden Armen über den Tisch und nahm seine Hand.

„ Du hast recht. Es tut mir leid."

Wie beim zweiten Treffen im Klatsch-Palais sah sie ihm seltsam tief in die Augen und brachte ihn beinahe zum Kentern.

„ Es kommt nur so selten vor, dass ich einen Menschen wie dich treffe. Den meisten ist sowieso egal, worüber ich mir Gedanken mache. Das einzige, was sie wollen, ist mich ficken. Und das können sie dann auch. Wenn sie nicht eklig sind und mir genug Kohle hinlegen. Aber privat sieht das völlig anders aus. Mal ganz davon abgesehen, dass ich mich mit Freiern nicht einlasse."

Sie legte eine Pause ein.

„ Du gefällst mir. Und das macht mir Angst."

Wie heißer Whisky durchfluteten ihre Worte seinen Körper, und es dauerte einige Zeit, bis er wieder zur Besinnung kam. Er legte seine freie Hand zärtlich auf ihre beiden und begann, sie zu streicheln. Kannten sie sich erst seit wenigen Tagen? Trafen sie sich zum ersten Mal rein privat, oder war dies das Erwachen aus einem tiefen, traumlosen Schlaf? Er konnte nicht einordnen, was mit ihm geschah, und ihm fehlten die passenden Worte. Weit beugte er sich zu ihr hinüber und küsste sanft ihre Lippen. Lisa schloss die Augen und genoss. Dann saß sie noch Sekunden mit geschlossenen Augen dort und bewegte sich nicht, während er den Atem tief in die Lungen sog.

„ Frank?"

„ Ja?"

„ Ich verspür nicht den geringsten Appetit auf Nahrung. Wollen wir nicht woanders hingehen?"

„ Ja, das wollen wir."

Er zog sie an der Hand vom Stuhl, als seien sie ein altes Pärchen, zahlte am Tresen und ließ sie nicht mehr los, bis sie rechts in der Ecke vom Postkeller saßen. Keine Ahnung, warum es ihn dorthin zog. Er stellte sie vor dem Tresen an den Pfeiler, bestellte zwei Bud und legte den Arm um ihre Hüften. Warm, weich, rund und ohne dass sich ein lästiger Slip darunter abzeichnete, meinte er durch den dünnen Stoff ihre Haut zu spüren. Sie schlang die Arme um seinen Hals und zog ihn zu sich herunter. Zärtlich, fordernd, aber nicht gierig trafen sich ihre Lippen, öffneten sich voller Leidenschaft und gaben den Zungen Raum für erregende Spiele.

Minuten später, es kam ihm vor wie Stunden, öffneten sich seine Augen, und er bemerkte zum ersten Mal, dass sich der Laden bereist bis zur Hälfte gefüllt hatte. Durch das Fenster und die offene Tür konnten sie den prasselnden Regen sehen. Immer mehr Leute, die zuvor an den Tischen direkt neben der Fahrbahn gesessen und den lauen Abend genossen hatten, strömten in das Lokal, halbvolle Gläser und angebissene Flöten in den Händen. Manch eine Visage kam ihm bekannt vor und grüßte, aber Frank verhielt sich wie in Trance. Ein Song rumorte zwischen seinen Ohren und verschwand nicht wieder. Ein Song von Lita Ford.

Ausgerechnet Lita.

Zwar schrieb das Mädel, das in den siebziger Jahren zusammen mit Joan Jett die erste Hardrock-Girlie-Band , die > Runaways < gegründet hatte, diesen Song ursprünglich als Dank an ihre

Mutter, aber irgendwie passte der Text mit einigen kleinen Änderungen auch auf das Mädel, das er immer noch wie in einem Traum in den Armen hielt.

Nur mit einer Hand ließ er sie los und beugte sich über den Tresen zu Olaf, der sofort wusste, welchen Song er meinte. Nur kurz nestelte der Barmann im CD-Ständer, dann löste eine wunderschöne Ballade die elenden Popstücke ab, die seine Kollegin erst vor wenigen Minuten zum Unmut fast aller Anwesenden eingelegt hatte, und es erklang > Lisa <.
Frank zog sie noch näher an sich und sang ihr dabei leise ins Ohr:

\>> Lisa, You are the shelter for my soul
Lisa You heal my heart when I lose control
As I led my fingers trace
Each timeworn line upon Your face
I know only love creates a masterpiece like You
I know it´s true

Lisa, Lisa say I´m gonna live forever
Lisa, Lisa we´re never gonna say goodbye
Only You know who I am
Only You really understand
Nothing´s gonna take You away

Guitars

Lisa, we don´t live in different worlds

(Lisa, I know we live in different worlds)

Lisa, You will always be my little girl

(Lisa, I will always be Your little girl)

And on a stormy night

You built a rainbow to my door

I´ll always remember You

Lisa, say I´m gonna live forever

Lisa, Lisa, we´re never gonna say goodbye

Only You know who I am

Only You really understand

Nothing´s gonna take You away from me

Guitars <<

23

Der erste Ferientag schien sich prächtig zu entwickeln. Kein Wecker zerriss seine Träume. Vielmehr verwoben sich die ersten Sonnenstrahlen im Netz des Unterbewusstseins und projizierten sanfte Bilder ins Bewusstsein, ließen ihn langsam hinüber gleiten in den leichten Dämmerschlaf, bis die Helligkeit ihn warm und freundlich weckte. Das Schuljahr war endgültig abgehakt und die kommende Studienstufe bis zum Abi noch Lichtjahre oder genauer 3,6 Millionen Sekunden entfernt.

Wie üblich erwachte er mit Morgenlatte, härter und schmerzhafter als das Leben. Er hasste seinen Namen, und so nötigte er im Laufe der Jahre seine Freunde unter Androhung übelster Strafen, ihn statt Maxwell nur noch Max zu rufen. Das abgenutzte Jugendbett mit den ausgeleierten Federn quietschte unüberhörbar, als er sich heraus rollte. Ganz zu schweigen von den Tönen, die es von sich gab, wenn er Lara bearbeitete, die am Wochenende häufiger bei ihm schlief und dann ganz ähnliche Geräusche verursachte. Mutter gab sich in dieser Hinsicht großzügig. War ja auch besser, als den Jungen sich irgendwo im

Gebüsch abrackern zu lassen. Heute hatte sie jedenfalls nicht bei ihm gepennt, und die nächsten Wochen würde er ebenfalls ohne sie auskommen müssen. Erst gestern war sie mit der Familie an den Gardasee gefahren zu Berlusconi und den anderen Mafiosi.

Er warnte sie, sich ja nicht von einem Spaghetti bumsen zu lassen, aber sie lachte nur und meinte, gegen seine Nudel käme doch sowieso keiner an. Das hatte ihn beruhigt. Seine Teigrolle weniger. Die stand wie eine Eins.

Wie ausgestorben lag die Stadt in der Urlaubszeit unter einer drückenden Decke. Die meisten seiner Kumpels hatten fluchtartig die Umgebung verlassen, viele Läden einfach geschlossen. Nur das Internet-Cafe war geöffnet und hatte einen viel versprechenden Wettbewerb ausgeschrieben. So eine Art Moorhuhn-Jagd. Laut Ankündigung auf Plakaten und Charly´s homepage aber viel realistischer, mit Interface-Helmen und originalgetreuen Jagdgewehren. Hörte sich abgefahren an. Charly, von allen nur Nonsens genannt, veranstaltete öfter solche Events. Einige Hartnäckige erinnerten sich noch düster an die Internet-Olympiade im letzten Jahr. Hank wurde Sieger mit sieben Goldmedaillen, und welche Prämie, die Charly übrigens nie vorher bekannt gab, hatte der PC-Crack erhalten? Ein Jahr kostenloses Hefesaufen für den Champ und seine weibliche Gespielin. Hank hasste Bier, es kotzte ihn an. Und er war schwul. Pech gehabt, meinte Charly, dem ob seines trockenen Humors und der lockeren Art trotzdem niemand böse sein konnte. Am liebsten lachte er über sich und seine eigenen Scherze.

Charly war begnadeter Grafiker und Bastler, minimal befähigter Rocksänger und promovierter Chaot. Dafür liebten ihn Max und seine Freunde, besonders aber für sein gutes Herz. Was er nicht einmal ansatzweise besaß, war Menschenkenntnis. Wiederum für ihn sprachen das Wissen darum und die Einsicht, welche ihn aber nicht wirklich weiter brachten. Selbst die zugepengtesten Drogenfuzzis konnten ihn so lange dichtlatten, bis er glaubte, ihr Vorhaben entspräche auch seinem Interesse. Zum Glück hatte wenigstens sein jugendlicher Freund Max ein besseres Gespür für Pappnasen und notorische Risikofaktoren mit Pupillen wie Untertassen. Also ließ er ab und zu die familiären Beziehungen spielen, und der eine oder andere Zombie verschwand auf Nimmer-Wiedersehen aus der Kneipe. Das Problem war: Neumünster bestand zu fünfzig Prozent aus Knastpotential.

24

Gleich drei Mann im Anzug schickte das Land vorbei, um ihn von einer Sache zu überzeugen, zu der man ihn mit einem Glas Wasser hätte überreden können.

Genauer gesagt war eine der Delegierten eine Frau. Und was für eine. Mindestens zwei Klassen zu hoch für Charly, aber als sie ihm bei dem Gespräch fortwährend tief in die triefenden Augen blickte, war es wieder einmal um ihn geschehen, und der Rest seines kärglichen Menschenverstandes entschwand durch die Poren gemeinsam mit dem Restalkohol und den rebellierenden Hormonen.

Das Trio hatte also leichtes Spiel. Charly sollte in seiner Rockkneipe, genauer in den hinteren Clubräumen, nicht zugänglich für die Allgemeinheit ein Programm leiten, das nach Auskunft des Trios die Jugendlichen von der Straße holte, ihnen eine sinnvolle Tätigkeit verschaffte und ihm selbst ein einträgliches Geschäft bescherte. Fünftausend Euro bar Cash würde er ein Jahr lang monatlich am Finanzamt vorbei erhalten. Keine Verträge, keine Unterschriften. Alles bezahlt aus einem geheimen Sonderfonds für soziale Neustrukturierung, kurz SFSN genannt. Dieser Fond wurde finanziert von prominenten Bundesbürgern aus Politik, Wirtschaft und Showbiz, die aus vielerlei Gründen unbekannt bleiben wollten. Charly, der keineswegs so blöd war, wie er aussah, ahnte die Motive der Namenlosen, hatte jedoch selbst nie ein Problem mit Schwarzgeldern gehabt.

Diesmal schon gar nicht. Kam ja von offizieller Seite. Mehr ging nicht.

Max gefiel der neue Wettbewerb. Bei einer Coke light auf Kosten des Hauses erklärte ihm Charly die Regeln und ausnahmsweise auch die Preise. Diese schienen kaum glaubwürdig und eher seinem chaotischen Hirn entsprungen, aber Nonsens schilderte den Gewinn so ausführlich bis ins kleinste Detail, dass ihm doch Zweifel kamen. Sollte tatsächlich einmal mehr hinter seinem Geschwafel stecken? Eine Woche Gran Canaria inklusive Verpflegung und Getränken für den Gewinner plus vier Personen. Die einzige Bedingung war, da vermutlich die wenigsten Gewinner volljährig sein würden, eine schriftliche Genehmigung der Eltern. Das Schreiben musste zusätzlich die Erlaubnis enthalten, an einem Marathonwettbewerb über vier mal vierundzwanzig Stunden verteilt über einen Zeitraum von vier Wochen in den Clubräumen des Sanatorium teil zu nehmen, inklusive ärztlichem Attest. Im Gegenzug verpflichtete sich Charly, für das leibliche Wohl der Kids zu sorgen, Schlafplätze zur Verfügung zu stellen und auszuschließen, dass alkoholische Getränke oder andere stimulierende Substanzen eingenommen wurden. Als Oberaufsicht würde der neu gewählte Stadtrat Lakarow fungieren. Ein derart offizieller und durchdachter Plan konnte nicht Charly´s wirrem Kopf entsprungen sein. Der Wettkampf sollte stattfinden in den nächsten vier Wochen, jeweils von Freitag, 07.00 Uhr bis Samstag 07.00 Uhr. Die genauen Spielregeln würden erst am Abend vor Wettkampfbeginn bekannt gegeben. Nur so viel stand fest: Es sollte sich um dasselbe Prinzip handeln wie bei der Moorhuhnjagd, unter weitaus schwierigeren und realistischeren Bedingungen. Und da es sich um ein öffentlich gefördertes Spiel für größtenteils Minderjährige handelte, würde nicht getötet, sondern betäubt, und die erlegten Tiere zur Zählung und Untersuchung in ein Tierhospital verbracht. Danach würden sie wieder frei gelassen. Gegen diese Legende konnten weder Jugend- noch Tierschutzverbände Amok laufen. Gut durchdacht also die ganze Aktion. Max´ Begeisterung stieg mit den Einzelheiten. Eine Tierjagd also mit vermutlich geilen Grafiken und ausgefeilten Tricks. Durch die Benutzung von Cyber-Helmen der neusten Baureihe würde sich jeder Teilnehmer inmitten unwegsamen Geländes befinden und wie ein Trapper oder Wildhüter auf die Jagd gehen. Wow. Leider blieben bis dahin noch einige Tage. Und was schlimmer war: Viele einsame Nächte ohne seine Maus.

25

Ihm wurde wehmütig ums Herz. Wie sehr liebte er dieses Mädchen, ihre Sanftheit, das gutmütige Wesen, die liebevolle Art, mit der sie ihn behandelte und auf den Boden zurück holte, wenn er mal wieder in Gedanken abhob und versuchte, insgeheim die Welt zu ändern und zu retten. Ziemlich sicher war er in einem früheren Leben ein Ureinwohner Nordamerikas gewesen. Bereits im Alter von vier Jahren überkamen ihn diese Träume wie Naturgewalten. Träume, oder vielmehr Wahrheiten aus einer anderen Bewusstseinsebene. Begebenheiten, bei denen er sich in einer anderen, früheren Welt befand, während sich zur selben Zeit Körper und Verstand in der Schule aufhielten und Matheaufgaben lösten. Anfangs hatte ihn dies irritiert und nervös gemacht. Er erinnerte sich daran, eines Tages im Englischunterricht vor der Tafel gestanden zu haben, das Gesicht der Klasse zugewandt, Englisch- und Sportlehrer Kirsche links neben sich am Pult, um eine dieser unsäglichen Strafarbeiten auswendig zu rezitieren, die aufgebrummt bekam, wer die Hausaufgaben vergaß, Vokabeln nicht konnte, im Unterricht ungefragt sprach usw.

Unterdessen die Story > Hide and seek in London < wie ein Film vor seinen Augen und ein Tonband aus seinem Mund ablief, befand er sich im Winterlager seines Stammes in North Dakota nahe der Kanadischen Grenze und zerlegte mit einem älteren Jungen eine Bisonkuh, welche der Jagdtrupp bestehend aus sechs erfahrenen Kriegern am frühen Morgen nach tagelanger Suche unweit der Rockies in einer milden Talsenke ausfindig gemacht und erlegt hatte. Mit scharfer Klinge zerteilte er das noch dampfende, zarte Fleisch eines dieser stolzen Tiere, das seinem Stamm jetzt im eisigen Februar für einige Monde das Leben retten würde. Warm und lebendig rann das Blut über seine Hände. Sie alle waren ein Teil des Großen Ganzen, des allumfassenden Großen Geistes, der Natur aller Dinge. Dieses Tier bedeutete nicht nur Nahrung, Kleidung und Werkzeug, nicht nur Rettung, Wärme und Kraft für seine Familie. Es war sein Bruder, ein Teil Wakan Tankas und gleichzeitig das Große Ganze selbst. Genau wie er ein Teil Gottes und Gott ein Teil von ihm war. Erneut versank das Messer tief im Fleisch, als er sich in einer fremden Sprache reden hörte, in einem entfernten Land weit hinter dem großen Teich, in einer vor ihm liegenden Zeit.

Die Bilder wurden deutlicher, die Worte immer klarer. Er befand sich hier. Und dort. Dort war hier. Hier war da. Leicht verwirrt setzte er sich zurück auf seinen Platz, während Herr Kirsche eine 2+ in sein Heftchen kritzelte.

26

Nur schwer gewöhnte sich Lara an den Gedanken, die nächsten vier Wochen ohne Max auskommen zu müssen, war ihre Liebe doch frisch. Genau zwei Monate. Max war ihre erste große Liebe. Immer, wenn sie ihn sah, hüpfte ihr Herz vor Freude, und sie glaubte, ohnmächtig zu werden.

Wie lange himmelte sie ihn schon an. Seit mehr als zwei Jahren beobachtete sie seine Bewegungen, seine Lippen und die durchtrainierte Figur in jeder Schulpause, Tag für Tag. Beim Schulfest wartete sie darauf, von ihm angesprochen zu werden. Vergebens. War ja auch klar. Er ging drei Klassen über ihr und hatte natürlich keinen Bock, sich mit kleinen zwölfjährigen Mädchen abzugeben, das noch nicht einmal den Ansatz von Brüsten vorweisen konnten. Lieber tobte er mit dieser dicktittigen Schlampe Ina über den Schulhof und drückte sich beim Tanzen in der Aula ganz fest an ihren frühreifen Körper.

Als die eigene Figur immer fraulicher wurde, ihre schönen, kastanienbraunen Haare und die schlanken Beine immer länger wuchsen und auch die Oberweite kaum noch zu verstecken war, und wer wollte das schon, bemerkte sie die sich wandelnden Blicke der Jungs. Besonders, wenn sie einen ihrer superkurzen Röcke und das neue bauchfreie Top trug, gab es von männlicher Seite mehr als einmal am Tag anerkennende Pfiffe und anzügliche Sprüche. Doch das störte sie nicht. Ganz im Gegenteil. Sie genoss die Augen auf ihrem Körper und fühlte dieses Kribbeln im Bauch und ein wenig tiefer, wenn der Typ interessant war.

Endlich wurde auch Max auf sie aufmerksam und quatschte sie auf dem Schulhof an, ob sie nicht am Nachmittag mit ihm und den anderen Leuten seiner Clique ins nahe gelegene Schwimmbad am Wald gehen wolle. Da sie in den letzten Jahren dazu gelernt hatte, ließ sie sich die Freude nicht anmerken. Vier Schulstunden ließ sie ihn zappeln in dem Glauben, sie fahre mit einer Freundin nach Kiel zum Shoppen. Als sie sich dann beim Toben im Wasser näher kamen, funkte es endgültig. Fest presste er seinen beinahe nackten Körper an sie und sah ihr tief in die Augen. Frech und intensiv erwiderte sie, erblickte Tiefen und Abgründe seiner Seele, versank in ihr und erwachte, als die Zungen sich von einander lösten.

27

Charly´s Backstage-Bereich glich einer Bretter-Bude. Angebrochene Barhocker lagerten zwischen heraus gerissenen Dielenbretten, ausgediente Flipper-Automaten aus Conan´s Zeiten vegetierten hinter verfilzten Teppichrollen. Auf der lieblos zusammen gezimmerten Bühne, die sich etwa sechzig Zentimeter über dem Holzboden auf einer Breite von zehn und einer Tiefe von vier Metern erstreckte, standen noch die Drums seiner Neuformation >> Motherfuckers <<. Der Name entsprach in etwa ihrer musikalischen Qualität. Die Töne traf alleine der Shouter, Charly himself. Von einem Sänger zu sprechen, wäre Frevel gewesen. Ansonsten wurden die Instrumente gequält, dass selbst ein Daniel Kübelböck sich im Grab umdrehen musste. Vocation hätten ihre wahre Freude gehabt, und Slayer wirkten daneben wie ein Remake der No Angels. Der noch in einem undefinierbaren Rot-Ton getünchte Raum wies immerhin eine Deckenhöhe von dreieinhalb Metern und Ausmaße von zweihudertfünfzig Quadratmetern auf. Brauchbar schien alleine der rustikale Tresen links neben dem Eingang.

Eine per Annonce angeheuerte Horde hatte zu tun. Bis morgen, Punkt 14 Uhr, sollte der Saal entrümpelt sein. Dann kämen die Mitarbeiter der Behörde, um die Räumlichkeiten genauestens zu inspizieren. Der Plan mit dem Aufbau der Spielbedingungen lag Charly vor. Decken und Wände ein paarmal hell überstreichen, PVC verlegen, dann wäre die Umgebung ausreichend perfekt, fand Charly. Kabel und Steckdosen waren erst vor Kurzem von einem Stammkunden und Halbprofi verlegt worden. Ein paar Strippen noch, und dem Wettkampf stand nichts mehr im Wege.

28

Lara gab sich ganz der Leidenschaft hin. Um ein schlechtes Gewissen haben zu können, hätte sie eines besitzen müssen. Sicher, sie war lieb und nett zu jedermann, dazu willig zum jeweiligen Stecher. Sicher war Max ihr Freund.

Aber das Leben fand hier und jetzt statt. Und Giorgio ebenfalls. Erst recht sein Schwanz. Der stand wie eine Eins, und sie stand nun mal auf Schwänze. Alle Mädchen in ihrer Klasse waren schwanzgeil. Doch die wenigsten hatten so viele in sich gespürt. Natürlich liebte sie Max. Er sah gut aus, war bei ihren Freundinnen heiß begehrt, lud sie oft zum Essen und ins Kino ein, hatte eine Mutter im gehobenen Polizeidienst. Eben alles, was sich eine Frau nur wünschen konnte. Aber Max war nicht hier und sie nun einmal ständig geil. Das Kribbeln zwischen ihren Beinen wollte einfach nicht aufhören. Und sie wollte auch gar nicht, dass es aufhörte, solange es genügend Kerle zum Rubbeln gab. Tief drang Giorgio in sie ein. Der Sand, auf dem sie mit ihrem süßen Hintern hin und her ruckelte, war noch warm vom Tag. Das rauschte fast so laut wie ihr Blut, und auch ihre Wellen schlugen immer höher.

Da war plötzlich das Gefühl, als ob sie jemand beobachtete. Nicht, dass sie etwas gegen Spanner hätte. Irgendwie törnte sie der Gedanke sogar an, jemand könnte sich an ihrem Fick aufgeilen. Doch diese Strömungen waren andere, hatten etwas Bedrohliches an sich. Ihr Orgasmus kam heftig und der Schrei verdrängte die abartigen Vorstellungen in weite Ferne. Kaum wieder aufnahmefähig, hatte sich der Spuk aufgelöst. Alles war gut. Jetzt schön entspannt eine rauchen.

Im Dunkeln griff sie nach ihren West light, die sie links neben die Klamotten wähnte. Doch was sie ergriff, ließ sie schaudern. Der Schrei in ihrer Kehle erstickte zu einem Röcheln. Sie fühlte einen warmen, nackten Fuß, spürte die Anwesenheit einer dritten Person.

Doch da war niemand.

So mancher Orgasmus hatte sie in Ekstase versetzt, doch nie war ein derartiger Trip daraus entstanden. Möglicherweise lag es auch an der Nase Koks, die sie sich zuvor gemeinsam auf dem Männerklo der Pizzeria seines Vaters rein gezogen hatten. Die nächste Welle überrollte ihren Unterleib. Gierig stülpte sie sich noch weiter über seinen Riemen. Scheißegal. Das war es wert. Dafür nahm sie gerne noch andere Wahnvorstellungen in Kauf. Überwältigt schrie sie ihre Geilheit hinaus in den Nachthimmel, dann schwanden ihr die restlichen Sinne.

29

War es wirklich wichtig, wen er zärtlich streichelte, wessen Augen ihn dabei voller Liebe anblickten? Max sehnte sich so sehr nach ihr, dass er meinte, platzen zu müssen. Aber fehlte wirklich sie ihm? Oder war es das Gefühl, überhaupt jemanden in seiner Nähe zu wissen, der einem die Illusion gab, geliebt zu werden, und selber Liebe geben zu können. Sicher, seine Gedanken, Emotionen und Handlungen waren auf sie fixiert. Er stellte sich ganz auf seine Freundin ein, war niemand, der andere Frauen nebenher laufen hatte, der auch nur Gedanken an Fremdgehen verschwendete. Trotzdem war er nicht sicher, ob die Person, auf die er sein Dasein fokussierte, nicht austauschbar war. Nicht beliebig, soviel stand fest. Fest stand aber auch, es wäre eine unbekannte Schönheit mit Ausstrahlung und dem gewissen Etwas im Blick in Frage gekommen, die plötzlich vor ihm stünde und ihn einfach nur ansah. Am wichtigsten waren die Augen. Tief mussten sie sein, unergründlich, ehrlich, liebevoll, leidenschaftlich, gierig nach leben, gleichzeitig ängstlich und fordernd, zärtlich und mutig, sich vollkommen fallen zu lassen, zu ertrinken in nie da gewesenen Gefühlen. Die Figur war wichtig, das allgemeine Erscheinungsbild. Schlank und zart gebaut, am liebsten mit kleinem, süßem Hintern, schmalen Hüften und nicht zu wenig Oberweite. Aber das Aussehen musste nicht dem eines Models entsprechen. Glatte, ausdruckslose Schönheit a la American Beauty lag ihm nicht. Sie durfte einfach nichts Abstoßendes an sich haben. Den Rest machte die Art aus, andere Lebewesen zu behandeln. Im Prinzip hatten sich seine Freundinnen äußerlich nicht sehr geähnelt. Nur langweilig oder nichtssagend war keine von ihnen gewesen.

30

Selbst die Mitarbeiter des Innenministeriums waren begeistert von der neuen Moorhuhn-Variante, bei der es um realitätsnahe Jagd auf naturgetreu animiertes Wild der nordeuropäischen Breiten ging. Nun, nicht in jedem Stadtwald waren die Wölfe schon wieder heimisch, geschweige denn Bären oder Luchse. Doch immerhin waren diese einmal in deutschen Wäldern vorgekommen und wurden seit Jahren mit wechselndem Erfolg ausgewildert.

Das Spiel befand sich noch im Versuchstadium und wurde erstmals durch eine Reihe staatlicher Institutionen getestet, was bei den Freaks helle Freude hervor rief.

>> Blattschuss << lautete der unmissverständliche Arbeitstitel. In groben Zügen ging es darum, in hiesigen Wäldern den Jagdaufseher zu spielen und für ein Gleichgewicht von Fauna und Flora zu sorgen. Je nach Anzahl, Gefährlichkeit und Schwierigkeit des Abschusses konnte eine Punktzahl erreicht werden, die jeweils am Ende des Spieltages addiert wurde. Der Spieler mit den meisten Tagessiegen oder vielmehr der niedrigsten Punktzahl nach Addition aller vier Spieltage war Gesamtsieger.

Gleichzeitig stand jedem Mitspieler lediglich eine begrenzte Anzahl von Waffen und Munition zur Verfügung. Es brachte also keinerlei Vorteil, an einem einzigen Tag alles abzuballern, was einem vor die Flinte kam, und damit haushoher Tages-Champ zu werden, wenn dafür an den folgenden Spieltagen das Pulver nicht mehr ausreichte. Desweiteren ging es darum, seltene und gefährdete Spezies zu erhalten und zu schützen. Alles in allem ein ökologisch sinn- und wertvolles Spiel mit Lehr- und Formungscharakter, weswegen es als erstes seiner Art staatlich gefördert wurde. Viel zu lange hatte die öffentliche Hand den Trend verschlafen und Computerspiele sowie Wettkämpfe am PC als pädagogische Mittel außer Acht gelassen. Hierin lag die Zukunft; so konnte man die Kids noch erreichen. Dies war ein Weg, die Spezialisten der Zukunft frühzeitig zu erkennen und optimal zu fördern. Fachkräfte aus dem mittleren und fernen Osten waren nicht mehr nötig, wenn man den eigenen Nachwuchs heranzüchtete. In der Behörde gab es ausschließlich Zuspruch. Selbst PC-Muffel, die nichts für Technik übrig hatten , – auch diese Spezies war noch nicht ausgestorben - fanden den Ansatz durchaus sinnvoll. Die Testphase konnte beginnen.

Schritt 1: Anmeldung

Mit einem Klick auf > Registrieren < erschien die Maske, und alle Felder von Name, Alter, Anschrift, Hobbys pp., bis e-mail Adresse mussten ausgefüllt werden.

Die Regeln waren einfach zu verstehen, der Spielablauf unkompliziert. Jedes zum Abschuss frei gegebene Tier war mit einem farbigen Punkt gekennzeichnet, der dessen Wertigkeit angab. Je schwieriger ein Objekt abzuschießen war, was sich einerseits aus seiner Häufigkeit, andererseits aus den Umständen ergab, ob es zum Beispiel tag- oder nachtaktiv war, desto mehr Punkte war das Tier Wert.

Aus diesen Vorgaben entstand die jedem Teilnehmer vorliegende Liste:

1. Braunbär	100 Punkte	Farbe rot
2. Luchs	80 Punkte	Farbe orange
3. Wolf	50 Punkte	Farbe lila
4. Wildschwein	40 Punkte	Farbe dunkelblau
5. Hirsch	30 Punkte	Farbe hellblau
6. Fuchs	20 Punkte	Farbe grün
7. Hase	10 Punkte	Farbe rosa

Um das Spiel interessanter zu gestalten, wurde bei einem Fehlschuss genau die Punktzahl abgezogen, die bei Erfolg gutgeschrieben worden wäre. Die Spieler wurden mittels Helmen und Spezialbrillen an die Rechner angeschlossen und bekamen täuschend ähnlich nachgearbeitete Waffen, die ebenfalls per Infrarot mit den Computern verbunden waren. Durch den Helm wurde ihnen virtuell suggeriert, sie befänden sich in einem realen Waldabschnitt. Näher dran ging nicht. Eine falsche Bewegung, und das Wild war gewarnt. Anschleichen mit dem Wind? Keine Chance.

Hier gewann nicht der Computerexperte. Fähigkeiten im Umgang mit der Natur waren gefragt, pädagogische Ziele klar definiert: Die Jugendlichen sollten weiter an den PC´s arbeiten, aber nicht vergessen, sich sportlich und für die Umwelt zu engagieren.

31

Anke konnte ihre Freude nur schwer verbergen und hüpfte wie ein kleines Mädchen auf einem Bein durchs Büro. Nicht der großkotzige Kollege Andreas hatte gewonnen, das hornbebrillte Muttersöhnchen, das statt mit Matchbox und Indianerausrüstung mit PC, Drucker und Scanner groß geworden war. Auch nicht ihr Chef, der agile Mittfünfziger, der sich so gerne damit brüstete, jeden seiner zwölf Enkel auf der Play-Station 2 zu besiegen.

Nein, sie selbst hatte gewonnen, Anke, Chefsekretärin und alleinerziehende Mutter, die an jedem zweiten Freitag im Monat für den Sprecher des Landwirtschaftsministeriums die Beine breit machte, wenn seine ahnungslose Ehefrau ihren Maniküretermin wahrnahm, übrigens bei Ankes bester Freundin. Sie also hatte den Testlauf für sich entschieden und den Wochenendtrip nach Ibiza gewonnen. Die Freude war riesig. Allzu schwer war ihr der Sieg nicht gefallen, vermutlich kam eine gehörige Portion Glück dazu. Nach anfänglichen Problemen mit der neuen Maus und den komplizierten Spielanweisungen fuchste sie sich schnell ein.

Das Besondere an Blattschuss war, dass sich alle Teilnehmer, sobald sie eingeloggt waren, im selben Waldstück aufhielten und dieselbe Umgebung nur eben aus ihrem speziellen Blickwinkel sahen. So konnte es durchaus geschehen, dass sich Mitspieler begegneten. Verletzte man aber einen anderen Jäger, war man draußen. Auch direkte und indirekte Behinderungen waren nicht erlaubt, wurden registriert und mit Punktabzug geahndet. Die Teilnehmer waren nicht persönlich identifizierbar. Alle trugen dieselbe Jägertracht und das Gesicht des Terminators. So wusste niemand, nicht einmal der Spieler selbst, wer vorne lag und führte, und wer der ärgste Gegner war.

Außer mit Dull-Knife, doppelläufiger Schrotflinte und 4 Zoll, 6 Schuss-Revolver Smith&Wesson, Kal.3.57 durften keine Waffen mitgeführt werden, Munition konnte dagegen so viel mitgeschleppt werden, wie man tragen konnte. Entsprechend langsam und behäbig oder wendig bewegte sich der Spieler durch das Gehölz. Nachtsichtgerät und Meglite waren ebenfalls erlaubt.

Nach stundenlangem Ausharren in der Nähe der Wasserstelle am See, die von den meisten Tieren mindestens einmal am Tag aufgesucht wurde, hatte sie am späten Nachmittag endlich den alten Bären aufgespürt. Durch ein von Wilderern ausgelegtes Fangeisen an der linken Vordertatze schwer verwundet, machte er seit Wochen den anderen Waldbewohnern das Leben schwer, gebärdete sich unberechenbar und hatte bereits den eigenen Nachwuchs angegriffen. Lebenserfahrung und angeborenes Misstrauen hatten ihn bislang nur nachts aus der unentdeckten Höhle kommen lassen. Lediglich frische Spuren am nächsten

Morgen deuteten bisher auf seine Existenz. Da dieser Brocken im Gegensatz zu Wildschweinen und Rotwild zumindest in der Einführungsphase den Sieg versprach, legten sich die meisten Kollegen in der Nacht auf die Lauer und opferten die ohnehin knapp bemessene Freizeit. In der hatte sie Besseres zu tun. Also hoffte sie, der angeschlagene Riese würde einen Fehler begehen. Und das tat er. In der untergehenden Sonne hielt er es nicht mehr aus und trottete stöhnend und brummend zum See. Die Schrotflinte schien ihr zu gewaltig und schwer zu bedienen. So zog sie den Revolver, schlich sich von hinten an und zielte auf den breiten Rücken, als sich das Tier erhob und umdrehte. Nie zuvor hatte sie in der Realität eine Waffe in Händen gehalten, und so ging auch der Schuss am PC nicht an die vorgesehene Stelle. Statt in den Brustkorb traf sie nur den Hals. Aber der Bär war bereits so geschwächt, dass er taumelte, noch ein paar Schritte tat und schließlich kurz vor ihr zusammenbrach.

Spiel – Satz – Sieg!

Die Kollegen schäumten vor Wut und faselten etwas von Anfängerglück. Jedoch wurde der Probelauf als voller Erfolg eingestuft. Die Behörde war mehr als zufrieden. Test bestanden. Der Wettkampf konnte beginnen.

32

Conny, wie Freunde und Mitarbeiter ihn liebevoll nannten, war etwas übergewichtig. Schlappe drei Zentner verteilten sich bei einer Größe von 183 Zentimetern auf den etwas zu groß geratenen Kopf mit dem Dreifachkinn und den Bauch, der sich kaum merklich über den Bund seiner Spezialhose wölbte, mit der er bei jeder Neueinstellung Punkte zu sammeln hoffte. Möglicherweise versuchte er auch, durch den überflüssigen Hinweis auf den unförmigen Körper von seinem Sprachfehler abzulenken. Das Lispeln ließ jeden Gesprächspartner automatisch in sich hineingrinsen. Mit dem grauen Vollbart und der dunklen Hornbrille machte Conny alles andere als eine beeindruckende Figur. Dabei handelte es sich bei ihm um den Geschäftsführer einer der größten Sicherheitsfirmen Norddeutschlands, der WOKO. Wären dazu nicht die charakterlichen Defizite und die fachliche Inkompetenz gekommen, man hätte ihn durchaus gern haben können. Irgendwie hatte er was von dem dicken Bären aus der Sesamstraße. Wer ihn näher kennen lernte, bemerkte ziemlich schnell, um welch begnadeten Intriganten und Geisteszwerg es sich bei dem Dickerchen handelte. Er war einfach nur ein Kasper, eine Witzfigur vor dem Herrn. Leider befand er sich, wie bereits erwähnt, in einer Führungsposition, was in der angespannten Wirtschaftlage mit fast fünf Millionen Arbeitslosen einen unsäglichen Zustand bedeutete.

Der Zufall wollte es, dass unser von allen geliebter Conrad Sperling sich an diesem Tag vorgenommen hatte, wieder einmal etwas für die angeschlagene Gesundheit zu tun. Ein ausgiebiger Spaziergang in den Wäldern der Holsteinischen Seenplatte mit anschließender Sahnetortenorgie in seinem Lieblingscafe in Malente schienen da genau das richtige. Frohgemut verließ er mit dem Dienstwagen die Tiefgarage der Zentrale in Hamburg Stellingen, um von den Wildegger Herzbuben beseelt ins Grüne zu fahren. Die Alte befand sich auf Kur, der Arbeitstag war erfolgreich verlaufen. Schließlich hatte er an einem einzigen Vormittag zehn Abmahnungen an verdiente Mitarbeiter versandt.

Ein Anruf bei Rosi, seinem Bratkartoffelverhältnis in Selent, genügte. Die Seele würde er sich rausvögeln, der gute Sperling. Glucksend wie ein Truthahn in der Balz lachte er über den gelungenen Kalauer. Wenn da nur nicht das Problem gewesen wäre, den kleinen, grauen Spatz überhaupt zu finden. Und dann das Kreuz. Na wenn schon. Sollte sie ihn doch suchen. Schließlich ging er hart auf die Sechzig zu, feierte vor einer Woche den Fünfzigsten. Aussehen tat er wie Siebzig.

Rosi war nicht zuhause oder öffnete nicht. Dabei hatte er sie doch erst vor dreißig Minuten an der Strippe gehabt. Nach etlichen erneuten Anrufen und Sturmklingeln an der Haustür, 2. Etage links, gab er es auf. Vielleicht war sie auch schnell einkaufen gegangen, sein Lieblingsbier, Aldis Rache.

Nach fünfzehn Minuten hatte er die Schnauze voll. Was sollte er tun, vielleicht die Feuerwehr rufen, bei der sein Schwager Oberbrandmeister war, oder die Polizei, um auf der Einsatzleitstelle seinen Schwiegersohn am Apparat zu haben? Vermutlich war sie nur wieder eingeschlafen, die dusselige Zippe.

Eben im Begriff, zurück in den Wagen zu steigen, traten zwei adrett gekleidete Männer mittleren Alters aus dem Hausflur, beide mit Sonnenbrille, Typ Kriminalbeamte. Für so was hatte er einen Blick. Eilig stiegen sie in einen blauen Audi A8, quattro, 4,8 l. Guter Wagen, getönte Scheiben, Breitreifen, womöglich gepanzert. Sein Fuhrpark mit Astra und Corsa gab das leider nicht her. Mit feuchten Augen sah er die Limousine an sich vorbei rasen. Was für eine Karre. Das Kennzeichen hatte er sich in all der Hektik nicht gemerkt. Wozu auch.

Rosi, eine fünfundfünfzigjährige, etwas füllige Rothaarige mit gewaltigem Vorbau und süßem Gesicht, saß tatsächlich friedlich in ihrem grünen Lieblingsohrensessel und hatte nichts von Connys Klingeln mitbekommen. Fünf Minuten zuvor war sie noch wach gewesen und hatte freudig geöffnet, als es zweimal läutete. Zunächst schien sie überrascht, als die beiden netten Herren mit den Dienstmarken sie baten, eintreten zu dürfen. Eindringlich erzählten sie, es ginge um einen entlaufenen Triebtäter aus dem Klinikum Ochsenzoll, der sich hier in der Gegend herum treiben und nach allein stehenden Damen Ausschau halten solle. Sie hätten die Aufgabe erhalten, alle attraktiven Frauen zwischen Vierzig und Sechzig, auf die der Damenmörder besonders abfuhr, persönlich zu informieren und zu warnen. Die üblichen Aufrufe in der Presse würden leider allzu häufig ignoriert oder aber überlesen.

Einen Tee wolle sie sich eben zubereiten, ob die Herren nicht auch eine Tasse möchten, hatte sie noch fragen wollen, als sich der Knorpel ihres Kehlkopfes in die Luftröhre bohrte. Der Griff an den Hals mit beiden Händen kam nur noch halbherzig, dafür traten die Augäpfel umso intensiver hervor. Fast hätten sie die teure Brille von der Nase geschubst. Doch vorher brach der Blick, die Pupillen trübten sich und das Herz gab auf. So spürte sie nicht mehr, wie einer der Herren, nicht derjenige, dessen Handkante sie so unsanft aus dem Leben gerissen hatte, sondern der jüngere, gutaussehende, sie vor dem Aufschlagen auf den Boden von hinten auffing und sanft auf dem Sessel ablegte. Liebevoll drückte er ihre Augenlider zu. Richtig friedlich sah sie aus. Sanft eingeschlafen im blühenden Alter von fünfundfünfzig Jahren, wie der Amtsarzt aus Plön am nächsten Tag bestätigen würde.

Die Natur liebte Conny über alles. Privat und in der Firma standen an erster Stelle seine geliebten Pflanzen. Da konnte es schon mal passieren, dass er am Freitagnachmittag den einzigen Alarmfahrer der Firma, zuständig für rund zweitausendfünfhundert Anlagen im gesamten Stadtgebiet Hamburgs, durch den Elbtunnel nach Stade zu sich nach Hause beorderte, um frisch auf dem Markt für fünf Euro unter Preis gekaufte Blumen noch vor Einbruch der Dunkelheit und möglichem Nachtfrost in die Hamburger Zentrale bringen zu lassen. Die Sicherheit der Kunden ging ihm am Arsch vorbei. Außerdem war sein Fahrer höchstens vier Stunden unterwegs. Wozu bezahlte er schließlich die Wachwichtel. Schaukelten sich ohnehin nur vierzehn Stunden am Stück die Nüsse für 6,20 Euro brutto die Stunde. Und wehe, am Montag war der Rasen hinter dem Gebäude nicht gemäht. Anweisungen der Gewerkschaft hin, Vorschriften der Rechtsabteilung her. Hier hatte alleine er das Sagen.

Doch Schluss damit. Es war Wochenende und das grüne Laub duftete einfach köstlich. Nichts wirkte auf ihn so erhaben und majestätisch wie eine bejahrte Eiche. Bei ihrem Anblick, in ihrer Gegenwart, fühlte er sich eins mit der Natur. War nicht er, Conny, das Abbild einer Deutschen Eiche in Menschengestalt? Was schert es die Eiche, wenn die Sau sich an ihr scheuert. Der Lieblingsspruch und gleichsam das Lieblingsmotto eines alten Haudegens, wie er einer war. Allerdings hatten ihm die alten Vogelkästen besser gefallen. Überhaupt hatte er nichts übrig für diesen ganzen neumodischen Kram. Die alten aus Stein oder Holz hatten sich besser in die urtümliche Landschaft eingepasst. Wie sollte sich eine ausgewachsene Spechtmeise durch so ein enges Schlupfloch pressen? Früher besaßen diese Behausungen und Nisthöhlen wenigstens noch unterschiedliche Formen und Einstiegslöcher. Doch heutzutage wurde ja alles vereinheitlicht. Alles gleichgroß und aus dunklem Metall.

Ärgerlich schüttelte er die Gedanken von sich. Die Natur ließ sich nicht überrumpeln. Beinahe zärtlich griff er nach einer verlockenden Himbeere, die sich ihm in Hüfthöhe darbot. Noch besser mundeten ihm ja die süßen, himmlischen Walderdbeeren, die hier ebenfalls besonders üppig auftraten. Sein Problem war nicht zu übersehen. Einmal in die Knie gegangen würde er nie wieder hochkommen und wie ein Mistkäfer auf dem Rücken zappelnd, zwischen den geliebten Farnen japsend sein Leben aushauchen. In angenehmer Umgebung zwar, doch seiner nicht würdig. Nichts bereitete ihm mehr Angst als Schmerz und Tod. Schon der Gedanke daran trieb seinen Puls in gefährliche Höhen und ließ kalten Schweiß ausbrechen. Einmal tief durchatmen, die Sommerbrise einsaugen. Schon ging es wieder. Behäbig schob er sich in Richtung der sonnendurchfluteten Lichtung. Eine Sommerwiese, wie geschaffen für den Naturveteranen. Der gelernte Maler und selbst ernannte Sicherheitsexperte lehnte sich an eine Birke und verschnaufte.

Weiber. Warum hatte sie keinen Zettel am Briefkasten oder der Klingel hinterlassen, wie sie es sonst tat, wenn etwas dazwischen kam? War eben `ne Olle. Und `ne ehemalige Beamtin noch dazu. Irgendwo in der Innenbehörde hatte sie gesessen. Machte immer ein Geheimnis aus ihrem Job. Angeblich hatte schon Barschel ihre Dienste in Anspruch genommen. Gab sich auch heute immer noch wichtig, wenn auch etwas weltfremd. Immer wieder fragte er sich, wie eine Frau ihren Alters, die noch dazu in einer Behörde gearbeitet hatte, so wenig mit der rauen Realität klar kam. Tat so, als sei alles heile Welt. Von Verbrechen, Kriegen und Gewalt wollte sie nichts wissen. Bei Nachrichten zappte sie weiter und schwelgte in Rosamunde Pilchers rosaroten Gefühlen. Und so eine wollte im Ministerium gearbeitet haben. Lächerlich. Hatte vermutlich die Post von einem Büro ins nächste befördert. Na, wenn schon.

Sein Handy brummte. Auf der stabilen Bank unter der Linde am kleinen See wollte sie auf ihn warten. Die Alte erstaunte ihn immer wieder. Nüchtern war sie kaum in der Lage, eine Telefonnummer zu wählen, und jetzt die erste SMS seit Beginn ihrer kleinen Liaison. Na, warum nicht. Dann musste er zumindest nicht sinnlos in der Gegend umher irren. Wahrscheinlich hatte sie bereits am frühen Morgen mal wieder zu tief ins Glas gesehen. Zog sich immer diesen billigen Wodka rein seit ihrer Frühpensionierung vor zwei Jahren. Oder war sie deshalb suspendiert worden? Egal. Ab und an besuchte sie eine Therapie und verbrachte mal einen Monat auf Entzug. Brachte aber nichts. Und seit dem plötzlichen Tod des Therapeuten im vorletzten Monat ging sie sowieso kaum noch aus dem Haus. Der Vorteil, sein Vorteil war, dass sie auf Alk ständig willig war. Gleichzeitig bekam sie nicht so genau mit, dass er sein Teil nicht mehr richtig hoch bekam und mehr reinhängte als zustieß. Nach zwei Minuten war eh alles vorbei. Dann gab er ihr und dem Alkohol die Schuld und war zufrieden. Welche andere Frau hätte das schon mitgemacht und ihn dabei noch angehimmelt? Leider litt sie in letzter Zeit immer häufiger an Verfolgungswahn und nervte ihn mit Agenten, die sie Tag und Nacht beobachteten und mit Wanzen abhörten. Er kannte das. Sein Vater war Alkoholiker gewesen und hatte den Löffel abgegeben, als er dreizehn war. Das hatte ihn schwer getroffen, denn Papa hatte sich nie gewalttätig oder lieblos verhalten. Selbst im Vollsuff benahm er sich ihm und seiner Mutter gegenüber stets anständig. Kam einfach mit dem Leben nicht klar, fürchtete sich vor Erdstrahlen, Spionen und weißen Mäusen.

Noch einen Pluspunkt besaß Rosi. Trotz ihres Alters und der Sucht hatte sie den Körper einer Dreißigjährigen. Keine Kinder hatten den Bauch reißen und die Brüste hängen lassen. So eine scharfe Braut würde er mit seinem Body sicher nie wieder aufgabeln. Spürbar lief ihm der Saft im Mund zusammen und tropfte schaumig den grauen Bart hinunter. Auf in den Wald und die Liebste beglücken. Das Herz tat einen freudigen Hüpfer. Hoffentlich trug sie das hübsche Blümchen-Dirndl, das er so sehr an ihr liebte. Die gelben Rosen darauf wirkten aber auch wirklich zu apart. Ja, er liebte Blumen. Aber er hasste unwegsames Gelände. Was tat man nicht alles für einen Feierabendfick. Ächzend brach er sich den Weg durchs Unterholz. Überall diese blöden Kästen an den Bäumen. Selbst vor der uralten Kiefer neben dem Bänkchen direkt am See hatten sie nicht Halt gemacht.

„ Ich komme, mein Rotkehlchen," flötete er so lieblich er konnte.

Keine Reaktion.

Auch als er näher kam, bemerkte er niemanden. Trotzdem fühlte er sich beobachtet. War Verfolgungswahn etwa ansteckend? Quatsch. Er war Sicherheitsprofi. Alles Einbildung. Verstecken tat sie sich, die kleine Sau, um die Sache reizvoller zu gestalten.

„ Komm doch raus, mein Vögelchen. Ich bin´s, dein großer, starker Jäger, dein geiles Dickerchen. Ich finde dich ja doch!"

Behände wie eine Seekuh sprang er durch das Ufergestrüpp. Da war es wieder, das Gefühl im Nacken. Ihn konnte man nicht reinlegen. Ihn nicht. Abrupt blieb er stehen und drehte den schwabbeligen Hals nach links. Nichts. Nur ein leichtes Ziehen im Nacken. Diesmal war das Reißen allerdings unangenehmer als sonst. Unwillkürlich fuhr die rechte Hand an den Hals. Seine Finger berührten etwas Feuchtes. Verdammte Viecher. Er verabscheute Mücken und anderes blutsaugendes Getier. Vor seinen Augen verschwamm die Landschaft. Befiel ihn neuerdings auch noch eine Allergie gegen diese Biester? Eilig wankte er die wenigen Schritte zurück zur Bank. Diese schien sich in eine Wippe verwandelt zu haben. Die Kiefer stürzte auf ihn zu und ergriff seinen Hals; dunkle Augenhöhlen lachten ihn an.

Ein Röcheln war zu hören. Sein Röcheln.

Roter Sabber tropfte vom Bart auf sein blütenweißes Hemd. Die graue Hose färbte sich dunkel im Schritt. So hatte er sich das Ende nicht vorgestellt. Ein letztes Nickerchen, dann ...

Die Männer mit den dunklen Anzügen hatten keine Mühe mit den schlaffen drei Zentnern. Die Jahre als Powerlifter zahlten sich nun aus.

33

Unruhige Träume quälten ihn. Sie träumten sich nicht wie normale Träume. Auch fühlten sie sich nicht an wie Träume. Max träumte das Leben, doch das wusste er nicht. Er dachte, er träumt. Oder träumte er nur, er denke, er träume? Sein Puls raste, der Schmerz bohrte im Innersten. Niemand konnte diese Schmerzen ertragen im wahren Leben. Doch was war das wahre Leben?

Lara lag vor ihm in der Dunkelheit am Strand der italienischen Riviera. Er sah sie nicht, doch er spürte sie. Er spürte sie so nah, dass er wähnte, sie berühren zu können. Er tat es nicht. Ein anderer tat es, berührte sie dort, wo sie es am liebsten hatte, wo sie alles um sich herum vergaß und sich aufbäumend nach mehr verlangte. Nicht von ihm.

Sie saugte den Schwanz förmlich zwischen die weit gespreizten Schenkel wie eine fleischfressende Pflanze. Max kniete einen Meter neben ihnen und konnte sich nicht rühren. Schreien wollte er, seine Pein hinausbrüllen in das Universum. Kein Laut verließ seine Kehle. Nur schwere, heiße Tränen tropften vor ihm in den warmen

Sand. Eine scharfe Muschel riss ihn aus der Trauer. Die Finger um sie gekrallt stand er auf. Etwas berührte seinen Fuß. Die Hand, die ihn so oft zärtlich gestreichelt hatte, zuckte zurück vor Schreck. Die Muschel fest in die Hand gepresst verschwand er in die Leere der Nacht.

Sein Kissen war nass, als erwachte. Es roch nach Meer und Strand. Blut tropfte aus der Hand und vermischte sich mit dem Rot des Teppichs.

> ... the dream is over ... or has it just begun? <

Wie in Trance stieg er unter die Dusche. Alles schien so irreal. Warmes, weiches Wasser strömte über den brennenden Schädel den zitternden Körper hinab und verschwand im Nichts. Und mit ihm schwanden die Gedanken, der Traum verflog. Das Frühstück wartete. Die Traurigkeit blieb. Unerklärlich jetzt.

Er sah nicht mehr die Muschel, die im Sog unterging.

34

Die Cyberjagd lockte erwartungsgemäß einigen Neo-Nazi-Nachwuchs an, der auch im täglichen Leben nichts besseres zu tun hatte, als Andersdenkende und - aussehende zu verfolgen. Da die meisten von ihnen jedoch bereits polizeilich registriert waren, entgegen anderslautenden Auskünften der Staatsanwaltschaft, konnte man diese unter Einsatz fadenscheiniger Argumente aussieben. Zudem fand die Ausschreibung lediglich an den Gymnasien des Landes statt. Der Großteil dieser Klientel besuchte jedoch, wenn es gut lief, die Hauptschule. Übrig blieben einige hochintelligente Köpfe der Oberstufen, die allesamt bekannt waren. Dieser Teilnahmemodus wurde nur der Öffentlichkeit verkauft. Tatsächlich war man durchaus an radikal nationalistisch denkenden Jugendlichen interessiert. Die Dossiers über jeden, für das große Ziel geeigneten Teilnehmer lagen gut gesichert im Safe des Staatssekretärs im Innenministerium in Kiel.

Tim war nie Klassenprimus gewesen, eher unauffällig im oberen Drittel seines Jahrgangs. Deutsch, Geschichte, Sport und Englisch erkor er nicht spontan oder aus Zufall zu seinen

Prüfungsfächern, als er in die Studienstufe eintrat. Sein Ziel war seit drei Jahren klar umrissen: Der Aufbau eines international agierenden > Nationalen Zirkels <. Dabei hatte er keineswegs die Wehrsportgruppen voller kleiner, hirnloser Glatzen im Auge, die grölend und sabbernd durch die Großstädte marschierten. Eine intellektuelle Elite wollte er um sich scharen, von denen keiner in dieser Richtung auch nur ansatzweise auffällig geworden war. Weder durch Reden noch durch Taten. Nur so schien es ihm möglich, die zionistische Vorherrschaft im Finanz- und Wirtschaftssektor sowie der Medienlandschaft in der gesamten westlichen Welt zu unterwandern, zu zerbrechen, und nach und nach auszurotten. Bereits als Fünfzehnjährigem war ihm klar: Ein falsches Wort, und man war für alle Zeiten als Nazi verbrannt, selbst, wenn man nur das aussprach, was der Wahrheit entsprach, und fast alle Deutschen dachten. Also hielt er das Maul und Abstand zu allen, die, und sei es durch Haarausfall, auch nur in den Verdacht kommen konnten, sich nationalsozialistisches Gedankengut zu Eigen zu machen. Politisch betätigte er sich eigentlich gar nicht, und wenn sich eine Meinung einmal nicht vermeiden ließ, sei es im Unterricht oder unter Kumpels, gab er sich den Anschein, er stünde den Grünen nahe und engagiere sich für Greenpeace. Für Joschka Fischer schwärmte er zeitweise sogar aus ehrlichem Herzen, denn er bewunderte den ehemaligen Außenminister, weniger für dessen politische Ansichten, als vielmehr für dessen geniale rhetorische Fähigkeiten und herausragende Intelligenz. Nicht zu vergessen die Wandlungsfähigkeit vom RAF-Sympathisanten zum Vizekanzler

Deutschlands. An Joschka erkannte er, wie man mit Geschick und scharfem Verstand ganz nach oben gelangte.

So unerkannt schaffte es Tim spielend, am Wettbewerb teilzunehmen, und zwar als Bester der Zehn, was ihm jedoch niemand sagte. Das Schießtraining mit Vaters Scharfschützen-gewehr im nahen Staatsforst, wenn dieser mal wieder Nachtschicht schob in einer der zahllosen Hamburger Sicherheitsfirmen, blieb ebenfalls geheim. Es gab keine Mitwisser seiner Neigungen. Tim war Einzelgänger und würde es stets bleiben. Was ihn am meisten abschreckte an den Glatzen seiner Umgebung war nicht die dumpfe Blödheit geboren aus asozialer Ignoranz. Geschockt hatte ihn die Tatsache, dass die Rechten inzwischen gemeinsame Sache machten mit Albanern, Türken, Russen und Kurden, wenn es um Geschäfte mit Drogen, Waffen und Prostitution ging. Gepöbelt wurde nur, wenn diese nicht in der Nähe waren, geprügelt wurden nur Alte und Schwache. Von den jüngeren Ausländern, ebenfalls voller krimineller Energie und jederzeit gewaltbereit, hätte man ja selbst auf die Fresse kriegen können. Wenn er an dieses Pack dachte, Verräter am Vaterland und der eigenen Sache, bekam er das Würgen.

35

Nachdem sie das Schloss der Stahlgittertür geknackt und den steinernen Engel passiert hatten, schlichen sich die drei Gestalten im Schatten der hohen Kiefern durch die teils frisch ausgehobenen Gräbern und die in der Mehrzahl verwitterten Grabsteinen hindurch.

Die Dämmerung hatte eingesetzt, und schon in wenigen Minuten würden sie die Taschenlampe brauchen. Bis dahin wollten sie das Ziel erreicht haben, das sie vorgestern bei Tageslicht erkundet hatten. Den Weg hatte sich der untersetzte und leicht dümmlich wirkende Burt mit Bleistift auf einen weißen Zettel gemalt. Jede einzelne Grabinschrift hatte er sich vermerkt mit Richtungsangaben und Entfernungen. Die beiden Kumpels Mark und Matze schleppten Spaten und Spitzhacke hinter sich her. Auf außenstehende Beobachter hätte die Szene gewirkt wie eine Einstellung aus Mark Twains „ Tom Sawyer", in der Muff Potter und Indianer Joe mit dem Arzt auf dem Dorffriedhof unterwegs sind.

Doch mangels Zeugen blieb diese kriminelle Vereinigung vorläufig unentdeckt.

„ Halt, hier ist es,“ flüsterte der unrasierte Burt und schaltete die olivgrüne Bundeswehrtaschenlampe mit der vorgeschobenen roten Scheibe ein.

„ Seid mal still, nicht, dass sich hier noch jemand herumtreibt.“

Der Wind rauschte in den Nadelzweigen. Aus der Ferne schrie ein Käuzchen. Synchron zuckten die drei zusammen.

„ Reißt euch zusammen, ihr Angsthasen. Seid ihr Mädchen?“

„ Du hast dich doch selber erschreckt,“ flüsterte der Jüngste der Drei empört.

„ Los jetzt, gebt Gas, hier ist niemand außer uns. Ihr Beiden fangt an zu graben, ich leuchte euch und halt gleichzeitig Wache.“

Matze wollte protestieren, schluckte es aber hinunter. Das Schaufeln würde ihn von seinen düsteren Gedanken ablenken. Die ersten Spatenstiche fielen am schwersten, danach hoben sie die Erde aus wie im Sandkasten.

Nach einer Stunde stieß Mark, ein Bodybuilder von den Ausmaßen Arnold Schwarzeneggers in besten Zeiten, auf Holz.

„ Wir haben es geschafft, wird auch Zeit. Hab bestimmt Zehntausend Kalorien verbrannt und drei Kilo abgenommen. Da muss ich die nächste Woche doppelt so viel essen und noch ein paar Dekas zusätzlich spritzen, um mein Gewicht wieder rauf zu bekommen.“

„ Hör auf zu jammern,“ raunte Burt in die Grube hinunter.

„ Bei deinen zweieinhalb Zentnern Masse fällt das doch überhaupt nicht auf. Ihr Pumper seid auch selten blöd. Wenn ihr so viel Zeit und Energie in Bildung stecken würdet, statt nur zu fressen und Eisen zu stemmen, dann könntest du eventuell auch schreiben und lesen. Seht zu, dass ihr den Rest Erde wegkriegt. Wir sparen uns, den schweren Sarg rauszuwuchten, und knacken das Ding gleich da unten."

„ OK, wir sind so weit. Schmeiß mal die Picke und den Kuhfuß runter."

Nach einigen Minuten gab der Sargdeckel knackend nach, und die Beiden atmeten tief durch.

„ So richtig gefällt mir das nicht, dass wir uns hier als Leichenfledderer betätigen. Wenn der Meister die Leiche haben will, dann muss er morgen aber noch mal ein paar Scheine draufpacken."

„ Bist du lebensmüde?"

Burt schaute ihn ehrlich schockiert an.

„ Quatsch ihn bloß nicht blöde an, sondern gib dich mit dem zufrieden, was er uns zugesteckt hat. Oder willst du vielleicht morgen früh hier in der Grube aufwachen mit drei Kubikmetern Erde im Maul? Hier, nehmt den schwarzen Sack und packt die Leiche rein, und dann nichts wie weg. Ach, und bevor ich es vergesse..."

Er zog die Spraydose aus der Lederjacke und sprühte einen Pfeil sowie die Lettern M und I auf den polierten schwarzen Stein aus indischem Marmor. Die nachfolgenden Ziffern las er vom Zettel ab: >> 4 6 2 5 6 2 7 <<

Ängstlich öffneten Mark und Matze den Deckel. Süßlicher Verwesungsgeruch schlug ihnen entgegen. Mark musste den Brechreiz unterdrücken und zog den Rollkragen über die Nase. Dann streifte er die Lederhandschuhe über. Matze packte abgebrüht zu und zog der im fahlen Lampenschein gespenstisch wirkenden Leiche den Sack über das wachsbleiche, erstaunlich gut erhaltene Gesicht.

„ Los, zieh den Sack zu dir rüber und dann nichts wie weg. Ich find das zum Kotzen und hab keinen Bock, hier zu übernachten. So, die ist eingesackt, jetzt fass mal mit an und zieh sie nach oben."

Die Totengräber wuchteten den schlaffen Körper über die Köpfe, und Burt zog ihn auf die ausgehobene Erde.

„ Ganz schön schwer, die kommt einem ja vor wie drei Zentner."

Er reichte den Kumpels die Hand und zog sie nacheinander aus der Grube. Dann packten er und Matze die Leiche auf die Schultern und schlichen zurück zum roten VW-Kombi, der abfahrbereit an der Plöner Straße in Höhe des Fußgängerüberwegs wartete.

36

Kräftig und bestimmt klopfte es an der Tür, und KHK Dell forderte in ebensolchem Ton den Besucher auf, einzutreten.

„ Hallo Frank, darf ich herein kommen?"

Pastor Reimers betrat in Motorradkluft das stickige Büro.

„ Mensch Thomas, was für eine angenehme Überraschung."

Freudig sprang Frank auf und streckte dem Pastor die Hand entgegen.

„ Was führt dich hierher? Nimm doch erst mal Platz."

Er zog den Drehstuhl des Kollegen neben seinen Schreibtisch, und Reimers setzte sich mit ernster Miene.

„ Leider wieder einmal nichts Erfreuliches. Unsere Bekanntschaft scheint unter keinem guten Stern zu stehen."

Augenblicklich verdüsterten sich auch Franks Gesichtszüge.

„ Rück raus mit der Sprache. Wie du weißt, bin ich hart im Nehmen. Worum geht´s?"

„ Nun, wie fang ich am besten an. Ich dreh heute Morgen wie jeden Tag eine Runde über den Friedhof, um mit mir und Gott Zwiesprache zu halten. So kann ich mich besser auf den Tag einstellen, finde die nötige Ruhe für die Ausübung der täglichen Pflichten."

Thomas Reimers hielt einen Moment inne und faltete die Hände, wie um Kraft zu schöpfen.

„ Dabei gehe ich auch bewusst an den Gräbern der erst kürzlich Verstorbenen vorbei. Mich interessiert einfach, wie die letzte Ruhestätte aussieht, ob jemand am Grab war, ob Blumen dort liegen, wie gepflegt dieser Ort aussieht. Anhand dessen lässt sich viel über den Toten erfahren und über das Verhältnis der verbliebenen Angehörigen zu ihm. Zumindest in der Zeit der ersten Trauer. Später dann hält der Gedanke an die schönen Zeiten Einzug in die Herzen der Hinterbliebenen, und viele verbinden das Grab nicht mehr mit dem Körper, der dort gebettet liegt. Der Verstorbene lebt weiter in ihrer Erinnerung. Aus meiner Erfahrung und unzähligen Gesprächen stört der Anblick des Grabes dann eher den inneren Frieden, den man trotz des Verlustes eines geliebten Menschen irgendwann mit sich selbst und Gott schließt."

Reimers legte abermals eine kurze Pause ein, die Frank nicht unterbrach.

„ Ich bin in der Frühe auch an Mels Grab vorbei gekommen. Es wurde geschändet ..."

Zornesröte stieg Frank ins Gesicht und die Stimme des Pastors brach sich.

„ ... und die Leiche wurde entwendet."

Bei den letzten Worten wich das Blut aus Dells Zügen, und er sackte in sich zusammen, als presste jemand die Luft aus einem Ballon.

„ Hört denn das niemals auf?"
Die Stimme klang erschöpft und verzweifelt.
„ Welche kranken Hirne rauben einen toten Körper. Und wozu?"
„ Diese Frage kann ich dir leider auch nicht beantworten, Frank. Ich habe noch niemandem von dem Vorfall erzählt, sondern wollte, dass du die Nachricht als erster von mir persönlich erhältst. Vielleicht siehst du dir den Tatort einmal selber an."
Frank Dell sprang auf.
„ Lass uns sofort hinfahren. Wie ich sehe, bis du mit dem Bike hier. Wir treffen uns dort."

Mit Spurensicherungskoffer und Kamera traf Frank vor dem Pastor am Tatort ein. Offensichtlich hatten die Täter es eilig gehabt und waren keine Profis. Nur allzu deutlich ließen sich in der frisch ausgehobenen Erde drei unterschiedlich Sohlenprofile erkennen, die er sorgfältig sicherte. Aufgrund der frühen Uhrzeit schien es unwahrscheinlich, dass sich außer dem Pastor schon Besucher auf dem Friedhof befunden hatten. Erst als er um das Grab herumging, um den Tatort von allen Seiten zu fotografieren, fielen ihm die roten Buchstaben und Zahlen auf, die auf die Rückseite des Marmorsteines gesprüht worden waren. Verflixt, schon wieder diese Zeichen. Was hatte das zu bedeuten?

Inzwischen war auch Pastor Reimers eingetroffen und gesellte sich zu ihm.
„ Sag mal, Thomas, ich bin ja noch nicht so lange in Neumünster tätig. Ist so was in den letzten Jahren schon häufiger vorgekommen?"

„ Nun, es gab immer mal wieder Schmierereien auf Grabsteinen. Irgendwelche unsinnigen Naziparolen, umgeworfene Steine und zertretene Pflanzen. Reine Dummheit und Zerstörungswut. Aber der Raub eines Leichnams ist in meiner Zeit und, soweit ich weiß, auch früher nie vorgekommen."
„ Du sagst also, Schmierereien gab es schon öfter. Wurden die zur Anzeige gebracht? Sind von denen vielleicht sogar noch welche vorhanden?"
„ Wir selber haben immer nur die Angehörigen benachrichtigt, sofern es noch welche gab, und diesen überlassen, die Angelegenheit der Polizei zu melden. Bei den übrigen Gräbern hat die Friedhofsgärtnerei das Entfernen übernommen und alles wieder hergerichtet. Meines Erachtens nach hat keiner der Geschädigten die Polizei benachrichtigt, zumindest ist die hier nicht aufgetaucht und hat irgendwelche Spuren gesichert, wie du das jetzt tust. Das waren aber wie gesagt auch nur leichte Sachbeschädigungen, die sich mit ein paar Handgriffen und mit etwas Scheuerpulver oder Spiritus wieder beheben ließen."
Hauptkommissar Dell zog den Pastor mit sich und deutete auf Mels Grabstein.
„ Sind dir vielleicht mal solche oder ähnliche Buchstaben aufgefallen oder so ähnliche Ziffernfolgen?"
„ Hhhmmm, ein Pfeil, ein großes M und ein großes I. Sieht für mich aus wie Initialen und eine Richtungsangabe. Nein, so was hab ich hier nie gesehen. Meist handelte es sich um Hakenkreuze oder unflätige Sprüche wie > Fuck off < oder > Jude <, aber Initialen hat keiner hinterlassen. Und mit den Zahlen kann ich auch nichts

anfangen. Hast du denn mal in der Richtung nachgesehen, in die der Pfeil zeigt? Was geschieht denn jetzt hier mit der geschändeten Grabstelle? Müsst ihr noch weitere Untersuchungen anstellen, oder soll ich die Gärtnerei veranlassen, die Grube vorsorglich wieder zuzuschütten? Nicht, dass noch einer der Lebenden zu Schaden kommt."

„ Ich denke, ich hab, soweit das möglich ist, alle Spuren aufgenommen. In Pfeilrichtung bin ich gelaufen bis zur Friedhofsmauer. Nichts. Leider verlieren sich die Abdrücke auf dem doch sehr festgetretenen Weg. Ich werde mich hier auf dem Gelände noch weiter umsehen. Nicht, dass sie Mels Körper irgendwo im Knick abgelegt haben. Aber ich denke, die Mühe macht sich niemand, nur um einen Leichnam gleich wieder wegzuwerfen. Wer auch immer dahinter steckt, der hat etwas Bestimmtes damit vor. Weiß der Teufel, was dahinter steckt."

„ Obwohl ich Pastor bin, glaube ich eigentlich nicht an den Teufel. Aber in diesem Fall könntest du Recht haben. Kann ich dir noch irgendwie behilflich sein?"

„ Ja, das könntest du allerdings. Zunächst einmal wäre ich dir dankbar, wenn du die Wiederherstellung der Grabstätte veranlassen könntest, bis wir Mels Leichnam wieder gefunden haben. Und dann könntest du dir mal einige andere Schmierereien ansehen, die in den letzten Wochen in Neumünster und Umgebung aufgetaucht sind. Es handelt sich dabei stets um Buchstaben oder Symbole, mit denen wir aber nichts anfangen können. Bisher haben wir das auch nicht wirklich für wichtig erachtet, zumal es genügend schwerwiegendere Fälle zu bearbeiten gibt. Diese Zeichen sind immer nur am Rande beachtet worden. Aber Störung der Totenruhe in Verbindung mit Leichenraub stellen da schon eine andere Dimension dar. Jetzt bekommen die aufgesprayten Buchstaben plötzlich einen anderen Stellenwert für mich. Wer weiß, ob nicht ein Zusammenhang besteht, ob dies nicht eine Nachricht für wen auch immer darstellen soll. Du bist ein gebildeter Mann, und ab und zu ist es wichtig, mal einen Nicht-Kriminalisten zu Rate zu ziehen. Wir sind alle schon so lange in dem Beruf, dass wir zeitweilig betriebsblind werden und das Brett vor dem eigenen Kopf nicht erkennen. Wann hättest du Zeit dafür?"

„ Das sollten wir gleich erledigen. Ich geb nur schnell der Friedhofsleitung Bescheid, damit die sich um das Grab kümmern. Dann können wir sofort zu deiner Dienststelle fahren."

37

Nachdem KHK Dell zur Fahndung sowohl die Wache als auch die Einsatzleitstelle verständigt hatte, zog er einen Aktendeckel aus der unteren Schreibtischschublade und schob ihn aufgeklappt zu Pastor Reimers, der neben ihm saß.

„ Sieh dir mal bitte alle Fotos an und erzähl mir möglichst unvoreingenommen, welche Gedanken und auch Gefühle dich dabei beschleichen. Du sollst gar keine Schlussfolgerungen ziehen. Wie bei psychologischen Tests. Einfach sagen, was dir spontan dazu einfällt."

Vorsichtig, als handele es sich um Kostbarkeiten, entnahm Reimers ein Tatortfoto nach dem anderen und breitete sie sorgfältig nebeneinander auf dem Schreibtisch aus.

„ In welchem Zeitraum sind diese Symbole aufgetaucht?"

„ Die wurden in der Zeit zwischen Ostern und heute entdeckt, und zwar in und um Neumünster. Heute mitgerechnet an nun drei verschiedenen Orten."

Nach nur wenigen Sekunden intensiven Betrachtens schaute Thomas Reimers auf.

„ Du willst meinen ersten Eindruck möglichst unverfälscht?"

„ Ja, das wäre wichtig."

„ Nun, mein Eindruck spielt dabei keine sehr große Rolle, denn was dort zu sehen ist, scheint mir eindeutig und lässt sich objektiv belegen. Ich hätte schon vorher drauf kommen können, nein müssen. Das Zeichen ist kein Pfeil und das M kein M. Es handelt sich bei all diesen Motiven nicht um Buchstaben oder gar undurchsichtige und willkürlich ausgedachte Symbole, sondern eindeutig um germanische Runen des sogenannten älteren Futhark."

Erstaunt sah Dell ihn an.

„ Was zum Kuckuck ist das? Und bist du dir ganz sicher? Du meinst also, es handelt sich dabei nicht um Initialen und irgendwelche Hinweiszeichen?"

„ Ob jemand nicht eventuell die Anfangsbuchstaben seines Namens als Runen hinterlässt, kann ich dir natürlich nicht sagen. Sicher ist das auch möglich. Was aber hätten dann das Dritte und Vierte Zeichen auf zweien dieser Fotos zu bedeuten? Und noch etwas ist in diesem Zusammenhang wichtig, was man natürlich nicht beachtet oder gar wissen kann, wenn man sich nie mit Schrift und Sprache unserer Vorfahren beschäftigt hat. Hinter einer der Runen auf dem Bild befindet sich ein Punkt, und zwar nicht am unteren Rand wie das Satzzeichen in unserer Schrift, sondern oben hinter der Rune. Wie beinahe alle Runenalphabete kam auch das ältere Futhark mit zwei Satzzeichen aus ..."

„ Moment, Moment, Thomas. Nun mal ganz langsam. Was bedeutet Fotark. Fang bitte ganz langsam von vorne an, zum Mitschreiben für einen Blöden wie mich."

„ Alles klar. Also langsam und ausführlich. Nun, das ältere Futhark war eine weit verbreitete Runenschrift vom 3. bis zum 8. Jahrhundert nach Christi. Verwendet wurde es hauptsächlich in Deutschland, Skandinavien und England. Dieses Alphabet bestand aus 24 Runen, die in drei Reihen zu je acht Zeichen eingeteilt wurden. Jede dieser drei Reihen wurde nach einem germanischen Gott benannt. Aus der Reihenfolge der ersten sechs Runen der ersten Reihe, die nicht der Anordnung unseres Alphabets entspricht, ergibt sich der Name FUTHARK. Das TH wird mit einer Rune dargestellt wie auch die Kombinationen EI und NG. So weit verständlich?"

„ Jo, alles klar, so weit."

„ Am besten, ich mal es dir mal auf, dann wird es deutlicher, und du hast auch gleich die Bedeutung in unserer Schrift. Damit vor Augen lässt sich eine mögliche Nachricht leichter übersetzen. Hast du mal Lineal, Zettel und Stift für mich?"

„ Sollst du haben. Allerdings nur noch graue Blätter, aber das müsste für unsere Zwecke reichen, oder?"

„ Auf jeden Fall."

Und Pastor Reimers zeichnete ihm mit ausgefeilter Handschrift das Runenalphabet auf.

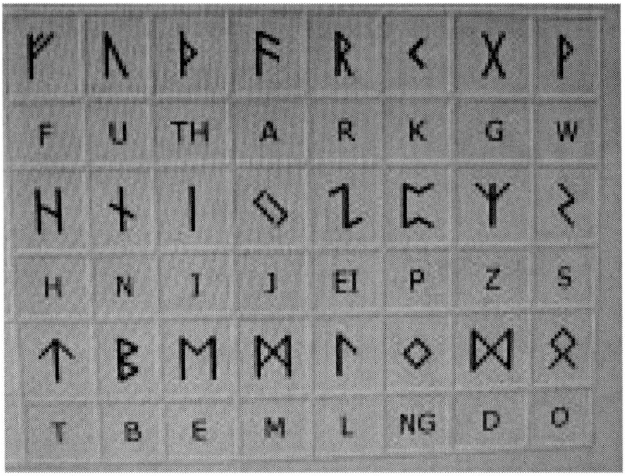

„ Alle Achtung! Hast du das studiert? Das sieht ja aus wie gedruckt. Damit kannst du viel Geld verdienen," entfuhr es Frank.

„ Ich beschäftige mich seit Jahren mit Kalligraphie. Das ist sozusagen mein zweites Hobby neben dem Motorradfahren. Ich hoffe, die Logik wird nun deutlicher. Und hinter jedes Wort wird zur Abgrenzung ein Punkt gesetzt, hinter jeden abgeschlossenen Satz je nach Inschrift drei oder vier übereinander liegende Punkte."

„ In Ordnung. Dann lass uns doch mal die Runen ansehen, die wir vorliegen haben."

„ Noch etwas zum besseren Verständnis, auch wenn ich nicht sicher bin, ob das in diesem Fall eine Rolle spielt.

Die einzelnen Runen lassen sich zwar übertragen in Buchstaben unseres Alphabets, hatten ursprünglich aber jede für sich zusätzlich sowohl einen begrifflichen Inhalt und symbolischen Charakter. Welcher dieser drei Aspekte hier zum Tragen kommt, lässt sich aus dem Zusammenhang gerissen ebenfalls nicht so leicht klären. Möglicherweise sind wir schlauer, wenn wir uns näher damit beschäftigt haben. Also lass uns mal sehen, was wir haben. Das angebliche M, der Pfeil und das I bedeuten in unserer Sprache E, T und I. Die eckigen Lettern R, I, N, die Du so schön als Rest in > was auch immer < interpretiert hast, stehen für R, I und H. Auf dem dritten Foto tauchen ein nach hinten gekipptes Z mit Punkt sowie ein Ypsilon mit mittlerem Zacken auf. Das Z steht für die Kombination E und I, also EI. Der Punkt dahinter bedeutet, wie ich anfangs verlauten ließ, dass danach das Wort beendet ist. Das Ypsilon ist wiederum ein Z. Wir haben also bisher folgende Buchstaben und Ziffernkombinationen:

1.) R I H 1 4 4 6 2 1 0 1 1
2.) EI Z 1 0 5 1 3 1 4
3.) T E I 4 6 2 5 6 2 7

wenn wir es nach den Fundorten aufzählen."
Stumm betrachteten sie die Auflistung des Pastors, bis nach einigen Minuten Frank das Schweigen brach.
„ Wenn ich ehrlich sein soll, hab ich mir nie viel aus Wort- oder Buchstabenrätseln gemacht. Kannst du damit was anfangen? Ich

dreh es hin, wie ich will, aber es kommt nichts Brauchbares dabei heraus."

„ Hast du als Kind nie mit deinen Eltern ein Spiel gespielt, bei dem man aus den Buchstaben eines bestimmten Wortes viele andere Worte formt? Pass auf, ich versuch mal, was ich aus den vorhandenen heraus bekomme.

R I H EI Z T E I

EI, EIER, EITER, RE, REH, REIZ, REITE, REIHE, RITZE, HEIZER, HITZE, HIRTE, HIER, ZEIT, ZIER, TIER, IRE

Mehr fallen mir auf Anhieb nicht ein, hast du noch was?"

Frank sah den Pastor entgeistert an.

„ Tust du den ganzen Zag nichts anderes, als Rätsel zu raten? Mir wären höchstens drei oder vier Worte davon in den Sinn gekommen. Wenn überhaupt."

„ OK, hinter der Rune für EI steht nun auch noch ein Punkt. Wenn wir, was ich auch schon vorher hätte tun können, davon ausgehen, dass der Täter den Punkt wie die alten Germanen einsetzt, bei uns in der Gegend waren es übrigens die Holsaten, ein Stamm der Sachsen, und damit das Ende eines Wortes markiert, dann fallen alle Worte mit EI in der Mitte weg. Es bleiben also lediglich EI, RE, REH, RITZE, HITZE, HIRTE, HIER, ZIER, TIER, IRE.

Ich kann damit wirklich nicht viel anfangen.

Und dann sind da natürlich noch die Ziffern, die sich so ohne Weiteres von mir überhaupt nicht einordnen lassen. Wenn ich ehrlich bin, hatte ich mit Zahlen und Mathematik nie was am Hut.

War stets mehr der Sprachentyp. Ich fürchte beinahe, die Nachricht, wenn sie denn eine sein soll, ist noch nicht beendet. Habt ihr denn, bzw. hast du alle Fälle der letzten Zeit auf diese Merkmale hin ausgewertet?"

Franks Gesichtsausdruck hatte sich kaum merklich geändert.

„ Sag mal, Thomas, du bist nicht zufällig mit dem neuen Revierleiter verwandt, oder? Du redest schon genau wie er. Woher zum Geier sollte ich auf die Idee kommen, alle Fälle auf Merkmale hin zu untersuchen, wenn du mich eben erst darauf gestoßen hast? Ich werde unverzüglich ein Fax an alle Dienststellen des Landes absetzen und einen Artikel für das Bundeskriminalblatt verfassen. Du hast mir sehr geholfen. Kann ich eventuell noch mal auf dich und dein Wissen zurückgreifen?"

„ Das kannst du jederzeit gerne tun. Ich werd mich mal vom Hof machen. Auch im kirchlichen Bereich warten noch einige ungelöste Fälle auf mich. Mach´s gut und halt mich bitte auf dem Laufenden, was Mel betrifft."

„ Das werd ich tun. Tschüß und fahr vorsichtig mit dem Hobel. Der scheint ja ganz schön Power zu haben."

38

Die Gangbang-Abende für Paare und Einzelpersonen an jedem ersten Samstag im Monat waren seit der Eröffnung des Clubs vor knapp zwei Jahren der absolute Renner in dem umfangreichen Veranstaltungsprogramm. Vor allem Soloherren, die sonst nur in sehr begrenzter Zahl willkommen waren, tummelten sich an diesen Tagen ausgiebig zwischen den nackten oder nur sehr spärlich bekleideten Paaren, denn Herrenüberschuss war dem Motto gemäß nicht nur geduldet, sondern auch erwünscht.

Um wenigstens ansatzweise planen zu können, arbeitete der Betreiber mit Voranmeldungen entweder per Telefon oder durch e-mail. Über die Jahre hatte sich das Verhältnis von einem Pärchen zu vier Soloherren bewährt. Wäre es nach Paul gegangen, dann hätte er noch mehr Kerle zugelassen, da diese alleine durch den Unkostenbeitrag von 120.-€ die größte Summe in die Kasse seines Ladens brachten. Aber dann beschwerten sich die Paare, weil sie sich bedrängt fühlten, und wenn die Paare wegblieben, kamen logischerweise auch keine Männer mehr. Was blieb ihm also übrig, als die Anzahl zu begrenzen.

Für heute Abend hatten sich fünf Pärchen, allesamt Stammgäste, angesagt. Von der Altersstruktur bewegten sich diese, wie auch der Großteil der übrigen Gäste, zwischen 25 und 55 Jahren, mit Spitzen nach oben und unten. Dabei ging der Alterstrend zur Freude seiner Stammgäste in den letzten Jahren speziell bei den Pärchen weit nach unten. Swingen gehörte zum guten Ton und war inzwischen gesellschaftlich etabliert. Sie, knackig, rasiert, 22, Er, gut gebaut, 25, waren durchaus keine Seltenheit mehr.

Das Dilemma fand in früheren Jahren an den Abenden statt, an denen bereits alle Männer zeitig anwesend waren und sich an der gemütlichen kleinen Bar Mut antranken, während ein Paar nach dem anderen aus realen oder vorgeschobenen Gründen absagte. So, wie auch heute wieder einmal. Aber Paul war zu lange im Geschäft, um nicht auch in dieser Hinsicht vorgesorgt zu haben. Angefangen als kleiner Lude vor fünfunddreißig Jahren in Kiel, dann Bordellchef in Hamburg und Braunschweig, hatte er über die Jahre seine Schäfchen ins Trockene gebracht und es längst nicht mehr nötig, zu arbeiten. Doch er entwickelte sich in jener Zeit selbst zum eingefleischten Swinger. Diesen Schuppen betrieb er nur noch aus Spaß an der Freude. Wenn ihm ein Mädel gefiel, griff er selbst in das Geschehen mit ein. Und bisher hatte keiner der Gäste den Chef als Mitspieler abgelehnt. Außerdem hatte er früher als so mancher alte Kollege aus dem Milieu die Zeichen der Zeit erkannt und umgesattelt. Welcher Kerl ging heute noch in den

Puff, wenn er den schnellen Sex auch auf Swingerparties genießen konnte? Dass er dafür mehr Kohle hinblättern musste, als bei einer Hure auf dem Zimmer, war dem einen Teil überhaupt nicht bewusst, den anderen war es egal, konnten sie sich hier doch mit privaten Mädels aus der Nachbarschaft vergnügen, die mit Freude bei der Sache waren und nicht des Geldes wegen. Dass auch diese Vermutung nicht immer ganz den Tatsachen entsprach, diese Illusion hüteten die Betreiber wie ein Staatsgeheimnis.

Für Abende wie diesen, an denen plötzlich zu wenige willige Frauen anwesend waren, hatte er Bedienungen wie Lisa und Carmen eingestellt, beides ehemalige Huren, die ihr überaus professionelles Handwerk noch von der Pike auf gelernt hatten.

Und überhaupt, was hieß schon ehemalige Huren.

Einmal Hure, immer Hure.

Dieser Spruch hielt sich unter den Jungs schon seit er denken konnte. Und ihm war nie das Gegenteil bewiesen worden.

Als Lisa um halb sieben erschien, nahm er sie auch gleich zur Seite.

„ Hör zu, Lisa, solange du hier arbeitest, und das sind ja nun auch schon ein paar Monate, ist das ja glücklicherweise bei den GB-Abenden noch nicht nötig gewesen, aber heute musst du mal wieder mit ran. Gleich drei Paare haben kurz nacheinander abgesagt, und die Kerle sind bereits nach und nach eingetrudelt. Das bedeutet, wir haben hier zwanzig geile Freier sitzen und zwei Mädels. Da werden du und Carmen heute Abend nicht drum herum kommen und auch ab und zu die Beine breit machen müssen."

Paul erwartete hartnäckigen Protest, aber wie zuvor schon die Kollegin zeigte Lisa ihre ganze Professionalität.

„ Auch wenn mir die meisten Typen, die hier so zu den GB-Parties auftauchen überhaupt nicht zusagen, hab ich damit kein Problem. Dafür bin ich schon zu lange im Geschäft. Außerdem hab ich den Passus im Arbeitsvertrag nicht vergessen. Kein Problem also. Ich hoffe, du erinnerst dich dafür nachher auch an den Absatz mit der Bezahlung."

Lisa zog sich cool vor ihm aus, während der abgezockte Ex-Zuhälter die Augen nicht von ihrem Körper lösen konnte.

„ Prima, dann hab ich heute ja kein Problem mit der Befriedigung meiner Gäste."

Er rückte näher an sie heran und presste ihren braungebrannten und eingecremten Körper an die Wand.

„ Du weißt doch, Lisa, eine Frau wie du hätte bei mir das Paradies auf Erden," flüsterte er ihr ins Ohr, doch sie drückte ihn nur zurück.

„ Vergiss es, Paul, ich arbeite hier, und damit ist es gut. Bist nicht mein Typ. Mach mir mal bitte den Verschluss zu."

Damit drehte sie ihm den nur von einem schmalen schwarzen Lackröckchen knapp bedeckten, durchtrainierten Hintern zu und hielt ihm hinter dem Nacken die losen Enden des offenen Lack-BH´s entgegen.

„ Du bist die härteste Nuss, die mir über den Weg gelaufen ist, aber ich respektier das," versicherte er ihr in freundlichem Ton.

„ Bist doch mein bestes Pferdchen im Stall." Dann gab er ihr einen Klapps auf den nackten Po und verschwand in den Gästeraum.

Wie immer, wenn Lisa einen Raum betrat, wurden die Augen der Männer magnetisch angezogen. Der Lack-Dress brachte ihre atemberaubenden Formen noch besser zur Geltung, aber die schwarzen Lackstiefel, die eine Hand breit über dem Knie endeten, ließen die Säfte der Freier endgültig überkochen. Und Freier waren sie heute Nacht. Prüfend ließ Lisa den Blick über die Gäste schweifen. Nichts Besonderes, soweit sie das in dem gedämpften Rotlicht beurteilen konnte. Weder in die eine noch in die andere Richtung. Drei oder vier Stammgäste grüßten sie mit Namen, ohne die Gier zu unterdrücken. Noch wusste scheinbar keiner von ihnen, dass die Bardamen heute persönlich zur Verfügung standen. Und das war auch besser so, dachte sie. Der Ansturm würde noch früh genug beginnen.

Angenehm überrascht war sie von den beiden Pärchen. Die Mädels, beide Mitte Zwanzig und blond, Typ Friseurinnen, blöd aber geil und lieb. Von den dazu gehörigen Männern war der eine gut gebaut, ebenfalls blond und Anfang dreißig, der andere gut zehn Jahre älter, mit markantem Gesicht und extrem muskulös. Der Einzige, von dem ich mich auch privat nageln lassen würde, dachte sie insgeheim. Hoffentlich würde die Maus kein Theater machen. Wenn es gut lief, könnte sie gerne mitmachen, dann würde sie sich mit ihr beschäftigen, während die Kerle es ihnen von hinten besorgten. Möglich, dass es doch ein netter Abend würde.

„ Hört mal her," trat Paul mit eng anliegendem Netzbody zwischen die Anwesenden an den dezent beleuchteten Tresen.

„ Zuerst die schlechte Nachricht: Drei der fünf Paare, die für heute Abend zugesagt hatten, sind verhindert ..."
Verärgertes Raunen machte sich breit.
„ Moment," schob Paul so schnell wie möglich hinterher und hob die linke Hand.
„ Bevor ihr euren Unmut äußert, hier die gute Nachricht. Zum ersten sind die beiden anderen Paare, Andrea und Peter zu meiner Rechten sowie Franz und Kelly anwesend. Und ihr müsst mir recht geben, die Mädels sehen wirklich lecker aus."
Gelächter erscholl, ging aber sofort in Zurufen unter.
„ Klar sehen die beiden geil aus, aber zwei Frauen für fast zwanzig Kerle, das wird doch ein bisschen eng."
Paul drehte sich um und erkannte Henry, einen Mitfünfziger, Stammgast seit Eröffnung und einer der Typen, die bei den weiblichen Gästen eher nicht so gut ankamen. Vermutlich spielten das schwabbelige Äußere, die 95 Kilogramm bei 160 cm Körpergröße, eingequetscht in String-Tanga und das figurbetonte weiße Unterhemd keine unwesentliche Rolle bei seiner Beurteilung. Hinzu kam die schmierig aufdringliche Art. Was hingegen für ihn sprach, war in Pauls Augen die Asche, die Henry an jedem Abend hier ließ. Er hatte wirklich keine Veranstaltung ausgelassen.

Mit ausgebreiteten Armen ging der Inhaber auf ihn zu, legte den Arm um ihn und sprach zu den Gästen gekehrt.
„ Mein lieber Henry, lass mich doch mal ausreden, ich bin ja noch nicht fertig. Das Beste hab ich mir für den Schluss aufgehoben, das tust du doch auch immer, oder?"
Wieder hatte er die Lacher auf seiner Seite.

„ Ich darf euch für die einmal im Monat stattfindenden Gangbang-Party heute Nacht eine Premiere ankündigen, die von wohl allen unseren Stammgästen, da bin ich sicher, schon lange sehnsüchtig erwartet wurde. Allerdings trauten sich bisher nur einige von ihnen, mir dies mitzuteilen, und das auch nur nach dem fünften Schnaps und hinter vorgehaltener Hand."

Die Anspannung wuchs, und Paul kostete diese Sekunden der Macht über die Hörerschaft aus, während Lisa hoffte, er möge endlich zum Wesentlichen kommen.

„ Einige andere Mitglieder und Gäste unseres Clubs haben ja schon das Vergnügen gehabt, und glaubt mir, wenn die das sagen, das sagen, dann sit es auch so. Unsere allseits beliebte Lisa, die auch heute wieder umwerfend scharf aussieht, hat beschlossen, in das Geschehen einzugreifen. Wie sie mir versichert hat, fiel es ihr in den vergangenen Monaten stets schwer, sich bei den gut gebauten Kerlen zurück zu halten. Da sie auch ihre Bedürfnisse hat, bat sie mich also vorhin, für die ausgefallenen Mädels einspringen zu dürfen. Dasselbe gilt für Carmen."

Lisa überlegte kurz, ob sie ihrem Chef die halbvolle Flasche Tullamore Dew an den Kopf werfen sollte, aus der sie sich gerade einen Drink einschenkte, machte dann aber gute Miene zum bösen Spiel und prostete den Gästen zu, die vor Geifer den Mund kaum noch zu bekamen.

„ Dafür kriegt er noch seine Rechnung," flüsterte Carmen ihr zu, wobei sie ihre üppige Oberweite, nur gehalten durch eine knallrote Büstenhebe, an Lisas Oberarm drückte und ihr mit der Hand über den Hintern fuhr.

„ Aber vielleicht komm ich ja endlich einmal dazu, dich zu vernaschen."
Dabei spielte sie mit ihrer Zunge an Lisas Ohrläppchen. Komischerweise fand sie das nicht einmal unangenehm. Lieber mit einer hübschen Kollegin auf die Matratzen als mit einem der hässlichen Freier. In einem Zug spülte sie den irischen Whisky hinunter und genoss das angenehme Brennen in den Eingeweiden.
„ Warum eigentlich nicht," hauchte Lisa ihr ins Ohr und streichelte sanft über die erregten Nippel der Kollegin. Dann fasste sie Carmen in den Nacken, zog sie sanft heran und streckte ihr die Zunge in den Hals, was diese voller Leidenschaft erwiderte. Aufgeregt rückten die Männer näher an den Tresen. Auf diesen Anblick schienen sie eine Ewigkeit gewartet zu haben.
„ Ich hätte ja nicht übel Lust, mich bei den beiden einzuklinken," raunte der blasse Versicherungstyp mit beginnender Halbglatze seinem Tresennachbarn zu.
„ Aber ich möchte diese Ansicht so lange wie möglich genießen . Womöglich bekomme ich einen Korb. Dann wäre der Abend für mich gelaufen. So kann ich mir immerhin einbilden, ich hätte bei zwei der heißesten Frauen mitgemischt, die mir je untergekommen sind."
Unterdessen nahm Robby, ein braungebrannter Kerl, in Lederchaps und Weste gekleidet, die keinen Platz ließen für Fantasie, sondern seine Männlichkeit offen darboten, vorsichtigen Kontakt zu Mary und Samuel auf, nachdem das höchstens zwanzigjährige und zierliche Mädchen ihn eine Viertelstunde lang unverhohlen beobachtet hatte. Offenbar gefiel ihr, was sie sah.

Durch ihre Blicke mutig geworden, stellte er sich neben beide und bot ihnen einen Drink an.
„ Ich heiße Robby und bin das erste Mal bei so einer Party. Habt ihr das schon öfter gemacht?"
„ Ich bin Samuel, nenn mich Sam, und meine Kleine heißt Mary. Wir treiben es schon seit einigen Jahren auf Swinger-Parties. Mary hat mir gerade vor ein paar Minuten anvertraut, dass sie Bock auf dich hat. Wie sieht´s aus, wollen wir in einem der Zimmer verschwinden. Es gibt da einen Darkroom mit großer Matratze und einigen interessanten Spielzeugen."
Während Robby noch überrascht von der Offenheit überlegte, wie er mit dem Angebot umgehen sollte, überzeugte Mary ihn in Sekunden mit einem geübten Griff zwischen die Beine. Seine Geilheit ließ sich nicht mehr verbergen.
„ Und ob er Lust hat, mich zu ficken. Sieh mal, wie ihm das gefällt."
Damit zog sie ihn am Schwanz hinter sich her.
„ Aber zwei reichen mir nicht. Während ich mich schon mal um Robby kümmere, kannst du mir ja noch zwei bis drei knackige Kerle aussuchen. Wenn es mehr werden, ist das auch nicht schlimm. Ich glaub, ich brauch das heute."
Unterdessen näherten sich Carmen und Lisa dem zweiten Pärchen, dessen Typ sich Harry nannte und die beiden extrem ansprach, während sein Mädel Sally bereits vor dem Tresen kniete und abwechselnd zwei unauffällige Mitvierziger Typ Geschäftsführer mit ihren knallroten Lippen bediente. Sie nahmen den muskulösen Kerl in die Mitte und zogen ihn Richtung SM-Raum, wobei er mit

geschickten Fingern schon einmal von hinten ihre Feuchtigkeit prüfte. Neben dem Eingang klaffte eine Art von verdeckter Durchreiche, durch die sich Lisa mit dem Oberkörper legte, nachdem sie Harry aufgefordert hatte, in den dunklen Raum zu gehen und ihren Mund mit seiner Männlichkeit auszufüllen, während sich Carmen auf der anderen Seite der Mauer mit der Zunge um ihre heiße Spalte kümmern dürfe. Obwohl im Club absoluter Kondomzwang herrschte, wurde bei den oralen Spielarten zumeist auf das Gummi verzichtet. Latex schmeckte einfach widerlich, fand Lisa. Da lobte sie sich doch einen puren Schwanz wie dieses Prachtexemplar, das sich unter ihrer fordernden Zunge zu einem gewaltigen, zuckenden Kolben entwickelte. Ab und zu genoss sie diesen unverbindlichen, beinahe anonymen und schnellen Sex ohne Fragen und Gefühle, wie ihn die meisten Männer, die sie kannte, ebenfalls bevorzugten. Allerdings hielt sie diese Spielart der körperlichen Ausschweifungen keineswegs für deren Privileg. Und wer sollte etwas dagegen haben? Die Kerle bestimmt nicht, wie sonst hätte sie seit zwölf Jahren ihren zuweilen kostspieligen Lebenswandel finanzieren können. Männer gaben an, Sex und Gefühle trennen zu können. Sie konnte das auch, nicht nur bei der Ausübung ihres Jobs. Während der Riemen in ihrem Mund immer häufiger unkontrolliert zu zucken begann, spürte sie Carmens fordernden und zärtlichen Hände sowie die flinke Zunge, die immer tiefer in ihre gierige Spalte eindrang und zwischendurch den Kitzler umspielte. Ihre Lust steigerte sich von Minute zu Minute, und es würde der Zeitpunkt kommen, da ihr alles egal war und sie die Kontrolle über ihren Körper verlor. Sie konnte nur hoffen, der Schwanz hätte dann bereits abgespritzt, denn sie wollte kein Sperma schlucken, also gab sie sich alle Mühe, ihre eigene Lust zu beherrschen und den Mann vor ihr zuerst zum Wahnsinn zu treiben. Rechtzeitig bevor der Saft aus der prallen Eichel schleuderte, zog sie ihn aus dem Mund und ließ ihn in ihr Gesicht spritzen. Die Männer liebten das, und sie hatte keine Ahnung, warum. Wie sich Sekunden später heraus stellte, die ihr vorkamen wie Stunden, war Harry keinen Moment zu früh explodiert, denn plötzlich spürte sie von hinten einen Schwanz in sich eindringen, was das irre Gefühl in ihrem Unterleib zum Überlaufen brachte, und ein gewaltiger Orgasmus brach in unkontrollierten Bewegungen und einem langgezogenen Schrei aus ihr heraus, während das pralle Glied, das ihre vibrierende Möse völlig ausfüllte, immer heftiger zustieß und sich eine Unendlichkeit später ebenfalls ergoss, bis die Zuckungen und die angenehme Schwellung nachließen.

Als die Sinne wieder klar wurden, sie die Augen geöffnet und sich aus dem Loch in der Mauer zurück gezogen hatte, waren alle zuvor anwesenden Personen aus dem Raum verschwunden, und hatten sie in ihrer Besinnungsphase allein gelassen. Aus allen Räumen drang lustvolles Stöhnen. Nur noch zwei einzelne Männer sowie Paul saßen angeregt plaudernd am Tresen, offensichtlich mehr als befriedigt.

39

Der Mensch trägt jeden Widerspruch, jede Harmonie und jeden Gegensatz in sich. Jeder Mensch. Es kommt nur darauf an, sich für eine Richtung zu entscheiden.

Es kam ständig darauf an, sich zu entscheiden und dann seinen Weg zu gehen. Ob der richtig war, stellte sich immer erst am Ende heraus. Insofern schien es müßig, sich den Kopf darüber zu zerbrechen, ob eine Entscheidung falsch war. Wichtig war nur, dass man sich entschied. Ebendiese Erkenntnis hatte sich den wenigen Frauen in seinem Leben entzogen.

Sein Gedächtnis ließ allmählich nach, aber entsann sich Marias, seiner ersten großen Liebe. Einen Tag nach seinem 16. Geburtstag im März 1936 erblickte er sie, und ihr Lächeln brannte sich bis zum heutigen Tage unauslöschlich in sein Gehirn, blieb strahlend wie im ersten Moment. Er schlenderte über den kleinen Zirkusplatz, sah sich die Affen im Gitterwagen an und schlenderte eben hinüber zu den beeindruckenden Tigern, vor deren Käfig er jeden Tag mit offenem Mund vor Bewunderung und Ehrfurcht erstarrte. Wie von einer unsichtbaren Kraft getrieben drehte er sich um, und da stand sie.

Blonde Haare bis zur Hüfte, Märzflecken oder Sommersprossen, wie man sie heute nannte, auf der süßen Stupsnase, und die fröhlichsten dunklen Augen, in die er je geschaut hatte. So stand sie einfach nur da und grinste ihn frech an, als wolle sie sagen: Siehst ja ganz niedlich aus, aber die Klappe kannst du wieder zu machen.

Viele Jahre später, an einem wunderbar klaren Frühlingsmorgen, traf er sie auf dem Kleinflecken in Neumünster wieder. Wie jeden Freitag schlenderte er über den Wochenmarkt und genoss das rege Treiben. Das Leben und ein Job als Tierpfleger in dem Heimattiergarten hatten ihn hierher verschlagen.

Ohne lange zu überlegen, lud er sie zu einem Kaffee bei Oldehus ein. An ihrer Reaktion war ersichtlich, dass sie ihn nicht erkannte. Dennoch ließ sie sich durch seine ehrlichen Augen und das freundliche Grinsen überreden.

Die Frucht dieses ersten Rendevouz zeigte sich ein Jahr später, als ihr Sohn Jürgen geboren wurde. Er entwickelte sich prächtig und wurde ihr ganzer Stolz. Aus Gründen, über die er nicht mehr nachdenken mochte, kam es zum Bruch, als Jürgen zur Bundswehr eingezogen wurde. Vielleicht lag es auch einfach daran, dass er immer mehr an seiner Mutter gehangen hatte. Maria war ein Jahr zuvor beim Überqueren des Hansarings in Höhe der Roonstraße von einem LKW erfasst und zu Tode geschleift worden. Von diesem Tag an ging es mit ihm bergab. Wahrscheinlich hatte das den Ausschlag gegeben für die Abkehr seines Sohnes.

Herrmann hielt es nicht mehr in Neumünster, und er vagabundierte in der Weltgeschichte umher, wie er es früher bereits getan hatte. Ab und an hörte er durch alte Bekannte von seinem Sohn, der sich nach der Wehrdienstzeit im nahe gelegenen Boostedt als Fahrlehrer in Neumünster selbstständig gemacht hatte.

Wiederum einige Zeit später las er im Courier, den er sich nach wie vor überall zu Gemüte führte, wo er ihn erstehen konnte, von der Hochzeit seines Sohnes mit der Kriminalbeamtin Tessa. Es dauerte nicht lange, dann wurde auch die Geburt des Sohnes Maxwell bekannt gegeben.

An diesem Tag spürte er die Sehnsucht nach seiner Familie, die er sonst erfolgreich verdrängte. Wie gerne hätte er seinen Sohn in den Arm genommen und dessen Kind auf den Knien geschaukelt. Doch sein Stolz war stärker als der Wunsch nach einem Wiedersehen.

Vor Jahren dann, als er gerade die Chance bekommen hatte, in die wunderbare Seniorenanlage am See zu ziehen, erzählte ihm ein alter Freund, sein Sohn habe die Familie verlassen und sei mit einer jungen Geliebten nach Süddeutschland gezogen. Von da an, war das Kapitel Vergangenheit für ihn abgeschlossen, und er sparte sich die Kräfte auf für die letzten verbleibenden Jahre in der Gegenwart.

40

Endlich kam Leben in die Bude. Jahrelang hatte man glauben müssen, sich im Vorhof zur Leichenhalle zu befinden. In einem Auffanglager für Zombies, Abstellraum für ausgediente Steuerzahler.

Plötzlich war alles anders.

Wie das von Anwohnern der Residenz monatlich herausgegebene Informationsblättchen ankündigte, würden in den nächsten Wochen einige Veranstaltungen des Landes strattfinden unter dem Titel: > Der Baum des Lebens <

Das Programm reichte von Computersimulationen für Jugendliche in Neumünster bis zu sportlichen Wettkämpfen für Senioren hier an der Holsteinischen Seenplatte.

Herrmanns Augen blitzten vor Freude. Ein wenig ähnelte er in solchen Augenblicken dem alten Sam Hawkins, Freund des Old Shatterhand. Verschmitzt. Listig. Witzig. Nicht dem Schauspieler, dem senilen, alten Sack, der auf der Autobahn wendete. Allen würde er noch einmal zeigen. Vor allen Dingen Annie, seiner neuen Flamme. Bei einem so jungen Hüpfer musste er sich natürlich ins Zeug legen. Befand sich erst zwei Wochen hier und verdrehte schon allen Kerlen den Kopf. Plötzlich konnten auch die anderen alten Mädels wieder aufrecht gehen. Die Motivation der

Geschlechter blieb doch seit Urzeiten dieselbe. Aufsehen erregen und sich ins rechte Licht setzen. Chancen abwägen, Konkurrenz erfassen - und möglichst ausschalten oder wenigstens übertrumpfen. Von daher betrachtete man also jeden Neuankömmling gleichen Geschlechts misstrauisch, den des anderen voll froher Erwartung. Es sei denn, man war vom anderen Ufer, dann verdrehte sich die Perspektive. Doch solche Leute kannte er hier nicht.

Das > Haus Altersfreude < lag idyllisch inmitten der Holsteinischen Seenplatte an einem der eher kleineren Gewässer und befand sich im Privatbesitz. Um die Jahrhundertwende im amerikanischen Südstaatenstil errichtet und bis zu Beginn des 2. Weltkrieges als Herrensitz einer Adelsfamilie dänischer Herkunft genutzt, hatte es, nachdem der letzte Spross der Familie kinderlos in Kämpfen an der Ostfront sein Leben ließ, seit 1945 vorübergehend als Flüchtlingsunterkunft gedient, bis es dann 1950 der endgültigen Bestimmung zugeführt wurde, die sein letzter Besitzer noch vor dem Krieg testamentarisch verfügte. Er vermachte es dem Staat unter der Prämisse, daraus einen Altersruhesitz für betuchte Senioren einzurichten und gleichsam für die Ärmsten der Armen. Für Penner, Tramps, Obdachlose, Tagediebe. Diese sollten ebenso behandelt und untergebracht werden, gemeinsam mit den Reichen, ohne Isolierung, Separation oder anderweitige Ausgrenzungen. Der Anteil dieser weniger bemittelten Randgruppe sollte stets ein Drittel der Gesamtbelegung betragen. Dies war vor gleich drei Notaren noch vor 1939 beurkundet worden. Als Kontrollgremium war der jeweilige Landtag des Landes Schlewig-Holstein vorgesehen, der in regelmäßigen Abständen dem Bürger hierüber Rechenschaft ablegen musste. Im Laufe des nun schon vergangenen halben Jahrhunderts kam es wiederholt zu Unregelmäßigkeiten. Durch persönliche Mauscheleien und Intrigen derjenigen Personen, die ihr Geld mit und an den alten Leuten verdienten, wurde die Quote der Bedürftigen gedrückt, was in Statistiken und Jahrbüchern selbstverständlich nicht auftauchte. Dennoch sank deren Anteil nie unter fünfundzwanzig Prozent. Selbst dem dümmsten Abgeordneten oder Wähler wäre dies aufgefallen. Folglich ließ man es nicht darauf ankommen.

41

Kriminalrat Kruse machte es kurz.

„ Herr Dell, können sie in etwa fünf Minuten in meinem Büro sein? Die Herren vom LKA Hamburg, Abteilung Organisierte Kriminalität, befinden sich auf dem Weg zu mir und werden gleich eintreffen. Da sie ja seit dem Fall unserer Kollegin Krankl mit der Angelegenheit vertraut sind, haben die Herren aus Hamburg einige Fragen an sie. Zudem gilt es, die Kompetenzen abzuklären, damit wir uns nicht gegenseitig ins Gehege kommen."

Die Delegation von drei Mann war bereits eingetroffen, als Dell das Büro des Kripo-Leiters betrat. Mit finsteren Mienen wie in einem schlechten Krimi betrachteten sie ihn von oben bis unten, als handele es sich bei ihm um eine persona non grata in den eigenen Reihen. Doch nicht nur der Gesinnung nach unterschieden sich die Fremdlinge von ihm. Auch rein äußerlich waren nicht viele Gemeinsamkeiten zu entdecken. Während Frank Dell dem Wetter angemessen in knielangen, olivefarbenen Camouflagehosen und braunem Muskelshirt herumlief, die seinen austrainierten, sonnengebräunten Körper nur schwerlich versteckten, stolzierten die drei > Agenten des LKA <, wie sie gemeinhin polizeiintern genannt wurden, auch bei Außentemperaturen von geschätzten vierzig Grad Celsius in der Sonne mit dunklen, teuren Anzügen, weißem Hemd und Krawatte herum. Selbst im schattigen Büro behielt einer von ihnen die obligatorische Sonnebrille auf der etwas zu breiten Knollennase.

„ Darf ich vorstellen, die Kriminalhauptkommissare Lessing, Tonert und Schilling vom LKA Hamburg, Abteilung OK. Kriminalhauptkommissar Frank Dell, Kripo Neumünster."

Dell trat einen Schritt auf das Trio zu, um ihnen die Hand zu reichen, doch zwei von ihnen nickten ihm nur geringschätzig zu. Lediglich der Dritte mit der Knollennase trat ebenfalls auf ihn zu, nahm die Brille ab und reichte ihm freundlich die Hand.

„ Guten Tag, Herr Dell. Freut mich, sie kennen zu lernen. Hab schon viel von ihnen gehört."

„ Lassen sie uns gleich zur Sache kommen."

Der älteste von ihnen, um die Sechzig mit grauer Halbglatze, redete nicht lange um den heißen Brei.

„ Der Mord an Sonny Lohmann, einem Member des Hamburger Charters der Hell´s Angels fällt eindeutig in unsere Zuständigkeit. Das wurde gestern in einem Gespräch des Hamburger Innensenators mit ihrem Innenminister festgelegt. Die Kompetenz ist somit geklärt und bedarf keiner weiteren Absprache. Meine Männer und ich erwarten alle bisher erstellten Akten, Berichte und sonstigen Erkenntnisse umgehend zur Verfügung gestellt zu bekommen. Nichtsdestotrotz werden wir alle Personen, die bisher befragt oder vernommen wurden, erneut einem Verhör unterziehen. Ich denke, dafür haben wir kompetentere Leute."

Unwillkürlich musste Dell, der mit gekreuzten Beinen und übereinander geschlagenen Armen lässig am Türrahmen lehnte, in sich hinein grinsen.

„ Sind meine Worte so erheiternd, oder warum grinsen sie mich an?"

Der Wortführer des LKA Hamburg fühlte sich offensichtlich auf den Schlips getreten.

„ Aber keineswegs. Ich freu mich nur, endlich einmal eine Audienz bei den legendären Spezialisten des Landeskriminalamtes der Freien und Hansestadt Hamburg erhalten zu haben. Es wird mir eine Ehre sein, ihnen meine Unterlagen zur Verfügung stellen zu dürfen."

Nur Frank bekam mit, wie der Beamte mit der Sonnenbrille die Mundwinkel zucken ließ, mühsam versucht, nicht in Lachen auszubrechen. Unterwürfig verbeugte er sich, kehrte auf dem Absatz um und verließ den Raum. Seltsam, dass mich meine Vorurteile in letzter Zeit nicht täuschen, dachte er. Also wie bereits beschlossen. Die Jungs ermitteln ihren Kram und ich meinen. Es hätte mich doch arg in moralische Bedrängnis gebracht, wenn die Jungs sympathisch wären. Er setze sich ans Telefon und benachrichtigte alle Kollegen darüber, dass ausschließlich er dem LKA im Fall Lohmann Auskunft geben würde. Dann rief er Lisa an.

„ Hör zu, mein Schatz. Heute oder in den nächsten Tagen werden bei Dir mit Sicherheit ein bis drei Männer in dunklen Anzügen erscheinen, die dich nach Sonny fragen. Erzähl ihnen alles, was du mir bei unserem ersten Treffen erzählt hast, aber auf keinen Fall mehr. Kein Wort über uns oder Dinge, die wir besprochen haben.

Ich möchte nicht, dass sich die Typen hier festsetzen. Die können meinetwegen in Hamburg und dem Rest der Welt ermitteln. Hauptsache, die lassen uns hier in Ruhe unsere Arbeit machen. Der Fall ist mein persönlicher. Ich lass mir nicht von den Spinnern dazwischen pfuschen."

„ Okay, ich hab´s verstanden. Sehen wir uns heute Abend?"

„ Aber natürlich, mein Schatz. Ich kann es kaum erwarten."

Eilig verschloss er den Ordner mit den Runen auf dem Deckel im Schreibtisch. Stattdessen zog er eine bereinigte Akte mit Kopien aus dem Schrank und ging diese nochmals durch. Nichts wies darauf hin, dass möglicherweise mehr an dem Fall hing. Ruhigen Schrittes stieg er die Treppen hinauf, auf der ihm die drei von der Tankstelle bereits entgegen kamen.

„ Hier, großer Meister. Die Akte Lohmann. Wenn ich irgendwie behilflich sein kann, lassen sie es mich wissen. Stets zu Diensten."

42

Über die sogenannte Armenschiene war Herrmann reingerutscht, was niemand wissen sollte, tatsächlich aber jeder wusste. Eine Granate riss ihm in der Schlussphase des verdammten Krieges das linke Ohr und große Teile der Kopfhaut weg. Dabei litt auch das Gehör auf beiden Seiten beträchtlich. Da er nichts gelernt hatte, außer Soldat zu sein, blieben ihm bis zum 60. Lebensjahr nur Gelegenheitsjobs, die ihn über Wasser hielten. Beinahe zwanzig Jahre schlug er sich auf der Hamburger Reeperbahn als Koberer und Türsteher herum und erhielt so manche weitere Narbe.

Die seelischen waren die tieferen und verheilten niemals. Körperlich und geistig war er ansonsten topfit, auch heute noch mit seinen 84 Jahren. Bereits in der Jugend über die Landesgrenzen hinaus bekannt als begnadeter Faustkämpfer, bot sein Körper auch in diesen Tagen noch ein beachtliches Bild. Täglich riss er in den frühen Morgenstunden seine zehn Kilometer um den See ab, um diesen anschließend über die Breitseite von ungefähr 2,5 Kilometern schwimmend zu überqueren. Darauf folgte auf der schmalen Lichtung am gegenüber liegenden Ufer eine halbe Stunde Dehnung für die malträtierten Muskeln und Sehnen. Dann und wann zog es schon mal im Kreuz, woraufhin er sich selbst eine Knetkur verordnete bei der Masseurin Hilda, einem Walross vor dem Herrn, jedoch mit gnadenlosen Fingern gesegnet.

Was sich nicht wegkneten ließ, waren die regelmäßig und ohne Vorwarnung wiederkehrenden Depressionen. Diese verwandelten sich über die Jahre in eine tiefe Melancholie, der er sich hingab, sie auslebte, um dann gestärkt voller neuem Mut weiter zu leben. Bis zur nächsten Attacke. Diese Schübe verwehrten ihm den Eintritt in ein normales Arbeitsverhältnis. Was wussten die anderen Leute schon, wie es in ihm aussah? Zweimal hatte er zur Armeepistole gegriffen, einmal im Suff den Lauf tief in seinen Hals geschoben. Doch das war lange her.

> Es ist ein Traum ... traurig sieht er auf sein Südseeposter an der Wand <.

Der gute alte Onkel Jürgen. Heute selbst ernannter König von Mallorca. Auch der hatte mal gute Musik gemacht.

> Spiel nicht mit den Schmuddelkindern <.

Alles zerbrach in der heutigen Zeit. Werte, Wissen, Weisheit.
Die Dummheit regierte. Bezeichnenderweise schoss ihm ein Satz aus dem Kaufhauszombie durch den Kopf.

> Die Intelligenz ist bereits ausgerottet. <

Superstars, Daily Soap, Gerichtsshow, Talk am Mittag.
Schein ist alles, Sein ist nichts.
Angesichts alltäglicher Ignoranz drehte sich im der Magen um. Sobald seine Gedanken in die dunkle Phase eintauchten, halfen nur zwei Dinge. Happy-Pillen vom Doc schlucken, oder joggen. Er entschloss sich für die Runde um den See. Schon nach den ersten Schritten spürte er die Pheromone seine Adern und das Gehirn

durchfluten. Dieses körperliche Glücksgefühl spülte den Kopf herrlich frei. Nun erst fielen ihm die Einzelheiten in der Umgebung auf, kurze Momente des Glücks, die sonst vom Schatten düsterer Ahnungen bedeckt wurden. Die Vögel zwitscherten lauter als sonst, Sonnenstrahlen fielen intensiver durch das tiefergrüne Blätterdach des gepflegteren Buchenwäldchens, und ließen den Farn linker und den Fliegenpilz viel rechter von ihm weitaus leuchtender erscheinen.

Zum ersten Mal nahm er auch bewusst die neuartigen Nistkästen hoch oben in den Bäumen wahr, für die er als interessierter Hobbyornithologe sich so lange bei der Heimleitung und dem befreundeten Förster Fritz eingesetzt hatte. Sie sahen anders aus, als die Holzkästen, die er in seiner Zeit bei der Deutschen Waldjugend aufgehängt und regelmäßig gereinigt hatte. Doch sei´s drum. Sie kümmerten sich tatsächlich darum. Sein Herz schlug Purzelbäume. Wie einfach man ihn doch erfreuen konnte.

43

Herrmann´s Zukünftige, Annie, die von ihrem Glück noch nichts wusste, machte mit ihren 75 Jahren noch ganz schön was her. Erst vor kurzem hatte sie sich auf Lebzeiten ins Heim eingekauft, da sie, ohne Angehörige und nun auch ohne ihre geliebten Katzen, befürchtete, den Lebensabend allein verbringen zu müssen. Beinahe zehn Jahre lang hatte sie in der Heimatstadt Neumünster ihren an Alzheimer erkrankten Ehemann, den Millionär Rudolf Heinz, gemeinsam mit der Pflegekraft Elli aufopfernd gepflegt. An einem Sonntag, sechs Tage vor ihrer Goldenen Hochzeit, wachte er eines Morgens nicht mehr auf. Der Schmerz war tief, doch die nicht eingestandene Erleichterung groß. In den letzten zwei Jahren erkannte er sie nur noch selten. Der einst so prächtige Kerl mit den breiten Schultern und den intelligenten, tiefgrünen Augen fiel bereits kurz nach Erkennen der ersten Symptome merklich zusammen, der Blick wurde stumpf, und das früher so herzliche Lächeln verschwand und tauchte nie wieder auf. Durch die Pflege und Aufmerksamkeit, die sie ihrer ersten und einzigen Liebe zukommen ließ, schliefen die sozialen und freundschaftlichen Kontakte immer mehr ein.

Einst hatten sie in den Golfclubs der Schönen und Reichen gespielt. Die wöchentliche Bridgepartie, bei der fünf Paare in eine gemeinsame Kasse spielten, um aus der erklecklichen Summe ein aufwendiges Sommerfest zu veranstalten, mussten sie ebenso aufgeben wie den jährlichen Urlaub auf Sylt. Im selben Maße, wie sie sich hatten zurück ziehen müssen, waren die Bekannten einfach nicht mehr erschienen. Diese Tatsache machte Annie trauriger als der Verzicht auf die Abwechslungen des Lebens. Ruth und Ferdinand, die besten Freunde ihres Mannes und dessen ehemalige Geschäftspartner, reagierten befremdlich, als Rudolf sie immer häufiger nicht mehr erkannte. Viel Verständnis für die unabänderliche Krankheit konnte sie bei den beiden nicht feststellen. Mochte sein, sie hatten Angst, eines Tages selber so zu enden.

Abrupt und ohne jegliche Erklärung brachen sie den Kontakt ab. Kurze Zeit darauf, noch ehe es mit Rudolf zuende ging, wurde Ruth, die nie im Leben eine Zigarette angerührt hatte, innerhalb von drei Monaten nach der Diagnose bei einer Routine-untersuchung, vom Lungenkrebs dahin gerafft. Ferdinand, der den Tod seiner geliebten Frau nicht verkraftete, folgte ihr nach wenigen Wochen nach. Wie Annie von einer der wenigen verbliebenen gemeinsamen Bekannten zugetragen wurde, hatte er einfach nicht mehr gegessen und getrunken, das Bett nicht mehr verlassen und sich geweigert, auch nur ein einziges Wort zu sagen. Als die treu ergebene Haushälterin, die sonst nie etwas ohne Anweisung ausführte, nach zehn Tagen endlich den Hausarzt rief, der ihn umgehend in eine Spezialklinik einweisen ließ, war es längst zu spät. Ferdi wurde noch drei Tage künstlich ernährt, bevor er Frieden mit dem Schöpfer und seine Ruth in die Arme schloss. Als Rudi ging, war von dem einstmals so großen und lustigen Bekanntenkreis keiner mehr übrig. Lediglich ihre Freundin Karin, die an Arthrose in den Hüften litt und in zwei Monaten das zweite künstliche Gelenk erhalten sollte, war ihr verblieben. Dies sollte in der Uniklinik in Freiburg geschehen, wo deren Tochter Ute mit Mann und Familie wohnte. Annie ahnte, ihre Freundin würde nicht zurückkehren.

Eine Zeit lang begab sie sich in die Abgeschiedenheit ihres Gartengründstückes im Laubenweg, wo Rudolf einst eine praktische und romantische Holzhütte mit Kamin gebaut hatte. So manchen lauen Sommerabend hatten sie auf der mit Rosen aller Farben berankten Veranda gesessen und den guten kanarischen Honigrum Ron Miel genossen, den sie in früheren Jahren auf > ihrer Insel < Gran Canaria kennen und lieben gelernt hatten. Dort besaß sie auch heute noch ein kleines Appartement mit Meerblick an der höheren Promenade in Playa del Ingles, welches durch eine deutsche Argentur vermietet wurde. In der Natur mit seinen kleinen und großen Tieren, den Geräuschen und üppigen Pflanzen fühlte sie sich nicht so einsam, wie in der nahe gelegenen Villa am Brüningsweg.

Doch als ihre geliebten und ehemals zugelaufenen Katzen bei einem Unfall getötet wurden, beschloss sie, das Haus zu verkaufen und zusammen mit dem beträchtlichen Barvermögen, das Rudolf ihr hinterlassen hatte, sich mit einer Einmalzahlung einen Ruhesitz am See zu gönnen. Von dem einzigen herzlichen Kontakt, den sie pflegte, dem jungen und gut aussehenden Kriminalbeamten Frank Dell, verabschiedete sie sich persönlich. Zum Abschied drückte er ihr nochmals seine Visitenkarte in die Hand mit dem Versprechen, jederzeit ein offenes Ohr für ihre Probleme zu haben.

44

Anders als üblich war der Betrag für die Unterbringung nicht monatlich, sondern als einmaliger Gesamtbetrag vor Einzug fällig. Im Grunde bekamen Senioren, die sich auf diese Weise einkaufen konnten und wollten, eine Eigentumswohnung.

Der Haken war, dass der Besitz nach deren Tod wieder an die Stiftung fiel. Den meisten Interessenten, die diesen Schritt schließlich taten, war das egal, da sie entweder keine Erben hatten oder aber soviel Vermögen besaßen, dass auch für diese genügend übrig blieb. Zusätzlich zum lebenslangen Wohnrecht ließ sich durch eine monatliche Zahlungen aus den teilweise nicht unbeträchtlichen Rentenversicherungen ein all-inklusive Paket sichern. Durch die Gesamteinnahmen des Hauses konnte der enorm hohe Standard des Hauses gehalten und ausgebaut werden. Gleichzeitig wurde so der Anteil der Mittellosen mitfinanziert. Die Einkünfte der Stiftung waren sogar so hoch, dass sich der Landeshaushalt ebenfalls nicht unerheblich aufbessern ließ.

So sicherte sich Annie also zwei Jahre nach Rudis Tod eines der schönsten Appartements im zweiten Stock des Haupthauses, mit ausladendem Balkon und direktem Blick auf den See. Die drei geräumigen und in Pastelltönen gehaltenen Zimmer verteilten sich auf stolze 120 Quadratmeter. Dazu kamen ein luxuriöses Bad aus hellem Marmor, versehen mit allen Hilfs- und Sicherheitsvorrichtungen, wie sie für alte und pflegebedürftige Menschen sinnvoll waren. Diese Mittel wurden derart dezent in das Gesamtkonzept der Anlage eingebunden, dass sie wirklich nur demjenigen auffielen, der sie kannte, oder wusste, wie sie zum Vorschein gebracht werden konnten. Mit wenigen Handgriffen und Knopfdrücken ließ sich die Wohnung innerhalb kürzester Zeit vom Luxusappartement in eine Rund - um - die –Uhr - Pflegestation verwandeln. Die sonstige Ausstattung mit Möbeln blieb dem Anwohner überlassen. Er konnte einen Innenausstatter kommen und sie nach eigenen Vorstellungen herrichten lassen, oder er konnte das Haus damit beauftragen, dessen kompetente Mitarbeiter immer wieder aufs Neue einen ausgezeichneten Geschmack bewiesen. Oder man ließ, wie Annie Müller es vorzog, den neuen Lebensraum mit den antiken Möbeln bestücken, die sie über fünfzig Jahre begleitet hatten. Auf Küchen wurde in allen Wohneinheiten verzichtet, was mit der Ausschaltung unnötiger Gefahrenquellen begründet wurde. Zudem entsprach es der Philosophie der Einrichtung, Mahlzeiten möglichst gemeinsam einzunehmen und so die Zusammengehörigkeit zu fördern. Gleichzeitig hatte man so Einfluss auf den gesundheitlichen Aspekt der Nahrung und die fachgerechte Zubereitung, wobei der Standard der Küche tatsächlich keine Wünsche offen ließ. Er entsprach dem eines Drei-Sterne-Restaurants und bot täglich sowohl mittags als auch abends zehn wechselnde Menüs, vom Steinbeißerfilet auf Krabbensorbet bis zu Makkaroni mit gedünsteten Steinpilzen an Trüffelrahmsoße. Zusätzlich bestand für jeden Bewohner der Service, nach persönlichen Vorlieben oder Vorgaben des Arztes in Absprache mit demselben, ganz individuell diätorientierte Speisen anrichten zu lassen. Die Erfahrung der Hausleitung zeigte, wie sich mit zunehmendem Alter und verändertem Gesundheitszustand die Ernährungsbedürfnisse des Einzelnen änderten, so dass dem hierdurch Rechnung getragen wurde.

45

Jede Menge unterschiedlichster Personen und Charaktere hatte Herrmann in seinem Leben kennen gelernt. Miese Typen waren darunter ebenso oft vertreten, wie gutmütige und warmherzige. Jeder liebevolle Mensch besaß seine düsteren Seiten, und jeder noch so brutale Verbrecher konnte auf irgendeine Weise weich sein wie ein Lämmchen.

Nur einem Typen wollte er nie wieder begegnen.

Diese Art war weiter verbreitet, als man denken mochte, und doch nur schwer zu erkennen, weil man nicht auf sie sensibilisiert war. Dieser spezielle Charakter war einfach nicht greifbar, und genau das machte ihn aus. Die meisten Menschen in seinem Umfeld beschrieben ihn als geradlinig und liebenswert, als verletzlich und zuverlässig. Und tatsächlich treffen diese Merkmale auf ihn zu. Nur schwer erkennbar verbergen sich dahinter die negativen Seiten. Anzeichen gibt es schon nach wenigen Tagen, manchmal erkennt man sie schon nach einigen Sätzen. Nur erkennen tut oder will man sie nicht. Diese Menschen sind direkt und ehrlich. Sie sagen, was sie denken, doch niemand will es wahr haben. Sie beteuern bei jeder Gelegenheit, sie seien oberflächlich, und jeder denkt: Wer so ehrlich und offen über sich redet, der kann gar nicht oberflächlich sein. Sie erzählen ungefragt, sie stünden zu ihren Fehlern und zu dem, was sie tun. Und jeder denkt: Der ist ja in Ordnung. Wenn er das schon zugibt, kann er nicht so viele Fehler haben. Wie man es auch dreht und wendet, diesem Typen kannst du keinen Vorwurf machen, denn er hat ja von vornherein jeden möglichen Angriffspunkt entkräftet. Er gibt seine Fehler offen zu und macht aus seinem Herzen keine Mördergrube. Hat der Gigolo seiner neuen Flamme nicht klar und deutlich zu verstehen gegeben, er könne nicht monogam leben? Hat die Hure nicht stets beteuert, alle Kerle seien Freier, die sie nur um ihr Geld erleichtern wolle? Hat die Braut nicht schon vor der Hochzeit ganz beiläufig fallen lassen, wenn unsere Ehe nur ein Jahr hält, dann hatten wir eben eine kurze, schöne Zeit? Entgegen der Formel, die sie kurz darauf in der Kirche murmelte: In guten wie in schlechten Zeiten bla, bla, bla ... Ihre persönliche Formel hatte sie schließlich lange zuvor kund getan. Und nur die zählte.

Man konnte es drehen, wie man wollte. Diesem Typ Mensch ließ sich aus nichts ein Vorwurf machen. Immer und überall sagte er die Wahrheit. Doch keiner wollte sie hören. Was am Ende nicht sein Problem war. Nach mir die Sintflut. Und genau die wünschte ihnen so manch Ahnungsloser nachher an den Hals. Für ihre ach so anständige Lebenseinstellung. Und für die eigene Blödheit. Denn im Grunde entsprachen die zuvor verbreiteten Offenbarungen keineswegs der Wahrheit. Zudem waren sie mehr als oberflächlich. Das ganze war eine miese Masche. Wieder spürte er diesen Brechreiz, dabei lagen Begegnungen mit der dritten Art Jahrzehnte zurück. Eingebrannt für die Ewigkeit.

46

Allmählich kamen Herrmann Zweifel an seinem Geisteszustand. Körperlich war er topfit, das stand außer Frage. Du besitzt den Body eines gut trainierten Fünfzigjährigen, hatte ihm Karl, sein Hausarzt, erst letzte Woche attestiert. Tatsächlich war er selten in seinem Leben besser in Form gewesen. Oder anders ausgedrückt: Nie befand er sich näher am Optimum seiner sportlichen Leistungsfähigkeit als heute mit 84 Jahren. Dennoch bereiteten ihm einzelne Begebenheiten große Sorge.

Ständig hatte er das Gefühl, beobachtet oder abgehört zu werden. Möglicherweise konsumierte er neuerdings zu viele Krimis. Vielleicht näherte er sich auch unaufhörlich dem Altersschwachsinn. Darüber las er Unmengen, verschlang förmlich jeden Zeitungsartikel. Kein noch so frischer Körper bewahrte den Menschen vor dem Abbau der kleinen grauen Zellen. Natürlich wurde der Zerfall durch diverse Aktivitäten, bessere Durchblutung, erhöhte Sauerstoffzufuhr, Einnahme von Vitaminen, Mineralstoffen und Aminosäure- präparaten verlangsamt. Gleichzeitig fielen durch den sportlich beschleunigten Stoffwechsel vermehrt Abfallprodukte an, die sogenannten freien Radikalen, die den Körper wiederum zerstörten. Das Ende ließ sich nicht aufhalten. Er glaubte an ein größtenteils vorprogrammiertes Schicksal, das man zwar bedingt lenken und beeinflussen, doch nicht verhindern konnte. Zerfall und Tod gehörten zum Leben wie Geburt und Wachstum. Im Prinzip war also die Illusion müßig, man könne der Natur ein Schnippchen schlagen. Was ihn wirklich beunruhigte, war der Umstand seiner enormen geistigen Regheit. Er meinte sogar, gedanklich beweglicher geworden zu sein. Komplizierte Kreuzworträtsel bereiteten ihm kein Kopfzerbrechen. Texte über die Theorien zur Entstehung des Universums, die regelmäßig über den Haufen geworfen und konträr formuliert wurden, las er quer, wie früher die BILD - Zeitung, und referierte hernach den Inhalt in kurzen, verständlichen Sätzen seinem Zimmernachbarn. In der Anlage wurde er daher nur der Professor genannt. Aber eben diese scheinbare Diskrepanz zwischen geistigem Leistungsvermögen und dem häufiger auftretenden Verfolgungswahn beunruhigte ihn. Auf sein Drängen hin ließ ihn Karl in der Uni-Klinik Kiel auf den Kopf stellen. EKG´s, EEG´s, CT´s, das volle Programm spulten die Fachkräfte ab ohne den geringsten Hinweis auf Anomalien. Lieber noch hätten sie ihn während einer Vorlesung als besonderes Exemplar des homo erectus zerschnippelt. Vielleicht fände sich in ihm das Gen für ein ewiges Leben?

Dankend lehnte er ab.

Die Bedenken hinsichtlich unerklärbarer Ahnungen konnten sie nicht zerstreuen. Wozu waren Ärzte eigentlich gut, fragte er sich nicht das erste Mal.

Der schon lange angekündigte Trimm-Wettbewerb für Senioren, ausgeschrieben vom Landesgesundheitsministerium sollte in wenigen Wochen beginnen. Bis dahin standen noch einige

Seerunden auf dem Plan. Also schnürte er die neuen Laufschuhe mit Luftfederung der Marke Adidas und auf ging´s.

Der vom Regen der letzten Tage ausgewaschene Sandpfad fiel zur Seeseite etwas ab. Zwischen wuchernden Brombeerbüschen hindurch wand sich die Laufstrecke immer weiter Richtung Uferböschung, um dann parallel zum Wasser in etwa fünf Metern Entfernung die Konturen des Sees nachzuzeichnen. Hier, wo der Weg auf einer Ebene verlief, weil er künstlich angelegt und befestigt war, maß er in der Breite beinahe zwei Meter. Zum Wasser hin wurde die Sicht zumeist von übermannshohem Schilf und den in dicken, langen Zigarren mündenden Binsen verdeckt. Als kleine Jungs hatten er und seine Freunde diese voller Stolz entzündet und waren, diese lässig im Mundwinkel wippend, durch die Stadt schwadroniert wie Tom und Huck. Rechts vom Weg, er lief immer gegen den Uhrzeigersinn, standen bis zu zehn Meter hohe Tannen, Kiefern oder vereinzelte Eichen. Je tiefer man in das Gehölz hineinsah, desto dichter und undurchsichtiger wurde das Unterholz, sodass sich die Blicke letztlich verloren in Dunkelheit, vereinzelt durchbrochen von einem sich durch die Baumkronen verirrenden Sonnenstrahl. Auch der Schilfgürtel ließ hier und da einen Blick zu auf die heute blanke Wasseroberfläche, in der sich weiße Schäfchenwolken spiegelten, gekräuselt nur, wenn einer der zahllosen Fische an der Oberfläche nach Fliegen schnappte oder unverhofft ein Haubentaucher auftauchte. Ein Kleiberpaar vergnügte sich an der morschen Rinde nur übertönt vom lauteren und größeren Buntspecht und vereinzelten, bussardähnlichen Schreien zweier Schwarzspechte, die schon seit Jahren in derselben Baumhöhle einer abgestorbenen Buche in zirka sieben Metern Höhe hausten. Nur einem genauen Beobachter wie ihm fielen zwischen den alten zum Teil zerbröckelten Nistkästen auch die neuartigen Bruthöhlen auf, die sich noch unauffälliger in die Umgebung einpassten.

So oft war er die Strecke in den Jahren gelaufen, dass er jede Baumwurzel kannte und jeden größeren Stein, der in der Dämmerung zur Stolperfalle werden konnte. Aus diesem Grund dachte er nicht über den Streckenverlauf nach, lief wie in Trance, achtete nicht auf den Weg und hatte so die Augen frei für die Natur und die Veränderungen, die im Wechsel der Jahreszeiten fast täglich, manchmal stündlich vonstatten gingen. Zwei- bis dreimal wöchentlich lief ihm Mäxchen über den Weg, der kräftige, rotbraune Eichkater mit dem buschigen Schwanz, den er vor zwei Jahren am Wegesrand aufgelesen hatte. Blind und nackt war er vermutlich aufgrund seines enormen Bewegungsdrangs aus dem Kobel gefallen. Einen Moment nur zögerte er und überlegte, dem kurzen, hilflosen Leben mit der Sohle des rechten Schuhs ein Ende zu bereiten, denn nie hatte er davon gehört, es sei gelungen, einen Eichhörnchensäugling erfolgreich groß zu ziehen. Doch dieses Kerlchen, kaum größer als seine Daumenspitze, strahlte eine unbändige Energie aus, und außerdem brachte er es nicht über´s Herz. Also legte er den Winzling zusammen mit einer handvoll Moos in sein Basecap, kehrte entgegen seiner Prinzipien um und begab sich auf dem kürzesten Weg zur Residenz. Von seinem Freund Dr. Karl Schorn erhielt er eine 2ml Einwegspritze, und aus der Küche besorgte er Vollmilch. Erst später erfuhr er aus dem einzigen deutschsprachigen Buch über Tierfindlinge, welches er nach langen Suchen im Internet fand, dass Kuhmilch so ziemlich das verkehrteste war, das man einem jungen Eichhörnchen aber auch anderen kleinen Säugern verabreichen konnte. Viel zu fett. Besser geeignet war Katzenmilchpulver, das man in abgekochtem Wasser auflöste. Von Kuhmilch gab es Durchfall, den die meisten Tiersäuglinge durch den Flüssigkeitsverlust nicht überlebten. Mäxchen überstand selbst diese Phase. Anfangs mühsam drückte ihm Herrmann die Tropfen ins Mäulchen. Eine Woche lang, alle zwei Stunden, auch in der Nacht. Mäxchen wuchs schnell heran zu einem prächtigen Halbstarken, der später nur noch Nüsse, Eicheln, Mandarinen und gerne mal eine selbstgedrehte Zigarette zu sich nahm. Nach Nikotin wurde er so süchtig, dass er die Kippen aus der geschlossenen Packung stibitzte. Natürlich war er von Beginn an die Attraktion der Residenz. Sogar mit Hunden verstand er sich blendend. Später, als Herrmann ihm das Klettern beigebracht hatte, was er sonst von seinen Eltern gelernt hätte, waren Katzen zu langsam für ihn. Im Alter von etwa zwei Monaten setzte Herrmann ihn einige Male an eine Tanne vor seinem Fenster und forderte ihn zum Klettern auf, wie es sich für ein anständiges Hörnchen gehöre. Doch da dieser Reflex nicht angeboren ist, saß Max nur in die Rinde gekrallt und sah blöd aus der Wäsche. Irgendwann begann er, Pfote für Pfote nach oben zu bewegen, bis er eines Tages in beachtlicher Höhe den ersten größeren Ast erreichte. Allerdings hatte ihm da noch keiner beigebracht, wie man wieder hinunter kommt. Und so machte er einfach den Abflug. Herrmann stockte der Atem, und er dachte an die Wochen vergeblicher Liebesmüh. Doch Max landete auf allen Vieren im dichten Laub, schüttelte sich einmal kräftig und hoppelte wieder auf ihn zu. Wie üblich hüpfte er auf Herrmanns ausgestrecktem Bein an ihm hoch und machte es sich auf dessen linker Schulter hinter dem warmen Ohr bequem.

47

Lisa vermochte den kleinen Mann mit dem Sprachfehler nicht einzuordnen. Zugegeben, er wirkte etwas seltsam und machte einen verschlagenen Eindruck. Und doch strahlten seine Augen eine innere Wärme aus. Wer so aussah, dem hatte das Leben sicher schon als Kind übel mitgespielt. Mehrere Male hatte sie ihn im Hof beobachtet und bemerkt, wie akribisch und konzentriert er seiner Arbeit nachging. Auch im Club fehlte so was wie ein Mädchen für Alles. Sie würde Paul heute Nacht darauf ansprechen, wenn sich die Gelegenheit ergab und dieser bei guter Laune war. Dies war meist nach zwei bis drei Pernod der Fall, wenn der Abend gut gelaufen war. Vielleicht könnte der kleine Mann das Treppenhaus neu streichen und mindestens zweimal die Woche ein paar Euro dazu verdienen.

Der langhaarige Mann mit dem finsteren Blick hatte Thoralf vor einigen Wochen am späten Nachmittag angesprochen und sich als Herr Rohwer vorgestellt. Er sei der Inhaber des Swinger-Clubs und benötige einmal wöchentlich eine Hilfskraft für die gründliche Reinigung des Treppenhauses sowie des Nassbereiches. Thoralf wusste nicht, was ein Swinger-Club war, aber die Arbeit würde ihm zusätzlich zweihundert Euro im Monat bringen. Deshalb sagte er sofort zu.

Scheinbar war der Chef mit ihm zufrieden, denn immer häufiger nahm er ihn beiseite, und drückte ihm einen Schein in die Hand, wenn er auch privat einige Dinge für ihn erledigen sollte. Seine oberste Pflicht sei absolute Verschwiegenheit, predigte ihm Herr Rohwer ein. Ein Swinger-Club sei eine sehr intime Angelegenheit, vor allem für die Gäste. Aus diesem Grunde verlange er von Thoralf, den er nur Thor nannte, absolute Diskretion, denn als Chef ließen sich geschäftliche und private Angelegenheiten manchmal nicht trennen.

Seltsame Leute trieben sich in dem Club herum, fand Thoralf. Am merkwürdigsten waren die Männer und Frauen, die sich jeweils einmal im Monat am Montagmorgen nach Feierabend dort versammelten, wenn Lisa und die anderen Mädels schon gegangen waren. Ohne ihn jedoch danach gefragt zu haben, denn das hätte er sich niemals getraut, klärte Herr Rohwer ihn auf. Es handelte sich um Heavy-Metal-Fans, die jedes Jahr gemeinsam zum Wacken-Open-Air Festival fuhren, um dort Hardrock und Heavy Metal zu hören.

Als er das hörte, war Thoralf nicht mehr zu halten. W:O:A - sein Traum seit mehr als zehn Jahren. Und dieses Jahr trat seine Lieblingsband auf: Iron Maiden. Schade, dass er nie die Gelegenheit haben würde, einmal dieses Ereignis zu genießen. Einmal Wacken erleben und sterben, denn das wäre der Höhepunkt seines Lebens. Doch wie es aussah, würde er weiter leben müssen. Niemand würde ihn jemals mitnehmen. Und alleine wagte er sich nicht dorthin.

Im Laufe der Wochen bekam er mit, dass auch Lisa, die ihn jedes Mal freundlich grüßte und immer ein nettes Wort für ihn übrig hatte, dieses Jahr zum ersten Mal mitfahren würde. Doch auch ihr vertraute er den sehnlichsten Wunsch nicht an.

Lieber setzte er sich bei den Treffen der Wacken-Anhänger in die leere und muffige Etage über dem Club und hörte durch den bröckelnden Schornsteinschacht der Musik zu, wenn sein Chef am Montagmorgen die Anlage aufdrehte. Dann trank er eine Dose Bier und träumte davon, mitten unter Tausenden von Fans vor den großen Bühnen zu stehen, die er einmal im Fernsehen gesehen hatte, und laut grölend mitzufeiern.

Diesen Montagmorgen würde Thoralf nicht vergessen. Gerade hatte er die Dose Pils geöffnet und zum ersten Schluck angesetzt, da hörte er Stimmen die Treppe hinaufkommen. Als die Tür sich knarrend bewegte, rutschte er soweit es ging hinter den Schornsteinvorsprung und drückte sich mit dem Rücken gegen die Mauer, deren Farbe vor Feuchtigkeit abzublättern begann. Die eine Stimme erkannte er sofort, die anderen hatte er nie gehört. Und genau diese eine Stimme durfte nicht wissen, dass Thoralf hier heimlich der Musik lauschte, jeden Montagmorgen, denn es war die Stimme des Mannes, der nach eigenen Angaben nichts mehr hasste, als wenn ihm jemand hinterherspionierte. Nicht, dass Thoralf das getan hätte. Er wollte schließlich nur Musik hören. Aber Herr Rohwer sah das sicher anders und würde furchtbar wütend werden. Den Job wäre er dann auch los. Also blieb er mucksmäuschenstill in der Ecke sitzen und hoffte, die Männer würden ihn nicht entdecken.

Er hatte Glück. Die drei männlichen Stimmen blieben in der Mitte des Raumes stehen. Anfangs versuchte Thoralf, die Worte zu ignorieren, zählte im Innern wie früher beim Versteckspielen leise bis Hundert. Doch dann bekam er ein paar Brocken mit, und plötzlich rumorte es in seinem Innern wie in jener Nacht, als die anderen Kinder ihn einsam am Baum hatten stehen lassen. Er spürte das unerklärliche Wachstum und wusste, er musste über sich hinauswachsen, konnte Dinge bewegen, die nur wenige Menschen bewegten.

Er würde seinem Leben einen endgültigen Sinn geben.

48

Etwa zwanzig Mitarbeiter der Firma Forrest-Tec waren seit elf Tagen damit beschäftigt, die Senioren-Trimmanlage zu errichten. Breite Schneisen wurden in die Tannenschonung geschlagen, einzelne Buchen gefällt, Kletteranlagen und Verschnaufbänke aufgestellt. In eine Lichtung nahe des Haupthauses von dort jedoch nicht einsehbar wurde eine Anlage für Kugelstoßen und Speerwerfen aufgebaut. Alles ausgelegt auf über Sechzigjährige Sportskanonen. Ein rollstuhlkompatibler Waldwanderweg wurde asphaltiert. Zur Freude der Joggingfans betonierten sie jedoch nicht die alte Laufstrecke dicht. Zwar schnitt die AOK-Shopper Route, wie Herrmann sie respektlos nannte, auf Teilstücken den Waldweg oder verlief parallel zu diesem. Schließlich wollten auch Gehbehinderte den See erreichen. Doch es gab nur sehr wenige Berührungspunkte. Da der Trimmpfad sehr viele Ruheabschnitte beinhaltete, wurden hier sinnigerweise besonders viele der neuartigen Nistkästen installiert. Einige wenige waren auch an den einzelnen Parcoursstationen aufgehängt worden, immer in der

Nähe der beiden Strecken, was durchaus Sinn machte, konnte man diese nun auch per Rad oder Geländebuggy erreichen und sogar im Winter von den Fahrern der kleinen Streufahrzeuge betreuen lassen.

Soviel durchdachtes Engagement war Herrmann in seinem Leben noch nicht untergekommen. Beinahe hätte man annehmen mögen, Teile der Gesellschaft befänden sich auf dem Weg zu intelligenter Abnormität. Womöglich war der denkende und fühlende Mensch doch noch nicht völlig ausgerottet, irgendwo auf der Erde, abgeschottet von der Zivilisation, letzte Exemplare entdeckt und nachgezüchtet worden. Verteilte man diese nun in Ballungsgebieten, um der endgültigen Zersetzung der Menschheit Einhalt zu gebieten? Das wiederum hätte geheißen, die Verantwortlichen in Regierungen und Ämtern besäßen selbst noch einen Anflug von Menschlichkeit und Vernunft.

An den Weihnachtsmann glaubte Herrmann seit achtzig Jahren nicht mehr. Aber an seine Schlager-Ikonen der früher Sechziger wie den roten Teufel Katja Ebstein. Und schon die hatte gesungen:

> Wunder gibt es immer wieder <.

Mal abwarten. Gute Ansätze erkennend lief er weiter, das Herz voller Freude, ein undefinierbares Kribbeln im Nacken, Gänsehaut am ganzen Körper.

49

„Was hätte meine Prinzessin denn heute gerne zum Abendessen ?" Liebevoll legte Frank Dell den Arm um Lisa, während sie die Drehtür des Freesen-Centers betraten. Der gewölbte Bauch ließ sich nicht mehr verbergen, und ihr Gesicht strahlte seit Wochen eine innere Zufriedenheit aus, die sie selbst an sich nie kennen gelernt hatte. Das Leben verlief auf einer komplett anderen Schiene, und es gefiel ihr so gut, dass sie manchmal befürchtete, es könne sich eines Morgens als schöner Traum herausstellen.

Ein Kniff in seinen strammen Hintern bewies ihr das Gegenteil.

„ Autsch, du Frechdachs. Bist wohl übermütig, was? Na warte, wenn wir nach Hause kommen."

„ Huuh, jetzt hab ich aber Angst. Legst du mich dann über´s Knie?"

Erneut zwickte sie ihn in den Po.

„ Bitte, bitte, versohl mir den Hintern. Du weißt, darauf steh ich unheimlich ..."

Gleichsam frech und lüstern lachte sie ihm ins Gesicht.

Nie zuvor hatte er ein Mädel mit derart erotischer Grundeinstellung kennen gelernt, und die Schwangerschaft schien ihre Hormone noch weiter anzuheizen. Gemeinhin wurde den Männern Sexgier unterstellt. Angeblich dachten diese bis zu hundert Mal am Tag an Sex. Lisa dachte nur einmal täglich daran. Von 0.00 bis 24.00 Uhr. Nicht, dass er sich darüber beschwerte, im Gegenteil. Er brauchte sie nur anzusehen, nur die Wolllust in ihren dunklen Augen zu erahnen, dann schoss ihm das Blut in die Lenden. Manchmal bekam er allerdings Probleme damit, sich auf andere in dem Moment wichtigere Dinge zu konzentrieren.

Dieser Zustand hielt nun schon vier Wochen an und löste eine Phase ab, in der die beiden unaufhörlich gekuschelt hatten. Wie frisch verliebte Teenager blieben sie mitten in der Stadt, im Supermarkt oder auf einem Parkstreifen stehen, sahen sich tief in die Augen, nahmen sich fest in den Arm und wollten sich nie wieder loslassen. Dieses Gefühl hielt nach wie vor an, doch jetzt überwog doch eindeutig ihre Gier nach körperlicher Vereinigung. Wäre es nach ihr gegangen, hätten sie sich auch direkt vor der Fleischtheke lieben können, inmitten keifender Hausfrauen und kreischender Kinder. In der Hinsicht schien sie völlig schmerzfrei. Bisher hatte er es jedoch stets geschafft, sie noch mindestens bis zum Auto zu vertrösten. Ob das diesmal klappen würde, daran hegte er ernsthafte Zweifel, zumal ihn ihr nach wie vor schlanker und aufregender Körper durch die kleine runde Kugel noch stärker erregte. Viele Männer, so sagte man, hätten Probleme mit der Ästhetik einer schwangeren Frau. Ihn machte das unheimlich an, obwohl er nicht wusste, warum.

„ Reiß dich zusammen, du kleine geile Sau," flüsterte er in ihr Ohr. „Bekommst du eigentlich nie genug? Ist das normal bei schwangeren Frauen?"

„ Keine Ahnung," knabberte sie an seinem Ohrläppchen.

„ Ich war noch nie schwanger. Und außerdem ist mir egal, was normal ist. Und zur ersten Frage: Ich bekomme nie genug. Nie genug von dir. Ich würd´ dich am liebsten auffressen."

Dabei biss sie ihn liebevoll in den Hals.

„ Damit kannst du nachher anfangen, wenn wir nach Hause kommen. Wie ich dich kenne, interessiert dich doch nur ein Körperteil von mir. Und danach bist du satt."

„ Stimmt gar nicht," gab sie sich entrüstet.

„ Ich könnte dich komplett vernaschen. Von Kopf bis Fuß. Aber jetzt gib endlich mal Ruhe. Du machst mich ganz wuschig."

Sie sahen sich an und brachen in ein Lachen aus, das vorbeigehende Kunden und auch die Angestellte hinter dem Informationsschalter mit ungläubigem aber amüsiertem Kopfschütteln quittierten.

„ Ich glaube, mir ist heute nach einem saftigen Stück Fleisch," meinte Lisa mit ernster Miene.

„ Nach einem richtig schönen, blutigen und zarten Stück Fleisch."

„ Hey, ich denke, du wolltest damit aufhören."

„ Ach, du bist blöd. Ich meine ein herzhaftes Filet- oder Ribeye-Steak, am liebsten medium oder englisch."

„ Kein Problem, sollst du haben. Der Meisterkoch persönlich wird es Madame ganz nach Belieben zubereiten. Und was dazu? Was

hältst du von klassischer Folienkartoffel, Knoblauchbrot und grünen Bohnen?"
„ Oh ja, und dann noch eine Schüssel Sourcreme und Kräuterbutter. Als Nachspeise hätte ich gerne Marzipan-Eis von Langnese und danach meinen Mann. Das wäre perfekt."
„ Auch das lässt sich möglicherweise arrangieren, mein Schatz."
Jemand tippte ihm von hinten auf die Schulter.
„ Ich unterbrech euer Liebesgeflüster ja nur ungern, Fredi, aber wir haben uns so lange nicht gesehen, dass ich einfach nicht anders konnte."
Die Stimme in seinem Rücken war unverkennbar, auch wenn er sie zuletzt vor genau 28 Jahren gehört hatte, am Tag der Abi-Feier der Immanuel-Kant-Schule. Freudig drehte er sich um und schloss, ohne zu überlegen, den einen Kopf kleineren, grauhaarigen und ausgezehrten Mann mit dem eigenwilligen Bart in die Arme.
„ Mensch, Thoddy, das ist mal ´ne Freude. Ich dachte, dich gibt´s schon gar nicht mehr. Darf ich vorstellen, meine Süße Lisa. Lisa, das ist Thoddy, ein Schulkamerad aus vergangenen Tagen."
Die beiden musterten sich interessiert, und Thorsten reichte Lisa die Hand.
„ Müssen uns ungefähr zu der Zeit das letzte Mal gesehen haben, als du geboren wurdest. Das ist schon Wahnsinn, wenn man überlegt, was in diesen Jahren alles passiert ist. Wie geht´s dir?"
„ Das müssen wir mal in Ruhe besprechen, denke ich."
Der langhaarige Mann mit den markanten, wettergebräunten Gesichtszügen und dem seltsamen Schmuck, wirkte plötzlich beunruhigend auf Lisa. Im linken Ohrläppchen prangte ein in Silber

eingefasster Zahn, und um den Hals trug er ein mystisches Zeichen.

„ Ich wohne in der Wasbeker Straße. Hier hast du meine Karte. Ruf doch einfach mal durch, würde mich freuen. Es kommen düstere Zeiten auf uns zu. Da liegt irgendwas in der Luft. Hab es leider eilig. Also hoffentlich bis bald. Tschüß ihr beiden."

Damit verschwand Thorsten in einem der unzähligen Gänge zwischen den Regalen.

„ Was ist das denn für ein komischer Kauz?"

Lisa schüttelte sich. Scheinbar fühlte sie sich unbehaglich in ihrer Haut.

„ Der ist mir irgendwie nicht geheuer. Hast du gesehen, was der für Schmuck trägt? Und dann die Haare, der Bart und die tiefen Falten. Der ist mir unsympathisch."

„ Moment mal, Lisa. Ich hab Thoddy zwar mehr als ein halbes Leben nicht gesehen und muss zugeben, er wirkt von der äußeren Erscheinung her ziemlich extrem. Aber eines kann ich dir versichern. Er war immer ein feiner Kerl. OK, seltsam schien er auch schon zu Schulzeiten. Hat stets sein eigenes Ding durchgezogen und galt als Einzelgänger. Aber wir beide haben uns von Anfang an prima verstanden. Ich möchte wetten, Thorsten ist auch heute noch ein guter Mensch, auf den man sich in jeder Lebenslage verlassen kann."

„ Wenn du das sagst. Ich weiß nicht recht. Mir ist er zu undurchsichtig."

„ Schatz, du willst mir doch nicht erzählen, dass du in deinem bisherigen Berufsleben oder in der Zeit mit Sonny nicht viel skurrilere Typen kennen gelernt hast. Du besitzt doch sonst eine so gute Menschenkenntnis. Die Jungs, die am wildesten aussehen, sind meist die harmlosesten und gutmütigsten, oder etwa nicht?"

„ Ja, mag ja sein, dass du recht hast. Ich fühlte mich nur in dem Moment, wo er auftauchte, irgendwie unangenehm. Vielleicht hat die Biochemie mir da einfach nur einen Streich gespielt. Wenn du ihn als guten Kumpel und netten Menschen erlebt hast, dann wird es auch so sein. Allerdings ... das ist schon über zwanzig Jahre her. Du weißt, Menschen können sich ändern. Und fast hätte ich es vergessen. Wieso hat er dich Fredi genannt?"

„ Hatte gehofft, du hast es überhört, aber nun ist es raus. Meine Eltern taten mir seinerzeit den Gefallen und gaben mir zusätzlich zu meinem Rufnamen Frank noch die Namen meiner Großväter, Alfred und Balthasar. Das bekam einer meiner Jugendfreunde spitz, und von da an trug ich bis zum Ende der Schulzeit den Spitznamen Fredi. Dann zog ich nach Kiel, und der Name war vergessen. So hoffte ich zumindest. Aber bei einigen meiner alten Kumpels ist er wohl hängen geblieben. Pech gehabt."

50

Noch eine Woche bis zum großen Fitness-Test. Herrmann zog das Training an. Er wollte, nein würde der Champion der Anlage werden. Wer sollte ihn schlagen? In welcher Disziplin? Elegant stürzte er sich vom alten Bootssteg in das erfrischend kühle, verhältnismäßig klare Wasser. Normalerweise war eine Überquerung angesagt, doch heute wollte er es wissen. Hin und zurück. Keine schlechte Strecke für einen Über - 40 - Jährigen. Früher bevorzugte er den Kraulstil oder >Freistil< wie es heute hieß. Doch als der Doc ihm vor fünfunddreißig Jahren die Röntgenbilder seiner beiden Schulter vorlegte, nachdem er monatelang vor Schmerzen nicht in den Schlaf gekommen war, sah er ein: Es war zwecklos. Gelenke waren faktisch nicht mehr vorhanden. Weggefressen sozusagen von Säuren und freien Radikalen, wie der Sportmediziner versuchte, ihm zu erklären. Ergebnis: Fortgeschrittene Arthrose.

„Wären das ihre Kniegelenke," bemerkte der Arzt aufmunternd, „könnten sie schon lange nicht mehr gehen. Nur durch die kräftig ausgebildeten Muskeln und weil sie kein Warmduscher sind, können sie die Arme überhaupt noch bewegen. Obwohl diese Art von Gelenk keiner dauerhaften Belastung ausgesetzt ist und durch das Hängen der Arme sozusagen entlastet wird, werden allerdings einige Bewegungen nicht mehr oder nur unter starken Schmerzen möglich sein. Abhilfe könnte eine Operation an der Uni-Klinik bringen, doch ohne Erfolgsgarantie."
Er lehnte dankend ab. Lieber verzichtete er auf Kraulen, Squash, Handball und sein geliebtes Boxtraining. Alles andere lief weiterhin wunderbar. Er perfektionierte seinen Bruststil und konnte so manchen schönen Erfolg bei regionalen Wettkämpfen für sich verbuchen. Tricks oder Stiländerungen sah er sich von den Athleten im Fernsehen ab und versuchte, diese im Training umzusetzen.

Was er besaß, war eine Art Bewegungsintelligenz, die fast allen guten Sportlern zu eigen ist, zu denen er allerdings nie wirklich gezählt hatte. Das Verlangen, allein in einer Disziplin zur Spitze zu gehören, hatte ihn nie gepackt. Vielmehr war er zeitlebens ein Allround-Talent gewesen. Dies entsprach auch seiner Lebenseinstellung. Spezialisten starben mit ihrer Spezialität. Die Vielseitigen kamen immer und überall klar. Aber nie ganz nach oben.

Kraftvoll und beharrlich pflügte er das grüne Wasser beiseite. Eigentlich war es nicht mehr das Brustschwimmen, das er aus seiner Kindheit kannte. Im Grunde schossen Oberkörper und Arme nach vorne, während der Kopf ganz ins Wasser eintauchte, um dann im nächsten Moment kurz und eng an den Körper zurück zu zucken. Die Hauptarbeit verrichteten dabei die Beine. Arme und Kopf bildeten nur die Speerspitze, die das Wasser teilte. Das ging mehr auf Lunge und Pumpe, weil die Bewegungen heute schneller aber weniger kraftraubend waren. Das wiederum kam seinen kaputten Schultern entgegen. Er war in großartiger Form, das spürte er. Jeden Tag wurde er besser. Der wievielte Frühling ihn allerdings gerade beflügelte, vermochte er nicht mehr nachzuvollziehen.

51

Eine Woche später, Frank Dell verbrachte den Spätdienst auf der Dienststelle, fiel ihm bei der Suche nach einer Notiz die Visitenkarte seines ehemaligen Schulkollegen in die Hände.
>> bone - art << Amulette und diverse Schmuckstücke aus Tierknochen und - zähnen. Thoddy war seiner individuell unangepassten Linie treu geblieben.

Wenige Minuten nach dem Anruf saß er in Thorstens Werkstatt und beäugte interessiert die vielfältigen Kunstarbeiten des alten Freundes.

„ Was haben denn diese Zeichen auf den Amuletten zu bedeuten? Beschäftigst du dich schon lange mit diesem Handwerk?"

„ Damit beschäftige ich mich schon seit vielen Jahren. Ich fertige aus Pferdeknochen, Pferdezähnen und Gallowayknochen per Handarbeit unter anderem Amulette als Anhänger, die dem Träger bestimmte Eigenschaften verleihen oder verstärken sollen. Andere wiederum sollen den Besitzer vor äußeren schädlichen Eindrücken schützen."

„ Und wie bist du darauf gekommen? Hast du denn Ahnung von den bestimmten Zeichen, kennst du dich richtig damit aus, oder handelt es sich eben um Schmuckstücke, die du nach eigenen

Vorstellungen schnitzt und ihnen dann einfach irgendwelche Eigenschaften zusprichst? Wenn ich ehrlich sein soll, kenn ich mich mit keltischen und germanischen Ritualen und dem dazu gehörigen Glauben kaum aus. Ich selbst befasse mich nun auch schon seit Jahrzehnten mit den Bräuchen und Sitten der nordamerikanischen Indianer. Dort gibt es ja wie bei wohl allen ursprünglichen Naturvölkern solche rituellen Gegenstände. Bei denen muss allerdings ein Schamane oder Medizinmann diese Dinge gefertigt haben, damit sie ihre angedachte Wirkung entfalten können. Wie sieht das bei deinen Kunstwerken aus? Werden die auch von jemandem besprochen oder geweiht, oder lässt du diesen Hokuspokus einfach weg?"

Bei den letzten Worten sah Thorsten von seiner Arbeit auf und blickte ihn ernst aber nicht empört an.

„ Um Hokuspokus handelt es sich weder bei den Urvölkern, noch bei den keltischen Ritualen. Es würde jetzt und hier zu weit führen, dir diese zu erklären. Nur soviel. Ich bin ausgebildeter und anerkannter Schamane und dazu befähigt, diese Amulette und anderen Gegenstände einzuweihen."

„ Tut mir leid, ich wollte dich nicht beleidigen. Das ist ja hoch interessant. Wenn wir beide mal mehr Zeit haben, musst du mir ausführlich davon erzählen. Eventuell hab ich auch ein Anliegen, eine Bitte an dich, mich bei einer Untersuchung zu unterstützen."

„ Hab letztes Jahr von dir und dem Heep Mörder gelesen. Du bist also bei der Kripo. Kannst mich gerne fragen, wenn du meine Hilfe benötigst. Ich werde dann sehen, was ich für dich tun kann."

Der Schamane legte sein Werkzeug nieder und bat Frank, ihm in den Garten zu folgen, wo sie inmitten eines Steinkreises auf bequemen Korbstühlen Platz nahmen.

„ Du fragst dich vielleicht, warum wir uns hierhin setzen, aber das werde ich dir gleich erläutern. Dieser Steinkreis soll uns vor bösen Einflüssen schützen und davor bewahren, dass Worte, die zwischen uns gesprochen werden, in die falschen Ohren gelangen. Seit Wochen empfange ich negative Schwingungen in Neumünster aber auch in den angrenzenden Dörfern. Die dunklen Mächte sind dabei, sich zu bündeln, und versuchen, die Macht an sich zu reißen."

„ Aber ..."

Thoddy gab ihm das Zeichen, inne zu halten.

„ Lass mich bitte erst ausreden, Fredi, danach wirst du sicher noch mehr Fragen an mich haben, die ich so gut wie möglich beantworten werde. Aber erwarte nicht zu viel. Ich bin mit der Materie befasst, bewege mich in anderen Kreisen, sowohl körperlich als auch geistig und seelisch. Aus diesem Grunde sprechen wir eigentlich unterschiedliche Sprachen, oder anders herum: Was der eine von uns sagt, wird von dem anderen nicht so verstanden, wie es gemeint ist und umgekehrt. Eventuell bin ich dir gegenüber ein wenig im Vorteil, denn ich bewege mich auch in deiner Welt. Doch nun zu dem Punkt, der mich belastet, seit wir uns letzte Woche trafen. Wie lange kennst du schon deine Frau, ich glaube, Lisa heißt sie?"

„ Seit ziemlich genau vier Monaten. Warum fragst du?"

„ Ich habe mich jeden Tag gefragt, ob und wie ich es dir beibringen soll. Hättest du dich nicht gemeldet, dann wäre ich nicht auf dich zugekommen, denn ich möchte dich nicht vor den Kopf stoßen. Versteh mich bitte nicht falsch bei dem, was ich dir jetzt sagen werde. Ich kenne deine Freundin nicht, bin ihr nie zuvor in meinem Leben begegnet und kenne auch niemanden außer dir, der je Kontakt zu ihr hatte. Mein Empfinden beruht also weder auf Gerüchten noch auf anderen Einflüssen, die mir von einem Dritten zugetragen wurden. Das Gefühl kam schon auf, als ich real betrat. Böse, unheimliche Wellen schlugen mir entgegen, doch ich wusste nicht, woher. In dem Moment, wo ich um die Ecke bog und dich erkannte, verstärkte sich die Macht des Seelenlosen. Und als ich dann Lisa die Hand reichte, hätte mich die Ausstrahlung des vernichtend Bösen beinahe zerrissen. Ich ließ mir nichts anmerken, aber nur meine schamanische Kraft erlaubte mir, stehen zu bleiben und nicht wie vom Blitz zerschmettert nieder zu stürzen."

Frank hielt es nicht auf dem Stuhl. Erregt sprang er auf und ließ seiner Wut freien Lauf.

„ Du behauptest also, Lisa wäre böse, obwohl du sie gerade einmal drei Minuten gesehen und ihr die Hand geschüttelt hast? Was bildest du dir eigentlich ein. Bist du bescheuert, mir mit so einem Scheiß zu kommen? Lisa hatte doch recht. Du hast was an der Waffel. Wer sonst käme auf die Idee, mir so einen Mist an den Kopf zu schmeißen."

In sich ruhend und mit freundlichem Gesichtsausdruck blieb Thorsten sitzen und forderte ihn auf, sich wieder zu setzen.

„ Hab ich´s dir nicht gesagt, Fredi? Du verstehst mich nicht, weil du nicht weißt, was mir zugänglich ist. Ich sage nicht, dass Lisa ein schlechter Mensch oder böse ist. Aber eine negative Aura umhüllt sie. Etwas, das du nicht kennst und dem ich nur ungern gegenüber treten möchte, hat sich ihrer bemächtigt. Das ist keine Spinnerei. Das ist die Wahrheit. Nicht die Wahrheit unserer Zivilisation, denn der Normalbürger würde diese nicht einmal erkennen, geschweige denn glauben, wenn sie ihm auf die Brust genagelt würde. Das Gehirn und die sogenannte Logik blockieren die wirkliche Erkenntnis.

52

Der Süder war gerammelt voll an diesem wunderbar milden Samstagabend im Juli. Als Frank Dell den Biergarten betrat, musste er einen Augenblick lang suchen, bis er den Chaotenhaufen an dem ersten Tisch links am Gebäude entdeckte.

„ Bleib gleich steh´n und bring zwei große Holsten mit," grölte sein Kumpel David, aber Frank setzte sich zunächst einmal zu der Truppe, die sich jedes Jahr erneut ein paar Wochen vor dem Wacken Festival traf, um die Planung und den Einkauf zu besprechen. Nach Mels Tod im letzten Jahr war er mit Hans Meier des öfteren nachts in Neumünster unterwegs gewesen und hatte die Truppe irgendwann näher kennen gelernt. Es stellte sich heraus, dass viele von ihnen im Bad am Stadtwald arbeiteten, wo er mit der Mordkommission im Vorjahr im Mord an deren Kollegen ermittelt hatte. Auch ein Kollege aus Neumünster gehörte dazu. Im Laufe der Zeit freundete man sich an und fand einige Gemeinsamkeiten. So fuhr der wilde Haufen bereits seit mehreren Jahren gemeinsam nach Wacken. Schnell war Frank zu dem Entschluss gekommen, sich diesen Leuten anzuschließen. Hans Meier konnte dieser Art von Musik nicht das Geringste abgewinnen und widmete sich lieber seinem neuen Hobby, der Jazz-Trompete.

„ Los, rück ein Stück zur Seite, Du Spritnase," forderte er Sven auf, der eben den Humpen zum Hals führte und sich fast verschluckt hätte.

Da er bis auf Schubi und Arne, die Saunameister aus dem Bad , jeden der sieben Anwesenden bereits am Vormittag gesehen hatte, begrüßte er nur die beiden mit Handschlag.

„ Wie ich seh, seid ihr schon ordentlich am Bechern. Habt ihr auch schon was geregelt gekriegt, oder muss ich das wieder mal in die Hand nehmen."

„ Ja, lass uns endlich anfangen, bevor wir alle so breit sind, dass wir nichts mehr raffen. Hase und Bernd bekommen doch jetzt schon nichts mehr mit."

„ Halt du mal schön die Klappe. Hast du schon deinen Safarianzug gepackt, du Spacken?"

Hase trommelte mit den Fäusten auf den Tisch und konnte sich vor Lachen nicht mehr einkriegen.

„ Da fehlte nur noch so ein Tropenhelm, wie ihn die Großwildjäger in den Kinofilmen auf haben. Wie hieß noch gleich der Knaller, der deutsche Schauspieler, der bei Winnetou und in den Edgar Wallace Filmen mitgespielt hat?"

„ Du meinst sicher Eddy Arendt," antwortete David, der Betriebsleiter vom Bad am Stadtwald mit dem Gedächtnis eines Elefanten.

„ Der ist zwar Engländer, aber es stimmt, der hat in einigen der Filme mitgespielt. Wirkte immer leicht trottelig ..."

„ Sag ich ja, das passt doch zu Arne," prustete Hase weiter.

„ Gebt der bloß nichts mehr zu trinken, die wird sonst noch witziger," warf Arne ein.
„ Können wir bald mal zur Sache kommen? Ich möchte danach in Ruhe mein Hefe weitertrinken. Oder zwei, oder drei ..."
„ Wo hast du eigentlich deine Süße gelassen," meldete sich Franks Kollege Enkman, von den meisten nur Commander genannt.
„ ... ich denk, die wollte auch mit nach Wacken. Ist ja sonst nicht auszuhalten nur mit hässlichen Kerlen in einem Zelt. Hase zählt nicht, die ist ja eine von uns."
„ Lisa fährt auch nach Wacken, aber nicht mit uns. Wir treffen uns dort. Die haben sich schon Anfang des Jahres, bevor wir uns überhaupt kannten, mit ein paar Leuten aus dem Club und Bekannten abgesprochen, dass sie gemeinsam hin wollen. Da mochte sie jetzt nicht mehr absagen."
„ Schade eigentlich. Ihre Kollegin soll ja auch so ein heißer Zahn sein. Wenn ich mal ne Nacht nicht auftauche, macht euch keine Sorgen. Dann bin ich bei denen im Zelt gestrandet."
„ Jo, is klar, Commander. Kann mich nicht entsinnen, dass du bisher auch nur einmal ohne fremde Hilfe das eigene Zelt gefunden hättest. Wie willst Du denn wohl das Zelt der Mädels finden?"
„ Das glaub mal, dass der das findet. Auch im Vollsuff. Wenn es irgendwo was aufzureißen gibt."
Sein Bruder Bernd, der Zimmermann, traf den Nagel mal wieder auf den Kopf. Sven schnappte sich vom Nebentisch einen Zettel, und bat die vorbei huschende süße Bedienung um einen Stift.

„ So, zunächst einmal verteilen wir die Aufgaben. Frank kümmert sich wie immer um das Zelt. Hast Du Manner schon Bescheid gesagt? Nicht, dass wir zwei Tage vor Abfahrt erfahren, es befindet sich noch zur Reparatur, wie letztes Jahr."

„ Keine Panik, ist alles geregelt. Ich hol das Zelt nächste Woche mit Schuby direkt beim PSV-Sportplatz ab. Dann lagern wir es bei ihm auf dem Dachboden. Ansonsten haben wir ja noch das Teil von ebay an der Hand. Ist aber mehr ein Partyzelt und nicht so winddicht."

„ OK, Bernd besorgt den Hänger und stellt seinen Jeep zur Verfügung?"

„ Ja, geht in Ordnung. Der ist zwar vor drei Wochen ausgebrannt, aber noch fahrbereit. Kann aber keinen mitnehmen. Hab alles rausgerissen und nur ´nen neuen Fahrersitz eingebaut. Reicht auf jeden Fall, um den Hänger hin und zurück zu ziehen. Den hol ich einen Abend vorher bei Rudi ab. Wann fahren wir denn nun eigentlich los?"

„ Mittwochmorgen haben wir gedacht."

„ Ist das nicht ein bisschen früh, Stummel? Dann hängen wir da einen ganzen Tag rum und nichts passiert."

„ Pass auf, Hase. Du als eingefleischter Schlagerfan kannst das natürlich nicht wissen. Aber dieses Jahr spielen dort Iron Maiden. Die sind sozusagen die Urväter des Heavy Metal und geben ihr einziges Deutschlandkonzert. Hab mir gestern noch mal im Internet die running order ausgedruckt. Maiden werden zwar erst am Samstagabend spielen, dennoch werden 65.000 Menschen, die zum Teil vom anderen Ende der Welt einfliegen, versuchen, rechtzeitig in Wacken zu sein, um einen vernünftigen Platz zu ergattern. Manche kommen sogar schon montags an. Wenn wir so wie letztes Jahr erst am Donnerstag losschippern, dann garantier ich Dir, werden wir diesmal mindestens vier Stunden lang kreuz und quer über den Acker kurven und dann am Arsch der Welt unser Lager aufschlagen müssen. Das tu ich mir nicht an. Wenn jemand nachkommen möchte: Bitte schön. Aber wir sollten am Mittwoch gegen 9 Uhr mit mindestens so vielen Leuten dort aufschlagen, dass wir problemlos das Zelt aufbauen können. Bevor ich´s vergess. Bernd, bringst du wieder die Plane mit, damit wir nicht absaufen?"

„ Liegt bereit."

„ Also fahren wir gegen 9 Uhr los, hab ich das richtig verstanden? Dann treffen wir uns wie immer um 8 Uhr auf dem Hof und laden den Hänger voll mit Proviant, Kühltruhe und Generator?"

„ Gut, dass du das erwähnst, David. Wer besorgt den Generator? Der vom letzten Jahr steht nicht mehr zur Verfügung."

„ Das machen Hase und ich. Heute steht einer in der Werbung bei Praktiker für 100 Tacken. Der sollte langen."

„ Gut, dann ist das auch geklärt. Getränke und Essen laufen wieder über mein Bistro. Wer sorgt für Musik?"

Schuby meldete sich.

„ Das kann ich machen. Wir nehmen meine Anlage aus dem Wintergarten. Die sollte auch für das Zelt ausreichen."

„ Dann müssen wir eigentlich nur noch abklären, was wir an Essen und Trinken mitnehmen."

„ Hauptsache, ihr kommt nicht wieder mit dem ekligen Urtyp an," ereiferte sich Frank.
„ Wir hatten letztes Jahr extra Dithmarscher Pilsener abgesprochen und du, Arne, schleppst dann das scheiß Urtyp an und säufst später doch nur Hefe, so dass wir Biertrinker uns die Gülle runterwürgen müssen."
„ Jetzt hab ich wieder Schuld. Geht doch selber einkaufen. Mir ist doch scheißegal, was ihr trinkt."
„ Tun wir auch."
Der Commander stand entschlossen auf.
„ Und jetzt wird erst mal nachgetankt. Bin schon am Vertrocknen. Will noch einer was?"
Der komplette Tisch hob die Hand.
„ Seid ihr bescheuert? Dann kommen aber zwei mit. Ich schlepp das nicht alles alleine hierher."

53

Die Nachricht kam über Funk, als er einige Tage später eben im Begriff war, den Zivilwagen im Meisenweg zu parken. Da er Bereitschaftsdienst hatte, brachte es nichts, die Einsatzleitung zu ignorieren, denn eine Minute später wäre sein Handy gegangen.
„ Hier spricht Erika. Befindet sich ein Wagen in der Nähe des Dosenmoors?"
Keine Antwort.
„ Erika. Hier ist der Kriminaldauerdienst. Was liegt an? Ich bin zwar nicht in der Nähe, fahre aber sofort dorthin, wenn kein Einsatzwagen benötigt wird."
„ Ja, prima. Ich weiß zwar nicht, ob das in ihren Zuständigkeitsbereich fällt, aber ich hab im Moment keinen anderen Wagen frei. Begeben sie sich bitte zur Einfelder Schanze. Auf dem dortigen Parkplatz erwartet sie der Herr Lummer. Der Herr gibt an, beim Schwimmen im See eine Entdeckung gemacht zu haben. Allerdings scheint der gute Mann nicht mehr ganz nüchtern zu sein. Er will dort mit einigen Kollegen gefeiert haben. Aus diesem Grund kann er sich auch nicht mehr vernünftig artikulieren. Klären sie doch mal ab, worum es sich handelt."

„ Verstanden, Erika. Bin gerade in Faldera. Kann also ein paar Minuten dauern, bis ich im Feierabendverkehr dort eintreffe."
„ Kein Problem. Ich hab den Anrufer noch am Apparat. Ich werde ihn informieren. Der wird auch freiwillig nicht seinen Platz verlassen. Faselte etwas von Finderlohn."
„ Gut. Ich melde mich, sobald ich eingetroffen bin."
Hauptkommissar Dell ließ sich Zeit und fuhr durch die Kieler Straße. Eile hätte ihn nicht schneller dort eintreffen lassen. Wie immer, wenn man in Neumünster schnell an einen Ort gelangen wollte, waren sämtliche Bahnübergänge gerade gesperrt. In jedem Nest um Neumünster herum wurden die Schienenwege mittels Tunnel um- bzw. untergangen, um den fließenden Verkehr nicht unnötig zu behindern. Nicht so im Zentrum Schleswig-Holsteins. Sei´s drum, dachte Frank. Fundsachen laufen üblicherweise nicht einfach davon.

Nach geschlagenen fünfundzwanzig Minuten traf er endlich am Parkplatz ein. Aufgrund des phänomenalen Wetters der letzten Wochen, war dieser überfüllt mit einheimischen und auswärtigen Fahrzeugen. Erst nach fünf Minuten der visuellen Absuche schien Dell den Anrufer ausfindig gemacht zu haben. Unter dem übrigen Publikum stach er durch knallrote Gesichtsfarbe, suchenden Blick und unsicheren Gang heraus. Entspannt trat er auf den Mann zu.
„ Guten Tag, ich bin Frank Dell von der Kripo Neumünster. Sind sie Herr Lummer?"
Der nur in Shorts gekleidete Herr reichte ihm die erstaunlich trockene und feste Hand. Auch die Aussprache war keineswegs so undeutlich, wie der Kollege von der E-Leitung es angedeutet hatte.

„ Ja, ich heiße Karl Lummer und habe vorhin 110 gewählt. Ich war vor einer Stunde mit zwei Kumpels unten im See ein bisschen Schwimmen. Ist ja sonst nich auszuhalten bei dem Wetter. Na ja, ab und zu bin ich auch mal abgetaucht mit meiner Schwimmbrille. Wollte mal sehen, wie das da unten aussieht. Man hat ja schon so viel gehört von den Unterwasserpflanzen und ertrunkenen Leuten..."

Lummer legte eine Pause ein, die Frank Dell zum Nachhaken nutzte. Sarkasmus und Ironie lagen einfach in seinem Charakter.

„ Und da wollten sie mal sehen, ob sie nicht auch mit dunem Kopf dort hängen bleiben? Es liegt mir natürlich fern, sie kritisieren oder belehren zu wollen. Aber wir fischen in jeder Sommersaison ein paar Wasserleichen aus dem See, die zuvor nur mal angetrunken planschen wollten. Aber reden sie weiter."

Durch die Worte des Beamten unberührt fuhr Karl Lummer fort.

„ Ich tauch also runter. Die Sicht ist mehr als bescheiden. Wenn man darüber nachdenkt, mag man in dieser Brühe gar nicht mehr baden. Na, wie auch immer. Ich war schon als Schüler ein guter Taucher. Bin also bestimmt vier oder fünf Meter runter, und da seh ich plötzlich was blinken. Ich also noch weiter ran, die Luft wurde schon knapp, aber dann bekam ich so was wie einen Schub. Hab ganz vergessen, dass man auch mal atmen muss. Auf einmal hab ich einen Lenker in den Fingern, und an dem Lenker hängt ein Motorrad. Und was für eins. Auf dem Tank konnte ich ganz deutlich Harley Davidson lesen. Dann bin ich schnell wieder hoch, sonst wär ich erstickt."

Auf einmal war Frank nicht mehr der Ansicht, er hätte den Funkruf der Einsatzleitung überhören sollen. Sollte das etwa die verschwundene Maschine sein? Wenn ja, dann passte irgendetwas nicht zusammen. Wieder mal. Wer legte jemanden um und versenkte dessen dreißigtausend Euro teure Harley einfach im See? Die Hell´s Angels sicher nicht. Verdammt. Gehörte der Mord an Sonny doch zu seinem Fall? Hatte er einen Fehler begangen, als er dem LKA Hamburg die Angelegenheit überließ und ihnen die möglichen Zusammenhänge verschwieg?

„ Wo haben sie die Maschine denn genau entdeckt. Haben sie sich eine Stelle am Ufer gemerkt, anhand derer man den Fundort genauer lokalisieren kann? Sonst müssen unsere Taucher den ganzen See absuchen, und das kann dauern."

Der inzwischen wieder halb nüchterne Anrufer schaute ein wenig misstrauisch aus der beigen Shorts, über der sich ein ausgeprägter Waschbärbauch bemerkbar machte.

„ Sagen sie, kann ich vielleicht mal ihren Dienstausweis sehen? Vielleicht haben sie vorhin am Ufer nur mitbekommen, wie ich die Polizei verständigt habe, und wollen jetzt selber die Maschine rausholen oder den Finderlohn einsacken. Man weiß ja nie. Dafür gibt es doch Finderlohn, oder? Und bei so einer teuren Maschine ist der sicher nicht unerheblich."

Um ein bevorstehendes Palaver zu vermeiden, und weil es das gute Recht des Finders war, zückte Dell den Dienstausweis und hielt ihm die Nummer unter die Nase.

„ Zufrieden? So, und nun wäre ich ihnen dankbar, wenn sie mir die Stelle zeigen könnten, dann kann ich den technischen Zug in Eutin benachrichtigen, damit die Maschine endlich aus dem Wasser kommt. Über einen möglichen Finderlohn können sie sich in den nächsten Tagen mit dem Besitzer oder dessen Versicherung auseinander setzen."

Nur halbwegs zufrieden gestellt setzte sich der Finder in Bewegung und stieg die Treppen hinab zum Seeufer. Sie bahnten sich einen Weg zwischen den zahlreichen Decken und Grillplätzen hindurch. Am Wasser angekommen drehte sich Karl zum Parkplatz um, bewegte sich etwa zwanzig Meter Richtung Bordesholm und deutete dann auf die Seemitte.

„ Genau an dieser Stelle, etwa fünfzig Meter vom Ufer entfernt liegt es."

„ Woran haben sie sich orientiert?"

„ Sehen sie den Fahnenmast da hinten? Der muss sich mit der Imbissbude am Weg decken wie Kimme und Korn. Dann haben sie genau die Verlängerung.

„ Wunderbar. Endlich mal jemand, der mitdenkt und nachvollziehbare Angaben macht."

Der Mann stieg in Franks Ansehen, obwohl es zuvor im Prinzip keinen Grund für das Gegenteil gegeben hatte. Wieder einmal stellte er fest, dass er regelmäßig an dem Abstellen von Vorurteilen arbeiten musste, wenn er sich nicht zu sehr in ihnen verlieren wollte.

Als nächstes nahm er die Personalien des Mannes auf und informierte sodann die E-Leitung, die wiederum die Taucher von der Bereitschaftspolizei benachrichtigen sollten. Um sich nicht in weitere Gespräche mit dem Hinweisgeber oder anderen

Seebesuchern verwickeln zu lassen, denn danach stand ihm gerade nicht der Sinn, verabschiedete er sich zunächst von Karl Lummer und trat den Rückweg zum Auto an. Als wäre der Weg nun durch die Orientierungshilfe programmiert, ging er direkt an der kleinen Imbissbude vorbei, die trotz des grandiosen Wetters und Mengen von Besuchern nicht geöffnet hatte. Erst aus einigen Metern Entfernung sah er die Runen und Ziffern am unteren Rand der Holzverkleidung. Gleiche Farbe, gleiche Schriftart. Die Symbole verfolgten ihn inzwischen im Schlaf. Inzwischen übersetzte er automatisch in die alphabetische Bedeutung.

> M N U N. 3 0 6 2 1 3 4 7 7 <

Er zückte sein Notizbuch und vermerkte die neue Nachricht. Dann ging er zum Wagen und wartete auf das Eintreffen des Technischen Zugs.

54

Nach drei Stunden war das Motorrad aus dem See geborgen und wurde auf einem Pritschenwagen zur kriminaltechnischen Untersuchung nach Kiel gebracht. Anhand des Kennzeichens und der Fahrgestellnummer stand bereits vorher fest, dass es sich um Sonny Lohmann´s Bike handelte. Hinweise auf das Verbrechen würde die Untersuchung allerdings kaum bringen. Die Zeit im Wasser hatte so gut wie alle eventuell vorhandenen Spuren beseitigt.

Vom Tag und den Ereignissen des Sommers unendlich müde, begab sich Dell nach Hause, nicht jedoch, ohne zuvor einen Bericht für die Akten gefertigt zu haben.

Der erste Griff ging zum Telefon. Vermutlich war Lisa noch wach. Seit dem vierten Monat ihrer Schwangerschaft, dem Zeitpunkt also, da sie erst von dem wachsenden Leben in ihrem Körper erfahren hatte, litt sie unter Schlaflosigkeit. Dazu kam die Tatenlosigkeit, denn die Arbeit im Swinger-Club hielten sowohl Lisa und Frank als auch der Chef Paul für unangebracht. Irgendwo gab es dann doch bei allen eine natürliche Hemmschwelle.

„ Hallo Schatz, wie geht´s dir und dem Baby?"

„ Sehr gut, mein Liebling. Wir sind nur beide ziemlich kaputt. Mit dem Bauch macht mich die Hitze noch fertiger als sonst. Aber sonst fühl ich mich fit. Keine Angst, Wacken kann kommen. Ich freu mich schon auf ein paar Tage unter lauter Verrückten."
„ Das ist gut zu hören. Worauf ich mich freue, ist, endlich mit meinen beiden Süßen zusammen zu ziehen. Hab heute Vormittag schon bei der Baugenossenschaft Holstein vorgesprochen. Die zuständige Dame teilte mir mit, es wären ein paar schöne große Wohnungen in ruhiger Lage frei. Wenn wir Montagmorgen bei ihr auftauchen, gibt sie uns ein paar Schlüssel mit, und wir können sie uns ganz in Ruhe ansehen."
„ Oh ja, das hört sich prima an. Ich möchte auch endlich mit Dir zusammen leben. Richtig, wie eine Familie."
„ Das werden wir auch, Lisa. Wart´s ab. Bevor das Baby da ist, hab ich uns ein gemütliches Heim hergerichtet. Wir sehen uns morgen. Hab das Wochenende frei. Mal sehen, was wir schönes unternehmen. Ich liebe Dich."
„ Ich liebe Dich auch. Schlaf schön."
Zufrieden legte Frank auf.
Die Beziehung der beiden hatte sich seit ihrem ersten Treffen bei der Vernehmung im Club rasant und ungewöhnlich entwickelt. Beide spürten schnell, dass die gegenseitigen Gefühle tiefer gingen als bloße Sympathie. Sie genossen die gemeinsame Zeit und verbrachten so manche Nacht mit ausgiebigen und intensiven Gesprächen, nachdem sie sich heftig und leidenschaftlich ausgetobt hatten, Meist in ihrer Wohnung, die er weitaus gemütlicher fand, einer Frauenwohnung eben.

Ebenfalls einig waren sie sich, dass dies der Beginn einer festen Beziehung sein sollte. Nach einem flüchtigen Abenteuer stand aufgrund unterschiedlich langer, aber ähnlich abwechslungsreicher Biographien, weder Frank noch Lisa der Sinn.

Die erste Hürde, jedenfalls hielt Lisa diese dafür, tauchte unverhofft auf. Nach einem Arztbesuch stand Lisa eines Abends unerwartet vor seiner Tür und offenbarte ihm, sie sei schwanger. Seine anfänglich überschwängliche Freude erhielt einen Dämpfer, als Lisa ihm mitteilte, sie sei bereits im fünften Monat. Soweit er das in Erinnerung hatte, schliefen die sie gerade mal vier Wochen miteinander.

Das Kind konnte nach Lisa´s Auskunft und Berechnung also nur von Sonny sein. Und der war tot. Nach dem ersten Schock beruhigte er seine völlig aufgelöste Freundin. Er hatte wirklich kein Problem damit. Trotzdem würden sie das Kind gemeinsam groß ziehen, als wäre es ihr gemeinsames.

Dieser Abend hatte sie noch näher zusammen geschweißt. Lisa schien überglücklich und dankbar, doch von Dank wollte er nichts hören. Für ihn war das selbstverständlich. Er liebte diese Frau, und er würde alle ihre Kinder lieben, ob eigene oder fremde.

55

Mild und trocken lag die Nacht vor ihm. Frank Dell trat hinaus auf den Balkon und atmete tief durch. Milliarden von Sternen funkelten über den Häuserblocks nahe des Faldera-Parks.

Faldera, dieser Name hatte ihn schon in der Kindheit interessiert, doch erst vor einigen Wochen war er dazu gekommen, im Internet darüber zu recherchieren. Soweit er das richtig verstanden hatte, war Faldera im Hochmittelalter der slawische Name gewesen für eine Ansiedlung, die zur selben Zeit von germanischer Seite Wipenthorp genannt wurde. Vermutlich im Zentrum befand sich genau am Zusammenfluss von Schwale und Stör die bereits zu Beginn des 9. Jahrhunderts im Zuge der Auseinandersetzungen zwischen den sächsichen Holsaten und slawischen Wenden errichtete Wittorfer Burg. Als 1127 der Priester Vicelin beauftragt worden war, in dieser Siedlung Wippendorf ein Augustiner-Chorherrenstift zu gründen, welches novum monasterium genannt wurde, verlief durch dieses Gebiet ziemlich senkrecht von der Kieler Förde im Norden bis zur Elbe im Süden eine Grenze zwischen dem Sachsenreich im Westen und den Slawen in Ostholstein. Da Neumünster (novum monasterium) sich genau auf dieser Grenzlinie, der limes saxoniae, befand, bot es sich an, vor hier aus die Christianisierung voran zu treiben. Von den Slawen wurde der Ort also Faldera genannt, von den Sachsen Wipenthorp. Daraus entwickelte sich später Wippendorf und wiederum daraus der Name Wittorf. Die beiden aneinander grenzenden Stadtteile Faldera und Wittorf, die sich ziemlich genau auf diesem Terrain befinden, erinnern noch heute an diese Zeit.

Etwas Böses breitet seinen Mantel aus über Norddeutschland, hatte der Schamane, wie er Thoddy nur noch nannte, zu ihm gesagt, bevor sie sich verabschiedeten. Achte auf dich und die Personen, die dir nahe stehen. Ich kann die dunklen Kräfte spüren.

In den Augen des alten Freundes erkannte er die Ernsthaftigkeit der Aussage. Thorsten war ein komischer Vogel, war es immer gewesen. Nach den Aussagen über Lisa hatte er ihn übel beschimpft ,und das tat ihm jetzt leid. Sicher konnte man über ihn denken, was man wollte. Einige nannten ihn Spinner und abgedreht, andere achteten ihn dank seiner Authentizität. Was auch immer über ihn geredet oder gemutmaßt wurde, in einem Punkt war sich Frank ganz sicher. Thorsten blieb einer der vertrauenswürdigsten und ehrlichsten Menschen, die ihm in nun schon fast einem halben Jahrhundert über den Weg gelaufen waren. Unauslöschlich eingebrannt in seine Erinnerungen seit früher Jugendzeit. Seit den Ereignissen um Jörgi im Sommer 1971, seit dem zehnten Lebensjahr wurde sein Weltbild unaufhaltsam geformt durch das Leben des sogenannten einfachen Mannes auf der Straße.

>> Es gibt kein wahres Leben, Wyatt. Es gibt nur das Leben! <<

Da war er wieder, der ewig auftauchende Spruch von Doc Holliday. Jede Gesellschaftsform, jedes Umfeld, ein Milieu wie das andere hielten ihr Leben für das wahre Leben.

Jeder für sich hatte recht.

Und auch wiederum nicht.

Natürlich fand das Leben für die Hure und ihren Loddl nachts auf dem Kiez statt, für den Frührentner abends auf dem zerschlissenen Sofa mit der Katze auf dem Arm und den Hauspuschen an den Füßen, für die allein erziehende Mutter mit den beiden Schulkindern morgens am Frühstückstisch, dann bei Aldi an der Kasse und abends völlig fertig am Küchentisch, wo sie sich Zigaretten für den kommenden Tag drehte. Ebenso für den Bänker hinter dem teuren, verchromten Schreibtisch, an dem er jeden Tag Millionen von einer Ecke der Welt zur anderen transferierte, abends bei der Eröffnung einer Galerie und im Urlaub auf der eigenen Yacht in der Karibik. Auch der morgens betende und nachmittags zusammengeprügelte tibetanische Mönch erlebte das wahre Leben, genau wie das hungernde Kind in Äthiopien.

Auch. Aber nicht nur.

Alle Facetten des Menschseins zusammen ergaben das wahre Leben. Keiner konnte es für sich allein beanspruchen.

Auch kein Bulle aus Neumünster.

Etwas raschelte im Gebüsch. Weit über die Brüstung gelehnt starrte er ins Dickicht unter dem Wohnzimmerfenster.

Wahrscheinlich einer der zahlreichen Kater, die hier Nacht für Nacht ihr Unwesen trieben. Vor dem inneren Auge tauchten jene längst vergangenen Nächte auf, da er mit Jörgi und später mit Willi, mit dem er in der Legienstraße Tür an Tür gewohnt hatte, in den Sommermonaten aus dem Fenster stieg, um eine der Bänke am Faldera-Teich aufzusuchen und über Gott und die Welt zu reden. Das funktionierte in einsamen, lauen Nächten nun mal besser, denn die übrige Stadt ruhte in tiefem Schlummer.

Die Balkontür hinter sich schließend , streifte er die Lederweste über und trat hinaus unter die Laterne. Ein kurzer Spaziergang an der frischen Luft würde ihm gut tun und möglicherweise den seit Tagen ersehnten Schlaf herbei führen. Schlief er alleine in seiner Bude, wälzte er sich stundenlang umher und fand nicht die richtige Schlafposition. Bis er dann endlich zur Ruhe kam und gefühlte fünf Minuten später der Wecker klingelte. Diese ständige Schlaflosigkeit bekam ihm nicht. Bei jeder Kleinigkeit fuhr er aus der Haut. Und nun im Dunkel hörte er Geflüster und sah Schatten, wo keine waren.

Bewusst atmend und die Muskeln entspannend schlenderte er zum Wasser und rechts herum den Sandweg entlang des Wernershagener Wegs. Süßer, lieblicher Duft umschwärmte die Sinne, und der laue Wind von Südwest umnebelte die Gedanken bis zur wohltuenden Ignoranz. Hier spürte er nichts von dunklen Mächten. Überhaupt schien seine Wahrnehmung seit dem letzten Jahr abgestumpft. Möglicherweise gab es doch so was wie ausgleichende Gerechtigkeit. Vielleicht benötigte auch das

Unterbewusstsein in seinem Leben Perioden des Nichtstuns und der Regeneration.

An dem kleinen Trafo-Häuschen in Höhe der vorgelagerten , kleinen Halbinsel mit der Bank trafen sich tagsüber die Gestrandeten, Obdachlosen und Trinker, um den Kummer zu ertränken. Auch des Nachts lagerte hier an warmen Tagen der eine oder andere notgedrungene Naturliebhaber. Heute schnatterten nur zwei Erpel um die Wette. Deutlich fühlte er die Anspannung von sich abfallen, und er dachte, dass es doch nichts Schöneres gab, als an nichts zu denken.

Die Hände in den Hosentaschen bewegte er sich weiter auf die Bank zu, die, trefflich in der Nähe der Kirche stehend, so manche Jugendsünde der Freunde vernommen, doch diese scheinbar nicht an Gott weiter geleitet hatte. Kein Blitz war auf sie hernieder gezuckt, kein morscher Ast hatte sie erschlagen.

Die Baseballkeule, die von hinten rechts seinen Kopf anvisierte, verpasste diesen nur, weil Frank Dell im selben Moment den Arm hob, um eine Mücke im Nacken zu vertreiben. Reflexartig vollführte er eine halbe Drehung nach rechts, behielt den rechten Arm oben an der Keule und feuerte einen Roundkick mit dem linken Bein in die Seite des Angreifers, der laut aufstöhnte und sich krümmte, während Dell mit beiden Händen den Kopf umklammerte, ihn nach unten zog und das rechte Knie brutal in das nicht zu erkennendes Gesicht krachen ließ. Doch bevor er den Triumph auskosten konnte, den Gegner dumpf auf den Sandboden aufschlagen zu hören, erhielt er gleichzeitig einen Tritt in die Kniekehle und einen trockenen Schlag auf die kurzen Rippen, die ihm die Luft nahmen und ihn nach vorne zusammensacken ließen, begleitet von Faustschlägen und Kicks gegen den Oberkörper. Er spürte noch den brennenden Schmerz in sich aufsteigen, als etwas mit gewaltiger Wucht gegen seine Schläfe knallte, sodass ihm die Sinne schwanden.

Mit dröhnendem Schädel und dem Gefühl, er sei als Punching-Ball benutzt worden, erwachte er mehr schlecht als recht mit dem Gesicht im Dreck. Die Amseln begannen ihr Morgenkonzert, und Frühnebel zog auf, doch er spürte nur die geschundenen Knochen. Vorsichtig und sich die Rippen haltend, versuchte er, auf die Knie zu kommen, kippte jedoch fluchend zurück auf die Seite. Ich hoffe, dem einen Sack geht es ähnlich wie mir, grinste er mit schmerzverzerrtem und wundgescheuertem Gesicht in sich hinein. Der zweite Versuch gelang, und nun kam er mühsam auf die noch etwas wackligen Beine. Vor seinen Augen verschwamm die im Nebel ohnehin unklare Umgebung. Nach einem längeren Fußmarsch stand ihm nicht der Sinn, deshalb torkelte er den kürzeren Weg zurück, auf dem er gekommen war. Neben dem beinahe alles übertreffenden Trommeln im Kopf machte sich vom oberen Rücken her ein beißendes Brennen breit, doch seine momentane Situation ließ ein Abtasten nicht zu.

So schleppte er sich die wenigen Meter zurück zur Wohnung. In der letzten Tasche fand er schließlich die Schlüssel, obwohl er wie sooft der Meinung war, sie woanders hin gesteckt zu haben.

Glück gehabt.

Ansonsten hatte er nichts bei sich gehabt, was von Interesse sein konnte. Ächzend und sich für Sekunden selbst bemitleidend sank er möglichst kontrolliert auf das breite Sofa.

Was hatten die Kerle von ihm gewollt? Geld, Uhr, Kreditkarte? Wer waren sie gewesen? Einige der sonst dort kampierenden Clochards? Wohl kaum. Die meisten erwiesen sich als überaus friedlich und hilfsbereit, wenn man mit ihnen zu tun hatte. Zudem verfügte keiner der stadtbekannten Obdachlosen über derartige Kräfte, geschweige denn um die Technik, diese gezielt einsetzen zu können.

Aber wer zum Teufel trieb sich sonst mitten in der Nacht im Faldera-Park herum?

Doch eine Frage schien die wichtigste.

War er ein zufälliges Opfer geworden, oder hatten die Täter es gezielt auf ihn abgesehen? Wenn sie sich ihn bewusst ausgesucht hatten, dann mussten sie ihm aufgelauert haben. Aber wer konnte ahnen, dass er ausgerechnet in dieser Nacht durch den Park ging? Diese Möglichkeit schloss er aus.

Dann fielen ihm die Schatten, das Rascheln im Gebüsch und die Stimmen ein, die er sich angeblich eingeredet hatte. Konnte es sein, dass all diese Erscheinungen tatsächlich existent gewesen waren? Hatten die Täter vor seiner Wohnung auf ihn gelauert, in der Hoffnung, es würde sich eine günstige Gelegenheit ergeben? Aber wem hatte er in der kurzen Zeit in Neumünster so sehr auf die Füße getreten, dass dieser sich privat mit einem Bullen anlegte? Und worin lag der Sinn für diesen Denkzettel, wenn er den Absender nicht kannte?

Die Vielzahl der ungelösten Fragen strapazierte sein angeschlagenes Hirn, deshalb rappelte er sich nochmals hoch, warf drei Aspirin direkt ein und rollte sich aufs Bett, in der Hoffnung, in ein paar Stunden sei alles vergessen. Da der Rücken noch immer brannte, rollte er sich auf die rechte, wenig lädierte Seite und fiel bereits nach wenigen Minuten in einen komaähnlichen Schlaf.
Die ersten Töne des Songs >> What love can be << der Hamburger Rockband Kingdom Come um den Frontman Lenny Wolf rissen ihn aus tiefstem Schlaf. Lisa.
„ Hallo Schatz,“ meldete er sich, „ gut geschlafen?“
Seine eigene Stimme hallte im Kopf wie Hammer und Amboss in einer leeren Halle.
„ Das wollte ich dich fragen, Liebling. Ich hab mir Sorgen gemacht. Auf der Dienststelle konnte mir auch keiner sagen, wo du steckst, da dachte ich, ruf doch mal zuhause an. Nicht, dass dir was passiert ist. Du hörst dich müde an. Hab ich dich geweckt? Geht´s dir gut?“
„ Es geht so. Das ist eine längere Geschichte. Hast du was vor? Sonst kannst du ja vorbei kommen, und dann erzähl ich dir alles. Ach, und noch was. Wenn du Hunger hast, bring Brötchen mit, aber nur für dich. Mir fehlt der Appetit. Und wenn es dir nicht zu viel Umstände bereitet, dann hol doch bitte aus der Apotheke noch was gegen starke Kopfschmerzen.“
„ Ich komm gleich lang. Brauchst du sonst noch was?“
„ Sonst nichts, nur dich. Und nimm deinen Schlüssel mit. Es kann eine Weile dauern, bis ich mich vom Bett zur Tür geschleppt habe.“
„ So schlimm? Ich beeil mich.“

Eine halbe Stunde später hörte er den Schlüssel im Schloss, und Lisa steckte vorsichtig ihren Kopf ins Schlafzimmer.
„ Komm rein, ich hab dich schon gehört. Und erschrick nicht. Sieht schlimmer aus, als es ist."
Doch Lisa trat schon mit erschrockenem Blick auf ihn zu und wollte ihn umarmen, zuckte aber zurück, weil sie befürchtete, ihm weh zu tun.
„ Mein Gott, was ist denn passiert? Warum hast du mich nicht angerufen? Warst du schon beim Arzt? Soll ich einen Krankenwagen rufen?"
„ Sag einfach Frank zu mir."
Er versuchte zu grinsen, doch der Versuch endete in einer jämmerlichen Grimasse.
„ Sind nur Schürfwunden, meine Rippen sind geprellt und die Rübe dröhnt, als würde eine Abrissbirne die kläglichen Überreste beseitigen. Aber sonst geht´s gut."
Schleppend erzählte er ihr, was ihm in der Nacht wiederfahren war.
„ Hast du denn wenigstens deinen Kollegen Bescheid gesagt, damit sie Spuren suchen und nach den Schweinen fahnden können?"
„ Ach was, die haben auch ohne mich schon genug zu tun. Kommt doch sowieso nichts bei heraus. Wer sollte das besser wissen als ich? Wart ab, ich krieg die schon, ist nur eine Frage der Zeit. Und dann gnade ihnen Gott."
„ Typisch Kerl und typisch Schmiere. Ihr meint immer, ihr könntet alle Probleme alleine bewältigen. Und der Bevölkerung versucht ihr weis zu machen, man sollte jeden Vorfall der Polizei melden und

daran mitwirken, die Täter dingfest zu machen. Selber haltet ihr euch aber nicht daran. Dabei seid ihr auch nur ganz normale Spinner. Was gedenkst du nun also zu tun?"

„ Ich gedenke, mir zuerst ein paar Ibubeta einzuwerfen und dann zu duschen, vorausgesetzt, du hilfst mir und scheuerst mir den Rücken ab."

Damit setzte er sich im Bett auf und versuchte, Pullover und T-Shirt auszuziehen, was ihm aufgrund der schmerzenden Rippen jedoch nicht gelang.

„ Warte, ich mach das schon, alter Mann," flachste sie ihn.

„ In ein paar Jahren werde ich ja ohnehin deine Pflege übernehmen müssen. Was hältst du denn davon, wenn du schon mal beizeiten eine Pflegestufe beantragst? Darum kann man sich nicht früh genug kümmern."

Frank wollte lachen, krümmte sich aber vor Schmerzen zusammen.

„ Hör auf, du freches Luder. Bring mich nicht zum Lachen. Das ist gemein. Dich leg ich auch noch über´s Knie mit auf den Rücken gebundenen Händen."

„ Ja, is´ schon klar. Lässt sich von drei altersschwachen und volltrunkenen Penner verdreschen, kann nicht mal alleine duschen gehen, aber meint, er könnte es mit einer jungen, durchtrainierten, dynamischen Mutti aufnehmen. Pah, nicht mal, wenn ich im neunten Monat bin, ein Gewicht von 90 Kilogramm mit mir herum schleppe und mein Bauch einen stolzen Umfang von 120 Zentimetern misst, kann mich das behindern."

Langsam und gefühlvoll zog sie vor ihm stehend erst den sandigen und aufgerissenen, dünnen Pullover und anschließend das weiße T-Shirt über den Kopf, wobei Frank Mühe hatte, die Arme zu heben. Das Hemd war am Rücken blutgetränkt.

„ Kannst du aufstehen und dich umdrehen? Ich muss mir mal die Verletzungen auf dem Rücken ansehen. Haben dich ja ziemlich übel zugerichtet. Ein Wunder, dass du überhaupt noch lebst. Stell dir vor, die hätten dich in dem Zustand in den Teich geworfen. Dann wärst du elendig ersoffen."

„ Apropos ersoffen, wenn ich nicht schnell was zu trinken bekomme, dann verdurste ich. Magst du mir eine Cola aus dem Kühlschrank holen?"

„ Natürlich, mein Schatz, für dich tu ich alles. Kannst ja schon mal versuchen, alleine hoch zu kommen."

Während Lisa in die Küche ging, erhob er mühsam wie ein alter Mann seinen malträtierten Körper von der geschundenen Matratze. Schon als sie die Wohnung betrat, nahm sie die seltsamen Schwingungen auf. Doch die Sorge um den geliebten Mann verdrängte das Unterbewusste.

Als sie nun in die Küche ging, spürte sie: Etwas war anders. Doch sie konnte nicht sagen, was das war. Die Anwesenheit einer fremden Substanz, eines unbekannten Gegenstandes, einer unheimlichen Aura. Aber vielleicht redete sie sich das angesichts des Überfalls auch nur ein, und sie sah, wie man so schön sagte, weiße Mäuse. Wer zum Teufel sah denn weiße Mäuse? Verrückte? Geisteskranke? Spinner? Träumer?

Außerdem roch es seltsam in der ganzen Bude, wobei sich der unbekannte Geruch hier in der Küche noch verstärkte.
Praktischerweise befand sich der Kühlschrank auf Augenhöhe. Sie würde also auch im 9. Monat kein Problem dabei haben, ihre heißgeliebte Buttermilch zu ergattern, sollten sie bis dahin keine gemeinsame Bude bezogen haben.

Den Blick auf den Küchentisch gerichtet, auf dem ein offensichtlich benutzter, großer Gefrierbeutel lag , was nicht den Gepflogenheiten ihres überaus ordnungsliebenden Mannes entsprach, öffnete sie den Kühlschrank.

Mit einer Verzögerung von Sekundenbruchteilen, weil das Gehirn nicht verarbeiten konnte oder wollte, was die Augen an Reizen weiter leiteten, prallte sie zurück. Ihr Körper verkrampfte, die Kehle schnürte sich zusammen, zu keinem Laut fähig. Das Gefühl, sich gleichsam übergeben und ersticken zu müssen, verbunden mit einer sich in regelmäßigen Abständen zusammen ziehenden Gebärmutter, ließ sie an der Wand auf den Boden sacken. Die Augen füllten sich mit Tränen bis sie überliefen und gleichzeitig alle Dämme zu brechen schienen. Mehr schluchzend als schreiend, mit gebrochener Stimme entrangen sich die Worte ihrem Mund, der sich zunehmends mit Speichel füllte.
„ Frank, oh mein Gott, komm schnell ...," dann übergab sie sich auf die polierten Küchenfliesen.

Die Schmerzen vergessend stürmte er mit fünf Schritten in die Küche, wo er Lisa auf dem Küchenboden liegend registrierte.
„ Schatz, was ist passiert, soll ich einen Notarzt rufen? Ist was mit dem Kind?"

Sorgenvoll hockte er sich neben sie, richtete sie auf und nahm sie in den Arm.
„ Lisa, was ist los, rede mit mir ..."
„ Keinen Notarzt, es geht gleich wieder. Alles in Ordnung."
Ihre panisch erweiterten Pupillen erzählten ihm etwas anderes.
„ Im Kühlschrank ...," presste sie stockend hinaus.
Halbwegs erleichtert drückte er sich an die Wand gelehnt in die Höhe und erstarrte.

Ein wachsbleicher, abgetrennter Kopf mit langen blonden Haaren und eingefallenen, verschrumpelten Augenlidern starrte ihm entgegen. Erst jetzt nahm er den erbärmlichen Gestank wahr. Auch sein Hirn wollte nicht glauben, was er sah, allerdings aus anderen Gründen als Lisa. Mit weichen Beinen, zitternden Händen und aufkeimendem Wahnsinn kämpfend, betrachtete er widerwillig aber voll interessiertem Ekel das einst so schöne Gesicht mit der nach hinten gekämmten Löwenmähne und versuchte, möglichst viele Anhaltspunkte dafür zu finden, dass es sich nicht um Mel´s Schädel handelte. War die Nase nicht zu klein? Stimmten die Proportionen im Gesicht? Oder wollte er nur nicht sehen, was er längst begraben hatte?

Die goldenen Ohranhänger, die er ihr noch auf dem Krankenbett angelegt hatte, sprachen eine deutliche Sprache aus dem Jenseits und brachten ihn rasch zurück in eine gnadenlose Realität.
„ Oh, mein Gott, Frank, was geht hier vor?"
Erst beim Aussprechen ihrer Frage wurde sie sich eines Umstandes bewusst und mit immer noch angstvoll geweiteten Augen, in die sich ein zweiter Ausdruck des Kummers mischte, sah sie ihn an.

„ Ist das etwa, ist das ...?"
Seine leeren Augen gaben ihr die Antwort, und sie begann hemmungslos zu schluchzen, nicht verstehend, was vor sich ging.
Frank half ihr hoch und führte sie zu dem breiten Ledersessel im Wohnzimmer.
„ Ich weiß auch nicht, was hier Unheimliches vor sich geht. Jemand will mich klein kriegen und in den Wahnsinn treiben, aber so leicht gelingt das nicht. Geht´s dir wirklich gut, Lisa? Ich meine körperlich? Oder soll ich doch lieber einen Krankenwagen rufen, damit sie dich mal durchchecken?"
„ Nein, mit mir und dem Baby ist alles in Ordnung, Frank. Obwohl ich für einen Moment das Gefühl hatte, ich würde eine Fehlgeburt erleiden. Ruf lieber die Kollegen. Das sind ja komplett Irre. Und die sollten so schnell wie möglich gefasst werden. So was sieht man sonst nur in schlechten Filmen. Nun weiß ich: Die Realität übertrifft alles."
Als Frank sich wegdrehte, um das Telefon zu holen, zeigte sich ihr zum ersten Mal die Verletzung auf Franks Rücken, und sie rief ihn zurück.
„ Warte noch einen Augenblick. Das war nicht die einzige Nachricht, die sie dir hinterlassen haben."
Sie erhob sich, führte ihn vor den obligatorischen Alibert im Bad, drehte ihn mit dem Rücken zum Spiegelschrank und hielt ihm den Rasierspiegel vor das Gesicht.

Dort prangten nebeneinander quer über seinen breiten Rücken mit einem scharfen Gegenstand eingeritzt zwei Zeichen, die er inzwischen nur zu gut kannte, obwohl genau diese beiden Symbole

bisher nicht aufgetaucht waren. Zwei Runen, aufgebaut ähnlich wie das große M, nur dass sich die beiden jeweils mittleren Linien kreuzten. Und die Laut-Bedeutung war ebendiese: Das M im lateinischen Alphabet. Direkt darunter waren die Ziffern 2 7 4 1 5 1 1 eingeritzt.
„ Tja, nun weiß ich zumindest eines ganz genau. Der Adressat für alle bisherigen Taten in diesem Zusammenhang bin scheinbar ich. Wenn ich nur wüsste, wie ich zu der Ehre komme, dann wäre mir wohler. Wenn man seinen Feind kennt, weiß man, gegen wen man kämpfen muss."
Wenige Minuten später trafen die Kollegen von der Spurensicherung ein, dabei auch Tessa Will. Wie sich anhand sowohl vorhandener als auch fehlender Spuren rekonstruieren ließ, hatten die Täter Frank vermutlich bereits beobachtet, sowohl von der Balkonseite aus, als auch vor der Tür. Dann waren sie ihm in den Park gefolgt, hatten ihn niedergeschlagen und in der Phase der Bewusstlosigkeit mit einem unbekannten Gegenstand die Runen tief ins Fleisch geschnitten. Danach oder währenddessen waren ein oder mehrere Täter in die Wohnung eingedrungen, hatten den abgetrennten und offensichtlich zuvor tiefgekühlten Kopf aus dem Gefrierbeutel im Kühlschrank platziert, wobei sie die Tüte achtlos auf dem Küchentisch liegen ließen. Bis auf Schuhabdrücke in der weichen Erde vor dem Balkon und einige liegen gelassene Zigarettenkippen hatten die Täter, es musste sich um mindestens drei Personen handeln, keine verwertbaren Spuren hinterlassen. Nachdem der Tatort soweit abgearbeitet war, nahm KOK Will ihren Kollegen Dell zur Seite.

„ Die Angelegenheit macht mir Angst. Auch wenn die Schwere der Straftaten bis auf den Mord an Sonny das übliche Maß nicht übersteigt ... das übliche Maß, alleine meine Ausdrucksweise lässt mich schaudern, ... so zeichnet sich hier inzwischen doch eine kriminelle Energie ab, wie ich sie nie erlebt habe, und die ich für äußerst gefährlich halte.“

„ Du meinst, wer vor Polizeibeamten keinen Halt macht, wer offensichtlich keinerlei Respekt zeigt vor den staatlichen Ermittlungsbehörden, für den gibt es keine moralischen Grenzen?“

„ Ganz genau das ist es, was ich ausdrücken wollte. Und das jagt mir eine Heidenangst ein.“

„ Ich denke, dann haben sie bei dir schon genau das erreicht, was sie beabsichtigen. Uns eine Heidenangst einzutrichtern. Im wahrsten Sinne des Wortes. Wobei ich mir nicht sicher bin, woher das Wort Heidenangst ursprünglich stammt, beziehungsweise was es bedeutet. Die Angst der Heiden oder Angst vor den Heiden. Wenn wir mal davon ausgehen, dass die alten Germanen ursprünglich als Heiden verschrien und gefürchtet waren, weil sie nicht an den einen christlichen Gott glaubten und sich an keine moralischen Vorgaben der Römer hielten, dann gehe ich mal davon aus, dass die Heiden als brutal und barbarisch gefürchtet waren. Da sich unsere Täter der wohl ältesten Runenschrift bedienen, nehme ich einfach an, dass sie sich als Anhänger der vorchristlichen, germanischen Gottheiten betrachten, also als Heiden. Folglich sollen wir vor ihnen Angst haben. Eine Heidenangst.“

„ Und die habe ich. Hast du denn keine Angst?“

„ Doch, es gibt zwei Dinge, vor denen ich mich fürchte. Zum Einen davor, dass Lisa und dem Kind etwas geschehen könnte, wenn sie sich in meiner Nähe befinden. Und zum Zweiten vor mir selbst, wenn ich die Kerle in die Finger bekomme. Mein Leben selbst hat mich nie so sehr interessiert, dass ich besondere Angst darum gehabt hätte. Irgendwann treten wir alle ab von der großen Bühne. Der Eine früher, der Andere später. Ich glaube, den Zeitpunkt können wir als kleine Lichter in der großen weiten Welt nur in sehr geringem Maße beeinflussen. Klar, wir können vorsichtig sein im täglichen Leben, können uns gesund ernähren, Sport treiben und nach links und rechts sehen, wenn wir über die Straße laufen. Aber wenn uns plötzlich ein Dachziegel oder ein gefrorener Klumpen Scheiße aus einer Flugzeugtoilette auf den Kopf fallen und uns erschlagen, dann hört unsere Einflussnahme auf den Lauf des Lebens doch schon auf. Deshalb sehe ich meinem Ende relativ gelassen entgegen. Jedenfalls im Moment noch. Mag sein, das ändert sich, wenn es soweit ist. Aber ich kann doch nicht jeden Tag vor allen Dingen Angst haben, die mir zustoßen könnten. Gesunde Vorsicht ist OK, aber panische und unspezifische Angst vernebelt die Sinne. Und wenn meine Sinne nicht so funktionieren, wie sie sollten, entstehen aus diesem Umstand erst konkrete Gefahrenmomente. Also tu mir den Gefallen und bleib locker, Tessa. Ich bin ein Bauchmensch, das weißt du. Aber manchmal ist es einfacher, mit kühler Logik an unlogische Phänomene und Empfindungen heran zu gehen. Dann erkennt man leicht, dass es sich nicht lohnt, sich um Dinge Sorgen zu machen, die sich nicht ändern lassen."

„ Schöner Vortrag, Frank Aurel. Mir geht´s auch schon viel besser. Wo wir das geklärt haben, lass uns an die weitere Bearbeitung des Falles gehen. Bist du soweit in der Lage, auf´s Revier zu kommen und unser Rätselspiel wieder aufzunehmen? Schließlich haben wir zwei neue Scrabble-Steine erhalten. Irgendwann muss das doch einen Sinn ergeben. Was soll ein Rätsel, wenn niemand was damit anfangen kann?"
„ Ich kümmer mich noch um Lisa, und dann komm ich irgendwie zum Revier. Mein Schädel lässt Auto fahren noch nicht zu, aber es wird schon besser. Noch ein bis zwei Pillen, und ich bin wieder ganz der Alte. Der Sani hat mir ein bisschen Jod auf den Rücken geschmiert. Das brennt nun wie Hölle, aber ich spar mir zumindest die nächste Tätowierung. Hätten wenigstens was Nettes einritzen können. Branding wäre auch cool gewesen. Die Dinger sehen ja aus, als hätte ich mir die im Suff im Knast machen lassen. Na ja, was soll´s. Irgendwas is´ ja immer."
Frank Dell grinste die Kollegin mit seinem unnachahmlichen Bübchenlächeln an, dass diese sich nur kopfschüttelnd abdrehte.

56

Polizeiobermeister Sörensen sah sich die Ablagenmappe durch. Seit Wochen stapelten sich die Faxe, Bundeskriminalblätter und Mitteilungen von anderen Dienststellen und Ämtern. Doch in der Sommersaison kam einfach keiner seiner Kollegen dazu, sich auch noch um solche Schriftstücke zu kümmern. Mehr oberflächlich überflog er den lästigen Papierstapel.

Der Schreck der letzten Woche saß ihm noch in den Gliedern. Und im Kopf. Wer auch immer ihm den Schlag auf den Schädel verpasst haben mochte, der hatte seinen Tod in Kauf genommen. Zum Glück war der Gegenstand abgerutscht, als er im Bruchteil einer Sekunde ein Geräusch hörte und noch versuchte, auszuweichen. Das hatte nicht geklappt, und erst Stunden später war er mit Sand im Mund und Bienenschwärmen im Hirn erwacht.

Dabei hörte sich der Anruf eines Arztes aus Süddeutschland, der hier an der schönen Ostsee in Falckenstein mit der Familie seinen Urlaub verbrachte, alles andere als aufregend an.

Die üblichen verbotenen Lagerfeuer am Strand. Er selbst und seine Kumpels hatten auch früher Strandpartys gefeiert und wahre Sauforgien veranstaltet. Aber der Unterschied zu heute war, dass man die Plätze so verlassen hatte, wie man sie vorgefunden hatte. Sauber. Heutzutage lief das anders. Einzig aus diesem Grund war ein nächtliches Grillverbot an den Stränden in und um Kiel erlassen worden.

Nach Aussagen des Mannes loderte direkt an der Förde, dort, wo tagsüber Scharen halbnackter Touristen dem Badevergnügen frönten, ein gewaltiges Feuer, und vermummte Gestalten tanzten grölend und singend in dessen Schein. An Schlaf sei in der nahe gelegenen Ferienwohnung nicht zu denken.

Also machte er sich von der Wache in Friedrichsort auf, um dem nächtlichen Treiben ein Ende zu bereiten. Eigentlich hatte er gehofft, mal wieder eine Nacht ohne Einsatz durchschlafen zu können. Doch das Leben war halt kein Wunschkonzert.

Direkt bis hinunter zum Strand fuhr er den schmalen Weg, der am Tage nur für die zu Fuß gehenden Badegäste frei gegeben war. Schon von weitem sah man den Schein der lodernden Flammen. Er verstand nicht, was aus der heutigen Jugend geworden war. Warum mussten sie immer und überall übertreiben? Konnte man nicht ein paar Würste auf den Grill schmeißen, ein paar Bier trinken, den Kram zusammen packen und friedlich wieder verschwinden? Nein, man musste eine Art Scheiterhaufen zusammentragen, damit das Feuer auch ja auf der anderen Seite der Förde in Laboe zu sehen war. Und dann wunderte man sich, wenn Urlauber, die ihre Ruhe wollten, sich beschwerten. Die Musik, die aus hundert Metern Entfernung an sein Ohr klang, hörte sich an, als hätte eine Rockband ganze Lautsprechertürme im Sand aufgebaut. Kurz überlegte er, über Funk Verstärkung zu rufen, entschied sich dann aber für einen kurzen und unkomplizierten Einsatz. Zum Einen war in der Innenstadt mehr als zehn Tage lang die Hölle los gewesen, denn es hatte gerade die Kieler Woche stattgefunden, das größte norddeutsche Fest seiner Art, das jedes Jahr mehrere Hunderttausend Besucher anlockte. Die Kollegen hatten Überstunden ohne Ende geschoben, und bummelten diese nun ab. Folglich befand sich auf den Revieren momentan nur eine Art Notbesetzung. Zum Anderen würde die Unterstützung vermutlich frühestens in einer halben Stunde eintreffen. Zu diesem Zeitpunkt wollte er längst wieder im Bett liegen. So setzte er sich vorschriftsmäßig die Mütze auf und stapfte durch den tiefen Sand Richtung Feuer.

Je näher er kam, desto weniger glaubte er, seinen Augen trauen zu können. Zu ohrenbetäubenden Klängen einer ihm unbekannten Band tanzten ganz in Schwarz gekleidete Gestalten im Kreis um das Feuer. Tatsächlich handelte es sich um den Song > Der Meister < der Gruppe Rammstein. Allmählich konnte er den deutschen Text verstehen, den eine rollende, eintönige Stimme zum dumpfen Klang von Drums und Bassgitarre austieß.

>>   Lauft! Weil der Meister uns gesandt,
verkünden wir den Untergang.
Der Reiter der Boshaftigkeit
Füttert sein Geschwür aus Neid.

Die Wahrheit ist wie ein Gewitter,
es kommt zu dir, du kannst es hören.
Es kund zu tun ist ach so bitter,

es kommt zu dir um zu zerstören.

Weil die Nacht im Sterben lag,
verkünden wir den jüngsten Tag.
Es wird kein Erbarmen geben,
lauft, lauft, lauft, lauft, lauft um euer Leben.

Die Wahrheit ist ein Chor aus Wind,
kein Engel kommt, um euch zu rächen,
diese Tage eure letzten sind.
Wie Stäbchen wir des euch zerbrechen,

Es kommt zu euch als das Verderben,
die Wahrheit ist ein Chor aus Wind,
kein Engel kommt, um euch zu rächen,
diese Tage eure letzten sind.
Wie Stäbchen wird es euch zerbrechen. <<

Durch die Umrisse der Vermummten hindurch nahm er ein nacktes Mädchen wahr, das sich scheinbar von mehreren Kerlen gleichzeitig hart rannehmen ließ. Als er den Mund aufmachen wollte, um auf sich aufmerksam zu machen und gegen den Lärm anzuschreien, bekam er den Schlag auf den Schädel, und das Feuer erlosch vor seinen Augen.

Das nächste, das er spürte, war Sand im Mund. Inzwischen wurde es hell, und er lag mutterseelenallein in der aufgehenden Sonne. Hätte er wie vorgeschrieben die Einsatzleitung von seinem Einsatz benachrichtigt gehabt, wäre inzwischen sicher eine andere Streife aufgetaucht gewesen. Aber so schien ihn niemand vermisst zu haben. Erstaunlich leichtfüßig rappelte er sich hoch. Erst im Stehen spürte er den brummenden Schädel und den nicht ganz rund laufenden Kreislauf. Vom Feuer zeugten nur noch Aschereste. Alle anderen Spuren einschließlich der Personen waren verschwunden.

Die Überraschung erwartete ihn am Streifenwagen. Nicht genug damit, dass der Wagen mit roten Zeichen und Zahlen beschmiert war. Die Seitenscheiben waren eingeschlagen worden, und es fehlten Einsatztasche, Haltekelle, und was am schlimmsten war, die Maschinenpistole MP 5, Heckler & Koch.

Verdammt, das bedeutete mindestens ein Disziplinarverfahren und haufenweise Schreibkram.

Der Schlag auf den Schädel bewirkte lediglich eine leichte Gehirnerschütterung, und das Diszi war bereits eingeleitet worden. Mangels Personal saß er dennoch bereits wieder in der Dienststube und verrichtete nach wie vor alleine seinen Dienst.

Das Schreiben der Kriminalpolizeistelle Neumünster erregte sofort sein Aufsehen, denn es waren in Kopie Farbfotos angeheftet. Scheiße, die Zeichen und Ziffern auf den Bildern sahen genauso aus, wie diejenigen, die man auf seinen Streifenwagen geschmiert hatte. Er zückte seine private Digitalkamera aus der Schublade und sah sich die Aufnahmen an. Kein Zweifel. Er übertrug seine

Fotos auf den PC und setzte ein Fax nach Neumünster ab. Vielleicht würden die Kollegen ja auch seine MP wiederfinden.

57

„ Verflixt und zugenäht. Die tanzen uns auf der Nase rum, und wir sind noch keinen Schritt weiter. Gibt es denn keine Computer - Programme für beknackte Rätsel?"

Tessa Will sah Hans Meier verzweifelt an, doch dieser zuckte nur mit den Schultern. Auch der Pastor sah nicht aus, als hätte er soeben eine göttliche Eingebung empfangen.

„ Seit zwei Wochen haben wir das Rätsel am schwarzen Brett hängen und an alle Dienststellen des Landes gefaxt, und nichts passiert. Lasst uns noch mal an die große Tafel malen, was wir haben."

Hans Meier zückte einen schwarzen Edding aus seinem Aktenkoffer und trat an die weiße Tafel, die sich an der Stirnwand des Besprechungszimmers über eine Fläche von drei mal anderthalb Metern erstreckte, nahm die Akte vom Tisch und fing an zu malen.

„ Wir haben also 4x T, 2x E, 3x N, 3x I, 2x M, 1x Z, 1x W, 1x EI, 1x U, 1x B, 1x S, 1x A, 1x K, 1x H. 1x R. Wenn ich die mal hintereinander male, sieht das folgendermaßen aus.

T T T T N N N I I I E E M M Z W EI U B S A K H R

Von Bedeutung ist außerdem, dass sich hinter EI, N und S jeweils ein Punkt befindet, hinter dem einen T drei Punkte. Ein Punkt zeigt nach Ansicht der Experten hier in der Runde das Ende des Wortes an, drei Punkte das Ende des Satzes oder Spruches, wie auch immer. Das heißt also, wir haben es mit vier Wörtern zu tun, die sich aus dem Sammelsurium an Buchstaben ergeben sollen. Der erste Versuch, den ihr vor zwei Wochen gestartet habt mit dem beliebten Spielchen: Aus einem Wort mach viele, hat uns nicht viel weiter gebracht und zwar aus dem Grund, dass wir hier aus vierundzwanzig Buchstaben, das EI zähle ich mal als einen, vier Wörter bilden sollen, wobei kein Buchstabe übrig bleiben darf. Es heißt also, wenn ich zum Beispiel Z, R und N einmal benutzt habe, steht diese für die übrigen Worte nicht mehr zur Verfügung.

Das hat zwar den Vorteil, dass die Auswahl mit jedem Wort geringer wird, macht die Sache aber nicht wirklich einfacher. Also, wer hat eine Idee?"

Pastor Reimers begann nach einigen Sekunden angestrengten Schweigens die Auswertung. Wir suchen vier Wörter. Eines endet mit N, eines mit S, eines mit EI und das letzte mit T. Mal das doch mal bitte so übereinander an, Hans."

PHM Meier übernahm die künstlerische Ausführung, ...

_ _ _ _ _ N

_ _ _ _ _ EI

_ _ _ _ _ S

_ _ _ _ _ T

und kommentierte.

„ Ich hab jetzt mal die vier Worte ganz hypothetisch mit jeweils 6 Buchstaben, beziehungsweise Zeichen übereinander gemalt. Sowohl die Reihenfolge der ersten drei Worte, als auch die Anzahl der Buchstaben aller vier Worte ist uns unbekannt. Verbleiben also die Buchstaben T T T I I I N N E E M M Z W U B S A K H R.

Ich denke, es wird das beste sein, jeder schnappt sich Zettel und Stift und probiert für sich, zu einer brauchbaren Lösung zu kommen, wie auch immer die aussehen mag."

„ Ich weiß nicht, wie es euch geht, aber ich für meinen Teil denke am klarsten, wenn ich alleine im stillen Kämmerchen vor mich hin brüte. Von Hans weiß ich zum Beispiel, dass er dabei auf und ab geht, was mich wiederum wahnsinnig macht. Frank, den das alles ja am meisten angeht, hat sich natürlich zu seinem Vergnügen nach Wacken verpisst. Der hört, um besser nachdenken zu können, seine beknackte Heavy-Metal-Mucke. Er meinte übrigens, wir würden nun schon so lange daran herum basteln, jetzt käme es auf die drei oder vier Tage auch nicht mehr an. Und vielleicht hat er recht. Bin schon ganz irre von dem ständigen Buchstaben - Wirrwarr. Was ich also sagen möchte, ist, nehmt bitte alle eure Zettel mit ins Büro oder meinetwegen auch mit nachhause und knobelt dort mit Oma, Opa, Tante, Stiefcousine oder Kindern an dem Fall, ... aber lasst mich alleine nachdenken. Wir treffen uns morgen Nachmittag um 17 Uhr und sehen, ob etwas dabei heraus gekommen ist. Hat noch einer Fragen oder Anregungen?"

Sie kuckte in die Runde, doch niemand rührte sich.

„ Wünsche euch dann einen aufregenden Feierabend. Tschüß, Leute."

Seit Stunden schon saß Tessa Will an dem schmalen Tischchen in der ehemaligen Abstellkammer, das sie zu einer Art zweitem Büro umgestaltet hatte. Zwischendurch hatte sie sich zwei Schinkenbrote geschmiert und bereits eine ganze Kanne Kaffee in sich hinein geschüttet, doch die Kombinationen ergaben einfach keinen Sinn. Die wenigste Mühe bereite ihr noch das Wort mit EI am Ende, denn aus den vorhandenen Vokalen und Konsonanten ließen sich nicht viele sinnvolle Ausdrücke herstellen.

BEI, EI, ZWEI, BREI, SEI

Dann verließ sie auch schon die Phantasie. Wie sie es auch drehte und wendete, es ergaben sich nicht mehr Kombinationen. Zumindest nicht in der deutschen Sprache. Aber über die Möglichkeit, die Nachricht sei eventuell in einer fremden Sprache verfasst worden, mochte sie nicht nachdenken. Wo sollte man da beginnen, wo enden?

Gegen 1 Uhr nachts hörte sie den Schlüssel im Schloss, reagierte aber nicht. Auf Konfrontation und Diskussion mit Max war sie weder vorbereitet, noch in der Stimmung. Möglicherweise bemerkte er das Licht in der Kammer nicht und verzog sich gleich in sein Zimmer.

Doch eine Minute später klopfte es an der Tür, und ohne abzuwarten betrat ihr Sohn den beengten Raum.

„ Sorry, Mom, ja, ich hatte versprochen, nicht mehr so lange weg zu bleiben, aber ich hab da vorhin noch ein ganz süßes Mädchen

kennen gelernt und vor lauter Gequatsche nicht auf die Uhr geachtet. Tut mir leid, kommt nicht wieder vor."
Ohne ein Wort zu sagen, drehte sich Tessa um und sah ihn über den Rand der Lesebrille an. Mit dem Ausdruck in ihrem Blick konnte Max nichts anfangen.
„ Du hast dich also mit einem Mädchen getroffen? Ich denke, du bist mit Lara zusammen? Kaum ist sie ein paar Tage im Urlaub, und schon schaust du anderen Frauen hinterher? Na, das geht ja gut los mit dir. Wie heißt sie denn? Und wo wart ihr?"
„ Sie heißt Vanessa, ist fünfzehn Jahre, und wir saßen im Timo´s."
„ Erst fünfzehn und dann noch nachts um eins unterwegs? Was sagen denn ihre Eltern dazu? Zu meiner Zeit ..."
„ Ach Mama," fiel er der Mutter erleichtert ins Wort.
„ Hör schon auf mit den ollen Kamellen. Zu deiner Zeit gab´s so was nicht. Is schon klar. Da gab´s auch noch den Kaiser, im Fernsehen liefen nur drei Programme, und im Winter musstet ihr Kohlen sammeln gehen, ich weiß. Die Geschichten hat Oma schon erzählt, als ich ganz klein war."
Er trat von hinten an sie heran und nahm sie in den Arm, was er schon Jahre nicht mehr getan hatte. Sie spürte, dass ihr das gefehlt hatte, und genoss den Augenblick. Vielleicht hatte sie dem Jungen einfach zu wenig Liebe gegeben, und er war deshalb an die falschen Freunde geraten. Alles wird gut, dachte sie. Dann stellte ihr Gehirn das Denken ein.
„ Sag mal, was versuchst du da eigentlich?"
Er trat neben sie und betrachtete interessiert die Wortspiele und Buchstabenkombinationen auf dem Stenoblock.

„ Das ist ein Kriminalfall, und wir versuchen seit Wochen, ihn zu lösen, aber das klappt einfach nicht."

„ Ach Mama, leben die Bullen heutzutage denn immer noch hinter dem Mond? Dafür gibt es Programme ,und selbst im Internet kann man herausfinden, wie das funktioniert. Allmählich glaub ich dir die alten Geschichten. Ihr rechnet sicher auch noch mit diesen chinesischen Holzkugeln und schreibt auf einer Schreibmaschine, stimmt´s? Hab so ein Ding mal in einem Museum gesehen. Echt scharf, diese alten Teile."

Erstaunt sah sie ihn an.

„ Woher weißt du das? Warst du in letzter Zeit mal auf der ...?"

Sie brach ab und verdammte sich dafür, wieder einmal nicht nachgedacht zu haben, bevor sie den Mund öffnete.

„ Sehr witzig, Mom, ich dachte, wir wollten darüber nicht mehr sprechen?"

„ Entschuldige bitte, das war nicht böse gemeint und ist mir so raus gerutscht."

Mit der Angst, die angenehme Atmosphäre zerstört zu haben, biss sie sich auf die spröden Lippen, bis sie schmerzten.

„ Ist schon gut, so empfindlich bin ich nun auch wieder nicht. Ich dachte nur, du wolltest mich verarschen. Aber das scheint dir wirklich so rausgerutscht zu sein. Zeig mal her."

Angespannt betrachtete er die Buchstaben.

„ Gehören zu dem Rätsel keine anderen Zeichen? Ziffern, Symbole oder Ähnliches?"

„ Doch, neben den jeweiligen Runen, die wir in entsprechende Bedeutung in unserem Alphabet umgedeutet haben, befanden sich

Zahlenreihen. Aber mit denen konnten wir noch weniger anfangen. Deshalb beschlossen wir, diese zunächst außen vor zu lassen."

„ Aber Mom, die hellsten Köpfe seid ihr scheinbar nicht, oder? Ihr könnt doch nicht Buchstaben getrennt von den Zahlen untersuchen. Wenn jemand solche Nachrichten hinterlässt, dann haben sicher alle Hinweise den gleichen Wert und hängen zusammen. Gib mir doch bitte mal die ursprünglichen und originalen Hinweise. Möglicherweise beweise ich ja mehr Durchblick als die großartigen Kriminalisten."

Max bot seiner Mutter den zweiten Stuhl an und gemeinsam starrten sie auf den Bildschirm, als Max die verschlüsselten Mitteilungen in den Rechner einspeiste.

>> AKN 253489711
RIH 54621011
EI. Z 1441314
T...TT 1054114311
TEI 4625627
MNUN. 306213477
ME 2741511
S.IB 15733213
W 307124 <<

„ Das war´s? Keine weiteren Informationen?"

„ Doch, da sind noch einige Details, die wichtig sein könnten. Wie ich dir erzählt habe, wurden die Buchstaben anhand von Runen an den jeweiligen Tatorten hinterlassen. Die alten Germanen setzten vereinfacht hinter jedes Wort einen Punkt und hinter jeden Satz 3 Punkte. Das bedeutet, wenn wir uns die Übersicht ansehen, wir haben es mit vier Worten zu tun, hinter dem Vierten endet die Mitteilung."

„ In Ordnung. Damit lässt sich doch schon was anfangen. Entspricht die Reihenfolge der Mitteilungen der tatsächlichen?"

„ Ja, so haben wir sie zeitlich ordnen können. Die vorläufig letzte, das W, prangte heute morgen am Balkon des Kollegen Dell, der sich praktischer Weise genau heute auch nach Wacken zum Open Air Festival verabschiedet hat und uns hier mit der Scheiße alleine sitzen lässt."

„ Wacken? Is´ ja cool. Da muss ich nächstes Jahr auch mal hin. Soll ja ´ne hammergeile Party sein. Drei Tage lang nur Mucke, saufen und Feiern!"

Der Blick seiner Mutter ließ die Euphorie in seiner Stimme wieder abebben.

„ Jaja, schon gut. Wenn die Reihenfolge also stimmt. Wie sieht es denn aus mit dem jeweiligen Datum der Tat?"

Tessa Will zog die Akte aus dem Aktenkoffer und überflog die Fälle.

„ Wir haben den 25. März, dann den 5. April, den 14. April, den 10. Mai, den 4. Juni, den 30. Juni, den 2. Juli, den 15. Juli, und heute ...," sie sah auf den Kalender, „ ... den 30. Juli."

„ OK, das sind also 25.3. - 5.4. - 14.4. - 10.5. - 4.6. - 30.6. - 2.7. - 15.7. - 30.7."

Er gab die Zahlen in den PC ein.

„ Na, siehst du, wie einfach das sein kann? Hab ich´s mir gedacht. Die Zahlen passen haargenau zu unseren Hinweisen.“
Gebannt starrte Tessa auf den Bildschirm. Tatsächlich. Die jeweils ersten Ziffern der Zahlenfolge stimmten mit dem Datum der Tat überein.
„ Das ist ja viel einfacher, als wir es uns ausgemalt haben,“ freute sich die Oberkommissarin, doch Max bremste sofort ihren Enthusiasmus.
„ Wie man es nimmt. Es bleiben noch genügend Ziffern übrig. Aber wenn wir die Datumsangaben jetzt einmal weglassen, wird sich zeigen, ob der Rest ebenso einfach zu lösen ist.“
Nun ergaben sich folgende Reihen:

>> AKN 489711
RIH 4621011
EI.Z 1314
T...TT 4114311
TEI 25627
MNUN. 213477
ME 41511
S.IB 33213
W 124 <<

„ Hmm. Wirkt schon übersichtlicher, aber viel schlauer bin ich noch immer nicht.“

„ Du bist einfach zu ungeduldig, Mom. An die Lösung solcher Aufgaben muss man mit Ruhe und Übersicht gehen. Lass mich mal machen. Das krieg ich schon hin."

Mehrere Minuten vergingen in absoluter Stille, dann begann wiederum Max.

„ Was auffällt, sind die Endziffern oder Zahlen. Alleine viermal erscheint die 11. Dann folgen je zweimal die 7 und die 4, und einmal die 3. Ich hab da so eine Idee. Wenn es sich, wie vermutet, um vier Worte handelt, mit zusammen 24 Buchstaben, das EI zählen wir ja als ein Zeichen, dann könnte dies folgendes bedeuten: Wir haben vier Worte mit einer unterschiedlichen Anzahl an Buchstaben, die zusammen 24 ergeben müssen. Also:

11 + 7 + 4 + 3 = 25. Das passt auf den ersten Blick nicht zusammen, könnte sich aber daraus ergeben, dass für das EI zwar nur eine Rune steht, aber zwei Buchstaben. Dann fällt weiterhin auf, dass jeweils die erste und die letzte Zahl in der Reihe sich wiederholen, oder anders ausgedrückt: wenn die erste Zahl eine 4 ist, ist die letzte eine 11. Bei der 3 am Anfang folgt die 3 am Ende, bei der 2 die 7, bei der 1 die 4. Nehmen wir also an, ich liege mit meiner Vermutung richtig, dann gibt die letzte Zahl in der Reihe an, wie viele Buchstaben das Wort hat, zu dem diese speziellen Buchstaben gehören. Die erste Ziffer, also eine Ziffer zwischen 1 und 4, zeigt logischerweise eines der vier Worte an. Hört sich kompliziert an, ist es aber nicht. Pass auf, ich geb dir ein Beispiel: Nehmen wir doch gleich die erste Nachricht vom 25. März:

>> AKN 253489711.

253 = 25.3.

4 = 4tes Wort

8 9 7 = die jeweilige Stelle im Wort, an der der Buchstabe steht

11 = Anzahl der Buchstaben <<

A, K und N sind also der 8., 9. und 7. Buchstabe des vierten Wortes, das die Anzahl von 11 Buchstaben besitzt."

„ So weit ist mir das klar, aber diese Zahlen verwirren mich trotzdem. Schreib doch mal auf, welches Ergebnis dabei heraus kommt. Mal sehen, ob das einen Sinn ergibt."

Es dauerte keine zehn Minuten, da hatte ihr Sohn das Rätsel gelöst. Zumindest einen Teil davon.

>> 1. Wort, 4 BS (Buchstaben) = ZWEI

2. Wort, 7 BS = MINUTEN

3. Wort, 3 BS = BIS

4. Wort, 11 BS = MITTERNAKHT <<

„ Ich schätze, die Germanen hatten keine Rune für ein C, deshalb haben die Täter das Symbol für K verwendet. Die Nachricht lautet also: Zwei Minuten bis Mitternacht. Was uns diese Worte allerdings sagen sollen, das weiß ich auch nicht."

„Alle Achtung!"

Tessa war begeistert von der Logik ihres Sohnes.

Scheinbar wusste sie so einiges nicht von ihm. Auf jeden Fall hatte sie ihn bis zu diesem Zeitpunkt in mancher Hinsicht unterschätzt. Er war eben kein kleiner dummer Junge mehr. Und er trug auch nicht die Schuld daran, dass sein Vater sie vor Jahren verlassen hatte.

Zweifellos, das Ergebnis musste stimmen.

Aber der Sinn blieb ihr noch immer verborgen.

„ Gab es da nicht einmal einen Film mit dem Titel? Ich bin nicht so der Kinofan, das weißt du ja. Und wenn ich nach der Arbeit nach Hause komme, penn ich nach fünf Minuten vor dem Flimmerkasten ein..."

„ Ich weiß ..."

Sie meinte, einen vorwurfsvollen Unterton vernommen zu haben, aber er grinste sie nur frech an, wie er es schon als dreijähriger Bubi getan hatte, wenn er sich über etwas amüsierte.

„ ... hab dich schon oft mit offenem Mund auf dem Sofa schnarchen sehen und hören. Hast du dich denn nie gewundert, dass du morgens auf einem Kissen gelegen hast und mit deiner Bettdecke zugedeckt warst?"

Ungläubig blieb der Blick an ihrem halb erwachsenen Sohn hängen. Wie es schien, hatte sie in der Vergangenheit so einiges nicht mitbekommen, und sie nahm sich vor, das von nun an zu ändern.

„ Ich google mal. Wär doch gelacht, wenn wir das nicht unverzüglich heraus finden würden."

Augenblicklich öffnete sich eine Seite, die auf zahlreiche websites hinwies, welche den gesamten Slogan oder Teile davon enthielten.

„ Wie du siehst, gibt es diese Kombination nicht. Du meintest sicher diese komische indische Fernsehstaffel >> Sieben Minuten bis Mitternacht << Dann gibt´s es noch unzählige Titel, die Mitternacht enthalten. Aber es gibt nichts mit dem Titel

>> Zwei Minuten bis Mitternacht <<. Pech gehabt."

„ Trotzdem vielen Dank, mein Junge. Das hast du prima gemacht. Ohne dich säßen wir noch zu Weihnachten an dem blöden Rätsel. Ich bin sicher, das wird uns auf jeden Fall weiter bringen, jetzt wo wir die Lösung förmlich vor Augen haben. Wenn wir den Fall gelöst haben, werde ich dich in meinem Bericht lobend erwähnen. Und nun geh schlafen, du musst früh zur Schule. Und ich aufs Revier."

Sie drückte ihm einen liebevollen Kuss auf die Stirn und verließ das Zimmer.

58

Die selbst ernannten Rätseldrillinge saßen gerade eine Viertelstunde in Franks verwaistem Büro beisammen, da klingelte das Telefon. Am anderen Ende meldete sich eine tiefe Stimme.

„ Guten Tag, ich hätte gerne Herrn Dell gesprochen."

„ Wer ist denn dort? Vielleicht kann ich ihnen weiter helfen?"

„ ich bin ein alter Schulkamerad von ihm und werde nur Thoddy genannt. Vielleicht hat er ja mal von mir erzählt. Einige betiteln mich auch als den durchgeknallten Schamanen. Ich müsste ihn dringend erreichen, denn ich hab eine wichtige Mitteilung für ihn. Es geht um Leben und Tod ..."

„ Einen Augenblick bitte ..."

Tessa Will hielt die Sprechmuschel zu und wandte sich an ihre Mitstreiter.

„ Da ist Franks alter Kumpel, der Schamane. Er sagt, er hat was Wichtiges für ihn, es ginge um Leben und Tod."

Der Pastor ergriff das Wort.

„ Frag ihn doch, ob er nicht herkommen kann. Dann kann er uns sagen, worum es geht, und uns eventuell auch bei der Lösung behilflich sein. Soll ja ein kluger Kopf sein, und wir können Leute gebrauchen, die die Dinge mal aus einer anderen Perspektive betrachten."

„ Hören sie? Wenn sie Zeit haben, kommen sie doch schnell zum Polizeirevier in der Parkstraße. 4. Stock, Zimmer 407. Mein Name ist Will. Das müssen sie unten auf der Wache angeben. Ich werde sie anmelden."

Etwa zehn Minuten später klopfte es an der offenen Tür, und ein drahtiger, grau- und langhaariger Mann von markantem Aussehen betrat ganz in scheinbar aufwändig handgefertigten Lederklamotten den Raum. Aus unbekannten Gründen zog er die Anwesenden sofort in seinen Bann.

„ Moin, ich bin Thoddy."

Er reichte allen die Hand und sah sie dabei direkt an.

Nachdem sie sich vorgestellt hatten, begann Hans Meier.

„ Sie sagten am Telefon, sie hätten eine lebenswichtige Nachricht für Frank. Leider ist er im Moment weder anwesend noch erreichbar. Würden sie uns mitteilen, worum es geht?"

Der Schamane nahm auf dem ihm angebotenen Stuhl Platz.

„ Eine meiner großen Schwächen ist, dass ich meist viel zu weit aushole. Aber ich werde versuchen, mich kurz zu fassen. Ich bin eingeweihter, keltischer Schamane. Vor einigen Wochen traf ich Frank mit seiner Frau bei real. Als ich ihr näher kam, ich glaube, sie heißt Lisa, da spürte ich eine böse Kraft. Diese dunkle Macht spüre ich am Tag und in meinen Träumen schon seit einigen Monaten. Sie versucht, die Herrschaft in dem Land unserer Vorväter, hier zwischen den Meeren, an sich zu reißen. Aber so stark, wie in dem Moment, da ich ihr die Hand reichte, spürte ich sie nie. Ich sah dem Mädel tief in die Augen, konnte aber keine Anzeichen für eine schwarze Seele entdecken. Im Gegenteil. Sie verbreitete eine Wärme und Güte, die mich in Anwesenheit des Bösen verwirrte..."

Thoddy stockte einen Augenblick und bemerkte, wie sich Franks Kollegen und der Pastor ungläubige Blicke zuwarfen.

„ Ich weiß, was ich erzähle, und die Mächte und Götter, an die ich glaube, passen nicht in die normale heutige Gesellschaft. An ihren Blicken erkenne ich, dass sie mich wie ein Großteil der Bevölkerung für einen Spinner halten. Doch das stört mich nicht. Lassen sie mich bitte erst meine Ausführungen beenden. Was sie dann mit den Informationen anfangen, liegt bei ihnen. Ich werde für meinen Teil versuchen, Frank zu retten."

„ Nicht böse sein, Thoddy."

Pastor Reimers fand als erster die passenden Worte.

„ Was du da erzählst, klingt zunächst ungewöhnlich. Du wirst verstehen, dass wir skeptisch sind. Trotzdem hören wir dir gerne zu und hoffen, wir können dir und du kannst uns helfen."

„ Danke, das ist in Ordnung. Ich mach es jetzt kurz. Wie gesagt, quälen mich seit einigen Wochen schlimme Träume. Schlimm nicht nur für mich, sondern für die Bewohner Schleswig-Holsteins. Doch in der letzten Nacht nahmen die grausamen und düsteren Bilder das erste Mal konkrete Formen an. Ich sah Frank, wie er in stockfinsterer Nacht von dem Bösen angegriffen wurde und mit ihm kämpfte. Es war ein Kampf auf Leben und Tod, wobei die Kräfte ungleich verteilt waren. Dann verschwammen die Bilder wie im Nebel und ich erwachte. Das war kein gewöhnlicher Traum. Es war ein sogenannter Wahrtraum, wie ich sie nur sehr selten erhalte. Die Gefahr steht unmittelbar bevor. Ich wollte ihn warnen, und nun sagen sie mir, er ist nicht zu erreichen. Wir müssen ihn aber warnen, bevor es zu spät ist. Es ist sozusagen fünf Minuten vor Zwölf."

Bei den letzten Worten wich die Farbe aus Tessas Gesicht sie und sah in die Runde.

„ Habt ihr bewusst gehört, was Thoddy sagt? Es ist fünf Minuten vor Zwölf. Hör zu, Thoddy. Ich kann nur für mich sprechen, aber ich vertraue deinen Eingebungen. Da braut sich so ein ganz seltsames Gefühl in meinem Bauch zusammen, seit du das Zimmer betreten hast. Ich kann die Gefahr, in der sich Frank befindet, förmlich spüren."

Hans Meier nickte nur zustimmend und Thomas Reimers pflichtete ihr bei.

„ Mir geht es ebenso. Wir haben leider verlernt, auf unser Bauchgefühl zu hören. Nur in extremen Fällen nehmen wir es noch wahr. Thoddy scheint jemand zu sein, der Schwingungen und Träume aufnimmt und an sie glaubt. Das verstärkt auch unsere Instinkte. Hör zu. Wir sind kurz vor der Lösung eines Rätsels. Wenn wir alle Wahrnehmungen akzeptieren und die Situation ernst nehmen, ist es wichtig, dies so schnell wie möglich zu erledigen. Deine letzten Worte eben haben uns aufgeweckt. Du sagtest: Es ist fünf Minuten vor zwölf. Der bisher gelöste Teil unseres Rätsels gleicht deinen Worten auf erschreckende Weise. Er lautet:

Zwei Minuten bis Mitternacht."

„ Ihr habt mir noch nicht erzählt, wo sich Frank befindet, und wieso er nicht erreichbar ist," hakte Thoddy nach.

„ Er ist mit ein paar Kollegen und Freunden beim Open Air in Wacken."

„ Ach, richtig. Dort treiben sich ja jedes Jahr auch viele Leute aus meinem Bekanntenkreis herum. Und viele weitere potentielle Kunden. Aber erstens spielen sie dort nicht meine Musik, und zweitens meide ich solche Massenveranstaltungen. Die Vielzahl der unterschiedlichsten Schwingungen macht mich wahnsinnig. Leider lässt sich diese Gabe nur schlecht komplett abschalten. Ich erinnere mich, letzte Woche von einem Freund gehört zu haben, dass Iron Maiden dort ihr einziges Deutschlandkonzert geben. Hab früher mal den ersten Iron Maiden Fan-Club in Norddeutschland gegründet. Das ist aber über zwanzig Jahre her. Heute interessiere ich mich mehr für ruhigere Sachen wie irische Folklore und alte keltische Gesänge und Balladen."

Erneut legte der ungewöhnlich wirkende Mann eine Pause ein.

„ Wie schon gesagt, höre ich die Musik von Iron Maiden schon eine Weile nicht mehr. Ich mochte die Band immer sehr, habe auch den Sänger Bruce Dickinson einmal persönlich in Hamburg kennen gelernt. Ein unheimlich sympathischer und intelligenter Mann. Er entspricht also keineswegs dem gängigen Klischee. Die Texte der Gruppe verherrlichen keine Gewalt, aber sie berichten darüber und über sämtliche Varianten dunkler Mächte. Da ich mich dazu entschieden habe, mich alleine der guten Seite der Menschheit zu widmen, für das Gute zu kämpfen und mich ganz in seinen Dienst zu stellen, beschloss ich, von dieser Art Musik Abstand zu nehmen, denn auch wenn man das Böse verabscheut, zieht man es doch unwillkürlich an, sobald man von ihm spricht oder in diesem Falle singt."

Energischer als sonst widersprach Pastor Reimers.

„ Ehrlich gesagt, halte ich das für Blödsinn. Es wird wohl niemand daran zweifeln, dass ich ein Mann Gottes bin und mich der Verbreitung seiner Liebe und seiner Gebote verschrieben habe. Dennoch höre ich gerne Heavy-Metal-Musik. Ebenso die meisten meiner Freunde. Jahrelang spielte ich selber in einer Hardrock-Band. Und ich halte weder einen meiner Freunde noch mich selbst für schlecht oder böse. Ebenso wenig wie den größten Teil der Fans, die sich jetzt in Wacken herum treiben. Nicht umsonst handelt es sich um die friedlichste Veranstaltung dieser Größenordnung, und zwar weltweit. Wie passt das denn deiner Meinung nach zusammen? Natürlich gibt es auch unter Hardrockern dumme, gefährliche und brutale Menschen. Doch das auf die Musik zu schieben, halte ich für grundfalsch. Ich würde sogar so weit gehen, zu behaupten, es befinden sich unter den Metalfans überproportional friedlichere Charaktere, als in allen anderen Bevölkerungsschichten. Natürlich empfindet der Großteil der biederen Bürger langhaarige, tätowierte und wild aussehende Rocker als Bedrohung. Aber fragt doch mal die Dorfbewohner von Wacken. Die leben jetzt seit über 15 Jahren mit diesen Horden und haben zu 90 Prozent eine sehr hohe Meinung von den Festival-Besuchern."

Die Anwesenden schwiegen bis Tessa das Wort ergriff.

„ Lasst uns zu einem anderen Zeitpunkt über die Auswirkungen von Musik auf das Täterverhalten von Bevölkerungsgruppen diskutieren. Ich denke, wir sollten Frank von der Lösung unseres Rätsels benachrichtigen. Ich versuche schon seit zwei Tagen, ihn zu erreichen, aber sowohl sein privates als auch das Diensthandy sind tot. Scheinbar sind die Anbieter überlastet. Ich könnte zwar in die Wege leiten, ihn über GPS orten zu lassen, aber solange wir keine konkrete Gefährdungslage haben, halte ich das für überflüssig. Ich sende ihm jetzt noch einmal eine SMS an beide Mobilfunkgeräte. Es soll vorkommen, dass diese trotz Überlastung der Netze ankommen. Vielleicht kann er ja damit was anfangen. Ansonsten halte ich es für das Beste, wir ziehen uns zurück ins Wochenende, und lassen Frank seinen Spaß bei Iron Maiden. Wenn er Montag wieder zum Dienst erscheint, ist es noch immer früh genug, mit den Ermittlungen fortzufahren. Zudem besitzen wir keine wirklichen Anhaltspunkte für weitere momentane Ermittlungen.“

59

„ Boah, Alter, jetzt erst mal ein Bier. Hey, Gourmet, schmeiß den Grill an, ich bin am Verhungern."
Der Commander machte seinem Namen wieder alle Ehre. Beim Zeltaufbau hielt er sich diskret zurück, und gab stattdessen lieber überflüssige und unerbetene Kommentare zum Besten. Dafür war er beim Feiern und Saufen wie immer der Erste. Frank, der zum Grillmeister auserkoren war, reagierte nur ansatzweise.
„ Ich hör Stimmen, aber ich seh keinen. Oder war das der Wind? Jungs, hat von euch einer was gehört?"
Stummel hielt die Hände hinter die Ohren.
„ Nee, eben nicht, aber jetzt. Hört mal, die Grillen ..."
Bernd hielt seinen Zinken in die Luft und tat erstaunt.
„ Ich riech nichts ..."
Dann setzte er die Flasche Julischka an und nahm einen kräftigen Zug.
„ Ha, ha, ha ... seid ihr lustig. Der Witz ist so alt, der feiert bald den Fünfzigsten. Aber mal ehrlich, ich könnte jetzt gut ein Stück Nacken und `ne Wurst ab, ihr etwa nicht? Schuby, Hase? Ihr seid doch sonst auch den ganzen Tag am Fressen ..."
Hases pinkfarbener Plüschschlappen kam ohne Vorwarnung geflogen und landete im Nacken des Commanders, der sich

verschluckte und das gute Dithmarscher durch die Nase ausprustete.
„ Ich werd dir was, von wegen den ganzen Tag fressen. Ich bin seit Wochen auf Diät. Schmeiß mir lieber mal die Flasche Havanna rüber. Wir sind schließlich nicht zum Spaß hier, und nüchtern kann ich die Musik sowieso nicht ertragen."
„ In Ordnung, ich werd mal die Kohle anheizen, kann aber `ne Weile dauern."
Frank zog einen der 10–Kilo–Säcke aus dem Hänger, während sich der untätige Pöbel weiter dichtkippte.
Nachdem die Kolonne sich morgens um Viertel nach Neun zeitig in Bewegung gesetzt und nach vierzig Minuten Fahrt problemlos das Veranstaltungsgelände erreicht hatte, waren das Auffinden eines geeigneten Zeltplatzes, sowie der anschließende Aufbau traditionsgemäß chaotisch verlaufen. Doch am Rand des Geländes, eine gute Fußstunde von den Bühnen entfernt, auf Feld 135, fand man endlich den geeigneten Platz, oder etwas negativer ausgedrückt: Es war der letzte Acker, der noch frei war, und das ganze 26 Stunden vor Beginn der eigentlichen Veranstaltung.
Doch das spielte nun keine Rolle mehr. Zelt, Kühlschrank und Kompressor standen. Die Party konnte beginnen. Keine Stunde später hatte der Alkoholpegel den Scheiß-Egal-Level erreicht, parallel dazu stieg die Lautstärke der im Heck des Jeeps aufgebauten Anlage. Hätte es noch eines Beweises bedurft, dann wäre dieser in dem Moment erbracht gewesen, an dem Stummel begann, zu Golden Earrings > Radar Love < die Arme wie ein

Vogel seitlich nach oben gestreckt, die Hüfte lässig kreisen zu lassen.

\>> I´ve been drivin´all night, my hand´s wet on the wheel
There´s a voice in my head that drives my heel
It´s my baby callin´, say I need you here
And it´s a half past four and I´m shiftin´gear
When she is lonely and the longing gets too much
She sends a cable comin´in from above
Don´t need a phone at all

We´ve got a thing that´s called Radar Love
We´ve got a wave in the air
Radar love

The radio is playing some forgotten song
Brenda Lee´s comin´on strong
The road has got me hypnotized
And I´m speedin´into a new sunrise
When I get lonely and I´m sure I´ve had enough
She sends her comfort comin´in from above
We don´t need no letter at all

We´ve got a thing that´s called Radar Love
We´ve got a light in the sky

Instrumental break

No more speed, I´m almost there
Gotta keep cool now, gotta take care
Last car to pass, here I go
And the line of cars drove down real slow
And the radio played that forgotten song
Brenda Lee´s comin´on strong
And the newsman sang his same song
Oh one more radar lover gone
When I get lonely and Í´m sure I´ve had enough
She sends her comfort comin´in from above
We don´t need no letter at all

We´ve got a thing that´s called Radar Love
We´ve got a light in the sky
We´ve got a thing that´s called Radar Love
We´ve got a thing that´s called
Radar Love <<

Arne, der zuvor damit beschäftigt gewesen war, den Inhalt seiner Halbliter-Flasche Hefeweizen in einem 0,3 l Wacken-Becher unterzubringen, verschwand im Zelt und kehrte mit der Digitalkamera im Anschlag zurück.

„ Den Film stell ich ins Netz, bei myvideo oder youtube, da könnt ihr Gift drauf nehmen. Die ganze Welt soll sehen, was hier abgeht, und bei wem sie im Schwimmbad ihren Höllenteller bestellen."

„ Damit wäre ich vorsichtig," mischte sich Schuby in das Selbstgespräch.

„ Wir sind erst zwei Stunden hier und haben einige Tage vor uns. Möchte wetten, von dir bekommen wir wildere Sachen zu sehen."

Die beiden grinsten sich an und prosteten sich zu.

„ Egal, das wird auf jeden Fall veröffentlicht. Darüber lach ich mich noch in hundert Jahren scheckig."

60

Zunächst nervte ihn nur die stickige Hitze in dem Partyzelt. Wäre es nach ihm gegangen, hätten sie das gute, stabile Zelt des PSV aufgebaut, doch er war überstimmt worden. Dazu kam nun die Helligkeit, denn sinnigerweise ließen sich die vier Plastikfenster an jeder der Längsseiten von zehn Metern nicht verdunkeln. An jeden Mist hatten sie gedacht. Sogar ein Flokati, der nicht mit Schuhen betreten werden durfte, und Uromas Stehlampe waren vorhanden. Vom Powergenerator, der Tiefkühltruhe für eisgekühlte Getränke und den immensen Fleischvorrat, dem Kühlschrank, zwei Profi-Gasheizstrahlern für eventuell kalte Nächte, der Kaffeemaschine, dem Zwei-Platten-Herd und dem Luxus-Grill, Typ Halber Ochse, ganz zu schweigen.
Aber eine Plane zum Abdunkeln gab es nicht.

Er sah auf den Wecker: 5.32 Uhr. Wenn er sich recht entsann, waren sie erst gegen halb Drei von der Bühne zurück gekehrt, wo Axel Rudi Pell mit seiner Band ein geniales Konzert abgeliefert hatte. Der Gitarrist aus dem Ruhrpott und seine Band waren zur Hochform aufgelaufen. Besonders Sänger Johnny Gioeli hatte alles gegeben. Das Interesse des Publikums hielt sich angesichts dessen in Grenzen, als der Großteil auf Death Metal Gegröle stand, mit melodiösem Old-School-Rock wie diesem also wenig anfangen konnte. Das hatte der Stimmung der hartgesottenen älteren Generation, zu denen sie sich mit Ausnahme von Lisa wohl oder übel zählen mussten, allerdings keinen Abbruch getan. Den Höhepunkt bildete dann gegen Zwei Uhr nachts die Cover-Version des Purple Titels >> When a blind man cries <<, dem sogar Gillan Respekt gezollt hatte, klang er doch um Klassen besser als seine Urfassung.

>> If you´re leaving, close the door,
I´m not expecting people anymore.
Hear me grieving, lying on the floor,
Whether I´m drunk or dead, I really ain´t too shure

I´m a blind man, I´m a blind man
And my world is pale
When a blind man cries, Lord you know,
There ain´t no sadder tale

Guitars

Had a friend once in a room,
Had a good time but it ended much too soon.
In a cold month in that room.
We found a reason for the things we had to do.

I´m a blind man, I´m a blind man,
Now my room is cold.
When a blind man cries, Lord you know,
He feels it in his soul.

Guitars

Ooooohhh, I´m a blind man, I´m a blind man,
Know my room is cold.
When a blind man cries, Lord you know,
He feels it in his soul.
I´m a blind man.
And there ain´t no sadder tale. <<

Bei diesem Song nahm er Lisa und den runden Bauch ganz fest in den Arm. Ihr Schicksal war ein ganz anderes. Sie würden eine kleine Familie gründen und wären nie mehr einsam. Da waren sie sich sicher. Er brachte Lisa zu ihrem Zelt, trank noch ein Bierchen mit Paul und seinen Kumpels, die sich nach einigen Anlaufschwierigkeiten zu Beginn der Ermittlungen doch noch als locker und umgänglich heraus gestellt hatten, und sie verabredeten sich für den nächsten Abend.

Den Abend. Maiden Abend.

Der Kopf dröhnte noch ein wenig von dem ekelhaften Met, den Stummel in seinem duhnen Kopf angeschleppt und als Bier deklariert hatte. Nach dem ersten kräftigen Zug, mit dem er den halben Becher leerte, wurde ihm das Elend bewusst. Zu spät. Noch ein beherzter Schluck, und das Gesöff war im Magen verschwunden. Die Wirkung zeigte sich erst jetzt, doch insgesamt fühlte er sich fit. Wären nur diese lästigen Fliegen nicht gewesen, die ihn seit Sonnenaufgang unablässig traktierten.

Mit einem Auge blinzelte er in die Runde. Zufriedenes Schnarchen ertönte aus jeder Ecke. Nur der Commander gab nach der durchzechten Nacht keinen Ton von sich. Schnapsleiche nennt man das wohl, sinnierte Frank im Halbschlaf. Dann sprang er auf, zog die kurze Sporthose über und trat aus dem Zelt. Nur vereinzelte Gestalten wankten zwischen Autos und Zelten umher. Über dem gemähten Maisfeld, das anstelle der überlaufenden Dixie-Klos herhalten musste, lag ein friedlicher Frühnebel. Doch allmählich erwachte die Metal-Gemeinde. Wie er diesen frühmorgendlichen Anblick liebte. Ein Meer aus Planen und Stoffen verschiedenster Farben und Formen, teils liebevoll, teils im Suff zusammengebastelt. Daneben an bis zu fünf Meter hohen Fahnenmasten phantasievoll gestaltete Flaggen aus aller Herren Länder. Dazu diese Stille, die sich wirklich nur in den zwei bis drei Stunden zwischen Auftrittsende und Erwachen der Fans genießen ließ. Spätestens um 6 Uhr drehten die ersten Hirnrissigen die Anlage bis zum Abwinken auf und gaben so den Weckruf, der sich innerhalb von Minuten bis zum letzten bewohnten Acker weiter fortpflanzte.

Kaum den Gedanken beendet, riss ihn Rammsteins > Mutter < aus dem Nachbarzelt der Ossis zurück in die Gegenwart. Arne schob seine typisch verschnarchte Visage aus dem Eingang.

„ Is der Grill schon an?"

Grillmeister Dell griff nach dem nächstbesten Gegenstand, einem Gummibaum im Plastiktopf, und verfehlte ihn nur knapp.

„ Leg dich wieder hin, du Sprit-Kopf."

„ Geht nicht. In meiner Fliegenreuse hab ich acht Fliegen gefangen, und die spielen seit Stunden Kriegen auf meinem Gesicht."

Nach und nach erwachte auch der Rest der Truppe, es wurde Kaffee gekocht, ein paar Brote geschmiert und entgegen der Gewohnheiten beinahe gänzlich auf Alkohol verzichtet. Keiner wollte das abendliche Konzert verpassen. Der Tag wurde zumeist mit sinnlosen Debatten, blöden Witzen und Ausruhen verbracht. Einige besuchten auch den Metal-Markt und erstanden die typischen Wacken-Shirts oder sonstigen Rock-Klimbim. Die letzten Stunden bis zum Auftritt vertrieben sie sic, eng um den Feuerkorb verteilt, mit Spielen wie > Tiereraten < und > Ich packe meinen Koffer <, bei dem sie zu erstaunlichen Ergebnissen kamen.

61

Über den Inhalt der SMS wunderte sich Frank nicht so sehr, wie über die Tatsache, dass sie ihn überhaupt erreichte. Inmitten von 65000 Menschen, von denen vermutlich mindestens jeder Dritte sein Handy eingeschaltet hatte, war ein Durchkommen in den letzten drei Tagen so gut wie unmöglich gewesen. Nun, in diesem Moment befand sich die Mehrheit auf dem Weg zur Bühne, um das Highlight dieses Festivals, nein, eigentlich des gesamten Jahres zu feiern. Da hatte man besseres zu tun, als zu mailen.

>> Ich fühl mich im Moment nicht so fit und in der Lage, nach vorne an die Bühne zu gehen, aber lass Dir den Spaß nicht verderben. Ich mach´s mir hier im Zelt gemütlich und werde Maiden sicher auch von hier aus hören. Erzähl mir später, wie´s war. HDL Lisa <<

So ein Mist, ausgerechnet heute musste es ihr schlecht gehen. Fast sieben Monate lang war alles gut gegangen. Keine Macken, keine Übelkeit, keine besonderen Gelüste mitten in der Nacht auf sauer eingelegte Muscheln oder Gummibärchen mit Knoblauchgeschmack. Aber irgendwann hatte dieser Zeitpunkt kommen müssen. Wäre es nach ihm gegangen, dann würde Lisa

wie jede normale hochschwangere Frau in diesem Moment zuhause auf dem Sofa liegen und an einer Tüte Chips knabbern. Aber Lisa war nun mal nicht normal. Im Prinzip gab es nicht einen normalen Menschen in seinem Umfeld. Ihm war ohnehin nicht klar gewesen, was sie mit dem dicken Bauch in dem Gedränge vorgehabt hatte. Eine Sturzgeburt auf Stroh zwischen kotzenden Headbangern? Na gut, zumindest dieses Abenteuer ließ sie aus.
„ Hat der Liebeskasper jetzt endlich ausgesimst und ist bereit, sich ins Vergnügen zu stürzen?"
Die Truppe rüstete sich zum Aufbruch und drängte zum Abmarsch.
„ Geht ohne mich los, Jungs. Es ist was dazwischen gekommen. Lisa fühlt sich nicht gut und bleibt beim Zelt. Die anderen aus dem Club werden aber sicher nach vorne stürmen. Das sind alles eingefleischte Maiden Fans. Möchte sie nur ungern alleine lassen. Sie hat mir zwar gemailt, ich solle mir keine Sorgen machen und den Auftritt genießen, aber das kann ich nun mal nicht, wenn in dem Zustand niemand bei ihr ist."
Hase zog eine Fresse, und auch einigen der anderen stand der Unmut deutlich ins Gesicht geschrieben. Lediglich Bernd und Arne standen ihm bei.
„ Lasst ihn in Ruhe, ich würde das genauso machen. Es gibt ja wohl wichtigere Dinge im Leben, als ein Konzert, oder? Wenn meine Süße ein Kind erwarten würde, bliebe ich auch bei Ihr."
„ Du würdest Deine Frau im siebten Monat aber auch nicht mit nach Wacken nehmen, oder?"
„ Streitet euch später weiter. Hier kann jeder tun und lassen, was er will. Wer mit will, der zieht jetzt mit mir los, sonst sind wir erst

dort, wenn alles vorbei ist. Kümmer du dich um deine Familie. Wir sehen uns später."

David und Bernd füllten die Kühlbox bis zum Rand, schnallten den Gürtel enger und setzten sich in Bewegung. Der Rest der Truppe tat es ihnen gleich.

Frank versuchte, eine SMS an Lisa abzuschicken, aber das Netz war überlastet.

> Das Versenden einer Nachricht ist im Moment nicht möglich <

Umständlich probierte er, nochmals Lisa´s Kurznachricht zu lesen, brach sich aber bei dem Versuch mit dem neuen Diensthandy von Siemens fast die Finger. Verflucht, nicht gespeichert. Hatte er mit seinen zwei linken Händen wieder einmal versehentlich auf > Löschen < gedrückt? Sie würde schon merken, wenn er bei ihr am Zelt auftauchte.

Urplötzlich änderte er seine Meinung. Natürlich hatten Hase und Co recht. Er war hierher gekommen, um das erste Mal in seinem Leben die absolut favorisierte Band live zu genießen. Den Fehler, einer anderen Person zuliebe einmalige Chancen zu vertun, wollte er nicht wiederholen. Zu oft im Leben hatte er sich damit selbst betrogen und insgeheim zu einem späteren Zeitpunkt den Partner dafür verantwortlich gemacht. Auch in einer Beziehung sollte man eine eigenständige Persönlichkeit bleiben.

Er schnappte sich zwei kalte Pullen Bier und rannte den anderen hinterher.

„ Wartet auf mich, ihr Saufköppe. Hab´s mir anders überlegt. Ihr kommt doch ohne mich noch weniger klar als Lisa."

Entspannt legte er den Arm um Hase und prostete ihr zu.

„ Man könnte meinen, du wärst schwanger und nicht Lisa, so oft, wie du in den letzten Tage deine Ansichten änderst. Entspann dich mal. Das Kind kommt auch ohne dich auf die Welt. Und außerdem ist es doch noch gar nicht so weit. Oder hast du schon Wehen?"
Hase prustete ihm ihre Havanna-Mischung ins Gesicht, als sie über den eigenen Scherz lachen musste.
„ Stellt euch mal vor, Kerle würden Kinder zur Welt bringen. Dann wären wir vor lauter Wehleidigkeit längst ausgestorben."
„ Bla bla, immer diese alte Leier."
Nach den starken Regenfällen an den Tagen vor dem Festival, durch welche die Veranstaltung kurz in Frage gestellt worden war, knallte die Sonne nun unbarmherzig mehrere Stunden täglich auf die Beknackten aus aller Welt. Erst gegen Abend ließ die drückende Hitze nach und ging jetzt zu späterer Stunde über in eine angenehm wohltuende Wärme. So liefen die meisten auch jetzt nur in dünnen Shirts herum. Beinahe jeder hatte bereits eines der begehrten Wacken-Shirts ergattert und zeigte stolz den Stierschädel auf mehr oder weniger breiter oder praller Brust. Je mehr sie sich dem Veranstaltungsgelände näherten, desto enger wurde der Raum. Aus allen Himmelsrichtungen strömten die Metaller in Richtung der drei großen Bühnen. Hier, wo früher der Vorplatz durch einen ausgeweiteten Biergarten begrenzt wurde, stauten sich bereits Tausende leicht bekleideter Körper.
„ Ham wir genug Bier dabei?" grölte Arne nach hinten.
„ Aber sicher. Für uns reicht´s, du verkappter Wildhüter."
David und Bernd, die eine Kühlbox mit diversen Getränken zwischen sich trugen, hielten an und versorgten die Truppe.

„ So, und nun noch etwa zehneinhalb Meter, dann schleppen mal zwei andere Trottel diese Kühltruhe," ächzte David.
„ Ihr beide seid nun mal die größten Trottel in unseren Reihen. Da bietet es sich doch an, dass ihr die Lastesel spielt," pöbelte der leicht angetrunkene Stummel und bekam dafür eine leere Dose an den Kopf. Cool und ohne die Spur einer Regung zog er sich die nächste Flasche aus der Hose, öffnete sie mit einem Feuerzeug und stolzierte weiter. Zwei etwa siebzehnjährige Mädels in superkurzen, schwarzen Hotpants und zerrissenen Netzstrümpfen überholten ihn, und er hätte sich beinahe verschluckt. Die eine drehte sich um und steckte ihm die Zunge aus. Nun konnte er sich nicht mehr halten. Zum Abkühlen kippte er sich das Bier über den Kopf und schüttelte sich. Diesem Anblick konnten die Mädels nicht widerstehen. Sie blieben stehen, nahmen ihn in die Mitte und leckten ihm den wohltuenden Gerstensaft vom Gesicht. Ehe er kapierte, was geschah, waren die beiden in der Menge verschwunden.
„ Alter Aufreißer. Weißt immer noch, wie man die Bräute rumkriegt."
Frank pfiff anerkennend durch die Zähne."
„ Tja, gelernt ist gelernt. Sieh genau zu, dann kannst Du vielleicht noch was lernen."
Hase zeigte nur den Scheibenwischer und ersparte ihm weitere Kommentare.

Etwa anderthalb Stunden und zehntausend halbnackte, schwarz gekleidete Menschen später befanden sie sich auf dem abgesperrten Areal vor den Bühnen. Die Veranstalter hatten ganze

Arbeit geleistet und diesen direkten Veranstaltungsraum im Vergleich zum Vorjahr verdoppelt. Auf der Bühne ganz links außen grölte ein Shouter dermaßen ins Mikro, dass Hase befürchtete, trotz Oropax würden ihre Trommelfelle platzen.
„ So, Jungs, wenn ihr weiter nach vorne wollt, dann ohne mich. Ich krieg jetzt schon Platzangst, und die Bescheuerten da vorne auf der Bühne muss ich mir auch nicht antun. Ich bleib schön hier hinten am Tresen stehen und vergnüg mich mit meinem Havanna. Wer bleibt bei mir und passt auf mich auf?"
David und Stummel taten, als fiele ihnen die Entscheidung schwer, doch im tiefsten Herzen hatte sich zumindest der ausgezeichnete Friseurmeister längst mit dem Gedanken angefreundet.
„ Wir bleiben bei Hase, geht ihr ruhig weiter. Hier steh´n wir gut. Der Nachschub ist gesichert und außerdem macht mein Kreislauf heute nicht so mit."
„ Meiner auch nicht," sprang Stummel in die Bresche und bestellte eine Runde Bier und zwei Mischungen Havanna-Cola.
Frank überlegte nicht lange.
„ Also, mir gefällt es hier ebenfalls ganz gut. Der Blick ist genial und hören können wir auch. Was wollen wir mehr? Lasst uns hier das Basislager aufschlagen. Wer sich nach vorne kämpfen möchte, bitteschön."
Ein Blick in die Runde zeigte, dass die meisten mit der Platzwahl einverstanden waren.
„ Falls jemand auf die Idee kommt, sich wie Dartschi vor zwei Jahren hier abzulegen, rate ich dringend davon ab," wandte der nicht mehr ganz nüchterne Commander ein.

„ Habt ihr alle was zum Trinken? Dann Prost auf unseren alten Kumpel Dartschi. Er ruhe in Frieden. Oder besser noch: Er möge hier über uns schweben und mit uns gemeinsam die eiserne Jungfrau genießen. Prost!"
Die Truppe erhob ihre Becher auf den zwei Jahre zuvor aus dem Leben geschiedenen Freund. Ohne es realisiert zu haben, hatte sich der Vorplatz innerhalb von Minuten zum Bersten gefüllt. Die meisten waren froh, wenigstens den Tresen des Bierwagens im Rücken zu haben.
„ Wann soll das denn losgehen?"
Bernd nippte unruhig an seinem Bier.
„ Das Gejaule an der Seite hält ja wirklich kein Mensch aus. Ich versteh nicht, wie man auf solche Musik stehen kann. Ganz ehrlich. Das ist doch keine Musik, oder?"
„ Ich glaub, wir sind einfach zu alt für solchen Scheiß. Die Kiddies stehen aber darauf. Bin ja froh, dass wenigstens Maiden und Axel Rudi Pell dieses Jahr für uns dabei sind. Letztes Jahr war ja gar nichts."
Frank wartete auf einen Kommentar, als die Menge anfing, unruhig zu werden. Die ersten Hardcore-Fans fingen an zu brüllen.
„ Maiden, Maiden, Maiden ..."
Die Anzeige der ersten live-Bilder auf den gigantischen Leinwänden zwischen den Bühnen ging in einem Begeisterungssturm unter. Tatsächlich war nur ein Roadie über die Bühne gehuscht. Doch das tat der erwartungsfrohen Ekstase der Menge keinen Abbruch. Wie bei jedem größeren Konzert wurde die kleinste Aktivität auf den Brettern bejubelt. Frank bestellte bei der niedlich aussehenden

aber mangels Erfahrung völlig inkompetenten Bedienung die nächste Runde, als die ersten erkennbaren Gitarrentöne aus den gewaltigen Boxentürmen schallten. Nun war die Masse nicht mehr zu halten und riss die Arme nach oben.

„ Maiden, Maiden, Maiden ..." scholl es wie aus einer Kehle. Inzwischen war die Sonne längst hinter dem nun angestrahlten Stierschädel am Wacken-Silo untergegangen, und wie aus dem Nichts erstrahlte der Name der Band auf den Leinwänden. Iron Maiden. Der Jubel war noch nicht abgeebbt, da erklangen die ersten leisen Töne. Der erste Spot zielte auf den Sänger Bruce Dickinson, der die tosende Menge begrüßte.

„ Show Your hands, guys, let´s see it!"

>> Unchain the colours, before my eyes,
Yesterday´s sorrows,
Tomorrow´s white lies,
Scan the horizon
The clouds take me higher
I shall return
From out of the ...
... Hole ... !!!

Yeah ... Come on !

Tears for rememberence
And tears for joy,
Tears for somebody,

and this lonely boy.

Out in the madness
The all seeing eyes
Flickers above us
To light up the sky

Guitars

Franks Handy vibrierte in der linken Hosentasche, doch er ignorierte es zunächst.

Unchain the colours
Before my eyes
Yesterday´s sorrows
Tomorrow´s white lies
Scan the horizon
The clouds take me higher
I shall return
From out of the ...
... Fire ... !!!

Guitars <<

" Thank You very much, Thank You !!! "

Während zehntausende von Armen sich euphorisch nach oben streckten, ging Frank´s Hand in die Tasche. Wieder vibrierte das Handy.

Drei Mitteilungen. Frank rief die erste auf.

Gesendet um 17. 43 Uhr, Polizeirevier.

> 0171-9653673 hat versucht, sie zu erreichen. <

Zweite Mitteilung.

Gesendet um 17. 45 Uhr, Polizeirevier

> Hi Frank, können Dich telefonisch nicht erreichen. Wir haben das Rätsel gelöst. Es lautet: Zwei Minuten bis Mitternacht. Dachten nur, Du solltest das wissen. Viel Spaß noch. Bis Montag. Tessa. <

Dritte Mitteilung.

Gesendet um 23. 20 Uhr

> Hi Schatz, mir geht´s nicht gut. Wenn du magst, komm doch nachher noch mal vorbei. HDL Lisa <

Im Begriff, das Telefon zurück zu stecken, lief in seinem Unterbewusstsein ein Film ab.

> HDL.Lisa < Lisa hasste diese Abkürzung. > Zwei Minuten bis Mitternacht < > 2 minutes to midnight < Ein Song von Maiden. Er sah auf die Uhr. 23.33 Uhr. Die Räder ratterten. Worin ging es in dem Song? Er hatte plötzlich das Gefühl, sich übergeben zu müssen. Ohne ein Wort ließ er den Becher aus der Hand fallen und bahnte sich gnadenlos einen Weg Richtung Ausgang. Körper, die ihm den Weg versperrten, rammte er beiseite. Widerstand wäre zwecklos gewesen. Worte prallten an ihm ab, Schläge bemerkte er nicht. Wie in Zeitlupe sah er sich selbst durch die Menge wühlen, als liefe sein Gehirn im Zeitraffer. Endlich. 23. 41 Uhr. Die Beine

begannen automatisch in ein schnelleres Tempo zu verfallen. Die Sinne reagierten wie programmiert.

62

Den Platz direkt neben der größten Eiche auf dem gesamten Gelände konnte wirklich nur ein Blinder verpassen.

Noch ein Versuch. Nichts tat sich. Auf dem Revier hatte er sich heute auch noch nicht gemeldet. Nacheinander wählte er Tessas und Karls Nummer. Keine Verbindung.

Der Acker lag inzwischen so gut wie ausgestorben. Keine grölenden Siebzehnjährigen, keine kreischenden Weiber, nicht einmal Musik aus der Blechanlage vom Nebenzelt. Wie die Ratten das sinkende Schiff, so hatten die Metalfans ihre Lager verlassen. Kein Geruch verbrannten Fleisches zog herüber. Keine scheppernden Flaschen, keine leeren Dosen, die gegen hohle Schädel geschlagen und zerquetscht wurden.

Die Stille rund um ihr Camp schien unnormal, fast unheimlich.

Die Gedanken liefen ab wie in Zeitlupe, und obwohl nur einige Minuten vergingen, kam ihm der Zeitraum vor wie mehrere Wochen.

Alles, was ihm im in den letzten 18 Monaten passierte, blieb wie hinter einem Schleier verborgen, lüftete sich nur nach und nach. Der Sinn des Ganzen entzog sich noch immer seinen Sinnen.

Vor einem Jahr die Mordserie, die Liebe zu Mel, dann ihr unfassbarer Tod.

Und jetzt?

Ungläubig hatte er sich selbst beobachtet. Von außen, als hätte der Geist den Körper verlassen.

Musste mit ansehen, wie er sich kaum ein halbes Jahr nach Mels Tod neu verliebte in eine zugegeben faszinierende Frau.

Doch wie war so was möglich?

Blendete sich die Rationalität aus wie die letzte Einstellung in einem Film? In seinem Fall nach einem Movie ohne Happy End. Ohne Abspann, ohne Soundtrack? Einfach so? Ging ein Splatter-Movie ansatzlos über in eine rührende Lovestory? Waren ohne sein Wissen, ohne die Kenntnis der Regisseure George A. Romero und Garry Marshall die Filme ZOMBIE und PRETTY WOMAN zusammen geschnitten worden? Gab es so was?

Wie so oft im Leben hatte er keine Ahnung.

In Gedanken versunken wie Stiefel im knöcheltiefen Schlamm bewegten sich die Beine automatisch wie die eines Marathonläufers. Je weiter er sich von den Bühnen entfernte, desto klarer wurden die Sinne. So ungefähr musste es aussehen im Bürgerkrieg, irgendwo auf der Welt. Zehntausende Menschen auf der Flucht. In eine Richtung. Auf dem Weg zur Erlösung. Zumindest weit weg vom Alltagstrott.

Autos, Zelte in allen Größen, Formen und Farben, Planen, Einweggrills für 9,99 Euro und Millionen von leeren Flaschen und Dosen so weit das Auge reichte, verteilt über einige Hektar Weide- und Ackerland. Der Einfallsreichtum langjähriger Wacken-Fans kannte keine Grenzen. Bekritzelte Schilder und Plakate vor beinahe jedem abgesteckten Areal.

> FICKEN FOR FREE – EIN KUSS EIN EURO – 1x TITTEN ZEIGEN für 1 Bier <

Die Truppe kam seit vier Jahren hierher. Er selbst hatte zweimal das Festival besucht. So tot wie heute hatte er den Zeltplatz nie erlebt. In früheren Jahren wie auch in den letzten Tagen, blieben die Lager auch während der Hauptauftrittszeiten immer gut besetzt. Viele kamen nur her wegen der friedlichen und familiären Atmosphäre. Aus Japan, aus Neuseeland, aus Kanada, von Hawaii. Von überall auf der Welt.

Heute Abend war das anders. Bestimmt 95% der Anwesenden wollten den Anblick der Metal-Ikonen nicht verpassen. Unmöglich, dass es vor den Bühnen aufgrund des immer noch nicht abebbenden Andrangs nicht zur Katastrophe kommen würde. Trotz Ausweitung des Veranstaltungsbereiches bis zum früheren Biergarten würde der Platz der anstürmenden Menge nicht standhalten können. Er hoffte, die Sicherheitskräfte würden alles im Griff haben. Die Kollegen auf den Quads patrouillierten nur auf den Äckern. Für den eigentlichen Schutz der Konzerte waren private Dienste und die Organisatoren verantwortlich.

Schon von weitem erkannte er den hünenhaften, mindestens hundert Jahre alten Baum mit der gewaltigen Krone. Die drei schwarzen und geräumigen Zelte der ehemaligen NVA, die Paul und seine Leute um die Eiche herum drapiert hatten, verschwanden beinahe angesichts dieses typischen Wahrzeichens der Deutschen oder zumindest Nordischen Kultur. Der Ausdruck

> Stark und standhaft wie eine deutsche Eiche < war weit über die europäischen Grenzen zum geflügelten Wort avanciert.

Die ehrwürdige Eiche flackerte gespenstisch im Feuerschein. Seltsam, schoss es Frank durch den Kopf. Offenbar hatten Paul und seine Truppe das Lagerfeuer noch einmal ordentlich angeheizt, bevor sie zur Bühne gezogen waren. Ganz ungefährlich war das nicht zwischen den drei eng um den trockenen Baum aufgestellten Zelten, die in diesem Moment wirkten wie düstere Kathedralen. Doch möglicherweise ließ der irre Tanz der Flammen die Szene von weitem gefährlicher erscheinen, als sie tatsächlich war. Ganz unbeaufsichtigt war das Lager zudem nicht. Lisa und auch Carmen, die sich absolut nichts aus Heavy Metal machte, sondern regelmäßig Migräneanfälle vortäuschte, sobald auch nur eine E-Gitarre erwähnt wurde, würden anwesend sein. Zwischen überquellenden Wacken Trash Bags, die beim Befahren des Geländes ausgeteilt wurden, und windschiefen Zwei-Mann-Zelten hindurch bahnte sich Frank den Weg zur Eiche, möglichst darauf bedacht, nicht über im Suff wirr gespannte Zeltseile und robuste, angerostete Stahlheringe zu stolpern, oder gar auf eine Schnapsleiche zu treten, die seit Tagen wie gammlige Pilze aus dem feuchten Boden sprossen. Doch die letzte Sorge ließ sich an diesem Abend vernachlässigen. Kein zugedröhnter oder dichtgekiffter Metaller verbaute ihm den Weg. Zwischen den dunklen Überbleibseln aus der ebenso trüben DDR–Zeit über denen an einem eigens herangeschafften und aufgestellten massiven Fahnenmast eine blutrote Fahne schlaff herabhing, war lediglich das bedrohliche Knistern und Knacken des fressgierigen Feuers zu vernehmen.

Knapp zehn Meter war Frank noch entfernt, da meinte er Stimmen vor sich zu hören. Konzentriert lauschend blieb er stehen. In der Ferne gingen die spektakulären Gitarrenriffs in einem frenetischen Beifallssturm unter.

Näher an das erste Zelt herantretend beschlich Frank plötzlich ein unheimliches Gefühl. Zu still erschien der Platz. Nichts in unmittelbarer Umgebung rührte sich. Dennoch spürte er eine unerklärliche Anwesenheit. Um seine hochschwangere Frau nicht zu erschrecken, machte er sich bemerkbar.

„ Hi Schatz, ich bin´s. Wollte dich nicht alleine lassen. Keiner zuhause?"

Nichts rührte sich.

„ Lisa, Carmen, ich bin es nur, Frank. Wo steckt ihr?"

Frank betrat die Unterkunft, in der die Frauen hausten. Durch den zweiten geöffneten Eingang zur Eiche hin zuckten wild die Flammen, tanzten an dem dicken Zeltstoff und warfen bizarre Bilder an die Wände. Mit mulmigem Gefühl in der Magengegend zog er die Decken und Schlafsäcke beiseite.

Das Zelt blieb bis auf ihn menschenleer.

Geblendet vom grellen Lichtschein trat er auf den Ausgang zu wobei er eine Hand schützend über die Augen legte. Da erst erkannte er den nackten, glänzenden Körper, der regungslos auf einem Tisch lag, der mit schwarzem Samt behangen und roten Ornamenten verziert wie ein Altar wirkte. Während Adrenalin durch den Körper pumpte wie flüssige Lava, hörte er sich schreien.

„ Mein Gott, Lisa ..."
Instinktiv riss er den linken Arm hoch, als er aus dem Augenwinkel einen Schatten wahrnahm, der sich in einem anderen Rhythmus bewegte, als die sich wiegenden Flammen.

Dann umgab ihn vollkommene Dunkelheit.

Als er erwachte, wusste er nicht, wo er sich befand und wie lange er in diesem Zustand verbracht hatte. Der Versuch, sich zu bewegen, misslang. Sein Kopf dröhnte und die Augen waren verbunden, doch das Feuer konnte der Stoff nicht verdecken. Zudem war die Hitze unerträglich. Blödsinn, der Mensch konnte mehr ertragen, als er sich vorzustellen vermochte. Die Fesseln aus Hanfseil um Handgelenke und Unterschenkel schnürten sich so in das Fleisch, dass er nur noch ein unangenehmes Kribbeln spürte. Was man ihm gelassen hatte, waren die Sprache und eine gewaltige Angst, die in unbändiger Wut aus ihm herausbrechen wollte.

„ Nehmt ihm die Augenbinde ab. Er soll sehen, was ihn und seine Hexe erwartet!"

Unsanft wurden sein Kopf nach oben und der Stoff herunter gerissen. Zunächst wieder geblendet kniff er die Augen zusammen, bis sich diese allmählich an die Helligkeit gewöhnten. Was er dann sah, überstieg seine Vorstellungskraft. Der Körper spannte sich mit aller Kraft, zu der er fähig war, und brüllte den Schmerz aus tiefster Seele heraus. Die Fesseln gaben keinen Millimeter nach.

Das Szenario lief vor den Augen ab wie der Zeitraffer eines B - Movies.

Zu unwirklich, zu abartig wirkte das Gesehene, als dass es vom Gehirn als Realität hätte verarbeitet werden können. Nackt, den Körper mit Runen bemalt, den Kopf in einer fachmännisch geknüpften Schlinge, baumelte Carmens Körper von einem der starken Äste der Eiche. Die Augen im Todeskampf angstvoll aufgerissen, die Zunge zwischen den schwarz geschminkten Lippen geschwollen hervor gepresst. Welche Qualen Lisas Kollegin vor ihrem Tod hatte erleiden müssen, mochte er sich nicht vorstellen.

Um sie herum an dünneren Ästen in unterschiedlichen Höhen drapiert, pendelten an Hanfseilen die abgetrennten Gliedmaßen und der Torso eines ebenfalls weiblichen Opfers wie ein Perpetuum Mobile. Im unruhigen Licht des hoch empor lodernden Feuers wirkten die Leichenteile wie die wachsbleichen Stücke einer Schaufensterpuppe. Der Kopf war nicht zu entdecken. Doch Frank ahnte, welche Identität sich hinter dem gesichtslosen Opfer verbarg, verdrängte jedoch den Schmerz der Erinnerung an Vergangenes zugunsten möglichst klarer Gedanken.

Er war sicher, ganz in der Nähe befanden sich zwei Menschen, die er liebte. Zwei Menschen, die noch lebten. Er würde in den nächsten Minuten, vielleicht Stunden seine ganze Kraft benötigen, diese zu befreien.

„ Ihr verdammten Schweine, was habt ihr meiner Frau angetan? Wo seid ihr? Zeigt euch, ihr Feiglinge!"

Seine Worte des Hasses auf das Unbekannte gingen in einem höhnischen Lachen unter. Dann war es schlagartig still.

Unvermittelt und brutal traf ihn eine Stiefelspitze in den kurzen Rippen, und sein Schrei verschwamm in einem hilflosen Röcheln.

„ Halt´s Maul, sonst schneiden wir dir die Stimmbänder durch! Lehn dich einfach entspannt zurück und genieße das göttliche Schauspiel. Es wird das Letzte und Erhabenste sein, das du am Ende deines jämmerlichen Leben zu sehen bekommst. Andere Menschen würden ihr Augenlicht dafür geben, um diese Darbietung erleben zu dürfen. Wenn alles vorbei ist, dann wird die Erde sich neu erschaffen im Angesicht unserer Vorfahren und ihrer Götter, die von nun an auch wieder unsere oberste Instanz sein werden."

Nun erst trat die seltsam verzerrte aber bekannte Stimme aus dem Schatten der uralten Eiche auf ihn zu, zog sich die schwarze Kapuze vom Kopf und zeigte ihre diabolische Fratze. Augenblicklich beschlich eine unerklärliche Ruhe Franks Körper und der Geist begann trotz der extremen Umstände oder gerade deswegen, konzentriert und intensiv zu arbeiten. Zusammenhänge wurden sichtbar, Taten klärten sich schlagartig auf. Er hatte nichts mehr zu verlieren. Diese Tatsache stärkte seine Moral mehr als sich irgendjemand vorzustellen vermochte.

„ Jetzt wird mir einiges klar."

Seine Stimme klang für ihn wie aus der Ferne und für die Umstehenden seltsam ruhig.

„ Das hoffe ich für Dich, denn du sollst wissen, warum dies alles geschah, bevor du stirbst. Lisa hätte eine von uns werden können. Hätte eine große Karriere vor sich gehabt in unseren Reihen. Doch dann beging sie einen gewaltigen Fehler. Ihr Beide begingt einen großen Fehler. Einen so unglaublichen Fehler, dass dieser sich nicht mehr beheben ließ. Gleich zeitig aber ...,"

die durchdringende Stimme senkte sich,

„ hinterließt ihr mir ein großes Geschenk, eine Gabe, wie sie als Opfer nicht größer, schöner und intimer sein kann. Ein Opfer, das zu bringen ihr euch entschlossen habt durch eure frevelhafte Tat, und welches ich als Besitzer nun zu bringen bereit bin. Wer bereit ist, dieses Opfer unseren Göttern, besonders unserem höchsten Gott darzureichen, der wird selber dereinst in Walhalla an der großen Tafel sitzen und mit den Idolen seiner Jugend speisen, da er sich ihrer würdig erwiesen hat."
Einen Moment lang versank die Gestalt in Ruhe, und keiner der Zuhörer, die wie gebannt ihrem Meister lauschten, wagte es, auch nur einen Ton von sich zu geben. Zu ergreifend war seine Rede, zu ehrfürchtig schlugen ihre Herzen zum pulsierenden Takt der Bässe, die sich den Weg über die Felder und durch die Baumwipfel von der Bühne bis an das prasselnde Feuer bahnten.
„ Ich weiß zwar nicht, was du vorhast, aber du bist irre. Ihr seid alle total bescheuert..."
Ein erneuter schmerzhafter Tritt von der Seite beendete die beginnende Beschimpfung.
„ Schweig, Unwürdiger! Dein Jammern wird zu hören sein bis in die entlegensten Zweige der Unterwelt, wenn du ohne einen Silbertaler im Schandmaul den Weg im die Dunkelheit antreten wirst. Die Götter verabscheuen Feiglinge und Schwächlinge. Du wirst dich als beides erweisen, wenn wir dir den Strick um den Hals legen und dir die Haut bei lebendigem Leib in kleinen Stücken vom faulen Fleisch ziehen. Denn es ist nur faules Fleisch, das deinen ungläubigen Körper zusammen hält."

Der Meister hob beschwörend die Arme zur Krone der Eiche hinauf, und die annähernd dreißig umherstehenden Gestalten ließen auf dieses Zeichen hin einen gebetsartigen Singsang hören, der in Franks Ohren seltsam anschwoll und mit den Flammen emporstieg.

\>> ODIN, Du Schöpfer allen wahren Lebens,
Du weiser Urvater aller reinen Deutschen,
Wegweiser der Verirrten und Rächer der Betrogenen.
Gib uns die Macht, unsere Feinde zu erkennen,
Sie vernichtend zu besiegen und für immer auszulöschen,
Indem du unsere dankbaren Opfer annimmst,
Wie sie schon unsere Vorfahren dargeboten haben,
Mit Stolz, Würde, Ehre und Mut.
Mögest du uns wohl gesonnen sein
In alle Ewigkeit. <<

Der Meister ließ die Hände sinken, und augenblicklich trat Ruhe ein.
„ Stolz, Würde, Ehre, Mut? Das ich nicht lache ...!"
Frank Dell spuckte in seine Richtung und verfehlte die schwarze Gestalt nur knapp.
„ Ihr seid einzig und allein arme Irre, die hier einen auf Hokuspokus machen ..."
Eine der Gestalten trat vor und wollte ihn ins Gesicht schlagen, aber der Meister gebot ihm mit einem Zeichen Einhalt.
„ Lasst diesen Verirrten ausreden, es werden die letzten Worte sein, die er spricht. Auch bei Gericht unserer Vorfahren durften die

Angeklagten und Opfer letzte Worte der Verzweiflung und der Verteidigung kund tun. Bevor man ihnen die Zunge herausschnitt.
So lasst ihn denn sprechen.
„ Ihr seid ja bescheuerter als das eigentlich möglich ist, und glaubt mir, ich hab schon einige Dussel zu sehen bekommen. Wie war das noch gleich? Mut, Ehre, Würde, Stolz? Ja, es gehört eine Menge Mut dazu, ein hochschwangeres Mädchen zu überwältigen. Mich wundert bloß, dass selbst das für einige von euch nicht zu viel war. Pah. Seht euch doch an mit euren lächerlichen Kostümen. Steht da wie in einem viertklassigen, kitschigen Gruselfilm? Nehmt ihr eigentlich Drogen, oder seid ihr von Geburt an blöd? Was ihr hier vorhabt, das ist kein Kindergartenspiel, das ist nicht der Plummsack geht rum.
Das ist Mord an einer hilflosen Mutter und ihrem Kind. Wer so etwas tut, hat keine Ehre im Leib, der ist ein erbärmlicher Feigling. Jeder Türke, jeder Albaner, jeder Kurde, alle muslimischen Völker, die ihr als angebliche reine Deutsche so sehr verabscheut, jedes dieser Völker trägt mehr Ehre in seinem kleinen Finger als ihr Weicheier. Was haben diese unschuldige Frau und ein ungeborenes Kind euch getan?
Sagt es mir, damit ich es verstehe ..."
Die letzten Worte brüllte Dell heraus, denn Ohnmacht und Verzweiflung hatten sich seiner erneut bemächtigt. Zunächst hatte er noch erhofft, eine Reaktion des Anführers zu provozieren, aber dieser blieb cool.
„ Ihnen, meinen Anhängen hat sie nichts getan. Unschuldig sagst du? Kann eine Hure plötzlich unschuldig werden? Sie ist das

verwerflichste Geschöpf unter der Sonne, denn sie gibt sich wahllos den Männern hin. Dies alles hätte ich ihr verzeihen können, hätte ihr alles verziehen ..... wenn sie mich nur erhört hätte ..."

Seine Stimme driftete kurz ins Weinerliche, fing sich jedoch wieder. Mit hassverzerrtem Gesicht fuhr er fort.

„ Aber sie musste sich einem Bullen zuwenden, einem Helfer der Staatsmacht, die verweichlicht jeden Kanaken schützt vor uns, den Rettern dieser Gesellschaft. Einem Diener der Unwissenden und der Verblendeten. Alles hätte ich ihr geboten für ein Leben an meiner Seite. Eine Königin, die Königin des wieder erstarkten Deutschen Volkes der Germanen wäre sie geworden. Aber sie hat mich abgewiesen und behandelt wie einen Bittsteller. Gemieden wie einen Aussätzigen. Und dennoch hat sie nicht gemerkt, wie ich bereits frühzeitig meinen Samen, die Frucht meiner Lenden in sie gepflanzt habe."

Genussvoll weidete er sich an dem Gesichtsausdruck des Hilflosen.

„ Ja, sieh mich nur an mit deinen ungläubigen Augen, die ich dir nehmen werde, wie ich dir zuvor das Liebste genommen habe, das auch einmal mein Liebstes war. Nicht Sonny ist der Vater, ich bin es. Regelmäßig und ohne dass sie es realisiert hat, nahm ich sie im Club ohne Gummi. Sie wusste ja nicht, wer sie im Nebenraum von hinten fickte. Ist wirklich praktisch, so ein anonymer Gangbang-Abend, wenn man der Chef des Ladens ist. Einer der Stammgäste ist übrigens Frauenarzt, Lisas Frauenarzt. Für den einen oder anderen kostenfreien Abend mit seiner Lieblingspatientin verriet er mir dann auch frühzeitig meine

Vaterschaft. Lisa dachte natürlich, der bescheuerte Biker sei der Erzeuger. Und ich hab sie in dem Glauben gelassen. Sonst wäre sie womöglich auf die Idee gekommen, es wegmachen zu lassen. Die Schlampe zog es vor, mit einer Marionette des Rechtsstaates mein Kind groß ziehen zu wollen. Nun, ich bin derjenige, der sie zusammen mit meinem Sohn opfern und damit unsterblich werden wird ... !"

„ Du bist krank. Einfach erbarmungswürdig. Lass dich einweisen in eine Klappsmühle, oder erschieß dich besser gleich. Du willst unsterblich werden? Die zukünftigen Kumpels im Knast werden sich mit dir vergnügen, werden ein Betthäschen aus dir machen mit Baströckchen und grell geschminkten Lippen. Wenn sie dich nicht mehr gebrauchen können, weil dein Arsch zu ausgeleiert ist, werden sie auf deinen Kadaver pissen. So sieht deine Zukunft aus, du Spinner."

Der Großmeister hob gebieterisch die Hand und einer seiner maskierten Jünger trat vor, um Frank unvermittelt herum zu werfen und mittels eines zusammen gerollten Tuches brutal zu knebeln.

Dann trat er in die Mitte vor den Altar, auf dem der bewusstlose nackte Körper der hochschwangeren Lisa ausgebreitet auf dem Rücken lag. Im Flackern der Flammen waren die hektischen Bewegungen des ungeborenen Jungen deutlich sichtbar.

Erneut hob er diesmal beide Arme und aus den gewaltigen Boxen, die direkt unter der Eiche standen dröhnte fast parallel zum Live-Gig der Gruppe nur wenige Hundert Meter entfernt auf der True-Metal Bühne Maidens

> 2 minutes to midnight <

Kill for gain or shoot to maim
But we don´t need a reason
The Golden Goose is on the loose
And never out of season
Some blackened pride still burns inside
This shell of bloody treason
Here´s my gun for a barrel of fun
For the love of living death.

CHORUS:
The killer´s breed on the demon´s seed,
The glamour, the fortune, the pain.
Go to war again, blood is freedom´s stain,
Don´t You pray for my soul anymore.
2 minutes to midnight
The hands that threaten doom.
2 minutes to midnight
To kill the unborn in the womb.

The blind men shout let the creatures out
We´ll show the unbelievers
The napalm screams of human flames
Of a prime time Belsen feast ... Yeah!

As the reasons for the carnage
cut their meat and lick the gravy,
We oil the jaws of the war machine
And feed it with our babies.

CHORUS:
The killer´s breed on the demon´s seed,
The glamour, the fortune, the pain.
Go to war again, blood is freedom´s stain,
Don´t you pray for my soul anymore.
2 minutes to midnight
the hands that threaten doom.
2 minutes to midnight
to kill the unborn in the womb.

GUITARS

The body bags and little rags of children torn in two
And the jellied brains of those who remain
To put the finger right on You.
As the madmen play on words and make
Us all dance to their song,
To the tune of starving millions
To make a better kind of gun.

CHORUS:
The killer´s breed on the demon´s seed,

The glamour, the fortune, the pain.
Go to war again, blood is freedom´s stain,
Don´t You pray for my soul anymore.
2 minutes to midnight
the hands that threaten doom.
2 minutes to midnight
To kill the unborn in the womb.

Midnight ... is all night ... <<

63

Etwa zwei Stunden zuvor stürmte Max in das Büro seiner Mutter, die noch nicht zuhause erschienen war.

„ Mom, ich weiß, was das Rätsel bedeutet. Hab eben mit meiner Freundin darüber gesprochen. Die ist Iron Maiden Fan, hat aber keine Karte mehr für Wacken bekommen. Sie hat mir die Deutsche Übersetzung ausgedruckt. Es handelt sich um einen Song von Iron Maiden, > 2 minutes to midnight <."

Er legte ihr einen DIN A 4 Bogen vor, und je weiter Tessa den Text las, desto mehr wich das Blut aus ihren Zügen.

Zwei Minuten bis Mitternacht

Töten um zu gewinnen oder schießen um zu verstümmeln
Aber wir brauchen dafür keinen Grund
Die goldene Gans läuft frei herum
Und kommt niemals aus der Saison
Ein geschwärzter Stolz brennt weiter im Innern
Diese Hülle voll blutigen Verrats
Hier ist meine Waffe für nur ein Fass voller Vergnügen
Für die Liebe von lebendem Tod.

Refrain

Die Killerrasse oder die Dämonensaat,
Der Glanz, das Glück, der Schmerzhafter
Zieht wieder in den Krieg, Blut ist der Schandfleck des Friedens
Aber betet nicht mehr für meine Seele

2 Minuten bis Mitternacht
Die Zeiger, die das Verhängnis androhen
2 Minuten bis Mitternacht
Um das Ungeborene im Mutterleib zu töten

Die blinden Leute rufen, lasst die Geschöpfe hinaus
Wir werden es den Ungläubigen zeigen
Die Napalm-Schreie von menschlichen Flammen
Zur besten Sendezeit ein Teufels-Fest
Wie Gründe für das Gemetzel schneidet das Fleisch
Und leckt den Bratensaft
Wir ölen den Rachen unserer Kriegsmaschinerie
Und füttern sie mit unseren Babies

Refrain

Die Körper wie Säcke und kleine Fetzen
von entzwei gerissenen Kindern
Und die wie Gelee eingedickten Gehirne
von denen, die übrig bleiben

Und mit dem Finger genau auf dich zeigen,
Währen die Verrückten Worte ausnutzen und uns dazu bringen,
Ganz nach ihrem Lied zu tanzen,
Die Melodie von Millionen Hungernden.
Nur, um eine noch bessere Waffe zu bauen.

Refrain
Der Killerrasse ...
...
2 Minuten bis Mitternacht
Die Zeiger, die das Verhängnis androhen
2 Minuten bis Mitternacht
Um das Ungeborene im Mutterleib zu töten.
Mitternacht ... jede Nacht <<

Bleich wie ein Leichentuch griff Kriminalhauptkommissarin Tessa Will zum Hörer und wählte eine Eutiner Nummer.

64

Gebieterisch deutete der selbst ernannte Meister auf die zwei, ebenfalls in schwarze Umhänge und Kapuzen verhüllten Gestalten und gebot ihnen, sich neben ihn zu stellen.

„ Meine Freunde, meine Brüder und Schwestern, meine treuen Anhänger. Jetzt und hier ist es soweit, uns auf ewig zu vereinen, nicht nur geistig, sondern auch körperlich eins zu werden durch ein gemeinsames Mahl. Durch das Mahl eines Ungeborenen. Durch das Verspeisen meines Sohnes. Und durch das Trinken des Blutes der Mutter dieses unschuldigen Knaben. Hernach wird uns nichts mehr trennen können. Nicht von unserem Glauben, nicht von einander, nicht von Odin und seinen Helfern, zu denen auch wir in wenigen Minuten gehören werden.

Paul griff unter sein weites, schwarzes Gewand und zog theatralisch langsam einen wellenförmig geschliffenen Dolch mit einer dreißig Zentimeter langen Klinge hervor, die im Schein des Feuers bedrohlich aufblitzte.

Ehrfurcht erheischend hielt er den Dolch in die Höhe und zeigte ihn in die Runde.

„ Die Ehre des ersten Schnittes gebührt mir, eurem Meister."
Aus den Reihen der maskierten Anhänger trat eine Person nach vorne und flüsterte dem Meister einige Worte ins Ohr.
„ Doch als Zeichen unserer zukünftigen Gleichheit und Brüderlichkeit lasse ich meinem treuesten Anhänger und langjährigen Wegbegleiter diese Gnade zukommen. "
Mit diesen Worten reichte er die Waffe der rechts von ihm stehenden, kleineren Gestalt, die sie ruhig und scheinbar unberührt entgegen nahm. Ein Schauer lief Frank über den Rücken, als sich der Vermummte zu Lisa umdrehte und den mit beiden Händen umklammerten Dolch erhob. Der Meister trat kurz zurück in die Reihen seiner Anhänger. Dann kam er erneut hervor und stellte sich neben den von ihm bestimmten Scharfrichter.

Ein ungehörter Schrei aus tiefster Seele erstickte in Frank´s Kehle, als der Henker die Arme nach unten riss, und er schloss die Augen und hoffte, es wäre für immer. Dann überschlugen sich die Ereignisse.

Frank nahm noch wahr, wie der Meister sich röchelnd drehte. Der Dolch ragte nur noch mit dem Griff aus seinem Bauch. Die durch die Sehschlitze zu erkennenden Augen verdrehten sich bis nur noch das Weiße zu sehen war, dann drehte er sich torkelnd, versuchte den Krummdolch aus dem eigenen Körper zu ziehen, verlor das Gleichgewicht und stürzte schreiend ins Feuer.
Einige seiner Helfer versuchten noch, ihm zur Hilfe zu eilen, doch die gewaltige Hitze ließ sie zurück weichen. Wie eine lebende Fackel, die Hände erhoben, stand die Person schreiend in den Flammen.

Gleichzeitig rissen zwei der Helfer dem kleinen Mann die Kapuze vom Kopf, einer trat hinter ihn und schnitt ihm mit gekonnter Bewegung die Kehle durch. Wie ein Mann schrie die Menge auf und beobachtete irritiert, wie erst ihr Meister ins Feuer stürzte und dann ein hässlicher Gnom demaskiert wurde, den niemand zuvor gesehen hatte.

Thoralf leistete keinen Widerstand, als ihm die Klinge durch den Hals fuhr. Zum ersten Mal im Leben fühlte er sich glücklich. Einige nahe stehende meinten sogar, ein Lächeln auf dem Antlitz des Zwerges zu sehen.

Plötzlich war der Platz um die Eiche taghell erleuchtet, und ein ohrenbetäubendes Dröhnen senkte sich nur wenige Meter entfernt auf sie nieder.

Blendgranaten flogen in die Menge, maskierte Einsatzkräfte fielen an Seilen vom Himmel.

Vermummte Männer mit Maschinenpistolen stürmten von allen Seiten heran und warfen jeden der Anwesenden mit dem Gesicht auf den Boden. Panikhaft, als ginge die Welt unter, versuchten einige zu entkommen, aber das SEK hatte den Platz um das Zelt hermetisch abgeriegelt.

Wie ein Spuk war die Aktion nach dreißig Sekunden vorbei.

65

Immer noch stark mitgenommen und dennoch erleichtert, saß Frank einige Tage später an Lisa´s Bett im FEK und hielt liebevoll ihre Hand.

„ Ich bin so verdammt froh, dass euch beiden nichts passiert ist. Ich wüsste nicht, was ich ohne euch hätte tun sollen."

„ Ja, und ich bin auch glücklich, dich wieder bei mir zu haben. Uns beiden geschieht schon nichts."

Beruhigend streichelte sie über ihren Bauch.

„ So wie es aussieht, haben wir einen Schutzengel. Wenn wir auf jemanden aufpassen müssen, dann bist es eher du."

Als wäre nichts geschehen, grinste sie ihn an.

„ Aber eines versprech ich dir. Ich fahre nie wieder mit dickem Bauch nach Wacken."

„ Auch nicht, wenn du siebzig Jahre bist und fünfundneunzig Kilo wiegst?"

Sie stupste ihn an die Schulter.

„ So dick werd` ich nie im Leben. Außerdem bist du dann schon fast Hundert, taub und lahm. Keine Angst, ich lass dich nicht alleine zuhause."

Sein Telefon klingelte, obwohl er sich vorgenommen hatte, es im Krankenhaus auszuschalten.

„ Frank, wo bist du gerade?"

Seine Kollegin Tessa wirkte unentspannt.

„ Bei Lisa im Krankenhaus. Was gibt´s Wichtiges?"

„ Das möchte ich ungern am Telefon besprechen. Grüß schön und wünsch ihr gute Besserung. Wann kannst du auf dem Revier sein?"

„ Sagen wir in zwanzig Minuten? Ist das OK?"

„ Ja, ist es."

„ Schönen Gruß von Tessa. Sie wirkt irgendwie angespannt. Da muss irgendwas passiert sein. Sie möchte mich so schnell wie möglich auf dem Revier sehen."

„ Na, dann hau schon ab und grüß sie zurück. Uns geht´s prima. Dienst ist Dienst. Ich freu mich, wenn du morgen wieder kommst und denk an dich. Mach´s gut, mein Mann."

Frank beugte sich zu ihr herab, drückte sie fest an sich und küsste sie zärtlich.

„ Gut, mein Liebling. Wenn was ist, ruf an. Dann bin ich in zwei Minuten bei dir. Bis morgen. Ich liebe dich."

„ Ich liebe dich auch."

66

„ Was ist denn los? Du klangst am Telefon irgendwie irritiert und gar nicht so locker wie in den letzten Tagen. Nach dem, was wir in letzter Zeit erlebt haben, kann doch eigentlich nichts mehr kommen, was eine gestandene Kripobeamtin wie dich aus den Schuhen haut, oder?"

„ Ja, das hab ich bis vor einer Stunde auch gedacht. Doch nun ist meine kurzzeitige innere Ruhe wieder dahin. Es wäre auch zu schön gewesen. Setz dich."

Beinahe unwillig angesichts der zu erwartenden schlechten Nachrichten nahm Frank Platz auf der Fensterbank des stickigen Büros.

„ Die verkohlte Leiche deines speziellen Freundes und Meisters wurde obduziert."

„ Und ? Was haben sie entdeckt? Ein deformiertes Hirn?"

„ Zwei Dinge. Zum ersten hat sich nach Aufruf in der Presse jemand gemeldet, der vorgibt, sein Onkel zu sein. Du wirst nie erraten, wer das ist."

„ Nun sag es schon. Es ist der Landwirt aus Aukrug, der Sonny´s verkohlte Leiche gefunden hat. Er hat Paul als Kind auf seinem Hof aufgenommen, nachdem sich dessen Eltern selbst getötet hatten."

„ Sehr bedauerlich. Und weiter?“

„ Die verkohlte Leiche deines Meisters von Wacken ist nicht Paul Rohwer.“

„ Aber das kann nicht sein. Er hatte doch zwischendurch seine Kapuze ab, damit ich auch sehe, wer mir oder besser uns das antun will. Das war eindeutig Paul.“

„ Mag sein, dass du tatsächlich Paul gesehen hast, aber dann musst du ihn kurze Zeit aus den Augen verloren haben. Die verkohlte Leiche ist jedenfalls nicht unser Swinger-Paul.“

„ Wie kannst du so sicher sein? Haben die bei der Gerichtsmedizin denn Vergleichsproben der DNS oder Zahnschemata?“

„ Die gibt es tatsächlich. Einer der Festgenommenen ist Lisas Frauenarzt. Wie du schon weißt, ein enger Freund von Rohwer. Wir haben Pauls medizinische Unterlagen zusammen mit denen deiner Frau in seiner Praxis gefunden. Um zu bestimmen, dass er der Vater von Lisa´s Kind ist, mussten ja Tests durchgeführt werden. Paul ist eindeutig der Vater. Und ebenso eindeutig nicht unsere Feuerleiche.“

Angestrengt ließ Dell die grausamen Momente an seinem inneren Auge vorbei ziehen.

„ Scheiße. Und unter den Festgenommenen war er auch nicht. Dieser Satan hat sich irgendwie abgesetzt und uns alle an der Nase herumgeführt. Ich hab ihn tatsächlich ein paar Sekunden aus den Augen verloren. Kurz nachdem er dem Gnom das Messer übergeben hat, zog er sich für einen Moment in der Masse seiner Anhänger zurück, bevor er dann erneut mit Kapuze auf dem Kopf nach vorne trat. In dieser kurzen Zeit muss er verschwunden sein.

Einer von den Kaspern hat ihm noch was zugeflüstert. Verflucht, woher wusste er, dass das SEK im Anmarsch war? Wir haben einen Maulwurf in unseren Reihen."
„ Oder mehrere. Und das bereitet mir ebenso große Sorgen wie die Tatsache, dass sich der Irre immer noch unter uns befindet."
„ Ist die Fahndung schon raus? Auch an Interpol und das FBI? Am besten weltweit."
„ Ja, das hab ich sofort veranlasst. Jetzt bleibt uns nur wieder abzuwarten. Hier in der Nähe wird er sich kaum noch aufhalten. Hatte inzwischen Zeit, sich nach Brasilien oder sonst wo hin abzusetzen."
In Gedanken versunken saßen sie sich wortlos gegenüber, bis Tessa als erste zum Alltag überging.
„ Mal was ganz anderes. Du hast doch sicher von dem Landeswettbewerb für Jugendliche gehört. Max gehört auch zu den zehn Kandidaten, die sich qualifiziert haben. Am Wochenende beginnt die PC – Jagd in der Kneipe am Kleinflecken mit einer kleinen Feier auch für die Angehörigen und Freunde. Max hat mich gebeten, dich und Lisa zu fragen, ob ihr nicht dabei sein wollt."
„ Oh Mann, am kommenden Wochenende, sagst du? Das tut mir wirklich leid, aber da haben wir schon woanders zugesagt. Du kannst dich doch an die alte Dame erinnern, die ihre Katzen als vermisst gemeldet hatte ..."
„ ... die du dann am Baum abgeschlachtet vorgefunden hast."
„ Genau. Annie heißt sie. Annie Müller. Wir sind inzwischen per du, und telefonieren regelmäßig miteinander. Das alte Mädel ist echt ne Süße. Langer Rede kurzer Sinn. Annie wohnt seit kurzem in

einer wunderschönen Seniorenresidenz in der Nähe von Malente, und hat dort einen knackigen Verehrer kennen gelernt. Hermann heißt er. Und eben an diesem Wochenende beginnt dort ein Sportwettkampf, an dem auch ihr Liebster teilnimmt. Dazu hat sie uns für das komplette Wochenende in ihr Appartement eingeladen. Sie möchte uns ihre neue Liebe vorstellen. Ich hab schon zugesagt. Eine Absage möchte ich ihr nicht antun. Ich bin inzwischen wie ein Sohn für sie, den sie nie hatte. Aber nun zu Max. Warum möchte er uns dabei haben?"

„ Du bist neuerdings so was wie ein Vorbild für ihn, ein Leitbild. Sein Held. Wie der Vater, den er seit langem nicht mehr hat. Ich hab ihm von Mel erzählt, und die Geschichte jetzt hat er ja beinahe hautnah miterlebt. Ich glaube, er braucht jetzt einfach eine Art männlichen oder genauer väterlichen Vertrauten."

„ Das ehrt mich natürlich und es tut mir umso mehr leid. Schließlich war er es letztlich, der uns gerettet hat. Aber die Veranstaltung läuft doch über vier Wochen, wenn ich mich nicht täusche, und auch nur an den Wochenenden. Genauso lange übrigens wie dieser Marathonwettkampf der Seniorenresidenz, fällt mir gerade ein. Die muten den alten Leutchen ja einiges zu. Nun gut. Was ich sagen wollte, ist Folgendes: Was haltet ihr denn davon, wenn wir mal in der Woche alle zusammen schön essen gehen oder auch bei einem von uns zuhause kochen? Dann kann ich mich ja mal in Ruhe mit Max unterhalten und mich auch noch mal ausdrücklich bedanken für seine Unterstützung und unsere Rettung."

„ Das wäre ganz prima und sehr lieb von dir."

Sie stand auf und drückte ihm einen Schmatzer auf die Wange.
„ Macht einfach mal einen Termin aus, und dann organisieren wir einen schönen Abend."

Herbst 2006

67

Die Erleichterung trat schon ein, als die Maschine der Iberia in Fuhlsbüttel abhob, und stieg parallel zur Flughöhe ins beinahe Unermessliche.

War Hamburg auch von einer dichten Wolkendecke verhüllt, so wurde sie nun von ungewohnt klarem Himmel und der weit im Westen untergehenden Sonne geblendet. Sie genoss dieses Schauspiel, das in ihrem Lebensplan eigentlich nicht mehr vorhanden gewesen war.

Ein Gedicht des Zynikers Meadius kam ihr in den Sinn.

>> Gibt´s den Plan, den Plan vom Leben?
Den Plan vom Leben eines Jeden?
Kann man vielleicht sein Schicksal planen,
Die Geschehnisse erahnen?
Oder soll ich planlos walten,
Tag für Tag auf´s Neu´gestalten,
Weil eine höh´re Macht zwar wirkt
Den tief´ren Sinn jedoch verbirgt?

Sie steuert uns, sie treibt und lenkt,
Wir glauben, es wär´uns´re Planung,
Doch erstens kommt es anders
Und zweitens als man denkt.
Was uns bleibt, ist Onkelz´Ahnung:
„ Wieder mal ´nen Tag verschenkt."
Fühl mich am Ende angepisst,
Da jeder noch so tolle Plan,
Immer nur so gut sein kann,
Wie der dümmste Zufall ist.

Als genau vier Stunden und dreiundzwanzig Minuten später die Passagiere um sie herum zu klatschen begannen, und die Stewardess verkündete, sie möchten noch so lange angeschnallt bleiben, bis die Boing ihre Parkposition eingenommen hätte, da war es geschafft. Zwar hätte sie den Ausblick auf ihre Insel am Tage mehr genossen, aber die Lichterketten, die sich an der südöstlichen Ecke der geliebten Kanareninsel entlang zogen, versprühten auch einen gewissen Reiz.

Es gab ihres Wissens nur zwei Kategorien von Menschen, die jemals auf Gran Canaria ihren Urlaub verbracht hatten. Die eine war dieser spröden Atlantikschönheit sofort verfallen, die andere schwor sich, niemals wieder her zu kommen. Sie selbst liebte dieses Fleckchen Vulkanerde, das ausgeglichene, stets trocken warme Klima mit dem nie enden wollenden Wind, der aus Afrika herüber blies.

Nur einmal diese Luft atmen, schon waren die Sorgen der Vergangenheit vergessen , und die ungetrübte Zukunft lag vor ihr . Oder noch nicht ganz. Nach mehr als einstündiger Odyssee vom Aeropuerto Las Palmas nach Playa del Ingles inklusive Stadtrundfahrt hielt der Bus nun endlich vor drei Rundbauten mit einem Eingangsgebäude, über dem in grünen Buchstaben las faluas neben einer aufgemalten, braunen Barke prangte. Dem Busfahrer, der ihr freundlich die Koffer an die Rezeption trug, drückte sie einen Fünf-Euro-Schein in die Hand und dieser verschwand mit einem seligen Lächeln. Der ältere aber durchaus attraktiv aussehende Empfangschef bat um ihren Passport und händigte ihr einen Schlüssel mit dem Anhänger 415 aus, wobei er sie durch eine kleine Tür führte und auf den Turm hinter dem beleuchteten Pool deutete. Sie zog den Koffer vorbei an zwei Paaren in den Sechzigern, die angeheitert an kleinen runden Tischchen ihre Sangrita und spanisches Bier genossen und ihr freundlich zunickten, und verschwand in dem Rundbau.

Völlig entspannt schlenderte sie in orangen Flip-Flops und gelbem Strandkleidchen auf den schwarzen und vom Tag aufgeheizten Schieferplatten die obere Promenade entlang, und blickte sehnsuchtsvoll hinaus auf das Meer und die von Flutlicht teilweise angestrahlten Dunas de Maspalomas.

Kurz vor Erreichen der steilen Treppe hinab zur Strand-promenade mit den zahlreichen Bars und Restaurants, die eine unvergleichliche Duftkombination von Sonne, Sand, Meer und Knoblauch versprühten, hielt sie an, schwang sich auf die breite Balustrade, lehnte den noch blassen Oberkörper an eine der zahlreichen Laternen und ließ die letzten Tage, speziell ihr Handeln, Revue passieren.

Welche Alternative war ihr geblieben? Hätte es einen anderen Ausweg aus der Situation gegeben, in die sie sich selbst manövriert hatte? Ihr fiel beim besten Willen nichts ein. Ihre Taten ließen sich nicht rückgängig machen, und zudem bereute sie nichts.

Oder beinahe nichts.

Er fehlte ihr. Und einzig und alleine ihm hätte sie nur allzu gerne allen Kummer erspart. Doch der Plan funktionierte nicht mehr in dem Moment, wo ihr gewahr wurde, dass Frank von ihrem Doppelleben wusste.

In der Annahme, sie wäre ohne Bewusstsein, hatte er ihr am Krankenbett von der seelischen Zwickmühle erzählt, in der er sich befand. In diesem Augenblick waren ihre Zukunftspläne zusammengestürzt wie einst die Ruine im Birnbaumweg, als kurz nach Jörgis Tod die Abbruchfirma anrückte.

Als Frank an dem Abend ihr Krankenzimmer verließ und zwei Stunden später das weibliche Unfallopfer mit dem dicken Kopfverband mangels freier Betten auf ihr Zimmer geschoben wurde, reifte in Sekundenbruchteilen ein Plan. Sie hörte noch, wie Schwester Grete der Nachtschwester Alina, die ihre erste Schicht nach dreiwöchigem Urlaub antrat, mitteilte, dass das junge Mädel die Nacht aufgrund schwerer innerer Verletzungen wohl nicht überleben würde und später von Pflegern der Intensivstation abgeholt würde.

Die Umsetzung ihres Plans gestaltete sich weniger spektakulär, als er sich anhörte.

Gegen 23 Uhr ertönte das Signal, auf das sie wartete. Aus einem der Zimmer am Ende des Gangs ertönte ein Notruf. Einige Sekunden ließ sie sicherheitshalber verstreichen, dann schlüpfte sie unter der Decke hervor, vertauschte mit zwei Handgriffen die Identitätskärtchen und schob das Bett der Zimmergenossin an die Stelle ihres Bettes.

Jetzt musste alles schnell gehen.

Eilig wickelte sie den Verband vom Gesicht der Patientin und legte ihn neu an, allerdings nur über Stirn und Hinterkopf, wie das bei ihr der Fall war. Dann zog sie schnell die Klamotten des Mädels aus dem Schrank. Nicht schön, aber genau ihre Größe. Und sie erfüllten ihre Pflicht. Vorsichtig öffnete sie die Tür und blickte Richtung Gangende.

Das Licht vor Zimmer 212 leuchtete noch auf. Auf dem Flur standen drei noch nicht wieder neu bezogene Betten. In der Hoffnung, dies würde nicht auffallen, schob sie ihres daneben.

Als sich am Ende des Ganges die Tür öffnete, und die Schwester hinaus stürzte, rutschte ihr das Herz fast in die Hose. Es gelang ihr noch so eben, sich zwischen die Betten zu hocken, während Alina ins Schwesternzimmer eilte. Keine zehn Sekunden später rannte diese zurück in Zimmer 212.

Dies schien ihr der geeignete Augenblick. Gebückt schlich sie ins Schwesternzimmer und angelte sich einen Kittel vom Haken neben der Glastür. Dann sprang sie zurück zu ihrer Zimmergenossin, überlegte nur kurz und drückte dem armen

Mädel das Kissen aufs Gesicht, wie lange, das wusste sie nicht mehr, aber es kam ihr vor wie eine Ewigkeit. Zumindest war danach kein Puls mehr zu spüren. Ihr Gewissen bemerkte deutlich, dass es sich hierbei um den Mord an einer Unschuldigen handelte, doch gleichzeitig drehte das schön färbende Gehirn die Tatsachen so lange hin und her, bis sie diesen Mord unter humanitärer Sterbehilfe abspeicherte. Hatten die Schwestern nicht deutlich gesagt, das Mädel würde die Nacht nicht überstehen? Eben wollte sie sich abwenden, da sprang sie ein winziges aber wichtiges Detail an. Warum wurden die meisten Verbrecher gefasst? Weil sie entweder übermütig wurden und kein Ende finden konnten, oder aber, weil sie entscheidende Kleinigkeiten übersahen. Schweren Herzens zog sie die einzigen Erinnerungen an Frank aus ihren Ohrläppchen und hängte sie dem jungen Mädchen an. Erst gestern hatte er ihr diese wundervollen Insignien seiner Gefühle geschenkt. Das kleine, goldene Medaillon mit seinem Foto behielt sie bei sich.

Mit übergezogenem Kittel spähte sie vorsichtig durch die Tür und lief dann so schnell ihre vom langen Liegen geschwächten Beine es zuließen Richtung Ausgang. Erst hinter der Automatiktür schlug sie einen langsamen und unauffälligen Schritt ein. Betont lässig grüßte sie die beiden Pfleger, die ein Bett an ihr vorbei schoben. Frechheit siegt, schoss ihr durch den Kopf.

„ Sagt mal, Jungs, habt ihr ein Telefon dabei? Hab meines gerade auf Station liegen lassen."

„ Hast Glück gehabt. Und schönen Frauen helfen wir doch immer gerne, auch wenn du schon ein bisschen mitgenommen aussiehst," griente der jüngere und hübschere von beiden.

„Na ja, auch kein Wunder bei den Dauerdiensten hier," stand ihr der andere bei.

„ Selber schon mal in den Spiegel gekuckt, Marvin?"

„ Wenn ihr mir jetzt noch die Nummer von Station 2 und von der Intensivstation sagen könntet, dann wäre mein Tag perfekt. Bin noch nicht so lange hier am FEK"

Gekonnt überspielte Mel ihre Nervosität.

„ Die Nachtschwester hat 243, Intensiv 999."

„ Vielen Dank, ich hab´s sehr eilig, eine Notaufnahme. Ich leg das Telefon unten am Empfang hin. Vielen Dank, ihr habt ein Leben gerettet."

Damit ließ sie die verdatterten Pfleger stehen und stieg die Treppe hinunter. Noch auf den Stufen wählte sie die Nummer. Beim dritten Klingeln meldete sich eine atemlose Nachtschwester Alina.

„ Was gibt's, ich hab nen Notfall?"

„ Hier Schwester Kathrin von der Intensiv. Wollte nur sagen, dass wir eben das Unfallopfer aus Zimmer 203 geholt haben."

„ OK, danke, dann weiß ich Bescheid."

Sie wählte die 999.

„ Pfleger Mathias, was kann ich tun?"

„Hier Alina von der 2. Wollte euch nur mitteilen, dass eure Unfallpatientin verstorben ist. Hab schon alles weitere veranlasst. Braucht sie nicht mehr abzuholen."

„ Na prima, stecken sowieso bis zum Hals in Arbeit. Frohes Schaffen noch."
Minuten später atmete sie die feuchte und kühle Herbstluft Neumünsters ein, und nun saß sie hier und sog den ewigen Sommer in sich auf.

Das Leben lief anders als erwartet, aber es lief, und sie war frei. Genau genommen gab es sie nicht mehr.

Mit dem alten Führerschein des Unfallopfers besorgte sie sich die angeblich verloren gegangene Papiere neu und verfolgte eine Woche lang in Göteborg die Presseartikel aus Neumünster und Kiel.

Als sie dann am Freitag nach dem Abgang aus dem Friedrich-Ebert-Krankenhaus ihre Todesanzeige in Courier und Kieler Nachrichten las, wusste sie die Person Mel Krankl endgültig ausgelöscht.

Befreit schlenderte sie die Stufen hinunter.
Schon von oben hörte sie schräges Trompetenspiel das Gehör der spießig herausgeputzten Touristen quälen. In ihren Ohren hingegen klangen die grausamen Töne des skurrilen Mexikaner-Trios wie der Inbegriff von Freiheit und Seelenfrieden. Die Anzeigetafel an der Treppe zum Strand zeigte 22°C, und das um 21.17 Uhr.

Selbst mit dem neuen, frechen Kurzhaarschnitt und der dunkelroten Färbung oder vielleicht auch gerade deshalb blieb das Unvermeidliche nicht aus. Die schwarzen Händler mit den Goldimitatkettchen und den Sonnenbrillen schienen auch am

Hinterkopf Augen zu haben, oder sie spürten einfach anhand unsichtbarer Antennen, wenn sich eine junge europäische Frau in ihrer Nähe befand. Nicht, dass sie die Rentner nicht anquatschten, aber da sprachen sie sich dann untereinander ab. Doch nicht in ihrem Fall. Ehe sie den Gedanken zuende gedacht hatte, war sie auch schon umringt von fünf tiefschwarzen Jungs mit blitzenden Zähnen und leuchtenden Augen, die alle durcheinander auf sie einredeten.

„ You look beautiful, You need sunglasses? Nice prize! "

Während einer der freundlich dreinblickenden, jungen Afrikaner ihr drei Brillen gleichzeitig in die Hand drückte, machte sich einer von hinten bereits an ihrem Hals zu schaffen und legte ihr ein dünnes Kettchen um den Hals. Als sie sich noch im Dienst befand, wäre sie in solchen Situationen ausgerastet, aber hier zwang sie sich zur Ruhe. Spöttisch betrachtete sie erst die Brillen, dann starrte sie demonstrativ in den tiefdunklen Nachthimmel.

„ It´s dark night. Do You see the sun, whereever?"

Damit drückte sie ihm die Brillen zurück in die Hand und drehte sich um, während sie am Verschluss der Kette nestelte.

„ Do You really think, a woman like me needs something like this? Have an nice evening."

Statt wie üblich ungerührt weiter zu reden, standen die Männer mit offenen, grinsenden Mündern, klatschten sich einer nach dem anderen ab und ließen sie ziehen. So einfach hatte sie sich das nicht vorgestellt.

Aus Erfahrungen der früheren Jahre wusste sie, dass speziell in südlichen Regionen einzelne junge Frauen bei den einheimischen Männern als Freiwild betrachtet werden.

Die Canarios bildeten da eine wohltuende Ausnahme. Natürlich wurde sie als potentielle Kundin ebenso angesprochen wie andere offensichtliche Touristen, allerdings war dieser Menschenschlag keineswegs aufdringlich, und je weiter sie sich vom Anfang der Promenade entfernte und Richtung Dünen ging, desto entspannter wurden die Kellner.

In der Eckkneipe mit den schmalen, außen stehenden Tischchen gab ein langhaariger Althippie soeben mit E-Gitarre einen Song zum Besten, und das nicht einmal schlecht, der ihrer Sichtweise des Lebens bedenklich nahe kam.

>> On a dark desert highway, cool wind in my hair
Warm smell of colitas, rising up through the air
Up ahead in the distance, I saw a shimmering light
My head grew heavy and my sight grew dim
I had to stop for the night
There she stood in the doorway, I heard the mission bell,
And I was thinking to myself,
" This could be heaven or this could be hell"
Then she lit up the candle and she showed me the way
There were voices down the corridor,
I thought I heard them say ...

Welcome to the Hotel California

Such a lovely place (such a lovely place)
Such a lovely face
Plenty of room at the Hotel California
Any time of year (any time of year)
You can find it here

Her mind is tiffany-twisted, she got the Mercedes Benz
She got a lot of pretty, pretty boys, that she calls friends
How they dance in the courtyard, sweet summer sweat
Some dance to remember, some dance to forget

So I called up the Captain,
" Please bring me my wine "
He said,
"We haven´t had that spirit here
since nineteen sixty nine"
And still those voices are calling from far away,
They wake you up in the middle of the night
just to hear them say ...

Welcome to the Hotel California
Such a lovely place (such a lovely place)
Such a lovely face
They´re living it up at the Hotel California
What a nice surprise (what a nice surprise)
Bring your alibis

Mirrors on the ceiling, the pink champagne on ice
And she said,
" We are all just prisoners here, of our own device "
And in the master´s chambers,
they gathered for the feast
They stab it with theit steely knives,
But they just can´t kill the beast

Last thing I remember, I was
Running for the door
I had to find the passage back
To the place I was before
" Relax, " said the night man,
" We are programmed to receice.
You can checkout any time you like,
But you can never leave!"

GUITARS <<

Zu ihrem Bedauern bevölkerte eine Unzahl deutsch sprechender Urlauber den Platz. So nickte sie dem sympathischen Kellner, der ihr einen Stuhl in der vorderen Reihe anbot, nur freundlich zu und ließ die Ein-Mann-Eagles-Coverband hinter sich.

Die Hände lässig in den weiten Army-Hosen versenkt genoss sie die neu gewonnene Freiheit und nach wie vor die Blicke der Männer.

Nach wenigen Hundert Metern fand sie endlich ein ruhiges Restaurant, das als einziges die Windschutz-Planen zum Strand hoch gerollt hatte und so den ungehinderten Blick auf die Dünen freigab, in deren noch vom Tag erwärmten Sand zahlreiche wilde Kätzchen herum tollten.

Als sie am nächsten Morgen erwachte, wusste sie zunächst nicht, wo sie sich befand. Erst als sie die Wärme um sich herum spürte und die Sonnenstrahlen sah, die sich ihren Weg durch die dunkelgrünen Lamellen der Fensterläden bahnten, registrierte sie an sich eine bedrückende Leichtigkeit. Nackt wie sie war, begab sie sich auf den Balkon und erntete sogleich begeisternde Pfiffe von zwei jungen Spaniern an einem Fenster der benachbarten Hotelanlage. Prinzipiell pfiff sie im Urlaub auf jegliche Art piefiger Konventionen. Doch sie befand sich nicht im Urlaub, auch wenn Sonne, Pool und Honigrum ihr dies vorgaukelten. Was sie am wenigsten gebrauchen konnte, war, das Aufsehen der Guardia Civil oder der Policia Local auf sich zu ziehen, weil sich eine prüde Urlauberin oder streng gläubige spanische Senora an ihrer Nacktheit störte. Zum Verdruss der Beiden zog sie ein dünnes Kleidchen über, allerdings nicht, ohne den beiden zuvor noch mal provozierend zu zuzwinkern und zu winken. Das Personal des hauseigenen Restaurants begann, die Tische am Pool herzurichten und die Reiter mit den leckeren Frühstücksvariationen auf zu stellen, also begab sie sich nach unten. Der griesgrämig drein blickende Kellner drückte zusammen mit einem verkniffenen Lächeln ein nuscheliges > Buenos dias < aus der übernächtigten Visage und brachte ihr wenige Minuten später ein Englisches Frühstück mit Toast, Würstchen, Bacon, Baked Beans und zwei Spiegeleiern, dazu einen starken, spanischen Kaffee und ein großes, kaltes Tropical, das großartige spanische Bier. Während sie sich über das Essen her machte wie eine neunköpfige Raupe, ging sie in Gedanken unaufhörlich die Ereignisse der letzten Wochen durch. Selbst im Schlaf hatte sie Franks Gesicht vor sich gesehen. Zärtlich streichelte er ihren Nacken und flüsterte ihr immer wieder zu: Alles wird gut, mein Schatz. Nichts kann uns trennen. Wir gehören zusammen. Vertrau mir. Alles wird gut! Und diese Träume setzten sich auch tagsüber fort. Warmer Sand unter nackten Füßen, frischer Wind und kühles Wasser würden sie zur Besinnung bringen.

Was brachte das Leben im Gestern, das Trauern um vergangene Zeiten? Energisch schnappte sie ihr Handtuch und den mp3-Player und machte sich auf in Richtung Playa. Keines Blickes würdigte sie die Hütchenspieler, die auf der oberen Promenade versuchten, dumme Touristen auszunehmen. Mehrmals täglich erschien die Policia Local und vertrieb diese besonders lästige Art von Schmeißfliegen. Doch ebenso häufig erschienen sie wieder auf der Bildfläche. Nicht weniger nervig agierten neuerdings mehrere Neger-Mummies, die zunächst versuchten, den entspannten Urlaubern freundlich die Hand zu reichen, um dann bei Körperkontakt selbst gefertigte Glücksbringer an den Mann zu bringen. Die Masche bestand darin, die Gabe als Geschenk anzubieten und darauf Geld zu verlangen. Weigerte man sich, dann rissen sie einem das Amulett aus den Händen und belegten einem mit einem Fluch. Viele der Urlauber waren daraufhin so verängstigt, dass sie doch noch Kohle locker machten. Erst einen Tag befand sie sich auf der Insel und doch hatte sie schon die Abzocker-Methoden kennen gelernt. Mel warf diesen bunt und typisch afrikanisch gekleideten Frauen einen Blick zu, dass die offensichtliche Anführerin erschrocken zurück wich und aufgeregt schnatternd mit ihren Kameradinnen verschwand. Scheinbar besaß das Mädel tatsächlich hellseherische Fähigkeiten. Und was sie gesehen hatte, gefiel ihr ganz und gar nicht.

Die Mittagsonne knallte erbarmungslos auf die Landschaft, doch Melinda spürte die Hitze kaum. Ihr eigenes Inneres ließ sie erschaudern. Wie konnte sie ein neues Leben beginnen nach dem, was sie Frank angetan hatte. Und dem unschuldigen Mädchen im Krankenhaus. Die anderen Morde taten ihr nicht leid. Sie hatte lediglich Gerechtigkeit geübt. So man wollte und daran glaubte an Gottes Stelle. Erwies er sich wie so häufig als blind, musste ein Mensch ihn eben als Scharfrichter vertreten.

Die Anzeigetafel am Strand zeigte 30 Grad. An der ersten Treppenstufe schlüpfte sie aus den Flip-Flops, besann sich aufgrund der kochend heißen Steinplatten eines Besseren und behielt diese bis zum Wasser an. Wohltuend erfrischte der nicht all zu warme Atlantik Füße und Seele. Der Wind blies stark aus Richtung Meer. Gewaltige Wellen erhoben sich zwanzig Meter vom Strand durch die rückläufige Strömung. Einige Wagemutige stürzten sich hindurch oder probierten, mit kleinen Wakeboards auf ihnen zu reiten, was in den wenigsten Fällen gelang. Etwa zwei Kilometer wanderte sie so am Wasser entlang. Halbnackte Körper aller Formen und Farben, einige ästhetisch, die anderen weniger, begegneten ihr oder überholte sie. Das Schöne war: Hier befand sich jeder insofern unter Gleichgesinnten, als sich keiner um den anderen kümmerte. Nun gut, es gab Ausnahmen. Als sie sich das gelbe Trägershirt über den Kopf zog und nur noch im gleichfarbigen Röckchen weiter spazierte, bemerkte sie schon den einen oder anderen wohlwollenden Blick auf ihren beinahe makellosen Brüsten. Doch wirklich auffallen tat sie zwischen unzähligen weiteren Oben-Ohne-Körpern auch nicht. So genoss sie Sonne und Blicke. Nach einiger Zeit prangte etwas höher am Strand in Nähe der Dünen das erhoffte, weiße Schild mit der Aufschrift: Zona Nudista. Ein Pfeil zeigte nach unten, der andere nach links. Vollkommen nackte Körper, viele knallbraun und eingeölt, zeigten ihr: Hier war sie richtig. Wenn auch die Boccia spielenden Männern mit ihrer frei schwingenden Männlichkeit wenig Erregendes an sich hatten, so konnte sie die Vorliebe an der Freikörperkultur doch nur zu gut nachvollziehen.

Auf einer der bewachsenen, kleineren Dünen mit künstlich angehäufter Steinburg fand sie einen freien Liegeplatz und breitete das Handtuch aus. Dann schlüpfte sie aus dem Röckchen, behielt die Flip-Flops in dem glühend heißen Sand an, bis sie nackt, wie Gott sie schuf das Wasser erreichte und ohne sich abzukühlen in den Atlantik stürzte. Unvermittelt fielen alle Sorgen und Gedanken von ihr ab. Auf dem Rücken treibend fühlte sie sich völlig frei und eins mit der Natur.

Dies hier bedeutete Leben pur.
Ebenso schnell, wie sie verschwunden waren, tauchten die Bilder wieder auf. Sie tauchte ab und das sich brechende Licht und die Stille ließen sie schweben wie im Koma. Tauchte sie auf, war sein Bild wieder da.

Ohne Eile stolzierte sie aus dem Wasser wie die Venus von Milo. Die Spazierläufer blieben stehen, ob Männlein oder Weiblein, und genossen den Anblick, der sich ihnen bot. Erfrischt vom Wasser, aber erschöpft vom Leben, legte sie sich auf das warme, blaue Badelaken mit Delphinaufdruck und ließ die Tropfen von der Sonne verdampfen. Übrig blieben kleine, weiße Flecken auf einem makellosen Körper. Automatisch griff sie nach dem mp3-Player und stöpselte die Ohrhörer ein. Gleich der erste Song vermittelte ihr den bisher verdrängten und nur vom Hörensagen bekannten Sommer-Blues. Es stimmte.

Obwohl viele Unwissende meinten, schlechtes Wetter würde die Stimmung drücken, war es umgekehrt. Eine einsame und kranke Seele fühlte sich bei schönem Wetter und fröhlicher Umgebung noch einsamer. Die Hitze baute nicht auf, sie verschlimmerte dieses Gefühl der Zerrissenheit und Leere.
Die traurige Ballade Tomorrow der Gruppe Europe tat ihr Übriges.

>> Will You be there beside me,
If the world falls apart.
And will all of our moments
Remain in Your heart.
Will You be there to guide me,

All the way through,
I wonder, will You

Walk by my side
And follow my dreams
And bare with my pride
As strong as it seems ... ooohh
Will You be there
Tomorrow ... ooohh

Will You be there beside me
As time goes on by,
And be there to hold me
Whenever I cry
Will You be there to guide me
All the way through
I wonder will You

Walk by my side
And follow my dreams
And bare with my pride ... ooohh
As strong as it seems ... ooohh
Will You be there
Oh, now will You be there ... ooohh
Will You be there
Tomorrow ... Ooohooooho <<

Eine Welle von Emotionen brach über sie herein, und sie weinte zum ersten Mal seit dem Tod ihres Bruders bittere Tränen.
Diesmal um ihre verlorene Zukunft.

Ende

meadi taschenbuch verlag

www.meadi.de

Danksagung:

Besonderer Dank gilt auch diesmal wieder meinem Schatz Kathrin und meiner Mom. Desweiteren möchte ich mich bei Michael Luthe bedanken für die hervorragende Zusammenarbeit, und bei allen meinen Freunden, Verwandten und Bekannten , die dafür gesorgt haben, dass mein erster Roman „ Der Heep Mörder " so gut unter die Leute gekommen ist, speziell bei allen Mitarbeitern aus dem Bad am Stadtwald.

Der Roman ist erhältlich über den Buchhandel oder direkt über den Autor

ISBN 978-3-00-024555-8

meadi taschenbuch verlag

Martin Wolter

Wasbeker Str. 147

24537 Neumünster

Tel. 04321 – 9657644

Mobil 0176 – 29647603

e-mail: meadi@web.de

homepage: www.meadi.de

Anmerkungen zu dem Buch:

Ich möchte hier noch einmal ganz deutlich zum Ausdruck bringen, dass es sich bei diesem Buch um einen Roman handelt, die Handlungen und Geschehnisse somit reine Fiktion sind.
Ich bin in Neumünster groß geworden und lebe immer noch bzw. inzwischen wieder dort. Daher wird sich natürlich der eine oder andere Einwohner in einem oder mehreren Charakteren wieder erkennen. Allerdings habe ich keine Person meiner Geschichte so dargestellt, wie sie der Realität entspricht. Auch hat keiner der Vorgänge in dem Roman jemals so oder ähnlich stattgefunden. Alle lebenden oder toten Personen, die in dem Buch vorkommen, sind erfunden und lediglich mit Charakterzügen mir bekannter Personen versehen worden.
Es liegt mir fern, jemanden zu verunglimpfen oder in seinem Ansehen zu schädigen.
Die Örtlichkeiten entsprechen zum größten Teil den einstmals oder auch heute noch vorhandenen, wurden jedoch in Details der schöpferischen Freiheit geopfert und der Story entsprechend angepasst.

Martin Wolter, Neumünster, d. 26. Juni 2008